rororo

Zu diesem Buch

Kate Sedley, geb. 1926 in Bristol, arbeitete zunächst im öffentlichen Dienst, bis ihre Begeisterung für das Mittelalter sie bewog, ihren Beruf aufzugeben und historische Romane zu schreiben. Folgende Roger-Chapman-Abenteuer sind bereits im Rowohlt Taschenbuch Verlag erschienen: «Die letzte Rast» (rororo 13437), «Gefährliche Botschaft» (rororo 13537), «Der zerrissene Faden» (rororo 13545), «Das alte Lied» (rororo 22366) und «Fromme Unschuld» (rororo 22157).

Kate Sedley

DER VERHÄNGNISVOLLE WINTER

Ein historischer Kriminalroman

Deutsch von
Irmela Erckenbrecht

Rowohlt Taschenbuch Verlag

Die Originalausgabe erschien 1996 unter dem Titel
«The Wicked Winter» bei Headline Book Publishing in London
Umschlaggestaltung C. Günther / W. Hellmann
(Foto: Castello del Buonconsiglio-Torre Aquila,
Trent / Fratelli Alinari / SuperStock)
Redaktion Angela Hohmann

Deutsche Erstausgabe
Veröffentlicht im Rowohlt Taschenbuch Verlag GmbH,
Reinbek bei Hamburg, August 1999

Satz Joanna PostScript (PageOne)
Gesamtherstellung Clausen & Bosse, Leck
Printed in Germany
ISBN 3 499 22354 6

DER VERHÄNGNISVOLLE WINTER

1

ES WAR BITTER KALT. Vom Fluß her wehte ein eisiger Wind, der gerade jetzt noch einmal kräftig auffrischte, die Dächer der umstehenden Häuser umtoste und ihre Fensterläden klappern ließ wie die Zähne eines alten Mannes. Meine Schwiegermutter beugte sich vor und zog das Wolltuch noch ein wenig fester um Elizabeth, meine schlafende Tochter, die unangenehm schwer auf meiner Schulter lastete. Seit Elizabeths erstem Geburtstag waren zwei Monate vergangen, und allem Anschein nach hatte sie nicht nur das blonde Haar und die blauen Augen, sondern auch die kräftige Statur von mir geerbt, denn für ihr Alter war sie ungewöhnlich groß. Behutsam verlagerte ich ihr Gewicht von meiner rechten auf meine linke Schulter, was sie ebensowenig zu wecken vermochte wie die kraftvolle Stimme des Mönchs, der vom High Cross aus zu den Gläubigen predigte. Doch einige der Umstehenden in der dichtgedrängten Menge fühlten sich belästigt, drehten sich stirnrunzelnd um und straften mich mit bösen Blicken.

Sein Ruf war dem Dominikanermönch Simeon viele Monate vor seiner Ankunft in Bristol vorausgeeilt. Schon nach meiner Rückkehr in Margaret Walkers bescheidenes Heim im Bristoler Weberviertel letzten September wurde auf den Märkten und in den Gaststuben kaum über etwas anderes gesprochen. Und nun, in der ersten Woche eines eiskalten Januars im Jahr des Herrn 1476, war der große Prediger endlich selbst in die Stadt gekommen. Ganz Bristol war an diesem Montag morgen auf den Beinen; trotz des unwirtlichen Wetters hatten viele ihre Arbeit niedergelegt und waren in Scharen zum High Cross geströmt, um ihn zu hören.

Ich hatte meinen behaglichen Platz am wärmenden Feuer nur ungern verlassen, aber meinen Vorschlag, doch alleine zu gehen, während ich mit Elizabeth zu Hause blieb, hatte meine Schwiegermutter nicht annehmen wollen.

«Es wird dir guttun, zur Abwechslung einmal eine wirklich fesselnde Predigt zu hören», war ihr Einwand gewesen. «Das Wort Gottes kommt heutzutage in den Kirchen viel zu kurz. Womit ich unseren Priestern keineswegs vorwerfen will», fügte sie hastig hinzu, «daß sie ihrer Pflicht nicht nachkommen würden. Gott ist mein Zeuge, daß mir nichts ferner liegt! Die armen Herren werden bloß von ihrem Amt so in Anspruch genommen, daß sie keine Zeit mehr finden, den Gläubigen die Heilige Schrift zu erklären. Sie sind froh, wenn die Mönche das für sie tun.»

«Ach, wirklich?» fragte ich. «Und ich dachte immer, die Kirche würde alle Orden der Habgier, Lüsternheit und Heuchelei bezichtigen. Du kennst doch den Spruch: ‹Bruder und Luder liegen eng beisammen.›»

Margaret wirkte ein wenig verstimmt. «Solches Geschwätz beachte ich nicht, und dir würde ich das gleiche raten. Es hat schon so manche brave Seele in Verruf gebracht.»

Ich wußte, daß sie allen Grund hatte, sich über böswillige Verleumdungen zu empören, und drückte sanft ihre Hand.

«Mutter», sagte ich, auch wenn mir diese Anrede jedesmal im Hals steckenzubleiben drohte, «es geht mir ja nicht bloß darum, an einem derart unfreundlichen Morgen selbst noch ein Weilchen im Warmen zu bleiben. Aber es wäre doch sicherlich unklug, Elizabeth dieser rauhen Witterung auszusetzen.»

Sie lachte bitter. «Woher, bitte schön, willst du wissen, was für das Kind gut ist und was nicht? Sie ist über ein Jahr alt, und dieser Winter war die längste Zeit, die du je mit ihr verbracht hast. Bald wirst du uns wieder alleine lassen. Mach dir bloß nicht die Mühe, mir zu widersprechen! Ich kenne die Anzeichen. Seit Tagen schon bist du rastlos und von früh bis spät mit deinem Bündel auf den Straßen. Und seitdem die Tage wieder länger werden, wagst du dich jedesmal ein Stückchen weiter vor. Dreimal schon bist du am Abend nicht wieder heimgekehrt.»

«Ich bin Hausierer», rief ich empört. «Ich muß umherziehen und meine Waren feilbieten.» Aber in meiner Stimme schwang ein schuldbewußter Tonfall mit, den ich nicht verleugnen konnte.

Auch Margaret hatte ihn wahrgenommen und lächelte säuerlich. «In den Dörfern und Weilern unserer Gegend hättest du mehr als genug zu tun; und da im Hafen immer wieder Schiffe von weit her vor Anker gehen, könntest du dein Bündel stetig auffüllen. Mit dem, was meine Spinnerei einbringt, würde es uns weder an Nahrung noch an Kleidung mangeln, und ein Dach überm Kopf hätten wir auch. Wir könnten uns hier zusammen recht behaglich einrichten, bis du wieder heiratest – was bei einem so großen, kräftigen und gutaussehenden Burschen wie dir früher oder später ohnehin der Fall sein wird, darauf bin ich gefaßt. Aber es gibt doch auch hier bei uns in Bristol genug Mädchen, die dich mit Kußhand nähmen, und nach allem, was du für ihn getan hast, würde Ratsherr Weaver dir ganz bestimmt eine der Weberhütten überlassen. Auf diese Weise könntet ihr in meiner Nähe bleiben, und ich könnte Elizabeth auch weiterhin besuchen.»

«Wie ich sehe, hast du für mich schon jede Menge Pläne geschmiedet», gab ich patzig zurück.

Margaret schüttelte entschieden den Kopf. «O nein, Roger, mein Junge, das würde ich niemals wagen. Es sind bloß Tagträume. Du trägst das Fernweh in dir. Damit habe ich mich längst abgefunden. Deshalb hast du damals auch dein Gelübde nicht ablegen können und bist kein Klosterbruder geworden. Und in dieser einen Hinsicht bin ich froh, daß Lillis den ersten Herbst eurer Ehe nicht überlebt hat. Sie wäre mit dem ständigen Abschiednehmen nicht fertig geworden, hätte es nicht verkraftet, nie zu wissen, wann sie dich wiedersieht.»

«Vergib mir», bat ich und drückte noch einmal ihre von der Arbeit schwielige Hand. «Es muß zuweilen für dich recht einsam sein – und eine große Bürde, Elizabeth so ganz alleine aufzuziehen.»

«Jeder von uns ist so, wie Gott ihn geschaffen hat», erwiderte sie gelassen. «Und jeder von uns hat im Leben nur den einen Zweck, nämlich Seinen Willen zu erfüllen. Du bist der geborene Vagabund, und daran wird sich so schnell nichts ändern. Und doch», fügte sie ein wenig forscher hinzu, «wirst du dich heute morgen nicht davor drücken, mich zu Bruder Simeons Predigt zu begleiten. Solange Elizabeth warm genug eingepackt ist, kann ihr nichts passieren. Du kannst sie auf dem Arm halten. Für einen so strammen Burschen wie dich ist das doch eine Kleinigkeit.»

Aber sie hatte meine Kräfte überschätzt, denn wie ich bereits andeutete, war meine Tochter kein zierliches Kind. (Genauso prächtig hat sie sich weiterentwickelt. Heute steht Elizabeth in ihrem achtunddreißigsten Jahr – eine kräftige, große, schöne Frau, die sich durch nichts aus der Fassung bringen läßt. Mit sanfter Hand, die sich notfalls auch in eine eiserne Faust verwandeln konnte, lenkt sie ihren Mann, ihre Kinder und vor allem auch mich und hat uns alle fest im Griff.) Meine Arme schmerzten schon, als der Mönch noch nicht einmal bis zur Hälfte seines Vortrags gekommen war.

Simeon war ein großer, ausgemergelter Mann, dem der Fanatismus ins blasse Gesicht geschrieben war. Während er wortreich die Gefahren von Höllenfeuer und Verdammnis beschwor, fuchtelte er mit den Händen in der Luft, und seine tiefliegenden Augen funkelten wie glühende Kohlen. Unzureichende Nahrung und übereifrige Buße hatten ihn fiebrig werden lassen. Auf seinen Wangen glühten Flecken der Erregung, und um seine Lippen schimmerte es blau. Von den vielen Wanderungen auf den winterlichen Straßen war sein schwarzes Dominikanerhabit am Saum schmutzig und verstaubt. Das spärliche braune Haar hing strähnig auf seine schmalen Schultern herab.

Nach einer halben Stunde schweiften meine Gedanken zu den bemerkenswerten Geschehnissen des vergangenen Jahres ab (die ich anderswo niederschrieb, auch wenn ich es damals noch klüger fand, sie für mich zu behalten*). Und nach einer weiteren halben Stunde konnte ich mich auf nichts anderes mehr besinnen als auf meine schmerzenden Arme und Elizabeth, deren Gewicht mir immer größer vorkam. Ich hatte längst kein Gefühl mehr in den Gliedern und wirklich Angst, ich könnte das Kind mit einem Mal fallen lassen.

Zum Glück kündigte sich die Erlösung an. Bruder Simeon erweckte den Anschein, zum Ende seiner Predigt zu kommen. Die Menge verharrte in angespannter Erwartung, als eine gewaltige Welle der Begeisterung den Körper des Predigers zu durchströmen schien. Er reckte die Arme gen Himmel, als wolle er Gott persönlich als Zeugen anrufen. Dann erhob er wieder seine inbrünstige Stimme.

«Drei Dinge sind für das Heil des Menschen unerläßlich! Er muß wissen, woran er glauben soll, wonach er streben soll und wie er handeln soll! Glaubt an Gott, strebt nach Gott und dient Gott mit all Euren Handlungen! Entsagt den Versuchungen des Fleisches, denn sie sind des Teufels! Betet und lebt in Keusch-

* Nachzulesen sind sie in dem vorhergehenden Band dieser Reihe «Das alte Lied», rororo 22366.

heit, meine Kinder! Nichts anderes sei Euch in diesem Leben wahrhaft erstrebenswert!»

Mit geschlossenen Augen wiegten sich die Männer entrückt hin und her, und viele Frauen weinten hemmungslos. Der Funke der Begeisterung war auf die Menge übergesprungen und hatte unter den Lauschenden ein Feuer der Leidenschaft entfacht.

«Daher sage ich Euch: Geht hin und merzt alles Teuflische aus, wo auch immer es sich verbergen mag, auf daß Gott ein Wohlgefallen an Euch hat und Ihr als Zeichen Seines Segens Sein göttliches Antlitz schaut!»

Einen Augenblick lang herrschte völlige Stille, als hätte es tatsächlich eine göttliche Erscheinung gegeben. Dann löste sich die Menge plötzlich wie auf ein geheimes Zeichen hin auf. Als wären sie aus einem Traum erwacht, stoben die Menschen auseinander, um sich wieder ihrem stumpfsinnigen Alltag zuzuwenden. Einen kurzen Augenblick lang hatten sie den Gipfel berührt und sich selbst in der Schar der Heiligen gesehen. Nun aber forderte die rauhe Wirklichkeit wieder ihren Tribut. Erbitterung, Neid und Habgier kamen erneut zum Vorschein.

Ich stieß einen Seufzer der Erleichterung aus, denn mein Martyrium hatte nun ein Ende. Just in diesem Moment rührte sich meine Tochter und blinzelte verschlafen ins Licht.

«Sei mir gegrüßt, meine Kleine», sagte ich und schwang sie auf meinen Rücken, woraufhin sie vertrauensvoll ihre kurzen Ärmchen um mich schlang. Ich wandte mich zu Margaret um. «Würdest du das Tuch bitte etwas fester ziehen?»

Doch meine Schwiegermutter war verschwunden. Erstaunt schaute ich mich um. Schließlich sah ich, wie sie sich über den vor Erschöpfung zu Boden gesunkenen Mönch beugte und eindringlich auf ihn einsprach. Als sie wieder aufblickte, lag ein triumphierendes Lächeln auf ihrem Gesicht. Offenbar war es ihr gelungen, den beiden anderen Matronen, die sich mit ähnlichen

Absichten an Bruder Simeons Fersen geheftet hatten, mit ihrer Einladung zum Mittagessen zuvorzukommen. Ich seufzte beklommen, denn ich hatte auf eine ruhige Mahlzeit gehofft, bei der ich Margaret schonend beibringen konnte, daß ihre am Morgen geäußerten Mutmaßungen keineswegs unbegründet waren: Ich mußte bald aufbrechen, mußte dem für mich so bedrückenden häuslichen Leben entkommen, wieder eine Zeitlang unterwegs sein, die Landstraße unter meinen Füßen spüren, nicht für lange, aber doch wenigstens für ein paar Wochen.

Der Drang, endlich wieder loszuziehen, war unwiderstehlich geworden. Seit Tagen schon hatte ich dagegen angekämpft, denn ich wußte aus Erfahrung, daß ein so übermächtiges Verlangen nur eines bedeuten konnte: Gott hielt wieder eine Aufgabe für mich bereit. Natürlich haderte ich mit Ihm. Das tat ich immer, auch wenn mir jeder Geistliche davon abgeraten hätte, mich selbst an den Allmächtigen zu wenden. Sie hielten Ihn in all Seiner Herrlichkeit für viel zu erhaben, um sich mit niederen Sündern wie uns abzugeben, und glaubten, daß die Heiligen und die Jungfrau Maria viel eher geeignet seien, sich mit unseren banalen Belangen zu befassen und sich bei Ihm für uns zu verwenden. Innerlich habe ich mich jedoch immer gegen diese Vorstellung gewehrt und versucht, möglichst ohne Umschweife mit dem Herrn selbst ins Gespräch zu kommen.

Wie üblich hörte sich der Herrgott alles, was ich Ihm zu sagen hatte, geduldig an, um anschließend unbeirrt mit Seinen eigenen Plänen fortzufahren. Natürlich hätte ich diesen Ausgang vorhersehen können, und doch verlieh mir meine Gegenwehr stets ein Gefühl der Unabhängigkeit – und wer weiß, vielleicht werde ich eines Tages doch noch einmal erfolgreich sein.

Den Mönch im Schlepptau, kam Margaret zu mir zurück.

«Roger, Bruder Simeon erweist uns die große Ehre, heute mittag mit uns zu speisen. Bruder Simeon, das ist mein Schwiegersohn, Roger Chapman.»

«Master Chapman!» Seine blaßblauen Augen blickten mich so durchdringend an, als wüßte er, daß ich als einziger in der Menge seinen Worten nur geringe Beachtung geschenkt hatte. Als ich schon schuldbewußt den Blick senken wollte, wurde er glücklicherweise von einem anderen Zuhörer abgelenkt. Ein Weber, den ich nur vom Sehen kannte, trat mit einem gefüllten Geldbeutel an den Mönch heran.

«Wir haben eine Sammlung durchgeführt, Bruder Simeon», sagte der Mann ehrerbietig. «Sie soll Euch bei Eurer Aufgabe unterstützen.»

«Vielen Dank, mein Sohn.» Der Mönch verstaute das Geld in einem schäbigen, an seinem Gürtel befestigten Lederbeutel. Dann wandte er sich wieder meiner Schwiegermutter zu. «Nun, Dame Walker, dann können wir jetzt ja wohl essen gehen.»

Eine Stunde später, als die blasse Wintersonne schon fast im Zenit stand, kratzte Bruder Simeon den letzten Löffel Eintopf aus dem Teller, trank den mit Ale gefüllten Becher aus und seufzte zufrieden.

«Mistress Walker, das war ein vortreffliches Mahl.»

Dies waren seit dem Tischgebet seine ersten Worte, und sein Schweigen hatte sowohl Margaret als auch mich so verunsichert, daß wir während der gesamten Mahlzeit selbst keinen Ton hervorgebracht hatten. Bis auf Elizabeths Kleinkindgeplapper, das nur ihre Großmutter verstand, hatte daher am Tisch vollkommene Stille geherrscht. Brav wie ein Engel saß Elizabeth in ihrem Stühlchen mit der hohen, geschnitzten Lehne, den Nick Brimble, ein freundlicher Nachbar, für sie gemacht hatte, und aß mit Margaret von deren Teller. Schon in diesem zarten Alter war sie ein ruhiges, artiges Kind.

«Ich bin froh, daß es Euch gemundet hat, Bruder Simeon», sagte meine Schwiegermutter und machte Anstalten, sich zu erheben. «Vielleicht möchtet Ihr jetzt, wo Ihr mit Essen fertig seid, näher ans Feuer rücken. Es ist ein so kalter Tag.»

Der Mönch ließ sich nicht zweimal bitten. Er zog den Schemel näher an die Feuerstelle und hob seine verschlissene Kutte, um sich die knochigen Knie zu wärmen. Margaret setzte sich neben ihn, während ich mich mit Elizabeth auf den Binsen am Boden niederließ.

«Stammt Ihr aus dieser Gegend, Bruder Simeon?» fragte ich, weil ich glaubte, in seiner Aussprache den hiesigen Tonfall herausgehört zu haben, doch er schüttelte den Kopf.

«Ich komme von weit her, aus dem hohen Norden. Aus dem einstigen Königreich Northumbrien.»

Die Antwort klang ein wenig schroff, als hätte er meine Vermutung, er könnte aus dem Süden stammen, wo das Leben in sichereren und gemächlicheren Bahnen verlief als in jenen rauhen Gegenden, in denen einzig das Gesetz des Überlebens herrschte, als anmaßend oder gar beleidigend empfunden.

Beschwichtigend fragte Margaret: «Aber Ihr wollt doch wohl hoffentlich etwas länger hier bei uns in Bristol verweilen?»

Er schüttelte den Kopf. «Die letzte Nacht habe ich bei meinen Dominikanerbrüdern jenseits der Stadtgrenze verbracht. Wo ich heute abend mein Haupt betten werde, weiß allein der Herr.» Simeon bekreuzigte sich. «Sein Wille geschehe.»

Margaret war bestürzt. «Aber Ihr werdet doch sicherlich noch eine weitere Nacht im Kloster von Broadmeads verbringen? Zu so fortgeschrittener Stunde noch weiterzuziehen wäre äußerst unklug, besonders bei der rauhen Witterung und nach der anstrengenden Predigt am Morgen, die Euch so erschöpft hat!»

Der Mönch sah sie mit fiebrigen Augen an. «Die Aufgaben, die Gott uns gestellt hat, müssen wir fügsam und ohne Rücksicht auf die Nöte unseres schwachen Leibes ausführen.»

Bei dieser Bemerkung rutschte ich unruhig hin und her, so daß Elizabeth, die gerade leise vor sich hin summend ein Strohbett für ihre Holzpuppe bereitete, fragend zu mir aufsah. Ich beugte mich zu ihr hinunter und küßte sie auf ihre samtige Wange. Dann wollte ich unumwunden wissen: «Wie lautet Euer göttlicher Auftrag, Bruder Simeon?»

Abermals glühten seine Augen wie Kohlen im Schmelzofen. «Die Sünder in die Herde zurückzuführen! Es sind gottlose Zeiten, Master Chapman, aber was kann man auch anderes erwarten, wenn auf dem Thron ein König sitzt, der an nichts anderes denkt als an sein leibliches Vergnügen, und neben ihm eine Königin, deren Familie von der eigenen Habgier zerfressen wird? Der Hof ist ein stinkender Sumpf, und nur einer, der Herzog von Gloucester, scheint der Begierde und dem Laster zu widerstehen. Zumindest ist er vernünftig genug, fernab auf seinem eigenen Landsitz zu leben und nur gelegentlich nach London zu kommen. Wenn es stimmt, was die Leute sagen, gehörte er auch zu den wenigen, die ihre Stimme gegen das schmachvolle Debakel in Frankreich erhoben haben. Unsere Straßen sind noch unsicherer als vor sechs Monaten, Morde und Raubüberfälle nehmen überhand, weil die aufgelösten Truppen ihre enttäuschte Kriegslust durch Morde und Raubüberfälle an unschuldigen Menschen auslassen.»

Dazu hätte ich, wenn ich gewollt hätte, vieles sagen können, doch ich behielt meine Meinung lieber für mich und erinnerte Bruder Simeon statt dessen daran, daß König Eduard keineswegs seine gesamte Zeit mit «leiblichen Vergnügungen» zubrachte, sondern im Gegenteil kreuz und quer durch England reiste, um eilends über die Straftäter Recht zu sprechen.

Der Mönch schnaubte verächtlich. «Aber auch nur, wenn er den Armen seiner neuen Mätresse, dieser Mistress Jane Shore, einmal entkommen kann.»

«Ihr seid ungewöhnlich gut informiert», konnte ich nicht umhin anzumerken.

«Ich komme gerade aus London», zischte er, «wo über

nichts anderes gesprochen wird. Es scheint, als seien auch Lord Hastings und der ältere Stiefsohn des Königs, der Marquis von Dorset, ganz vernarrt in diese Kreatur. Fast hat man den Eindruck, sie warteten darauf, die Gunst Seiner Gnaden möge allmählich nachlassen, damit sie endlich selbst zum Zuge kommen.» Er beugte sich herunter und krallte seine hageren Finger in meine Schulter. «Ihr meint wohl, für einen Mann Gottes zieme es sich nicht, von solchen Dingen zu sprechen? Was für ein törichter Irrtum! Wie sonst sollte ich den Teufel erkennen, den es überall zu bekämpfen gilt? Wie sonst sollte ich die Sünden ausmerzen, die die Seelen der Menschen zerstören?»

Sein ausgezehrtes Gesicht, das, solange er schwieg, einer Pergamentmaske glich, schien erst durch seinen Eifer lebendig zu werden. Ich mußte an Geschichten über die frühen Dominikaner denken, die mit einer solchen Besessenheit gegen die Ketzerei ankämpften, daß sie sogar Familienmitglieder dazu brachten, einander zu denunzieren; wer sich nicht reumütig zu seinen vermeintlichen Sünden bekannte, starb auf dem Scheiterhaufen; manches Mal wurde sogar noch jemand nach seinem Tod für schuldig befunden, die Leiche exhumiert und nachträglich verbrannt. Der höchste Inquisitor der Dominikaner dieser Zeit war Thomas von Aquin, dessen Worte Bruder Simeon in seiner Predigt am Morgen zitiert hatte. Und mit der gleichen Geisteshaltung trat der Mönch nun seinen eigenen Kreuzzug gegen Lüsternheit und Ausschweifung an – die Sünden, die er für die verwerflichsten hielt.

Ich hielt es für angebracht, das Thema zu wechseln. «Wohin zieht Ihr, wenn Ihr die Stadt verlaßt, Bruder?»

«Ich bin auf dem Weg zur Küste, zum Kloster Woodspring. Der dortige Prior ließ mir ausrichten, ich möge zu seiner Herde predigen. Doch auf dem Weg dorthin werde ich Gottes Wort überall verbreiten, wo es Gehör findet.» Er rückte näher, und seine blaßblauen Augen schienen sich zu verdunkeln. «Führt ein reines, unbeflecktes Leben, Chapman. Und widersteht den Versuchungen des Fleisches.» Dann fuhr er zurück und stand unvermittelt auf. «Ich danke Euch für Eure Gastfreundschaft, Mistress Walker. Gott schütze dieses Haus.»

Er schlang seinen dicken Friesumhang um, nickte uns zu und strich Elizabeth flüchtig über das blonde Haar. Ein eisiger Windhauch wehte durch die kurz geöffnete Tür zu uns ins Zimmer – dann war er verschwunden.

Die Atmosphäre in der kleinen Hütte lockerte sich sofort auf. Selbst meine Schwiegermutter schien dies zu spüren, obwohl sie mit ernster Miene murmelte: «Ein heiliger Mann.»

Ich brummelte irgend etwas Unverständliches und ließ mich wieder neben meiner Tochter auf dem Boden nieder. Schon oft war mir der Gedanke gekommen, daß Heilige auf dieser Welt ebensoviel Schaden anrichteten wie Sünder, aber ich äußerte ihn nicht laut. Margaret hätte ihn empörend gefunden, und ich war auf ihr Wohlwollen angewiesen. Ich überlegte noch, wie ich am besten auf meine bevorstehende Abreise zu sprechen kommen könnte, als sie mir wieder einmal zuvorkam, indem sie sich zu mir setzte und mir direkt in die Augen sah.

«Du wirst also morgen bei Tagesanbruch fortgehen», stellte sie fest.

Ich erschrak. «Woher … wußtest du das?»

«Das sagte ich dir bereits. Du bist schon seit Tagen unruhig.»

«Aber … du konntest unmöglich wissen, wann genau ich aufbrechen würde. Ich habe es selbst gerade eben erst entschieden.»

Margaret lachte. «Roger, es ist nicht allzu schwierig, deine Gedanken zu lesen. Ich brauchte nur dein Gesicht anzuschauen, als Bruder Simeon von seiner bevorstehenden Wanderung sprach. Der Wunsch, ihm augenblicklich auf die Landstraße zu folgen, war dir deutlich anzusehen. Allerdings hielt ich es für eher unwahrscheinlich, daß du gehen würdest, ehe du mich in deine Pläne eingeweiht und dich gebührlich von Elizabeth verabschiedet hast. Daher war nicht anzunehmen, daß du uns noch heute verläßt. Morgen jedoch, sobald die Dämmerung anbricht, wirst du Bündel, Umhang und Knüppel nehmen und von dannen ziehen. Und falls das Fernweh in dir die Oberhand gewinnt, werden wir dich wieder einmal wochenlang – vielleicht sogar monatelang – nicht zu sehen bekommen.»

Voller Hochachtung sah ich sie an. «Du bist eine kluge Frau, Mutter.»

Sie schüttelte energisch den Kopf. «Ich kann weder lesen noch schreiben, so wie die Mönche es dich gelehrt haben. Ich gebrauche lediglich meinen gesunden Menschenverstand.»

Lächelnd richtete ich mich auf, nahm auf dem Schemel Platz, auf dem zuvor der Mönch gesessen hatte, und umfaßte ihre noch immer schlanke Taille.

«Ich kann mich glücklich schätzen, daß du für Elizabeth sorgst», sagte ich. «Glaube bitte niemals, daß ich undankbar bin oder meine Ehe mit Lillis bereue.»

Sie seufzte. «Jetzt, da sie tot ist, brauchst du nichts mehr zu bereuen. Nein, nein! Das ist nicht als Vorwurf gemeint! Du hast sie nicht geliebt, und ich weiß, daß das, was zwischen euch geschehen ist, nicht allein deine Schuld war. Lillis war immer ein eigensinniges Kind. Sie hat alles getan, um ihren Willen durchzusetzen …» Einen Augenblick lang hielt Margaret traurig inne, dann gab sie sich einen Ruck und fuhr in ungewöhnlich nüchternem Tonfall fort: «Jetzt muß ich mich um ein sauberes Hemd für dich kümmern. Und ich werde deine Schuhe zum Schuster nach Redcliffe bringen. Bei diesem Wetter brauchst du ein Paar feste Sohlen. Matt Cordwainer wird das sicherlich gleich erledigen.»

Ich umarmte sie. «Du bist weitaus gütiger zu mir, als ich dies jemals erhoffen dürfte. Ich werde ganz bestimmt nicht länger als zwei Wochen fortbleiben.»

«Versprich nichts, was du möglicherweise nicht halten kannst», ermahnte sie mich und stand auf. «Gib mir deine Stiefel, dann gehe ich gleich los. In der Zwischenzeit kannst du Wasser vom Brunnen holen und das Faß auffüllen. Und dann könntest du auch gleich noch vom Sammellager Holzscheite besorgen und meinen Vorrat aufstocken. Am besten bindest du Elizabeth mit dieser Leinenschnur ans Bett, damit sie nicht ins Feuer krabbelt, während du draußen bist.»

Sie legte ihren Umhang um, schlüpfte in ihre Stelzenschuhe und ging laut klappernd die Straße hinunter. Mit schlechtem Gewissen blieb ich zurück. Gleichzeitig verspürte ich die langsam wachsende Erregung, die mich vor jedem größeren Aufbruch ergriff. In die Freude über die wiedergewonnene Freiheit mischte sich die beklommene Frage, wohin sie mich wohl diesmal führen würde.

2

MARGARET HATTE großen Weitblick bewiesen, als sie mich aufforderte, nicht zuviel zu versprechen. Ich war schon zehn Tage unterwegs, und obwohl ich weniger als ein Dutzend Meilen von Bristol entfernt war – und den Rückweg mit ein wenig Anstrengung in der ursprünglich vorgesehenen Zeit durchaus geschafft hätte –, wandte ich mich weiter gen Südwesten in Richtung Küste und der breiten Flußmündung des Severn.

Trotz der eisigen Kälte und des steinhart gefrorenen Bodens erfreute ich mich meiner neuen Freiheit. Ich hatte mich nicht beeilt, sondern jede noch so kleine Ansiedlung aufgesucht, die nicht weiter als zwei Tagesmärsche von der Hauptstraße entfernt lag. Und überall hatte man mich als einen der wenigen, die dem gefahrvollen Wetter trotzten und den Menschen in dieser Jahreszeit Abwechslung brachten, mit Freuden willkommen geheißen. Denn die Wintermonate waren in den abgelegenen Dörfern und Weilern eine trostlose, einsame Zeit, in der den Bewohnern nach den Festlichkeiten des *Plough Monday* nicht viel anderes blieb als Arbeit und Schlaf. Selbst auf den größeren Höfen und Landsitzen hatten die Männer während der Lammungszeit den ganzen Tag auf den Weiden zu tun, so daß die Frauen sich über jedes fremde Gesicht freuten, vergnügt dem neuesten Klatsch aus der Stadt lauschten und dabei ihre Vorräte an Nadeln, Garn und anderen Kurzwaren aufstockten.

In jenem Januar schienen die braven Bewohner des nördlichen Somerset jedoch nur ein Thema zu kennen: Wo auch immer ich hinkam, und mochte es ein noch so abgelegenes

Gehöft oder sogar nur eine einsame Hütte sein, Bruder Simeon war in aller Munde. Entweder hatte er den Leuten ein paar Tage zuvor einen Besuch abgestattet, oder sie erwarteten ihn in Kürze. Wer den Prediger jüngst gehört hatte, unterschied sich von seinen Mitmenschen durch eine etwas demütigere Haltung und die regelmäßigere Teilnahme an der Morgen- und Abendandacht. Unwillkürlich fragte ich mich, wie lange diese neu entdeckte Frömmigkeit wohl anhalten würde, und tatsächlich stellte ich fest, daß die Nachwirkungen seiner Predigt dort, wo Bruder Simeons Besuch bereits einige Tage zurücklag, schon wieder nachzulassen begannen. Nichtsdestotrotz wurde seine Botschaft besonders von den Älteren begrüßt; wie meine Schwiegermutter beklagten sie die sinkende Moral der Jungen.

Nachdem sich das Wetter in der ersten Woche ein wenig gebessert hatte, wurde es gegen Mittag des zehntes Tages erneut bitterkalt. Der strenge Frost hatte bis zum Morgen angehalten, und als ich einen steilen Berghang, an dessen Fuße mehrere Hütten standen, hinabging, knirschte das Gras unter meinen Füßen. Die blasse Wintersonne lugte durch die Wolken und brachte hier und da die vom Rauhreif überzogenen runden Hügel auf der anderen Seite des Tales zum Glitzern. Hin und wieder trafen ein paar Regentropfen wie Nadelstiche auf mein Gesicht, und oberhalb des Waldgürtels sah ich den Teil eines Regenbogens.

Die jüngeren Dorfkinder, die zu Hause oder auf den Feldern nicht mit anpacken mußten, hielten sich mit Spielen warm; am Rande des Baches, der sich durch die Talsohle schlängelte, standen sich auf einem ebenen Wiesenstück zwei Mannschaften gegenüber. Sie spielten um einen alten Schuh, der – nach der klaffenden Sohle zu urteilen – schon bessere Zeiten gesehen hatte. Als Wurfgegenstand eignete er sich jedoch hervorragend: Er wurde vom Spielführer der einen Mannschaft mit kämpferischem Gejohle über die Köpfe der Gegner hinweggeschleudert und landete in dem verkümmerten Ginstergestrüpp hinter ihnen. Während die Gegner verzweifelt danach suchten, verringerte sich ihre Anzahl beträchtlich, denn sie wurden gefangengenommen und zum anderen Ende des Spielfelds geschleift. Zum Schluß wurde der Schuh dann doch noch ausfindig gemacht und mit Triumphgeheul zurückgeschmettert, um irgendwo zwischen ein paar in der Nähe des Ufers stehenden Weiden im Gebüsch zu landen. Die «Kriegserklärung» richtete sich nun an die andere Seite, und während ich zusah, gelang es den Kindern, mehrere Mitspieler der eigenen Mannschaft zurückzuerobern und dazu noch ein paar der anderen Truppe gefangenzunehmen. Lächelnd erinnerte ich mich daran, wie gern ich selbst dieses Spiel in meiner Jugend gespielt hatte. Leider konnte ich nicht lange genug bleiben, um zu sehen, wer am Ende gewann. Waren genügend gute Spieler vorhanden, konnte es mehrere Stunden dauern, bis eine Mannschaft ganz und gar in «Gefangenschaft» geraten war.

Die Hausfrauen dieses abgelegenen Fleckens hießen mich ebenso herzlich willkommen, wie es ihre Schwestern andernorts getan hatten, ja, in der Tat war ihre Gastfreundschaft so überwältigend, daß ich mich letzten Endes gezwungen sah, einen Teil der mir angebotenen Getränke und Speisen dankend abzulehnen. Ich fragte mich, ob ich kränkelte und mir womöglich eines der im Winter üblichen Leiden zugezogen hatte, sagte mir dann aber, daß ein Mensch nun einmal nicht mehr als eine gewisse Menge an Haferplätzchen und Ale in sich aufnehmen kann, und nach etwa einer Stunde hatte auch ich diese Grenze unweigerlich erreicht.

Als letztes besuchte ich das Haus des Müllers, wo ich allzu lange verweilte und mich am Ende sogar überreden ließ, doch noch zum Essen zu bleiben. Ursprünglich hatte ich weiterziehen wollen, solange noch die Sonne schien, denn die Dorfältesten, die sich mit den Unbilden des Wetters bestens auskannten, hatten für die nächsten Stunden Schnee vorhergesagt. Vor diesem Wetterumschwung hätte ich gern in einem Haus Zuflucht gefunden, für das meine Gegenwart, sollte mich der Schnee tatsächlich ein paar Tage lang am Weiterziehen hindern, keine allzu große Last bedeutete. Die Leute in dieser Gegend waren arm, und wenn bei mehr als einer Mahlzeit ein zusätzliches Maul gestopft werden mußte, gingen ihre Wintervorräte rasch zur Neige.

Doch der Müller und seine Frau hatten eine Tochter, ein hübsches, dralles Mädchen mit dunklen Haaren und funkelnden, schwarzen Augen. Ich war mir sicher, daß die Dorfjungen sie ebenso leidenschaftlich umschwärmten wie die Honigbienen das blühende Heidekraut. Sie war zweifellos die hübscheste junge Frau, die ich in letzter Zeit gesehen hatte, und obgleich zwischen uns – außer einer zufälligen Berührung der Hände oder der Füße unter dem Tisch – ganz bestimmt nichts war, bereitete es mir großes Vergnügen, dazusitzen und ihr zuzusehen, wie sie sich so voller Eifer über den Inhalt meines Bündels beugte. Sehnsüchtig strich sie über die Haarbänder und versuchte, ihre Mutter zu einem Kauf zu überreden, doch die brave Hausfrau blieb unerbittlich.

«Das können wir uns nicht leisten, Kind, und damit Schluß. Und es hat gar keinen Zweck, daß du dich an deinen Vater wendest», fügte sie hinzu, als der Müller, die Kleidung ganz weiß vom Mehl, zur Tür hereinkam. Er sah hungrig aus und erwartete offensichtlich sein Mittagessen. «Er wird dir nämlich nichts anderes sagen.» Dabei warf sie ihm vorsichtshalber einen drohenden Blick zu, falls er es wagen sollte, ihr Machtwort in Zweifel zu ziehen.

Der Müller strich seiner Tochter bedauernd über das Haar und versuchte, aus den Umständen das Beste zu machen.

«Wann hast du denn schon einmal Gelegenheit, etwas so Edles zu tragen, Tochter? Und ich glaube nicht, daß dieser Lausejunge, Mark Wilson, dich mit einem Band im Haar noch hübscher findet. Er ist doch jetzt schon völlig vernarrt in dich.»

Doch das Mädchen sah so niedergeschlagen aus, daß ich ihr das Bündel mit den Haarbändern zuschob.

«Hier, sucht Euch eines aus», sagte ich. «Damit begleiche ich dann mein Essen.»

Ihre Freude und die mit ein wenig mehr Zurückhaltung geäußerte, aber nicht minder herzliche Dankbarkeit ihrer Eltern entschädigten mich reichlich für den erlittenen Verlust, obwohl sie ein teures Band aus dunkelroter Seide wählte, das ich erst wenige Wochen zuvor einem portugiesischen Händler im Bristoler Hafen abgekauft hatte. Und die zwei Teller Fischsuppe (es war Freitag), die ich mit mehreren Bechern hausgemachtem Ale hinunterspülte, ließen jeden Anflug von Reue, der sich angesichts meiner großzügigen Geste doch noch hätte einstellen können, ein für allemal versiegen.

Beide Frauen waren erpicht auf Neuigkeiten aus der großen Welt, und als sie hörten, daß ich erst im vergangenen September in London gewesen war, überschütteten sie mich mit Fragen über alles, was auch nur im entferntesten mit dem königlichen Hof zu tun hatte. Ob ich den König jemals höchstpersönlich gesehen hätte? Oder die Königin? Oder ein anderes Mitglied der königlichen Familie? Wie die neueste Mode in London aussähe? Ob sich die Frauen dort tatsächlich die Gesichter weiß anmalten? An dieser Stelle gab der Müller ein verächtliches Schnauben von sich und fragte mit vollem Mund, was die beiden mit den Antworten auf derlei Fragen wohl anfangen könnten. Doch seine Frau und seine Tochter ließen sich von diesem Einwand nicht schrecken. In ihrer abgeschiedenen kleinen Welt über den Schnitt der Ärmel, die Form der Mieder und die Länge der Röcke der feinen Damen in London zu klatschen war Balsam für ihre ausgehungerten Seelen.

Zu ihrem großen Bedauern mußte ich eingestehen, daß ich mich in den Einzelheiten der Damenmode nicht sonderlich gut auskannte; was ihre restlichen Fragen betraf, hätte ich ihnen – ebenso wie Bruder Simeon – in der Tat einiges erzählen können. Aber sie hätten mir ohnehin kaum geglaubt, und so befriedigte ich ihre Neugier mit einer Geschichte über den Herzog von Clarence, der, als er einmal den Gerichtstagen in der Westminster Hall beiwohnte, irgendwann bemerkt hatte, daß der Bürgermeister während des Verfahrens eingenickt war. Der Herzog hatte daraufhin dem nächsten Zeugen höhnisch zugeraunt: «Sprecht etwas leiser, Sir, Seine Ehren schlummert!» – eine Bemerkung, die in London beinahe zu einem offenen Aufstand geführt hatte.

«Denn niemand, nicht einmal der König höchstpersönlich, kommt ungeschoren davon, wenn er den Bürgermeister von London beleidigt. So etwas lassen sich die Londoner nicht gefallen. Der Bürgermeister und die anderen Ratsherren stehen in ihrem Ansehen höher als jedes Mitglied der königlichen Familie, und die Würde und die Rechte der Stadt hüten sie wie ihre Augäpfel. Am Ende mußte der Herzog Mayor Owlgrave demütig um Verzeihung bitten, was er allerdings erst tat, nachdem König Eduard sich eingeschaltet und seinen Bruder zu einer Entschuldigung genötigt hatte.»

«Wie man hört, sind König Eduard und der Herzog von Clarence nicht gerade ein Herz und eine Seele», schaltete sich die Müllersfrau ein. «So haben es uns jedenfalls die vorbeiziehenden Reisenden erzählt.»

Einen Augenblick dachte ich über ihre Worte nach. Schließlich antwortete ich vorsichtig: «Mit Sicherheit bringt der König ihm nicht die gleiche Hochachtung entgegen wie seinem Bruder Richard, und ganz gewiß setzt er kein Vertrauen in ihn. Das wiederum ist nicht erstaunlich, wenn man bedenkt, wie oft Prinz Georg seinen Mantel schon nach dem Wind gehängt hat.

Und dennoch hat der König ihm bereits so oft verziehen, daß ihm letztlich doch recht viel an ihm liegen muß. Ja, ich glaube wirklich, daß zwischen allen drei Brüdern ein starkes Band der Zuneigung besteht.»

Der Müller legte seinen Löffel nieder und sah mich über den Tisch hinweg nachdenklich an. «Für einen Hausierer seid Ihr außergewöhnlich gut unterrichtet.»

Diesen Vorwurf hatte ich schon so oft gehört, daß ich unverzüglich mit meiner üblichen Antwort parierte: «Nicht besser als jeder andere, der dem Gerede in den Wirtshäusern lauscht und in der Welt Augen und Ohren offenhält. Wie andere Menschen ziehe auch ich meine eigenen Schlußfolgerungen daraus, ohne daß diese immer mit der öffentlichen Meinung übereinstimmen müßten.»

Zum Glück gab sich der Hausherr mit dieser Erklärung zufrieden. Er schnitt sich ein Stück Schafskäse ab und stopfte es sich in den Mund, was in den nächsten Minuten ohnehin jede weitere Unterhaltung mit ihm unmöglich machte. Ich stand auf.

«Ich muß weiter», sagte ich, ging zur Tür und blickte zum Himmel. «Dem Stand der Sonne nach zu urteilen, müßte es nur noch etwa eine Stunde bis Mittag sein, und in dieser Jahreszeit gehen die Tage schnell zur Neige. Wie weit ist es bis zum nächsten Dorf, wenn ich mich weiter westwärts wende?»

Die Müllersfrau trat zu mir vor die Tür, doch noch ehe sie mir antworten konnte, wurden wir durch herannahendes Hufgeklapper abgelenkt. Zwei Reiter galoppierten auf ihren Pferden so schnell durch den Mühlenbach, daß das eisige Wasser nach allen Seiten spritzte. Die Tiere warfen den Kopf zurück und schnaubten weiße Atemwolken in die kalte Winterluft. Die Männer zogen die Zügel an und glitten, vor Kälte zitternd, von ihren Pferden.

Beide trugen warme, aber einfache handgesponnene Kleidung und dicke Friesmäntel. Ihre Stiefel, vermutlich aus zweiter oder dritter Hand erstanden, waren, wenn auch aus echtem Leder, heruntergelaufen. Ihre vom eisigen Wind geröteten Gesichter wirkten rund und wohlgenährt, und ein gewisser Bauchansatz bei dem kleineren der beiden ließ vermuten, daß der Herr, bei dem sie in Lohn und Brot standen, gut für seine Diener sorgte. Beide Männer waren jung, etwa in meinem Alter, und besaßen die dunkle Hautfarbe der Waliser, was hier an der Grenze zwischen England und Wales, wo sich die beiden Volksgruppen seit Jahrhunderten vermischten, keine Seltenheit war. Ihr Tonfall allerdings war ganz von dem flachen, rauhen Klang ihrer angelsächsischen Vorfahren geprägt – zwei waschechte Männer aus Wessex.

Der ältere und dünnere der beiden wandte sich an die Müllersfrau.

«Wir suchen Bruder Simeon. War er hier? Wie wir gehört haben, soll er in dieser Gegend gewesen sein.»

Inzwischen hatte sich auch der Müller zu uns gesellt und antwortete auf die Fragen.

«Der Mönch war vor einer Woche hier. Warum? Wer will das wissen?»

Der jüngere Mann sagte: «Unsere Mistress, die Gattin von Sir Hugh Cederwell. Sie muß den Bruder dringend sprechen. Wir sollen ihn bitten, so schnell wie möglich zu ihr zu kommen.»

Der Müller zuckte mit den Schultern. «Also, hier ist er jedenfalls nicht, wie ich Euch schon sagte. Angeblich war er zum Kloster Woodspring unterwegs, an Eurer Stelle würde ich in dieser Richtung reiten.»

Die beiden Männer brummten ein paar Worte des Dankes und stiegen wieder auf ihre Pferde. Die Einladung der Hausfrau zu einem Becher Ale lehnten sie höflich ab.

«Wir reiten lieber noch bei Tageslicht weiter. Falls wir wirklich bis zum Kloster müssen, haben wir noch eine hübsche Strecke zurückzulegen.»

Erneut durchquerten sie den Bach, und von den Pferdehufen spritzten schillernde Tropfen auf, die einen Augenblick lang in der hellen, klaren Luft zu hängen schienen. Ich ging in die Mühle zurück, um meine Sachen zu packen.

«Wer ist Lady Cederwell?» fragte ich.

«Wie die Männer sagten», erklärte Mistress Miller, während sie mir half, meine Waren einzusammeln und in mein Bündel zu packen, «ist sie die Frau von Sir Hugh Cederwell von Cederwell Manor. Das Herrenhaus liegt etwa fünf oder sechs Meilen westlich von hier, in Sichtweite des Severn; so wurde es mir zumindest erzählt. Ich selbst bin noch nie so weit gekommen, aber», fügte sie stolz hinzu, «ich kenne Leute, die schon da waren.»

«Ach was, dummes Geschwätz», brummte der Müller und ging zurück an seine Arbeit.

«Das finde ich nicht», seufzte seine Frau gekränkt. «Womit ich nicht sagen will, daß ich Cederwell Manor unbedingt sehen möchte. Es soll ziemlich klein sein. Ganz anders als Lynom Hall, da würde ich wirklich gern einmal hin. Es ist in dieser Gegend der größte Landsitz und liegt von hier aus noch näher. Zudem ist die Witwe Lynom nach allem, was man hört, eine bildhübsche Frau. Ihr rotes Haar hat keine graue Strähne, heißt es, obwohl sie ihre Blütezeit längst hinter sich hat.»

«Vielleicht färbt sie es mit Alkannawurzel», mutmaßte die Müllerstochter. «Die kocht man doch auch aus und nimmt das Wasser, um den Käse rot zu machen. Warum sollte das gleiche Rezept nicht auch bei Haaren wirken?»

Doch die Müllersfrau war nicht bereit anzunehmen, daß hier in Somerset eine hochwohlgeborene Lady zu solchen Täuschungsmanövern Zuflucht nahm. In London oder Bristol mochte so etwas ja vorkommen ... Ihr vielsagendes Achselzukken schien anzudeuten, daß sie in jenen Lasterhöhlen einfach alles für möglich hielt. Bei einem Teller Fischsuppe über die neuesten Marotten der Stadtbevölkerung zu plaudern war das eine, die gleichen Verhaltensweisen gottesfürchtigen Landbewohnern zu unterstellen etwas ganz anderes.

Ich schlang meinen Umhang um, hievte mein Bündel auf die Schultern und nahm meinen Knüppel fest in die rechte Hand.

«Ich wäre Euch sehr verbunden», sagte ich, «wenn Ihr mir den Weg nach Lynom Hall beschreiben könntet. Mistress Lynom scheint mir eine Dame zu sein, der meine Waren gefallen könnten. Und Lady Cederwell ebenso.»

Die Müllersfrau spitzte die Lippen. «Mistress Lynom wird von Eurem Besuch sicherlich begeistert sein, denn nach allem, was man hört, putzt sie sich gern heraus und gilt als ausgesprochen eitel. Bei Lady Cederwell dagegen werdet Ihr auf taube Ohren stoßen. Von ihr heißt es, sie sei eine äußerst fromme Frau, eine demütige Tochter der Kirche und häufiger an ihrem Betpult als vor dem Spiegel anzutreffen.»

«Nun», antwortete ich gelassen, «vielleicht benötigen die weiblichen Mitglieder ihres Haushaltes ja Nadel und Faden oder ein paar Schnüre und Spitzen. Und wie Ihr wißt, habe ich auch Messer, Löffel und andere nützliche Gerätschaften dabei.»

«Richtig.» Die Hausfrau dachte kurz nach und wandte sich dann an ihre Tochter. «Joanna, ich brauche dich im Augenblick nicht hier im Haus. Zieh dich an, führ den Hausierer zur Straße zurück und zeig ihm am Kreuzweg den Pfad nach Lynom.»

«Es ist doch wirklich nicht nötig, das Kind an einem solchen Tag hinaus in die Kälte zu schicken», widersprach ich, aber Mutter und Tochter ließen sich nicht beirren.

«Etwas frische Luft wird mir guttun», sagte Joanna Miller und schlüpfte in ihre Holzschuhe. Dann hüllte sie ihre zierliche Gestalt in einen derben Wollumhang und setzte die Kapuze auf.

In der Zwischenzeit war es bitterkalt geworden, ja es schien mir viel zu kalt, um noch zu schneien. Am nächsten Morgen würde es vermutlich einen außergewöhnlich strengen Frost geben. Bedächtig stieg Joanna neben mir den Hang hinauf. Sie lehnte meinen dargebotenen Arm ab und kam in ihren klobigen Schuhen offenbar ganz mühelos voran. Je weiter sie sich von ihrem Elternhaus entfernte, um so mehr schien sie sich von einem kleinen Mädchen in eine junge Frau zu verwandeln. Als sie mir sagte, sie sei fünfzehn Jahre alt und das einzige Kind ihrer Eltern, rechnete ich mir aus, daß dem Müller und seiner Frau die Segnung der Elternschaft wohl erst recht spät zuteil geworden war. Weiter überlegte ich, daß die beiden wahrscheinlich vergeblich der Versuchung zu widerstehen suchten, ihr Kind hoffnungslos zu verwöhnen, während es Joanna möglicherweise lohnend fand, ihren Eltern zuliebe weiterhin das kleine Mädchen zu spielen.

Während wir zwanglos über dieses und jenes plauderten, erreichten wir die Anhöhe und legten die kurze Strecke bis zum Kreuzweg zurück. Dort wies Joanna mir den Pfad nach Lynom Hall und fügte mit einem verschmitzten Lächeln hinzu: «Vielleicht begegnet Ihr dort ja auch gleich Sir Hugh Cederwell.»

«In Lynom Hall?» fragte ich verblüfft.

Sie nickte grinsend. «Dem Klatsch zufolge ist die Witwe seine Mätresse – aber meine Mutter wäre äußerst ärgerlich, wenn sie mich so reden hörte.»

«Wirklich?» war in diesem Augenblick alles, was mir einfiel. Ich stand da, sah sie verlegen an und kam mir, wie so oft in der Anwesenheit junger Frauen, ein wenig töricht vor. In meinem Leben hatte ich schon häufig die Erfahrung gemacht, daß ein Mann stets der gleiche blieb, unabhängig davon, mit wem er es zu tun hatte; eine Frau dagegen vermochte ihre Wesensart ganz auf die eigene Gemütslage oder die Person, der sie gerade gegenüberstand, einzustimmen.

«Wirklich? Wirklich?» ahmte sie mich lachend nach und schenkte mir einen letzten rätselhaften Blick. Dann drehte sie sich um und verschwand hinter der Wegbiegung, die hinunter ins Tal mit der Mühle führte. Einen Augenblick sah ich ihr nach, dann machte ich auf dem Absatz kehrt und folgte dem Weg, den sie mir gewiesen hatte.

Wie immer pfiff ich in meiner üblichen unmelodischen Weise vor mich hin, um mich bei Laune zu halten. Eine ganze Stunde lang ging ich so, ohne jemandem zu begnen oder eine andere menschliche Stimme zu hören. Allmählich wurden die Schatten länger, und da weit und breit keine Ansiedlung zu sehen war, machte ich mir allmählich Sorgen, wo ich die Nacht verbringen könnte. Vor Anbruch der Dunkelheit mußte ich unbedingt eine Zuflucht finden, und zum ersten Mal, seit ich das schützende Dach meiner Schwiegermutter verlassen hatte, fragte ich mich, ob mein überstürzter Aufbruch mitten im Winter tatsächlich so sinnvoll gewesen war. Hatte ich diesmal vielleicht doch meinen puren Freiheitsdrang mit einem göttlichen Auftrag verwechselt? Hatte es denn, überlegte ich, während ich meinen Umhang noch fester um mich schlang, überhaupt jemals einen anderen Grund für diesen Aufbruch gegeben als mein eigenes Verlangen, den Beschränkungen und Vorschriften, die sich durch das Zusammenleben der Menschen auf engstem Raum zwangsläufig ergaben, endlich wieder zu entkommen? War ich tatsächlich eigensüchtig, wie meine Mutter es so oft behauptet hatte? Suchte ich nach Ausreden, um mich über die Forderungen hinwegzusetzen, die nahestehende Menschen an mich stellten? Ich fand keine Antworten auf meine Fragen.

Stumm reckten die kahlen Bäume ihre knorrigen Arme in den bedeckten Himmel. Die Stille, die über der Landschaft lag, erinnerte mich an die Wintertage meiner Jugend in der Gegend von Wells. In nördlicher Richtung sah ich ein paar hügelige Weiden, doch auch auf ihnen fehlte jedes Lebenszeichen. Man hatte alle Tiere in die Häuser getrieben, wo sie sich mit den Menschen die Wärme der rauchigen Torffeuer teilten.

Plötzlich verbreiterte sich der Weg, und nach links bog ein Trampelpfad ab. Ich blieb stehen, versuchte, seinen Verlauf zu erkennen, und überlegte, ob ich ihn einschlagen sollte oder nicht. Joanna Miller hatte jedoch keinen Abzweig erwähnt, und da der Pfad durch dichtes Gestrüpp in Richtung Süden führte, beschloß ich, weiter geradeaus zu gehen. Dabei wünschte ich insgeheim, es möge mir bald ein anderer Reisender begegnen, der sich ebenso tollkühn wie ich an einem so unwirtlichen Tag auf den Weg gemacht hatte.

Nahezu auf der Stelle wurde mein Wunsch erhört, denn plötzlich vernahm ich hinter mir Räderrattern und Hufgeklapper. Ich wandte mich um und sah einen mit Feuerholz beladenen Wagen, vor dessen Deichsel ein kleines, stämmiges braunes Pferd gespannt war. Der Kutscher beugte sich so tief über die Zügel, daß sein Kopf unter der Kapuze kaum zu sehen war; seine Hände waren blaugefroren. In der Hoffnung, daß er mich mitnehmen würde, stellte ich mich rufend mitten auf den Weg, doch entweder hörte er mich nicht, oder er war so sehr damit beschäftigt, auf schnellstem Wege nach Hause zu eilen, daß ihm nicht der Sinn danach stand, anzuhalten und einem Fremden Hilfe zu gewähren. Jedenfalls wählte er genau diesen Augenblick, um seinem Pferd die Zügel zu geben und seine Fahrt zu beschleunigen, so daß mir nichts anderes übrigblieb, als rasch zur Seite zu springen. Dabei erwischte ich einen lokkeren Stein am Wegesrand, fiel stolpernd zu Boden und vertrat mir den linken Fuß.

Ein paar Minuten lang konnte ich mich vor Schmerz nicht rühren, dann gelang es mir endlich, mich mit Hilfe meines Knüppels, der gottlob in Reichweite lag, mühsam aufzurichten. Augenblicklich erging ich mich in sämtlichen mir bekannten Verwünschungen gegen den rücksichtslosen Fuhrmann, der mich in diese mißliche Lage gebracht hatte. Nachdem ich meinem Ärger Luft gemacht hatte, setzte ich vorsichtig meinen linken Fuß auf und prüfte, wie weit ich mein Gelenk belasten konnte. Sofort schoß ein stechender Schmerz mein Bein hinauf, so daß ich noch heftigere Schmähungen von mir gab und mich fieberhaft umblickte, ob nicht doch irgendwo ein Zeichen einer nahen menschlichen Ansiedlung zu sehen war.

Und dann entdeckte ich es, nicht weit von mir auf der rechten Seite, ein winziges, in die steile Felswand gebautes Haus, aus dessen mit Heidekraut gedecktem Dach eine dünne Rauchsäule stieg. Mühsam schleppte ich mich bis zu der niedrigen Tür, bückte mich und kroch unter dem Steinsturz hinein. Im Inneren war es so dunkel, daß ich das Talglicht im ersten Augenblick gar nicht bemerkte. Daher sah ich auch nicht, daß der Fußboden einige Zoll unterhalb der Eingangsschwelle lag. Ich stolperte erneut, und als ich auf die nackte gestampfte Erde schlug, schoß wieder der brennende Schmerz in mein Bein, so daß ich nur noch daliegen und mich stöhnend krümmen konnte.

3

ICH MUSSTE VORÜBERGEHEND die Besinnung verloren haben, denn ich lag, als ich wieder zu mir kam, auf dem Rücken, und über mir schwebte ein von einem trüben Talglicht beleuchtetes Gesicht. Es war schmal und ausgezehrt mit sehr hellblauen Augen und blonden, fast weißen Wimpern. Unter der papierdünnen Haut war ein kräftiger Schädel zu sehen, und das schüttere Haupthaar war ebenso farblos wie die Wimpern.

Ich stützte mich auf die Ellenbogen und versuchte, mich aufzurichten, doch mein linkes Bein wehrte sich so heftig dagegen, daß ich laut stöhnend zurücksank.

«Ruhig! Ruhig!» befahl mir der Mann mit heiserer Flüsterstimme. «Wartet.»

Er drehte sich um und stellte das Talglicht auf den Boden. Dann zog er mir den linken Stiefel aus, befühlte vorsichtig meinen Knöchel und brummte dabei leise vor sich hin. Schließlich hob er den Kopf.

«Nur geschwollen», sagte er. «Knochen heil. Zwei Tage Ruhe. Vielleicht drei. Dann wieder gesund.»

Er nahm das Talglicht und hielt es über seinen Kopf, wobei er den Birkenzweigen, mit denen das Dach aus Heidekraut befestigt war, so gefährlich nahe kam, daß ich einen Warnschrei ausstieß. Der Mann zeigte sich davon jedoch gänzlich unbeeindruckt und wies mit der freien Hand nach hinten. Ich drehte mich um, und da sich meine Augen inzwischen an die Dunkelheit gewöhnt hatten, erkannte ich hinter mir in einem Teil der halbrunden, in die Wand gehauenen Laibung ein Strohbett.

«Da hinlegen», forderte mich mein Retter auf.

Und während ich mich unter Schmerzen über den Fußboden schleppte, hob er mein Bündel und meinen Knüppel auf und stellte beides vorsichtig in eine Ecke. Dann ging er zu drei übereinander in die Wand gehauenen Nischen, in denen er seine Vorräte aufbewahrte, um aus der obersten einen Tontopf zu nehmen. Er bedeutete mir, Wams und Kniehose auszuziehen – eine Aufgabe, die ich ohne seine Hilfe nicht zu bewältigen vermochte –, kniete sich neben mich, tauchte die Finger in den Topf und rieb mir mit dessen Inhalt das brennende Gelenk ein. Am Geruch erkannte ich die Salbe sofort, denn meine Mutter hatte sie früher selbst bereitet: Es war eine Paste aus Raute, Borretsch und Honig, die selbst die hartnäckigsten Schwellungen zum Abklingen brachte. Nahezu augenblicklich fühlte sich mein Gelenk schon viel besser an.

«Wie heißt Ihr?» fragte ich.

Er antwortete nicht gleich, und ich fragte mich schon, ob er mich überhaupt gehört hatte, dann blickte er hoch und murmelte: «Ulnoth.»

«Das ist ein sächsischer Name», erwiderte ich.

«Ja, sächsisch», nickte er.

«Und wie heißt Euer Vater?»

Nach wiederum kurzem Schweigen brummte er: «Wolf. Ich Ulnoth Wolfsohn.»

Ich nickte. «Und habt Ihr auch Kinder?»

Bis er antwortete, verging erneut eine Weile. Schließlich murmelte er: «Nein. Keine Kinder. Kein Ulnothsohn. Keine Ulnothtochter.»

Schon auf meinen früheren Reisen war ich gelegentlich Menschen wie ihm begegnet. Obwohl die Eroberung durch die Normannen bereits viele Jahrhunderte zurücklag und sich das angelsächsische und das normannische Blut vielerorts längst so vermischt hatten, daß sich unser Volk nur noch mit dem Kunstwort «englisch» beschreiben ließ, waren an abgeschiedenen Orten noch immer Nachfahren der alten Sachsen zu finden.

Nachdem er mein Fußgelenk ausgiebig verarztet hatte, half Ulnoth mir wieder in meine Kleider. Dann nahm er einen Armvoll Reisig von dem Haufen an der Außenwand, entfachte damit die Glut in der Feuerstelle und stellte einen alten, wackeligen Dreifuß mit einem ebenso angejahrten Eisentopf hinein. Diesen hatte er offenbar schon vorher mit Wasser aus dem Bächlein gefüllt, das draußen über die Felswand rann. Dazu warf Ulnoth nun verschiedene getrocknete Kräuter, die in Büscheln von der Decke hingen, sowie die Reste eines bereits zerlegten Kaninchens, die er zuvor seiner Vorratskammer, einem Loch im gefrorenen Boden, entnommen hatte.

Die Brühe, die er aus diesen Zutaten bereitete, schmeckte köstlich, und ich vertilgte sie zusammen mit allen Bedenken, die mir aufgrund einer Fleischmahlzeit an einem Freitag hätten kommen können. Ich ging davon aus, daß mein Gastgeber gar nicht wußte, welchen Wochentag wir hatten, aber da irrte ich mich. Nachdem wir uns satt gegessen hatten, schüttete Ulnoth die letzten Tropfen des hausgemachten Mets, mit dem wir unsere Mahlzeit abgeschlossen hatten, als Trankopfer auf die Türschwelle seiner Hütte.

«Für Frigg», sagte er, als er meinen fragenden Blick bemerkte. «Heute Friggs Tag.»

Natürlich. Frigg, die Mutter der nordischen Gottheiten. War sie nicht auch Odins Gattin? Ich war mir nicht sicher, konnte mich nicht mehr genau erinnern. Überdies war es mir in diesem Augenblick auch ziemlich gleichgültig. Meine Augenlider wurden immer schwerer, und mein Körper fühlte sich träge an. Das Strohbett, auf dem ich lag, war zwar voller Ungeziefer, aber herrlich warm, und die Salbe hatte meine Schmerzen weitgehend gestillt. Bevor ich noch weiter nachdenken konnte, schlief ich schon tief und fest.

Ulnoth sollte recht behalten. Mein Knöchel war nicht ernsthaft verletzt; ich hatte ihn mir beim Hinfallen nur ordentlich verstaucht. Dank Ulnoths fürsorglicher Pflege ging es mir nach zwei Tagen schon sehr viel besser, aber dann war Sabbat, so daß ich noch einen Tag wartete und schließlich noch einen weiteren Tag dranhängte, um ganz sicherzugehen, daß ich meinen Fuß auch wirklich wieder belasten konnte. Am Dienstag jedoch – oder, wie Ulnoth sagte, am Tyrstag, dem Tag des alten Kriegsgottes – konnte ich nicht mehr länger bleiben. Zum einen hätte mein Gastgeber sonst selbst bald am Hungertuch genagt, zum zweiten lasteten die Ruhe und das Nichtstun bleischwer auf meiner Seele.

Da Ulnoth sich nur schwer ausdrücken konnte und es offenbar auch nicht gewohnt war, ein längeres Gespräch in Gang zu halten, hatte ich zunächst angenommen, es handele sich bei ihm um ein eher einfaches Gemüt. Mit der Zeit stellte ich fest, daß dies ein Irrtum war. Eines Tages erzählte ich ihm nebenbei von meinem Besuch im Nachbardorf. Ich war mir nicht sicher, ob er mir überhaupt zuhörte, als er mich plötzlich unterbrach: «Müller. Ihr wart in Mühle.»

«Woher wußtet Ihr das?» fragte ich ihn.

Statt einer Antwort streckte er eine Hand aus und strich über meinen Ärmel. Dann zog er das Talglicht näher und deutete auf seine leicht mit Mehl bestäubten Fingerspitzen. Ein anderes Mal sagte er unvermittelt: «Eure Frau tot.» Die Bemerkung war nicht als Frage gemeint, und wieder fragte ich ihn, wie er darauf gekommen sei.

Er lächelte. «Ihr redet von Kind. Tochter. Ihr redet von Mutter. Redet nicht von Frau. Warum?» Er zuckte mit den schmalen Schultern. «Eure Frau tot.»

Vermutlich wäre jeder andere zu den gleichen Schlüssen gekommen, aber Ulnoth hätte ich eine solche Kombinationsgabe schlichtweg nicht zugetraut, da er offensichtlich kaum jemals mit anderen Menschen in Berührung kam. Wann immer jemand draußen auf dem Pfad vorbeikam, drückte er sich in die entlegenste Nische des Hauses und bedeutete mir, ruhig zu sein. Zu dieser Jahreszeit war das offenbar eher selten der Fall, aber gerade an jenem Morgen hatten wir auf dem steinharten Boden schon Schritte vernommen, und wenig später hörten wir aus der entgegengesetzten Richtung Hufgeklapper. Ulnoth lebte von Kleintieren und Vögeln, die er in den umliegenden Wäldern fing, hatte sich jedoch angewöhnt, schon früh am Morgen, wenn alle anderen noch schliefen, nach seinen Fallen zu sehen und seinen Wassertopf am Bach zu füllen.

Wurde er, wie in meinem Fall, durch die Umstände dann doch einmal zu einer Begegnung mit seinen Mitmenschen gezwungen, zeigte er ein freundliches, liebenswertes Wesen, das man bei vielen, die weitaus mehr Grund zu Dankbarkeit gehabt hätten als er, so häufig vermißte. Ulnoth verzichtete nicht deshalb auf die Gesellschaft anderer Menschen, weil er ihnen mißtraute – im Gegenteil, er kam mir fast ein wenig zu vertrauensselig vor –, sondern weil die Einsamkeit einfach zu seinem Leben gehörte. Ich konnte ihm entlocken, daß seine Eltern «vor langer, langer Zeit» gestorben waren, wahrscheinlich, so mutmaßte ich, noch in seiner Kindheit. Es war unmöglich, Ulnoths Alter zu schätzen; vermutlich war er jünger, als er aussah. Dennoch hatte er viele Jahre ganz allein verbracht, und so war es im Grunde ganz natürlich, daß ihm die Einsamkeit auch jetzt am liebsten war.

Bevor ich mich verabschiedete, fragte ich ihn, wie ich den Weg nach Lynom Hall finden könnte. Ulnoth ging mit mir nach draußen und zeigte in die Richtung, aus der ich vier Tage zuvor gekommen war.

«Pfad», sagte er und deutete nach rechts, und ich erinnerte mich an den Abzweig, den ich vor einigen Tagen gesehen hatte.

Ich dankte ihm für alles, was er für mich getan hatte, und fühlte mich ihm um so mehr verbunden, als er von mir keinerlei Entlohnung, weder Geld noch Waren aus meinem Bündel, annehmen wollte.

«Wozu?» hatte er gefragt und seine spindeldürren Hände ausgebreitet. Und ich verstand, daß es ihm aus seiner Sicht im Grunde an nichts mangelte. Die Natur und sein eigener Einfallsreichtum sorgten dafür, daß ihm alles zur Verfügung stand, sogar selbstgemachte Nadeln und Fäden.

Ich umarmte ihn in dem Gefühl, einen echten Freund gefunden zu haben; doch als ich nach nur wenigen Schritten über die Schulter zurückblickte, war er verschwunden. Ulnoth hatte nicht gewartet, um mir nachzusehen, sondern war, wie ein verschrecktes Kaninchen in den Bau, gleich wieder in sein Haus geflüchtet. Ich schüttelte lächelnd den Kopf, dann marschierte ich los. Mein linker Knöchel war so stark wie eh und je, und ich konnte es kaum erwarten, endlich nach Lynom Hall zu gelangen.

Es war ebenso kalt wie an dem Freitag, an dem ich meine Reise unterbrochen hatte, wenn nicht sogar noch kälter, und ich war nicht nur froh über meinen dicken Friesumhang mit Kapuze, sondern auch über mein scharlachrot gefüttertes Lederwams, das mir eine Witwe wenige Jahre zuvor im Tausch gegen ein paar besonders hübsche Waren aus meinem Bündel überlassen hatte.

Ich ging zurück bis zum Abzweig, schlug den Pfad nach Süden ein und suchte die Landschaft, die vor mir lag, nach Anzeichen einer menschlichen Ansiedlung ab. Doch die letzte Anhöhe einer Hügelkette, um die sich der Pfad in weiten Bögen schlängelte, versperrte mir die Sicht. Erst als ich sie umrundet hatte, breitete sich vor mir weites Flachland aus, und der Wind wehte scharfen, salzigen Meergeruch um meine Nase. In nicht allzu großer Entfernung konnte ich die Nebengebäude eines augenscheinlich recht stattlichen Anwesens erkennen. In Kürze, so vermutete ich, würde ich Lynom Hall erreichen.

Und so war es dann auch. Hinter einem Backhaus, einer Melkscheune, einer Waschküche, einer Kapelle sowie mehreren Kuh- und Pferdeställen erhob sich das von einem Wassergraben umgebene Herrenhaus. Eine breite Zugbrücke führte über den tiefen, mit Brackwasser gefüllten Graben. Während ich sie überquerte, sah ich zwei Männer Heu zu den seitlichen Ställen tragen.

«Ist Eure Mistress zu Hause?» rief ich ihnen zu.

«Ja, aber im Augenblick solltet Ihr sie besser nicht stören», antwortete der eine, worauf der andere zu kichern begann.

«Dann könnte ich vielleicht mit der Wirtschafterin oder der Köchin oder einem der Dienstmädchen sprechen», beharrte ich. «Irgendeinem anderen weiblichen Mitglied dieses Haushalts. Könnte sein, daß in meinem Bündel allerlei Nützliches für sie ist.»

Der zweite Mann setzte seine Heugabel ab.

«Ich könnte mir vorstellen, daß die alte Dame sich über Euren Besuch freuen würde», räumte er ein, und sein Kamerad nickte zustimmend.

«Sie freut sich immer, wenn jemand kommt. Ihr Leben ist furchtbar eintönig geworden. So geht's einem, wenn man älter wird und das Haus nicht mehr verlassen kann.» Er seufzte und musterte mich neugierig. Unter seiner Kapuze lugten ein paar rote Haarbüschel hervor. «Ihr seid ein großer, kräftiger Bursche. Helft uns mit dem Heu, dann führen wir Euch zur Wirtschafterin und bitten sie, Euch zu Dame Judith zu bringen. Wie heißt Ihr?»

Ich nannte meinen Namen und erfuhr im Gegenzug, daß der Rothaarige Hamon hieß und der andere Jasper. Dann legte ich mein Bündel und meinen Knüppel ab und schulterte mühelos einen ihrer Heuballen. Eine schöne rotbraune Fuchsstute mit heller Mähne und hellem Schweif sah mich aufmerksam an, als ich den warmen Stall betrat. Sie blähte die Nüstern und schnaubte heftig.

«Belle Amie überlaßt Ihr besser uns», raunte mir Hamon über die Schulter zu. «Die Stute ist Mistress Lynoms ganzer Stolz, aber sie ist bissig und verschlagen. Füttert lieber den Kleinen hier und Jessamine da hinten.» Er deutete auf einen hageren Grauschimmel. «Die beiden haben ein ruhiges und freundliches Wesen.»

«Und was ist mit ihm?» fragte Jasper und deutete auf einen großen, stattlichen Rappen mit weißen Fesseln und einer auffälligen Blesse. «Vielleicht sollten wir ...?»

«Nein!» unterbrach Hamon ihn entschieden. «Wieso sollen wir unser wertvolles Winterfutter an ein fremdes Tier verschwenden? In seinem eigenen Stall wartet genug Heu auf dieses große, gefräßige Ungeheuer!»

«Die Mistress erwartet es aber vielleicht», wandte Jasper ein. «Wie lange wird er überhaupt hierbleiben?»

Hamon gab ein anzügliches Glucksen von sich. «Woher soll ich das wissen? So lange wie sein Herr, und wie lange wird der wohl brauchen? Das läßt sich in so einem Fall nicht sagen.» Und dann brachen sie beide in lautes Gelächter aus und stupsten sich gegenseitig in die Rippen.

Ich fragte nicht nach, worauf sie anspielten, weil ich es für klüger hielt, unwissend zu erscheinen; allerdings ahnte ich den Grund für ihre Heiterkeit. Hatte Joanna Miller nicht angedeutet, in Lynom Hall könnte mir Sir Hugh Cederwell begegnen? «Dem Klatsch zufolge ist die Witwe seine Mätresse.» Sollte an dem Gerücht etwas dran sein, war es besser, wenn ich über diese dann geheime Liaison möglichst wenig wußte. Schließlich hoffte ich, daß das gute Wetter anhielt und ich am selben Tag noch bis Cederwell Manor kam.

Nachdem die Pferde gefüttert waren und Jasper, als sein Gefährte gerade nicht hinsah, auch dem Rappen etwas Heu in die Krippe geworfen hatte, nahm ich mein Bündel und meinen Knüppel wieder zur Hand und folgte den beiden Männern zur Rückseite des Hauses. In der Küche herrschte im Gegensatz zur bitteren Kälte draußen eine geradezu überwältigende Hitze, die sowohl von der großen Feuerstelle in der Mitte des Raumes als auch von mehreren in die dicken Steinmauern eingefügten Öfen kam. Eine stattliche Frau mit grauem Kleid und Leinenhaube schwang eine gewaltige Suppenkelle wie einen Amtsstab hin und her, und in gewisser Weise erfüllte das Küchengerät vermutlich auch einen ähnlichen Zweck; sie gab eindeutig den Ton an und scheuchte die Küchenmädchen umher, die sich alle Mühe gaben, ihre Aufträge zu erfüllen.

«Was wollt Ihr Lausebengel denn hier in meiner Küche?» rief sie, als sie Hamon und Jasper erblickte. «Raus mit Euch, bevor Ihr den Dreck aus dem Hof und den Ställen auf meinem sauber geschrubbten Küchenboden verteilt!»

«Hier ist ein Hausierer», entgegnete Hamon gekränkt, «der seine Waren feilbieten möchte. Wir dachten, die alte Dame würde sich vielleicht über seinen Besuch freuen.»

Ich trat vor und sah lammfromm zu Boden, während der Hausdrachen mich in Augenschein nahm. Offenbar bestand ich vor ihrem strengen Blick, denn ihre Gesichtszüge wurden ein wenig weicher, und sie nickte freundlich.

«Nun gut», sagte sie und kniff ihre blauen Augen zu schmalen Schlitzen zusammen. «Hast du Hunger, mein Junge?» Als ich dies bejahte, beauftragte sie ein flachsblondes Küchenmädchen, mir einen der Apfelküchlein zu reichen, die auf einer Marmorplatte neben der halb geöffneten Tür zum Abkühlen standen. «Bei seiner Statur gibst du ihm am besten das größte.»

Die Küchenmagd schob eins der Küchlein auf ein Holzbrett und streckte es mir verlegen kichernd entgegen. Augenblicklich brachen Hamon und Jasper in lautes Wehgeschrei aus, wie lecker die Küchlein aussähen und wie ungerecht es doch sei, daß ein hochgewachsener Bursche aufgrund seines Körperbaus gegenüber seinen Kameraden bevorzugt wurde.

«Ach was … dann gib ihnen halt auch jedem ein Küchlein, Bet», rief die Köchin ihrem Mädchen zu. Dann verzog sie den Mund. «Aber ihr beide eßt draußen. Ihr stinkt nach Pferdestall!»

Die beiden Stallburschen schienen sich an ihrem Tonfall nicht zu stören; im Gegenteil, sie grinsten breit, nahmen ihre Apfelküchlein entgegen und verschwanden durch die Tür nach draußen. Mir wurde gestattet, mich mit meinem Kuchen in Ruhe neben das Feuer zu setzen, und allmählich drang die Hitze der flackernden Flammen an meine durchgefrorenen Knochen. Als von dem Kuchen kein Krümelchen mehr übrig war, wurde Bet beauftragt, mich zu Dame Judith zu bringen.

«Die Mutter des verstorbenen Herrn», erklärte die Köchin, während sie einige üppige, am Spieß bratende Hühnchen mit Fett beträufelte, «klagt nur noch darüber, wie sehr man sie seit dem Tod ihres Sohnes vor drei Jahren vernachlässigt. Tatsächlich hat sie bei der Mistress nicht gerade einen Stein im Brett. Andererseits», fügte sie bedachtsam hinzu, «neigen ältere Menschen meines Erachtens immer dazu, ihr schweres Los zu übertreiben.»

«Ist Dame Judith oben oder unten?» fragte Bet und erfuhr, daß die alte Dame in ihrer Kemenate zu finden sei.

Sie führte mich aus der Küche in einen schmalen Korridor, in dem die durch die offenen Türen eindringende Zugluft die Binsen auf den Steinplatten durcheinanderwirbelte. Nach der Hitze in der Küche ließ die plötzliche Kälte uns beide erschaudern. Während ich Bet folgte, machte ich an der gegenüberliegenden Seite des Korridors verschiedene Räume aus – Kontor, Herrenzimmer und Salon –, deren Fenster jeweils nach vorn auf den

Weg jenseits des Wassergrabens schauten. Das alles war nur deshalb so deutlich zu sehen, weil die Fensterläden im Salon trotz der rauhen Witterung weit offenstanden und Lynom Hall von keiner Schutzmauer umgeben war. Hier auf diesem abgeschiedenen Fleckchen Erde hatten die Menschen offenbar keinen Angriff ihrer Nachbarn zu fürchten.

«In diesem Haus scheint jemand besonderen Wert auf Frischluft zu legen», sagte ich zu Bet, als sie vor mir die Wendeltreppe hinaufstieg.

«Ja, die alte Mistress», erklärte sie verlegen. «Ihr scheint die Kälte nichts auszumachen, auch wenn es draußen noch so eisig ist. Zumindest behauptet sie das. Ich glaube aber, daß sie einfach nur neugierig ist. Sie sitzt gern am Fenster und schaut, was draußen vor sich geht. Die junge Mistress macht das ganz verrückt, das könnt Ihr mir glauben. Am besten schließe ich die Läden gleich beim Hinuntergehen. Dame Judith war nämlich vorhin im Salon.»

Dann führte sie mich in die Kemenate, in der es an diesem frostigen Wintertag ebenso feucht und kalt war wie im übrigen Haus. Trotzdem strahlte der Raum auch eine gewisse Behaglichkeit aus; es waren deutliche Anzeichen von Wohlstand zu sehen, ein Kandelaber aus feinem Zinn mit reinen Wachskerzen, einige hübsche Wandteppiche und mehrere, am Fenstersims aufgeschichtete Kissen. Zwei der Fenster waren verglast – was damals noch eine größere Seltenheit war als heute, wo ihr, meine Kinder, so viele dieser neuartigen Annehmlichkeiten als selbstverständlich erachtet – und ein drittes mit Hornplatten verkleidet. Das vierte Fenster aus gespanntem und geöltem Leintuch war weit geöffnet. Bet lief hin, um es eilig zu schließen.

«Ihr wißt doch, was die Mistress sagt, wenn Ihr bei diesem Wetter die Fenster öffnet», schimpfte sie. «Ihr werdet Euch noch den Tod holen, Dame Judith.»

Die in einem Stuhl am Feuer sitzende alte Frau schnaubte höhnisch.

«Und was, bitte schön, würde dann geschehen? Im Grunde hofft dieses verlogene Weibsstück doch nur darauf. Meine Schwiegertochter tut bloß so, als mache sie sich Sorgen um mich, in Wirklichkeit käme ihr nichts gelegener, als mich endlich los zu sein. Wo ist sie überhaupt? Keine Menschenseele hat sich um mich gekümmert, seitdem man mich hier hochgebracht hat. Was macht sie? Warum kommt sie nicht zu mir?»

«Die Mistress hat zu tun», antwortete Bet und errötete. «Schaut her, hier ist ein Hausierer, der seine Waren verkaufen möchte. Ich habe ihn eigens zu Euch gebracht, damit er Euch Gesellschaft leistet.»

Dame Judith streifte mich mit einem flüchtigen blaßblauen Blick, schien sich jedoch im Augenblick nicht weiter mit mir abgeben zu wollen.

«Lenk nicht ab», sagte sie streng. «Du gehst auf der Stelle zu meiner Schwiegertochter und sagst ihr, sie soll zu mir kommen.» Auf ihrem runzeligen Gesicht zeigten sich, als sie es jetzt voller Abscheu verzog, noch mehr Falten als sonst. «Ich weiß, was sie tut, diese Hure! Sie glaubt vielleicht, sie könnte mir Sand in die Augen streuen, aber du kannst ihr ruhig sagen, daß sie sich da gründlich irrt. Ich bin nicht von vorgestern! Dieser Sir Hugh Cederwell ist wieder hier. Du brauchst es gar nicht zu leugnen! Ich habe mit eigenen Augen gesehen, wie er kurz nach dem Frühstück angeritten kam, während ich noch im Salon saß.» Unvermittelt grinste sie, so daß ihre zahnlosen Gaumen zu sehen waren. «Ich sehe mehr, als die Leute mir zutrauen.»

«Das kommt daher, weil Ihr den ganzen Tag am sperrangelweit geöffneten Fenster sitzt», maßregelte Bet die alte Dame. Dann winkte sie mich heran. «Das ist der Hausierer, von dem ich gesprochen habe. Mit ihm könnt Ihr Euch ein wenig unterhalten, er wird Euch seine Waren zeigen.»

Bevor Dame Judith noch irgendeinen Einwand erheben konnte, war Bet bereits aus dem Zimmer verschwunden. Nun war ich allein mit der unbeugsamen alten Dame, und angesichts ihrer Zerbrechlichkeit kam ich mir noch linkischer und riesiger vor als sonst. Mit ihrem grauen Kleid, ihren Hauspantoffeln und den zerzausten, unter ihrer Haube hervorlugenden weißen Locken erinnerte sie mich an eine zarte Rauchfahne, die der nächstbeste Windhauch davontragen könnte. Sie sah mich durchdringend an.

«Alle denken sie, ich würde nicht mitbekommen, was in diesem Haus vor sich geht», schnaubte sie. «Dabei weiß ich genauestens Bescheid. Dieser Sir Hugh Cederwell! Es reicht ihm nicht, daß er eine reizende junge Gattin hat, er braucht eine reife Frau mit Erfahrung unter der Bettdecke.» Ich spürte, wie mir die Schamröte ins Gesicht stieg. Dame Judith sah mich an und lachte. «Das ist Euch peinlich, was? Aber, aber! Ein offenes Wort, und Ihr verliert die Fassung? So ein hübscher Bursche wie Ihr ist in dieser Hinsicht gewiß nicht unerfahren, und im Wirtshaus oder in der Schenke bekommt Ihr von Euren Kameraden ganz bestimmt doch auch die eine oder andere Ferkelei zu hören. Nur aus dem Mund einer Frau wollt Ihr solche Worte nicht vernehmen, habe ich recht? Nun gut! Dafür sollte ich Euch nicht tadeln. Wie schön, daß Ihr der Weiblichkeit eine solche Hochachtung entgegenbringt. Also!» Sie klatschte in ihre dünnen, knorrigen Hände. «Zeigt mir Eure Waren. Ich verspreche Euch, etwas zu kaufen, auch wenn ich es nicht wirklich brauche. Es soll Euch für Eure Zeit und Eure Gesellschaft entlohnen, denn das sind die beiden Dinge, die mir am meisten fehlen.»

Von ihrem hohen, mit Schnitzereien verzierten Stuhl aus forderte sie mich auf, eine Eichentruhe mit flachem Deckel von der Wand herüberzuziehen, damit ich meine Waren darauf ausbreiten konnte. Diese schienen Dame Judith jedoch nicht sonderlich zu interessieren. Sie faltete die Hände im Schoß, lehnte sich in ihrem Stuhl zurück und erging sich in Erinnerungen an ihre Jugend, die sie als hübsche, junge Frau am Hofe König Heinrichs verbracht hatte, ehe, wie sie sich ausdrückte, die «Schwierigkeiten und großen Umwälzungen» begannen.

«Von Zeit zu Zeit war der arme Mann ganz dem Wahnsinn verfallen, so wie sein Großvater, der französische König, den sein Vater bei Agincourt bezwungen hatte. Und wenn er nicht wahnsinnig war, pflegte er auf Knien zu beten oder uns zu ermahnen, unsere Brüste zu bedecken. Seiner Ansicht nach waren tief ausgeschnittene Kleider das Werk des Teufels. Dabei war Königin Margaret von uns allen am gewagtesten gekleidet! Als er seinen Sohn, Prinz Eduard – er ist ja vor ein paar Jahren in Tewkesbury gefallen –, zum ersten Mal sah, behauptete er, der Junge sei das Kind des Heiligen Geistes.» Dame Judith kicherte vergnügt. «Wohl eher das Kind des Grafen von Wiltshire oder von Somerset! Das zumindest haben wir damals angenommen. Wir ...»

Die Tür zur Kemenate schwang auf, und die alte Dame brach abrupt ihre Erzählung ab und ließ ihre Kiefer zusammenklappen wie die eines hölzernen Nußknackers. Im nächsten Augenblick schalt eine herrische Stimme: «Mutter, was tust du da? Wer ist dieser Mann? Und was macht er in deiner Kemenate?»

4

DAME JUDITH richtete sich auf und sagte kühl: «Bet hat diesen Hausierer zu mir geführt. Sie dachte, ich würde mich vielleicht für seine Waren interessieren.»

«Bet hat nicht zu denken», lautete die knappe Antwort der Hausherrin, die nun ins Zimmer trat.

Die Müllersfrau hatte recht: Witwe Lynom war eine gutaussehende Frau mit hoher, breiter Stirn, blaugrauen Augen, einer langen, bemerkenswert geraden Nase und satten, vollen Lippen. Von ihren Gesichtszügen ging jedoch eine Strenge aus, die sie zumindest in meinen Augen nicht als wirklich anziehend erscheinen ließ. Sie trug ein rotes Wollkleid, das am Kragen und an den Manschetten mit Eichhörnchenfell verziert war und von einem grünen, mit Edelsteinen besetzten Ledergürtel zusammengehalten wurde. An ihren schmalen Fingern prangten mehrere Ringe, doch von dem roten Haar, das sie Joannas Meinung nach mit Alkannawurzel färbte, war nichts zu sehen, da es sich gänzlich unter einer Haube aus feinem, frisch gestärktem Batist verbarg. Gegen die sorgsam gebleichte Haut stachen die mit einer Paste aus destilliertem Erdbeersaft gefärbten Lippen – soweit war ich mit den Kunstgriffen der Frauen immerhin vertraut – besonders hervor. Sie hielt sich sehr gerade, wie es einer Frau, die von Geburt an daran gewöhnt war, anderen Befehle zu geben, wohl auch geziemen mochte. Obgleich unverkennbar war, daß sie ihr vierzigstes Wiegenfest schon vor ein paar Jahren hinter sich gelassen hatte, konnte ich mir vorstellen, daß sich ein Mann, der an eine freudlose, allzu fromme Gattin gebunden war, sich zu ihr hingezogen fühlte. In ihren Augen lag ein verwegener Schimmer, der vermuten ließ, daß sie den sinnlichen Freuden durchaus zugetan war.

«Ich weiß, daß du mir alles vorenthältst, was mir ein wenig Vergnügen bereiten könnte», erwiderte Dame Judith scharf, und ihre knochigen Wangen röteten sich vor Zorn. «Zum Glück gibt es in diesem Haushalt noch ein paar Menschen, die zu mir halten.» Dann wandte sie sich wieder an mich. «Glaubt bloß nicht, daß man mich früher, als mein Sohn noch lebte, derart abspeisen konnte. Damals wurde mir mehr Achtung entgegengebracht.»

Die Witwe seufzte und tappte mit einem lederbeschuhten Fuß verärgert auf dem Steinfußboden.

«Lüg doch nicht, Mutter! Du weißt ganz genau, daß dir hier niemand eine Bitte abschlägt. So töricht sind wir nicht; schließlich wissen wir ganz genau, wie du dich aufführst, wenn wir einmal nicht nach deiner Pfeife tanzen.»

«Aufführst?» wiederholte Dame Judith erbost. «Glaubt mir, Hausierer, ich besitze wirklich ein besonnenes, fröhliches Gemüt, aber was mir hier zugemutet wird, würde die Geduld eines Heiligen auf die Probe stellen!» Die Witwe richtete den Blick zur Decke, als betete sie um Kraft, doch ihre Schwiegermutter beachtete sie nicht. «Wieso muß ich vormittags immer hier heraufkommen und darf nicht unten im Salon sitzenbleiben, wo ich zumindest aus dem Fenster schauen und das Geschehen draußen beobachten kann? Um diese Jahreszeit», fügte sie erklärend hinzu, «ist natürlich nicht viel los. Heute sah ich lediglich einen Geistlichen und einen Fuhrmann mit einer Ladung Baumstämme, der zum Sägewerk fuhr. Ach ja, und den Schmied in Begleitung eines vermummten jungen Mädchens, das so aussah, als hätte es eine Art Stelldichein mit ihm.» Die spitze Nase der alten Dame bebte vor Erregung. «Bet muß unbedingt für mich herausbekommen, ob er diesem jungen Ding den Hof macht. Welches Mädchen das wohl sein mag?» Sie kicherte. «Bin ich nicht ein neugieriges altes Weibsstück?»

«Genau aus diesem Grund», unterbrach die Witwe Lynom sie scharf, «bringen wir dich ja in deine Kemenate, Mutter: damit du nicht bei sperrangelweit geöffnetem Fenster dasitzt und dir den Tod holst. Im Sommer kannst du so lange dort unten bleiben, wie du möchtest, das weißt du ganz genau. Also tu nicht so, als würde ich dich schlecht behandeln.» Zum ersten Mal, seitdem sie das Zimmer betreten hatte, richtete sie ihren musternden Blick auf mich, und ihr düsteres Gesicht begann, sich ein wenig aufzuhellen. «Nun, Hausierer, da Ihr schon mal hier seid, könnt Ihr uns zeigen, was Ihr zu verkaufen habt. Im Winter schauen nur selten irgendwelche Kaufleute vorbei. Ihr müßt schon ein hartgesottener Bursche sein, wenn Ihr selbst im Januar noch durch die Lande zieht.»

Dame Judith lachte gehässig. «Hast du endlich bemerkt, daß er jung ist und gut aussieht, Ursula? Sei bloß vorsichtig, mein Kind! Was, wenn Sir Hugh mitbekommt, daß du auch noch nach anderen Männern Ausschau hältst?»

Ihrer Schwiegertochter schoß das Blut ins Gesicht. «Ich weiß nicht, wovon du sprichst, Mutter. Was, bitte schön, hat das mit Sir Hugh zu tun? Er hat bereits eine Frau, für die er zu sorgen hat.»

Die ältere Dame schnaubte verächtlich. «Das heilige Fräulein Unschuld? Nun ja, was andere Männer angeht, besteht da wohl keine Gefahr. Aber er sollte sich doch ein wenig vorsehen – auch was seinen hochgeschätzten Sohn angeht –, wenn er keinen Ärger im Hause haben will. Jeanette Cederwell ist nämlich keine, die sich ohne weiteres mit einem Fehltritt abfinden würde.»

Entgegen aller Erwartungen tat mir die ständig als Zielscheibe ihrer scharfzüngigen Schwiegermutter herhaltende Ursula Lynom allmählich ein wenig leid. Deshalb versuchte ich auch, die alte Dame ein wenig abzulenken.

«Nach allem, was ich gehört habe, hätte ich nicht gedacht, daß Lady Cederwell bereits einen erwachsenen Sohn hat.»

«Um Himmels willen, er ist ja nicht ihr eigenes Kind! Nein, Jeanette ist nur zwei Jahre älter als Maurice. Er ist der Sohn von Sir Hughs erster Gattin, die bei seiner Geburt gestorben ist.» Froh über die Gelegenheit zum Klatsch, lehnte sich Dame Judith breit lächelnd in ihrem Stuhl zurück. «Damals vermuteten wir alle, Sir Hugh würde sein Leben lang Witwer bleiben – oder zumindest so lange, bis er sich seinen Herzenswunsch erfüllen würde.» Sie schenkte ihrer Schwiegertochter einen vielsagenden Seitenblick, doch die Witwe beugte sich mit übertriebenem Eifer über meine Waren. Die alte Dame fuhr fort: «Doch dann, vor nahezu sechs Jahren, besuchte er einen Vetter in der Nähe von Gloucester und kam mit einer neuen Ehefrau zurück, die seine Tochter hätte sein können: die erst kürzlich verwaiste Erbin einer großen Spinnerei.» Das Gesicht der alten Dame verzog sich zu einem hämischen Grinsen. «Wohlhabend, aber nicht so wohlhabend wie unsere Ursula, als Anthony, mein armer Sohn, zwei Jahre später starb.» Sie warf den Kopf zurück und lachte schallend.

Sir Hugh Cederwell mußte nach diesen Erzählungen etwa im gleichen Alter wie Ursula Lynom sein.

«Das reicht, Mutter», sagte die jüngere Frau abrupt. «Kauf dem Hausierer ab, was du haben möchtest, und dann leg dich vor dem Essen noch eine halbe Stunde hin.»

«Ich bin kein Kind, das du herumkommandieren kannst», gab Dame Judith zurück und fügte bissig hinzu: «Schließlich war ich lange vor dir die Hausherrin hier.»

Ursula Lynom seufzte. «Und du wirst niemals müde, mir diese Tatsache vor Augen zu halten. Trotzdem solltest du bedenken, daß mittlerweile *ich* hier das Sagen habe.» In ihrer

Stimme schwang ein leicht bedrohlicher Unterton mit, und ich sah, wie die alte Dame mit einem Mal ganz in sich zusammenfiel. Mein Mitgefühl, das die ganze Zeit über zwischen den beiden Frauen hin- und hergependelt war, schwenkte nun wieder ganz in ihre Richtung. Allerdings hätte ich wissen müssen, daß sie sich sehr wohl selbst zu wehren verstand.

Nach kurzem Schweigen ging sie sofort zum Gegenangriff über. «Sir Hugh muß heute morgen schon früh wieder gegangen sein. Ich hatte eigentlich nicht erwartet, dich noch vor dem Mittag zu sehen.»

Erneut stieg der Witwe die Röte ins Gesicht, doch sie erwiderte ruhig: «Wir waren mit unserer Besprechung fertig. Er hat mir davon abgeraten, das zum Verkauf stehende Land südlich der Ostweide zu erwerben.»

Dame Judith gab einen Ton von sich, der an den Ruf einer Eule erinnerte. «Besprechung nennst du das? Zwischen dir und Hugh Cederwell gibt es nur eine einzige Art von Besprechung, und die hat mit dem Land südlich, nördlich oder westlich der Ostweide nicht das geringste zu tun!» Und während ihre Schwiegertochter nach Atem rang, fuhr die ältere Dame unbeirrt fort: «Was habt ihr beide nur aus eurem Leben gemacht! Damals, vor über zwanzig Jahren, als er und Anthony dich umworben haben, hast du dich für meinen Jungen entschieden, obwohl allen außer dir klar war, daß du in Hugh verliebt warst. Und er war mindestens ebenso töricht. Verliert seine Frau nach nur einem Jahr Ehe, wartet weitere fünfzehn Jahre in der Hoffnung, daß du eines Tages doch noch für ihn frei wirst, und kettet sich dann an ein junges Ding, das seine Tochter sein könnte – und das alles gerade mal zweiundzwanzig Monate, ehe Anthony einem tödlichen Fieber erliegt. Ein schönes Durcheinander, was ihr da angerichtet habt!»

Die Wangen der Witwe glühten vor Zorn, was ich durchaus verstehen konnte. Dame Judith hätte niemals die schmutzige

Wäsche der Familie vor den Augen eines Fremden ausbreiten dürfen. Und genau das warf Mistress Lynom ihr nun auch vor.

«Du bist eine geschwätzige, bösartige alte Hexe, die sich überall einmischt und längst eine ordentliche Lektion verdient hat! Wie kannst du es wagen, meine persönlichen Angelegenheiten vor einem Hausierer auszubreiten! Dein lockeres Mundwerk könnte dich eines Tages noch einmal in ernsthafte Schwierigkeiten bringen.» Heftig keuchend beugte sie sich über die alte Dame. «Es könnte dich sogar dein Leben kosten, sei also vorsichtig.» Ich muß unwillkürlich einen Ausruf der Entrüstung ausgestoßen haben, denn die Witwe richtete sich erschrocken auf und setzte zu einer beschwichtigenden Erklärung an: «Ich meine ja nur, daß man nicht ständig über andere Leute tratschen kann, ohne sich dadurch Feinde zu machen. Solange du jeden Morgen am offenen Fenster sitzt, ist die Versuchung für dich einfach zu groß.»

Das war nicht gerade eine überzeugende Entkräftung ihrer Drohung und bezog sich überdies keineswegs auf Dame Judiths jüngste Anspielungen. Dennoch wirkte die alte Dame eingeschüchtert und auf Frieden bedacht.

«Ich weiß, ich weiß», murmelte sie. «Manchmal habe ich wirklich eine lose Zunge. Aber dieser Hausierer wird doch wohl nicht weitergeben, was er hier gehört hat, nicht wahr, mein Junge? Ihr wirkt auf mich nicht wie ein geschwätziger Mensch.»

«Eure persönlichen Angelegenheiten gehen mich nichts an», antwortete ich rasch. «Ich verspreche, nichts von dem zu wiederholen, was Ihr gesagt habt.»

«Siehst du, Ursula», sagte ihre Schwiegermutter beschwichtigend. «Einen braven Mann erkenne ich auf den ersten Blick. Er darf doch noch eine Weile bei mir sitzen und mir Gesellschaft leisten? Du weißt, wie sehr wir uns alle in den Wintermonaten nach ein wenig Zerstreuung sehnen.»

Ursula Lynoms Gesichtsausdruck verriet, daß sie mich am liebsten auf der Stelle nach draußen verfrachtet hätte, aber die Vernunft sagte ihr, daß sie mich damit verärgern und womöglich zu einem Wortbruch verleiten würde. Also antwortete sie mit aller Würde, die ihr zur Verfügung stand: «Bitte sehr, junger Mann, bleibt noch ein wenig bei meiner Schwiegermutter; und danach könnt Ihr in die Küche gehen und mit den Dienstboten zu Mittag speisen.» Ihr Blick wanderte zu den Waren, die noch immer auf der Truhe lagen, und blieb an ein paar mit Perlmutt verzierten Silberknöpfen hängen. Rasch griff sie mit ihrer schmalen, schlanken Hand danach und sagte: «Sie sind wunderschön. Ich nehme sie, was immer sie kosten. Geht hinüber ins Kontor, sobald Ihr fertig seid, und laßt Euch das Geld geben.»

Als sich die Tür hinter ihr schloß, stieß Dame Judith einen Seufzer der Erleichterung aus.

«Diese Knöpfe wird sie Hugh Cederwell schenken», sagte sie und hielt sich dann wie ein kleines Kind die Hand vor den Mund. «Schon wieder! Sie hat wirklich allen Grund, wütend auf mich zu sein, obwohl ich das ihr gegenüber niemals zugeben würde. Ich habe tatsächlich ein loses Mundwerk, aber das Tratschen ist nun mal das einzige Vergnügen, das mir im Leben noch geblieben ist. Es ist sehr schwer, in einem Haus, in dem man selbst einst den Ton angab, plötzlich auf eine andere hören zu müssen.»

Ich stimmte ihr zu und zeigte ihr mehrere ganz besonders hübsche Stücke, um sie von ihrem Kummer abzulenken. Am Ende kaufte sie eine emaillierte Gürtelschnalle und ein Stück erlesene Spitze, verlor dann aber ganz unvermittelt das Interesse. Wie alle alten Menschen wurde sie binnen kürzester Zeit müde und schlief schließlich mitten im Gespräch ein. Leise, um sie nicht zu stören, packte ich meine restlichen Waren zusammen, trug die erworbenen Stücke nach unten ins Kontor, ließ mich auszahlen und ging in die Küche.

«Wohin wollt Ihr als nächstes?» fragte mich Bet, nachdem ich mich gemeinsam mit den anderen Dienstboten in der Küche an einem großen Topf mit geschmortem Hammelfleisch satt gegessen hatte. (Im Speisezimmer der Herrschaften hatte man Brathühnchen serviert; in der Küche duftete es noch immer verlockend nach Zimt, Zwiebeln und Salbei.)

«Ich hoffe, daß ich heute noch bis Cederwell Manor komme und dort um einen Schlafplatz am Feuer bitten kann. Was meint Ihr, wie lange ich bis dorthin unterwegs sein werde?»

«Es sind kaum mehr als zwei Meilen bis Cederwell Manor», sagte Bet grinsend. «Wenn Ihr tüchtig ausschreitet, schafft Ihr es in einer Stunde.»

Auch die anderen drei Dienstmägde und der Küchenjunge kicherten, als ich Cederwell Manor erwähnte. Dabei schielten sie zur Köchin hinüber, als fürchteten sie eine Ermahnung, doch Jane Cook verzog keine Miene.

«Am besten macht Ihr Euch gleich auf den Weg», riet sie mir. «Um diese Jahreszeit ist das Wetter tückisch. Den ganzen Tag sieht es schon nach Schnee aus, und ich bin sicher, daß es noch vor dem Abend schneien wird.»

«Auf welchem Weg komme ich denn am schnellsten nach Cederwell Manor?»

«Von woher seid Ihr gekommen? Vom Süden aus Woodspring?»

Ich schüttelte den Kopf. «Nein, vom Norden. Ich bin von dem Weg abgezweigt, der von Bristol bis zur Mündung des Severn führt.»

«Dann geht Ihr am besten bis zum Abzweig zurück und folgt dem Weg nach Westen, der Euch früher oder später zum Landsitz bringen wird. Und wenn ich Euch noch einen guten Rat geben darf», fügte die Köchin hinzu, «dann macht Euch nicht die Mühe, nach Lady Cederwell zu fragen. Sie interessiert sich nicht für den Krimskrams, den Ihr zu verkaufen habt. Ihr einziges

Schmuckstück soll ein schlichtes Holzkreuz sein, das sie an einem Band um ihren Hals trägt. Wegen der Haushaltswaren wendet Ihr Euch am besten gleich an Phillipa Talke, Sir Hughs Wirtschafterin. Sie führt den Haushalt, seitdem Master Maurice geboren wurde und zugleich seine Mutter verlor, der arme Kleine.»

«Meine Base Audrey Lambspringe, Lady Cederwells Kammerzofe», raunte mir Bet vertraulich zu, «hat mir gesagt, Mistress Talke habe gehofft, Sir Hugh eines Tages selbst zu ehelichen.»

Jane Cook schnaubte zwar, setzte diesem Gerede zu meinem Erstaunen jedoch nichts entgegen. Vermutlich fand sie den Winter in einem derart abgeschiedenen Ort ebenso eintönig wie alle anderen und war für ein wenig Tratsch durchaus anfällig.

Eines der anderen Küchenmädchen bemerkte glucksend: «Da hat sie aber ziemlich lange gewartet, und das für nichts und wieder nichts. Er hat eine andere genommen.» Sie senkte die Stimme und blickte verstohlen über die Schulter, um sicherzugehen, daß keiner der höheren Dienstboten in Hörweite war. «Und wenn Lady Cederwell etwas zustöße, würde sich unsere Lady ja wohl als erstes ein Stück vom Speck abschneiden, nicht diese Mistress Talke.»

«Sie kriegt doch jetzt schon mehr von dem Speck, als ihr eigentlich zusteht», warf der Küchenjunge ein, und alle, selbst Jane Cook, brachen in schallendes Gelächter aus.

Für mich war es höchste Zeit aufzubrechen, wenn ich noch vor der Dunkelheit in Cederwell Manor eintreffen wollte. Da die weiblichen Hausangestellten sich schon vor dem Essen aus meinem Bündel herausgesucht hatten, was sie an Waren benötigten, sah ich keinen Grund mehr zu bleiben. Ich verabschiedete mich von ihnen, und als ich an den Ställen vorbeikam, schaute ich kurz hinein, um auch Hamon und Jasper Lebewohl zu sagen, doch die beiden waren nirgends zu sehen. Mir fiel auf, daß sie nicht mit den anderen Dienstboten in der Küche gegessen hatten. Vielleicht hatte Jane Cook ihnen grundsätzlich verboten, ihre Mahlzeiten im Haus einzunehmen, weil sie einen so starken Stallgeruch verbreiteten. Doch gerade als ich die Zugbrücke betreten wollte, mußte ich hastig zur Seite springen, um nicht von Hamon auf Jessamine, dem hageren Grauschimmel, überrannt zu werden. Pferd und Reiter kamen über die Holzlatten galoppiert, als sei der Teufel persönlich hinter ihnen her. Beide waren in Schweiß gebadet. Im selben Augenblick tauchte von irgendwo hinter den Ställen plötzlich Jasper auf, der flüsternd fragte: «Ist alles gutgegangen?»

Hamon sprang von der Stute und warf seinem Kameraden die Zügel zu.

«Hier, bring sie in den Stall und reib sie trocken. Ich muß sofort zur Lady.»

Er rannte so hastig zum Haus hinüber, daß er beinahe über seine eigenen Füße gestolpert wäre.

Nachdenklich schaute Jasper ihm nach. Meine Neugier war geweckt, und so sprach ich ihn an.

«Dein Freund schien es ja ziemlich eilig zu haben», sagte ich. «Wo kommt er denn her?»

Als der Stallbursche meine Stimme vernahm, schreckte er zusammen.

«Wo war Hamon?» wiederholte ich.

Jasper zögerte, dann zuckte er mit den Schultern. «Ich weiß nur, wo er gewesen sein soll, nämlich in Cederwell Manor mit einem Geschenk für Sir Hugh. Die Lady hat ihn zur Mittagsstunde dorthin geschickt. Das war zumindest der Vorwand.»

«Was meint Ihr mit Vorwand?» fragte ich.

Jasper blinzelte verwirrt, dann zuckte er erneut mit den Achseln.

«Gar nichts. Ich habe nur vor mich hin geredet, wie man das

manchmal eben so macht.» Er musterte mich von oben bis unten. «Solltet Ihr nicht besser aufbrechen? Es dämmert schon bald.»

Ich stimmte ihm zu, wenn auch nur widerwillig. Wie Dame Judith war auch ich ganz erpicht darauf, mehr in Erfahrung zu bringen, aber ich hatte nun wirklich keinen vernünftigen Grund mehr, noch länger zu bleiben. Und außerdem kam mir der Gedanke, daß des Rätsels Lösung womöglich in Cederwell Manor auf mich wartete. Das heißt, wenn Hamon tatsächlich dort gewesen war … Aber natürlich war er dort gewesen! Ursula Lynom hatte ihn mit den silbernen Perlmuttknöpfen zu Sir Hugh geschickt. Sie waren ein Geschenk für ihn, genau wie es ihre Schwiegermutter vermutet hatte. Ich rief Jasper, dem Stallburschen, zum Abschied ein fröhliches «Gott sei mit Euch» zu und machte mich auf den Weg.

Die blätterlosen Bäume hockten wie Kobolde vor dem grauen, verhangenen Himmel. Hin und wieder schwebte eine einzelne Schneeflocke herab und blieb auf dem steinhart gefrorenen Boden liegen. Bald schon würde es heftiger schneien. Der Schneesturm, der sich während der gesamten letzten Tage angekündigt hatte, war inzwischen bedrohlich nahe gekommen, und vor Einsetzen der Dunkelheit mußte ich unbedingt eine Zuflucht finden. Ich beschleunigte meinen Schritt. Mein Bündel war schon erheblich leichter als bei meiner Abreise in Bristol vor zwei Wochen.

Seitdem ich Ulnoths Hütte am Morgen verlassen hatte, war einiges geschehen. Ich ließ die Ereignisse bis zur Weggabelung noch einmal in Gedanken Revue passieren. Wenig später kam ich an dem kleinen Haus am Fels vorbei. Einem inneren Drang folgend, ging ich hinein und rief: «Ulnoth!»

Eine Weile lang stand ich da und starrte blinzelnd in die Dunkelheit, ohne ihn zu sehen. Ich dachte schon, daß er bei seinen Fallen sei, als ich aus der entlegensten Ecke ein leises Scharren vernahm.

«Ulnoth!» wiederholte ich.

Gebückt kroch er mir entgegen. «Chapman», sagte er mit einer solchen Erleichterung in der Stimme, daß ich augenblicklich mißtrauisch wurde.

«Wen hattet Ihr erwartet? War jemand hier?»

Er schüttelte den Kopf ein wenig zu heftig. «Nein, nein. Ulnoth Angst.»

«Warum denn? Wenn niemand hier war, vor wem oder was solltet Ihr dann Angst haben? Habt Ihr von Eurer Tür aus etwas beobachtet?»

«Nein, nein! Nichts.»

Ich hatte das Gefühl, daß er nicht die Wahrheit sagte. Offensichtlich hatte ihn irgend etwas völlig verstört, doch sosehr ich auch bohrte, ich vermochte nicht, es aus ihm herauszubekommen. Ich tat mein Möglichstes, um ihn zu beruhigen, setzte mich mit ihm in die in den Felsen gehauene Laibung und gab ihm ein wenig Wasser zu trinken. Als er endlich aufhörte zu zittern, bot ich ihm an: «Wenn Ihr wollt, kann ich über Nacht bei Euch bleiben.»

Doch er wehrte ab und schob mich so brüsk von sich, daß ich beinahe das Gleichgewicht verlor. Wieder einmal wurde mir klar, daß er in Wirklichkeit sehr viel kräftiger war, als es den Anschein hatte.

«Geht. Ihr geht», murmelte er.

«Nun gut, dann soll es so sein. Ich muß mich sofort auf den Weg machen, wenn ich Cederwell Manor noch vor Einbruch der Dunkelheit erreichen will.»

Ulnoth stöhnte auf, schaukelte vor und zurück und murmelte: «Tod. Tod. Tod.»

«Wessen Tod?» fragte ich und wiederholte, als ich keine Antwort bekam: «Wessen Tod? Was wollt Ihr mir sagen?»

Doch so beharrlich ich auch in ihn drang, ich vermochte ihm kein einziges Wort mehr zu entlocken. Als er mir schließlich den Rücken zuwandte, wurde mir klar, daß ich nun wirklich keine Zeit mehr verlieren sollte. Ich drückte seine hageren Schultern und rief sanft seinen Namen, doch als ich keine Antwort bekam, stand ich auf und ging hinaus. Vor der niedrigen Tür hielt ich noch einmal einen Augenblick inne. Sollte ich lieber doch umkehren und noch weiter in ihn dringen? Just in diesem Augenblick landeten mehrere Schneeflocken auf meinem Umhang, und so beschloß ich, ohne Verzögerung weiterzuwandern. Schließlich hatte Ulnoth klar zum Ausdruck gebracht, daß er meine Gesellschaft nicht wünschte.

Nachdem ich etwa eine Stunde gewandert war und jeden Augenblick damit rechnete, Cederwell Manor am Horizont zu erblicken, begann es richtig zu schneien. Gleichzeitig frischte der Wind auf. Mit jedem Schritt roch er stärker nach Salz und Fisch – ich schien der Mündung des Severn immer näher zu kommen. Während die Landschaft zu meiner Linken flacher wurde, ragten rechts von mir hohe Klippen auf. An die Stelle der vom Wind gebeugten Bäume trat dichtes Unterholz.

Schließlich tauchten in der Ferne die Außengebäude von Cederwell Manor auf. Darüber waren die Schornsteine des Herrenhauses zu sehen, das offenbar direkt vor einer großen Klippe stand. Wenige hundert Meter weiter links sah ich einen alleinstehenden, runden, drei, vielleicht auch vier Stockwerke hohen Turm.

Vor mir auf dem Pfad ging eine einsame Gestalt, die ich augenblicklich erkannte, obwohl sie mir den Rücken zugewandt hatte.

5

ICH BESCHLEUNIGTE MEINE SCHRITTE. «Gott mit Euch, Bruder Simeon», rief ich. «Ich nehme an, wir haben das gleiche Ziel.»

Der Mönch blieb stehen und drehte sich zu mir um. Einen Augenblick lang runzelte er die Stirn, und die Furchen zwischen seinen Augenbrauen wurden tiefer.

«Wir sind uns schon einmal begegnet», murmelte er nachdenklich, dann hellte sich seine Miene auf. «In Bristol. Genau. Ihr wart mit Eurer Mutter am High Cross. Danach lud sie mich zu einem vorzüglichen Mittagessen ein.»

«Mit meiner Schwiegermutter», verbesserte ich ihn. Inzwischen hatte ich ihn eingeholt, und wir setzten unsere Wanderung gemeinsam fort. «Man hat Euch nach Cederwell Manor gerufen?»

Erstaunt sah er mich an. «Woher wißt Ihr das?»

«Vor vier Tagen traf ich rein zufällig zwei Männer, die in Lady Cederwells Auftrag nach Euch suchten. Die beiden meinten, die Lady bedürfe dringend Eurer Hilfe. Ein Müller und seine Frau, die mir freundlicherweise eine Mahlzeit spendierten, schickten sie südwärts zum Kloster Woodspring.»

Simeon nickte. Er schien erschöpft und stützte sich so schwer auf seinen Stab, als könne er sich kaum noch aufrecht halten. Sein Gesicht wirkte noch ausgemergelter als vor kurzem in Bristol, sein schwarzer Dominikanerrock und sein Umhang waren schmutzig und von der Reise verschlissen. Nur seine Augen glühten mit dem gleichen fanatischen Eifer, jener inneren Antriebskraft, die ihn nie zu verlassen schien.

«Ich komme in der Tat aus dieser Richtung. Die Männer, von denen Ihr spracht, trafen mich erst, als ich schon fast am Ziel meiner Reise war, und ich erklärte ihnen, daß ich zunächst mein Versprechen einlösen müsse: Abt Hunt von der Abtei Sankt Augustin in Bristol hatte mich gebeten, zum Prior und seinen Kanonikern zu predigen.» Er hielt einen Augenblick inne und fügte dann mit düsterer Miene hinzu: «Offenbar ist die Moral unter den Brüdern erheblich gesunken, so daß sie unbedingt einmal wieder vor dem entsetzlichen Höllenfeuer und der ewigen Verdammnis gewarnt werden mußten – vor den Gefahren, die ihren unsterblichen Seelen drohen, wenn sie mit ihrem sündhaften Leben fortfahren sollten.»

«Und Lady Cederwell?» warf ich ein.

«Ich erklärte, ich würde so schnell wie möglich zu ihr kommen. Wie Ihr schon andeutetet, schien sie dringend meines Beistands zu bedürfen, denn einer ihrer Boten wollte mich auf sitzen lassen und umgehend nach Cederwell Manor bringen. Ich aber sagte ihm: ‹Das Werk Gottes soll man nicht überstürzen. Es muß nach Seiner Art zu Seiner Zeit erfolgen. Ich werde auf meinen eigenen Füßen zu Eurer Mistress kommen, sobald Er mich dort hingehen heißt, nicht vorher, auch wenn die Lady möglicherweise noch eine Woche warten muß.› Doch mit Hilfe des Allmächtigen übten meine Worte auf die Mönche von Woodspring eine so kraftvolle Wirkung aus, daß ich mich bereits nach drei Tagen wieder verabschieden konnte. Und so verließ ich die Abtei heute morgen beim ersten Lichtstrahl in der Gewißheit, daß der Prior mit ihnen keinen Ärger mehr haben würde. Seither bin ich kräftig ausgeschritten, ohne anzuhalten oder einen Bissen Fleisch oder einen Schluck Wasser zu mir zu nehmen.»

In diesem Fall, sagte ich mir im stillen, war seine offenkundige Erschöpfung nicht weiter verwunderlich, denn dann war er fast acht Stunden ohne Rast unterwegs. Kurz bevor ich Lynom Hall verlassen hatte, mußte auch er dort vorbeigekommen sein, und wahrscheinlich war er die meiste Zeit weniger als eine halbe Meile vor mir hergegangen. Wäre er schneller ermüdet oder ich nicht noch bei Ulnoth gewesen, hätte ich ihn früher einholen können. Das tat mir jetzt leid, denn selbst seine Gesellschaft hätte mir die eintönige Winterreise erträglicher gemacht.

Ich bot ihm meinen Arm an und sagte: «Zumindest können wir nun das letzte Stück gemeinsam gehen.»

Doch er verschmähte meine Hilfe.

«Gott schenkt mir die nötige Kraft, Chapman. Wenn sie einmal ausbleibt, weiß ich, daß die Zeit gekommen ist, um mich auf meinen Tod vorzubereiten.»

Seine Worte erinnerten mich an Ulnoth.

«Habt Ihr auf Eurem Weg ein kleines Haus am Felsen gesehen, etwa vor anderthalb Meilen, gleich nachdem Ihr vom Pfad aus Woodspring nach Westen abgebogen seid?»

Bruder Simeon schüttelte den Kopf. «Ich schaue beim Gehen weder nach rechts noch nach links, sondern hefte meinen Blick auf den Weg vor mir und denke an nichts anderes als den Ort, an den Gott mich als nächstes berufen hat. Warum fragt Ihr? Was hat es mit diesem Haus auf sich? Wohnt dort etwa eine verlorene Seele, die meiner Fürsorge bedarf?»

«Nein, nein!» rief ich hastig aus, als der Mönch stehenblieb; er schien bereit, nötigenfalls sofort umzukehren.

Während wir das letzte Stück zum Herrenhaus weiterwanderten, erklärte ich ihm, so gut es ging, meine Verbindung mit Ulnoth und erwähnte auch dessen Bemerkung bei meinem zweiten kurzen Besuch am Nachmittag. Bruder Simeon schien dem Vorfall keine besondere Bedeutung beizumessen, sondern zuckte nur mit den schmalen Schultern.

«Wir alle beschäftigen uns mit dem Tod, Chapman. Zumindest sollten wir es tun, denn schließlich haben wir von der

Wiege an die Gewißheit, daß wir eines Tages sterben werden. Darum sollten wir uns stets bemühen, im Zustand der Gnade zu sein, bereit, unserem Schöpfer entgegenzutreten.»

Nachdem wir uns zwischen den Außengebäuden hindurchgeschlängelt hatten, lag Cederwell Manor endlich vor uns. Es war recht eigentümlich angelegt: Der Flügel mit dem großen Saal und den dahinterliegenden Unterkünften der Dienstboten stand schräg zum Haupthaus und zur Küche. Auf der gegenüberliegenden Seite eines weitläufigen Hofes mit einem Fischteich stand eine geräumige Scheune. Jenseits der Gebäude erstreckte sich ödes Land bis zur Flußmündung hinaus. Zwischen der Rückwand des Hauses und der Felsklippe, die dahinter steil und kahl abfiel, war nur ein schmaler Zwischenraum. Ein merkwürdiger, abgeschiedener Ort, überlegte ich, vermutlich sogar im Sommer; ein Ort, an dem man mehr als genug Zeit hatte, um über tatsächliche oder vermeintliche Vergehen und Mißstände nachzugrübeln.

Kurz zuvor hatte es aufgehört zu schneien, doch nun setzte unversehens ein regelrechtes Schneetreiben ein, und der Wind frischte derart auf, daß die Schneeflocken durch die Luft wirbelten und die ungeschützte Haut traktierten wie tausend Nadelstiche. Rasch liefen wir zur Rückseite des Hauses, wo eine Steintreppe an der schrägen Wand zu einem schmalen, mit Schieferplatten ausgelegten Balkon sowie zwei Türen im oberen Stockwerk führte. Doch dann fiel mein Blick auf einen Raum im Erdgeschoß, dessen Fensterläden zur Klippe hinausgingen und im Augenblick weit offen standen, um Dämpfe und Küchengerüche hinauszulassen. Ich rüttelte an einem der Läden, während ich am Fenster vorüberging, trat durch die Tür daneben und stand im Hauptkorridor an der Längsseite des Hauses. Ein runder Durchgang zu meiner Linken führte in die Küche.

Auf den ersten Blick schienen dort lauter Frauen versammelt, die heftig miteinander stritten. Eine kräftige Gestalt, dem hochrot glänzenden Gesicht und der fettigen Schürze nach zu urteilen, die Köchin, stand, die Arme in die Hüften gestemmt, einer jüngeren, schlankeren Frau in einem schmucklosen grauen Wollkleid und einer schlichten Leinenhaube gegenüber, die gerade wütend mit dem Fuß aufstampfte.

«Wenn meine Schwägerin nicht anwesend ist, müßt Ihr Eure Weisungen von mir entgegennehmen», donnerte sie. «*Ich* rangiere an nächster Stelle!»

«Ha, Ihr! Wer seid Ihr denn schon?» entgegnete die Köchin empört. «Ein Niemand! Ihr werdet hier doch nur geduldet, weil der Master so großzügig ist! Ich bin keineswegs verpflichtet, Euch in irgendeiner Weise zu gehorchen! Stimmt das nicht, Mistress Talke?»

Derart angesprochen, erhob nun eine dritte Frau ihre Stimme, um sich Gehör zu verschaffen; sie war etwa so alt wie die Köchin, jedoch etwas größer und hagerer und trug um die Taille einen Gürtel mit einem riesigen Schlüsselbund.

«Ihr liegt beide falsch. *Ich* bin hier die Wirtschafterin, *ich* habe hier das Sagen, wenn die Lady nicht anwesend ist.» Ihre hübschen, zarten Gesichtszüge verzogen sich zu einer verächtlichen Miene, als sie hinzufügte: «Und sonst auch.» Diese letzte Bemerkung ließen die beiden anderen, die sich nun erbost gegen sie vereinten, unbeachtet.

«Außer mir führt in meiner Küche niemand das Regiment!» rief die Köchin aus, ergriff einen Löffel und fuchtelte damit in der Luft herum.

Und die jüngere Frau verkündete: «Ihr gehört ja nicht einmal zur Familie, Phillipa Talke, auch wenn Ihr Euch das noch so sehr wünschen mögt!»

«Und was wollt Ihr damit sagen, gnädige Frau?» fragte die Wirtschafterin und drehte sich wütend zu ihr um. Ohne eine Antwort abzuwarten, fuhr sie fort: «Martha Grindcobb hat recht. Euer Hiersein gründet ganz allein auf Eurer Verwandtschaft mit der Lady. Ihr tätet gut daran, Euch das ab und zu vor Augen zu halten.»

Die jüngere Frau stieß einen spitzen Schrei aus und schlug so fest auf den Küchentisch, daß sämtliche Töpfe und Pfannen klapperten.

«Mein Gatte ist der Bruder Eurer Lady! Vielleicht solltet *Ihr* Euch *diese* Tatsache vor Augen halten!»

Ich spürte, wie Bruder Simeon hinter mir unruhig wurde. Er schob mich zur Seite, ging mit großen Schritten in die Küche und brachte die zankenden Frauen mit einem einzigen Wort zum Schweigen.

«Ruhe!»

Dabei hatte er nicht einmal die Stimme erhoben, doch sein von Natur aus durchdringender Tonfall zog sofort die gesamte Aufmerksamkeit auf sich. Verdutzt drehten sich die Frauen zu ihm um und vergaßen vorübergehend ihre Auseinandersetzung. Die Wirtschafterin öffnete den Mund, um eine Erklärung für diese Einmischung zu verlangen, doch der Anblick des geistlichen Habits und der Mönchstonsur ließ sie augenblicklich verstummen. Die jüngere Frau dagegen, allem Anschein nach Lady Cederwells Schwägerin, war weniger zurückhaltend.

«Wer seid Ihr, Bruder?»

«Ich bin Bruder Simeon», verkündete er würdevoll und richtete sich zu seiner vollen Größe auf. Seine leuchtenden blauen Augen schienen allen, die so tollkühn waren, seinen Einfluß in Frage zu stellen, Schwefel und Höllenfeuer zu verheißen. «Lady Cederwell hat nach mir geschickt. Wo kann ich sie finden?»

Die Wirtschafterin, die sich inzwischen wieder gefangen hatte, antwortete ihm: «Die Lady ist in ihrer kleinen Kapelle im Turm, wo sie seit Tagesanbruch betet und fastet.» An dem

Mönch vorbei blickte sie zu mir. «Und wen habt Ihr da mitgebracht?»

Ich nahm mein Bündel vom Rücken, stellte es auf den Küchentisch und sagte so unbekümmert wie möglich, um die allgemeine Stimmung ein wenig aufzuhellen: «Bruder Simeon und ich haben eigentlich gar nichts miteinander zu tun. Wir hatten nur zufällig das gleiche Ziel und sind zur selben Zeit hier eingetroffen. Ich bin Hausierer und in diesem trostlosen Winter unterwegs, um meinen Geldbeutel ein wenig aufzufüllen.»

Aus einer Ecke trat eine kleine Küchenmagd, die mir bisher gar nicht aufgefallen war, und sah mich mit großen, erwartungsvollen Augen an.

«Habt Ihr bunte Haarbänder dabei?» flüsterte sie aufgeregt.

«Ganz bestimmt habe ich welche dabei, die einem so hübschen Mädchen wie Euch gut zu Gesicht stehen würden.»

Sie kicherte und hielt sich befangen eine Hand vor das Gesicht, das mit den für ihr jugendliches Alter üblichen Pusteln übersät war.

«Dann zeigt einmal her!» Sie kicherte wieder.

Mönch Simeon trommelte mit den Fingern auf den Tisch.

«Genug!» rief er schroff. «Alle vergänglichen Dinge werden bedeutungslos, wenn es darum geht, Gottes Werk zu vollenden. Und was dich angeht, mein Kind», fügte er streng hinzu und starrte die kleine Küchenmagd ungnädig an, «solltest du dich lieber mit dem Heil deiner unsterblichen Seele beschäftigen, als darüber nachzudenken, wie du deinen Körper schmücken kannst.» Er wandte sich an die Wirtschafterin. «Laßt Lady Cederwell von meiner Ankunft wissen.»

Phillipa Talke zögerte. Sie wollte einem Geistlichen gegenüber nicht ungehorsam sein, noch mehr aber fürchtete sie, sich den Weisungen ihrer Herrin zu widersetzen.

«Ihr werdet sie wohl alleine aufsuchen müssen, Pater», erwiderte sie. «In ihrer Andacht will Lady Cederwell auf keinen

Fall gestört werden. Wer es dennoch wagt, wird hart bestraft. Euch allerdings würde sie es sicherlich verzeihen.»

Bruder Simeon neigte den Kopf.

«Eure Mistress scheint ganz in meinem Geiste zu handeln. Wie gut das Schicksal es doch mit Euch meint, daß Ihr bei einer so frommen Seele eine Anstellung gefunden habt.» Er schien die mangelnde Begeisterung, die seine Worte bei den Anwesenden auslöste, nicht wahrzunehmen, sondern fuhr unbeirrt fort: «Wo kann ich Eure Mistress finden?»

Die Schwägerin der Hausherrin trat vor, froh über diese Gelegenheit, ihre Vorrangstellung gegenüber den anderen herauszustreichen.

«Ich bin Adela Empryngham», verkündete sie feierlich, «und mit Lady Cederwells Bruder vermählt. Selbstverständlich würde *ich* nicht gemaßregelt, würde ich Euch den Weg dorthin zeigen, aber inzwischen», fügte sie hastig hinzu, «schneit es ja schon wieder, und da meine Gesundheit leider zu wünschen übrigläßt, werdet Ihr verstehen, Pater, wenn ich dennoch davon Abstand nehme. Ihr findet Jeanette in dem einsamen Turm, den Ihr bei Eurer Ankunft sicher bemerkt habt. Er steht ein Stück südwestlich ...»

Laute Schritte unterbrachen ihre Rede. Kurz darauf trat ein Mann ein, bei dem es sich nur um Sir Hugh Cederwell handeln konnte.

Meinem Eindruck nach hatte er bereits mehr als vierzig Lenze hinter sich, ein gutaussehender, lebhafter Mann mit braunen Augen und dichtem, dunkelbraunem Haar, das sich im Nacken und um die Ohren herum zu dicken Büscheln lockte, am Scheitel jedoch bereits zu lichten begann. Er wirkte stämmig und tatkräftig und sprach mit tiefer, klangvoller Stimme.

«Was geht hier vor? Was hat dieser Lärm zu bedeuten? Wo ist Lady Cederwell?» Sein Blick fiel auf mich und den Mönch an meiner Seite. «Wer sind diese Leute?»

Mein Begleiter brachte die Frauen mit erhobener Hand zum Schweigen, um dem Hausherrn Rede und Antwort zu stehen.

«Ich bin Bruder Simeon vom Orden der Dominikaner und wurde von Eurer Gattin hergebeten. Den Grund für diese Bitte muß ich erst selbst ergründen. Jedenfalls wünsche ich sie unverzüglich zu sprechen.»

Der Edelmann runzelte die Stirn. «Bruder Simeon? Der Mönch, der in den vergangenen zwei Wochen überall in unserer Gegend von Hölle und Verdammnis gepredigt hat?» Als Simeon nickte, meinte ich, in Sir Hughs dunkelbraunen Augen Besorgnis aufflackern zu sehen, aber es ging so schnell wieder vorbei, daß ich mir nicht wirklich sicher sein konnte. Sir Hugh lachte laut und sagte: «Ich hätte wissen müssen, daß meine Gattin einen so gottesfürchtigen Mann persönlich kennenlernen will. Sie ist eine äußerst fromme Frau.»

Hatten seine letzten Worten vielleicht einen spöttischen Unterton? Der Mönch schien sich die gleiche Frage zu stellen, jedenfalls funkelten seine Augen vor Wut.

«Spottet niemals über die Gläubigen, Sir Hugh! Im übrigen würde es Eurem Haushalt gut bekommen, wenn die anderen Frauen dem Beispiel Ihrer Gattin folgen würden. Trotz der Kürze meines Aufenthalts habe ich den Eindruck gewonnen, daß es sich um einen Haufen Schnattergänse handelt, die sich einzig und allein um weltliche Dinge kümmern – nämlich darum, wer von ihnen in diesem Hause am meisten zu sagen hat.» Er drehte sich mit einer solchen Heftigkeit zu den Frauen um, daß diese verängstigt zusammenfuhren. «Ihr törichten Kreaturen! Erinnert Euch der Herrgott in der Heiligen Schrift nicht daran, daß Er die Seele einer jeden von Euch schon in der kommenden Nacht zu sich rufen kann? Und wenn sich dann vor Euch das Höllenfeuer auftut, was nützt es Euch dann noch zu wissen, wer hier in der Küche das Kommando führte? Es nützt Euch nichts mehr, und deshalb …»

Ohne das geringste Anzeichen von Reue unterbrach ihn Sir Hugh: «Seid Ihr sicher, daß Lady Cederwell nach Euch geschickt hat, Pater? Mir ist dieses Ansinnen nicht bekannt. Kennt sie Euch? Seid Ihr einander schon einmal begegnet?»

Der Mönch preßte seine schmalen Lippen so fest zusammen, daß sie kaum noch sichtbar waren. Schließlich stieß er keuchend hervor: «Nein, sie kennt mich nur vom Hörensagen, doch das wird genügen. Wollt Ihr es wagen, mich der Lüge zu bezichtigen? Mich, den frommen Bruder Simeon?» Empört reckte er die schmale Brust. «Aber ich habe einen Zeugen. Dieser Hausierer hier wird sich für die Richtigkeit meiner Worte verbürgen. Sprecht, Chapman!»

Ich berichtete Sir Hugh von meiner Begegnung mit den beiden Männern an der Mühle und bestätigte, daß sie im Auftrag von Lady Cederwell nach dem Mönch gesucht hatten. Der Edelmann blickte grimmig drein.

«Könnt Ihr die beiden beschreiben?»

Ich tat mein Möglichstes, und schon nach kurzer Zeit sagten er und Mistress Talke wie aus einem Munde: «Jude und Nicholas.» Sir Hugh fügte bissig hinzu: «Natürlich! Die beiden Diener, die sie aus Campden mitgebracht hat.»

Adela Empryngham nickte zustimmend. «Jude und Nicholas haben meinem Schwiegervater stets treu gedient. Nach seinem Tod haben sie diese Treue dann auf Jeanette und Gerard übertragen.»

Sir Hugh schnaubte verächtlich. «An deiner Stelle wäre ich vorsichtig, Jeanette und Gerard in einem Atemzug zu nennen, meine liebe Adela. Ich kann mir nicht vorstellen, daß Jude und Nicholas einem Bastard die Treue geschworen hätten.»

Hierauf folgte betretenes Schweigen, nur die Köchin, Martha Grindcobb, kicherte schadenfroh. Mistress Empryngham stieg die Röte ins Gesicht, und ihr Busen wogte vor Empörung.

«Ich habe schon immer gewußt, daß es ein Fehler von uns

war, mit Jeanette hier herzukommen», kreischte sie, sobald sie die Sprache wiedergefunden hatte. «Ich war stets davon überzeugt, daß du in uns bloß lästige, arme Verwandte siehst und jeden Heller bereust, den du für unsere Nahrung und Kleidung aufbringen mußt. Wie oft habe ich Gerard gebeten, mit mir fortzugehen und eine eigene Existenz zu gründen, damit wir dir nicht länger verpflichtet sind.»

«Und was hat Master Gerard geantwortet?» fragte Sir Hugh.

Adela Empryngham errötete noch tiefer.

«Er will nicht weg», murmelte sie und fügte dann ein wenig lebhafter hinzu: «Er hat das Gefühl, er müsse bei seiner Schwester bleiben ...»

«Bei seiner Halbschwester», warf Sir Hugh ein, doch sie beachtete ihn nicht weiter.

«... weil er weiß, wie unglücklich sie ist.»

Sir Hugh lachte bitter.

«Jeanette war schon immer unglücklich, und das wird sie wohl auch bis an ihr Lebensende bleiben. Sie ist, wie Gott sie erschaffen hat – eines der schwermütigsten Wesen auf Erden.» Er zuckte mit den Schultern. «Wie kann es auch anders sein, wenn sie Dreiviertel ihrer Zeit auf Knien verbringt und das letzte Viertel damit beschäftigt ist, tatsächliche oder vermeintliche Vergehen ihrer Mitmenschen aufzuspüren? Dennoch freut es mich zu hören, Adela, daß zumindest du genug Verstand besitzt, um zu erkennen, daß es für Gerard das beste wäre, endlich selbständig zu werden, anstatt weiterhin von meiner Großzügigkeit zu zehren. Ehrliche Arbeit findet man überall, man muß nur danach suchen. Vielleicht kannst du ihn davon überzeugen, zurück in die Cotswolds zu gehen. Es gibt dort viele wohlhabende Schäfer, bei denen er ohne weiteres eine Anstellung finden könnte.»

Ungeduldig schaltete sich Bruder Simeon ein.

«Soll ich hier vielleicht den ganzen Tag lang warten? Ich

wünsche, augenblicklich zu Lady Cederwell gebracht zu werden.»

Sir Hugh wiederholte, was ihm schon die Frauen gesagt hatten. «Ihr findet sie in dem alten sächsischen Turm, zu dem Ihr gelangt, wenn Ihr den Hof überquert und durch das kleine Tor nach draußen geht. Der Turm liegt ein wenig abseits im Marschland der Severnmündung. In den fünfeinhalb Jahren, die sie jetzt hier ist, hat sie ihn nach und nach für sich reklamiert und sich im obersten Stock eine eigene Kapelle eingerichtet, obwohl wir auch hier im Herrenhaus eine Kapelle haben.» Plötzlich schien ihm etwas einzufallen. «Unser Kaplan ist schon seit über einer Woche krank und kann daher seinen Pflichten nicht nachkommen. Vielleicht hat meine Frau deshalb nach Euch geschickt. Sie ist in ständiger Sorge um ihre unsterbliche Seele und muß täglich ihre Sünden beichten und die Absolution bekommen, sonst kann sie nachts nicht einschlafen.»

«Eine wahrhaft gottesfürchtige Frau», hauchte Simeon entzückt. «Ein leuchtendes Beispiel für uns alle. Sie hat größte Hochachtung verdient, Sir Hugh, und sollte nicht zur Zielscheibe von Hohn und Spott verkommen. Wenn Ihr erlaubt, werde ich jetzt zu ihr gehen und sehen, aus welchem Grund sie mich zu sich rufen ließ.»

Sein entschiedener Tonfall machte klar, daß er die Zustimmung seines zögerlichen Gastgebers nicht abwarten würde. Widerstrebend lenkte Sir Hugh ein.

«Tut, was Ihr für richtig haltet, Pater. Ich werde einen meiner Männer rufen, der Euch den Weg weisen kann.»

«Danke, aber das ist nicht nötig», sagte der Mönch und schlang den Umhang fester um seinen ausgezehrten Körper. «Ich werde den Turm schon finden.»

«Laßt mich Euch begleiten», bot ich an. «Bei diesem Wetter ist der Boden zuweilen tückisch. Vielleicht werdet Ihr für meinen starken Arm noch dankbar sein.»

Ohne zu antworten, drehte Simeon sich um und verließ die Küche, doch da er mein Angebot auch nicht ausdrücklich abgelehnt hatte, ließ ich mein Bündel am Tisch zurück und folgte ihm hinaus in die Kälte.

Draußen hatte bereits die Dämmerung eingesetzt, und zwischen den tiefen, rasch dahinziehenden Wolken war nur noch ein trübes Licht zu sehen. Es schneite noch heftiger als vorher, und der Boden war bereits mit einer dünnen Schneeschicht bedeckt. Simeon und ich überquerten den Hof, umrundeten den Fischteich und gingen auf die Scheune und die äußeren Dienstbotenunterkünfte zu, welche die südliche Grenze des Anwesens bildeten. In einer kleinen Mauer, die Waschküche und Milchkammer miteinander verband, befand sich ein winziges Tor, das noch nicht verschlossen war und auf die Berührung des Mönches hin sofort nach außen aufsprang.

Der Boden jenseits der Mauer war ebenfalls mit Schnee bedeckt und knirschte laut bei jedem Schritt unter unseren Füßen. Das Kreischen der Möwen, die auf der Suche nach Nahrung über unseren Köpfen kreisten, hörte sich an wie Klagegeschrei. Auch Bruder Simeon zitterte ein wenig, als wir uns dem Turm näherten, allerdings vermochte ich nicht zu sagen, ob es an der unheimlichen Stimmung oder an der Kälte lag.

Von nahem wirkte der Turm alt und baufällig, viele Steine waren bröckelig und angeschlagen. Offenbar hatte man jedoch versucht, den Mörtel zu erneuern und das Gebäude bewohnbar zu machen, vor allem den ersten und den zweiten Stock. In unserer Richtung lag eine Tür, und als wir näher kamen, sah ich, daß sie ein wenig offenstand und der Boden auf der Innenseite bereits mit Schnee bedeckt war.

Ich drehte mich um und sah den Mönch fragend an, aber er ließ sich nicht beirren, ging mit großen Schritten an mir vorbei, schob die Tür weit auf und betrat den Turm.

6

INNEN WAR ES DUNKEL. Das zur Neige gehende Tageslicht drang außer durch die offene Tür nur durch vier schmale Ritzen in der kreisrunden Wand. In der Mitte des Raumes war gerade noch ein kleiner Tisch mit einer Zunderbüchse und einer Laterne auszumachen. Während ich die Kerze anzündete, kochte Bruder Simeon vor Ungeduld.

«Was braucht Ihr denn so lange?» klagte er. «Beeilt Euch! So beeilt Euch doch!» Er schritt zum Fuß der Wendeltreppe, die nach oben in die Dunkelheit führte, und rief: «Lady Cederwell! Seid Ihr dort oben?»

Als wir keine Antwort bekamen, sagte ich: «Sir Hugh erwähnte doch eine Kapelle im obersten Stockwerk des Turms. Von dort aus kann sie Euch nicht hören. Die Mühe könnt Ihr Euch sparen.» Ich hielt die Laterne hoch über meinen Kopf. «Laßt mich vorangehen. Die Stufen sind schmal und ziemlich ausgetreten.»

Während wir vorsichtig hinaufstiegen, hielt sich der Mönch an meinem Umhang fest, und ich erklärte ihm, so gut es ging, wohin er seine Füße setzen sollte. Nach etwa zwei Dutzend Stufen standen wir im oberen Stockwerk in einem ebenfalls kreisrunden Raum, genauso leer und kalt wie der darunter. Im fahlen Lichtschein der Laterne erkannten wir einen Schemel, einen etwas größeren Tisch mit einigen abgegriffenen Folianten und eine Bank. Sonst nichts. Keine Wändbehänge, ja nicht einmal ein paar Binsen auf dem Fußboden, die die Kargheit des Raumes hätten abmildern können.

«Lady Cederwell!» rief Simeon erneut, und wieder erhielten wir keine Antwort.

«Entweder betet sie, oder sie ist während der Andacht eingeschlafen», mutmaßte ich. «Wenn sie tatsächlich seit Tagesanbruch hier ist, wie die Wirtschafterin behauptet, ist wohl eher letzteres der Fall.»

Simeon erwiderte nichts. Ohne auf mich zu warten, nahm er die Treppe zum obersten Stockwerk in Angriff. Ich folgte ihm hastig und gab mir Mühe, die Laterne möglichst hoch zu halten, weil ich befürchtete, daß er sonst stolpern könnte.

Aber auch ganz oben war von Lady Cederwell nichts zu sehen. Dieser dritte Raum war nicht ganz so trostlos wie die beiden anderen, was vor allem an zwei silbernen Kerzenleuchtern lag, die an beiden Enden eines behelfsmäßigen Altars aufgestellt waren und im Kerzenlicht prunkvoll glitzerten. Die beiden duftenden Wachskerzen waren fast ganz heruntergebrannt; die eine flackerte noch schwach im Durchzug, während eine vom Stumpf der anderen aufsteigende schwarze Rauchsäule darauf schließen ließ, daß sie erst vor kurzem ausgegangen war. Ein Betpult aus Rosenholz stand vor der runden Wand; darüber hing eines der grausigsten Kruzifixe, die ich je gesehen hatte: An dem etwa drei Fuß hohen schwarzen Kreuz aus Ebenholz krümmte sich ein aus Elfenbein geschnitzter, schmerzverzerrter Christus, der dem Betrachter die Grausamkeit der römischen Exekution eindringlich vor Augen führte. Fast verspürte ich bei diesem Anblick selbst die Qualen in dem schrecklichen Augenblick, als der Körper zusammensackte, die Gelenke ausrenkten und die Zunge in der palästinensischen Hitze immer weiter anschwoll. Die Dornenkrone auf der Stirn sah aus wie ein Band gezackter Nägel, die in das zarte Fleisch eindrangen, doch in der Mitte des Körpers fehlte die klaffende Wunde. Der Gekreuzigte war nicht tot. Er litt noch. Lady Cederwells Kapelle hatte nichts Beschauliches oder Heimeliges.

Bruder Simeon schenkte dem Kruzifix nur einen flüchtigen Blick und ging kurz in die Knie, ehe er sich umsah. «Die Lady scheint nicht hierzusein», sagte er. «Gehen wir zurück ins Haus. Vielleicht ist sie längst dorthin zurückgekehrt.»

«Wartet!» rief ich. «Dort sind noch ein paar Stufen. Wahrscheinlich führen sie zur Aussichtsplattform.»

«Bei diesem Wetter wird Lady Cederwell sich wohl kaum draußen aufhalten», widersprach mein Begleiter. «Ihr verschwendet Eure Zeit, Chapman, wenn Ihr dort hinaufsteigt. Kommt, gehen wir.»

«Es wird nicht lange dauern», versuchte ich ihn zu überzeugen, «und dann haben wir die Gewißheit, auch wirklich überall gesucht zu haben.»

Murrend folgte mir der Mönch die Stufen hinauf und meinte nicht ohne Genugtuung, als wir das Turmdach leer vorfanden, er habe recht gehabt. Ohne seine verdrießliche Stimmung weiter zu beachten, trat ich vorsichtig bis zur Brüstung vor, lehnte mich an die Mauer zwischen den Zinnen, hob die Laterne und schaute zur Flußmündung hinab. Inzwischen hatte das Schneetreiben nachgelassen, und in einer Wolkenlücke erhaschte ich einen kurzen Blick auf etwas Helles, das unterhalb des Turmes auf der gefrorenen Erde lag. Ich rief Bruder Simeon.

«Was meint Ihr, was das dort unten ist?» fragte ich bang. «Sieht aus, als würde jemand auf dem Boden liegen.»

Doch der Himmel hatte sich bereits wieder zugezogen, und in der Düsternis war kaum etwas zu erkennen.

«Unsinn», widersprach der Mönch. «Wenn dort unten jemand liegen würde, hätten wir ihn vorhin sehen müssen. Jedenfalls war es noch hell genug.»

«Nein, nein», antwortete ich ungeduldig und packte ihn mit meiner freien Hand am knochigen Handgelenk. «Wir stehen doch auf der anderen Seite des Turms. Vom Pfad aus hätten wir nicht sehen können, was … oder wer dort unten liegt.»

«Bestimmt habt Ihr Euch das nur eingebildet», beharrte der Mönch und schauderte. «Und das ist auch nur allzu verständlich. An einem so unheimlichen Ort kommen einem nicht gerade die angenehmsten Gedanken.»

Ich fragte mich, ob Simeon in seinem Leben jemals einen angenehmen Gedanken gehegt hatte, war aber zu sehr mit der rätselhaften Gestalt am Boden befaßt, um dieser Überlegung weiter nachzugehen. Ich ging auf die Treppe zu.

Zehn Minuten später – ich wäre auf den ausgetretenen Stufen zweimal beinahe ausgerutscht, und Bruder Simeon hatte einen gräßlichen Sturz nur vermeiden können, indem er sich an einem aus der Wand ragenden Stein festgehalten hatte – traten wir aus dem Turm in die verschneite Dunkelheit. Vorsichtig tastete ich mich an der Außenwand des Turmes entlang, bis ich auf der gegenüberliegenden Seite angekommen war. Ich wollte die Laterne gerade ein wenig höher halten, als ich über etwas stolperte und der Länge nach zu Boden fiel.

«Was ist los? Was macht Ihr da?» fragte Simeon mißmutig hinter mir. «Habt Ihr etwas gefunden?»

Ohne zu antworten, richtete ich mich wieder auf und sah als erstes nach der Laterne. Wie durch ein Wunder war sie auf dem festen Unterteil gelandet und die Kerze nicht ausgegangen.

«Habt Ihr etwas gefunden?» wiederholte Bruder Simeon mit seltsam schriller Stimme.

«Das kann ich noch nicht sagen.»

Ich kniete nieder und hielt die Lampe hoch. Trotz der trüben Beleuchtung brauchte ich nicht erst die Hand auszustrecken, um zu wissen, daß vor mir eine Leiche lag: die Leiche einer jungen Frau. Einige lange Haarsträhnen hatten sich gelöst und schauten unter der schlichten Batisthaube hervor. Sie lag auf dem Bauch, das Gesicht von mir abgewandt, und ihre gespreizten Finger schienen sich in einem letzten verzweifelten Versuch in die Erde zu krallen. Ich bekreuzigte mich und berührte die

Frau an der Schulter, doch der Körper gab nicht im geringsten nach. Die Leichenstarre, die bei Toten innerhalb von wenigen Stunden einsetzt, nachdem die Seele ihre sterbliche Hülle verlassen hat, war bereits eingetreten.

Inzwischen war auch Simeon in die Knie gegangen. Die Augen in seinem ausgezehrten Gesicht wirkten wie zwei tiefschwarze Höhlen.

«Ihr hattet recht», flüsterte er. «Wer ... wer ist das?»

«Ich weiß es nicht genau», antwortete ich grimmig. «Aber ich nehme an, daß es sich um Lady Cederwell handelt.» Ich sah die steile Turmwand empor. «Sie muß sich über die Zinnen gelehnt und das Gleichgewicht verloren haben.» Als ich aufstand, zitterten meine Beine. Durch meinen Sturz war ich selbst noch ein wenig benommen. «Wir müssen zurück ins Haus und Sir Hugh Bescheid sagen.»

Aber Bruder Simeon rührte sich nicht von der Stelle. Er bekreuzigte sich und stimmte das Totengebet an. «Geh hinfort, o christliche Seele, hinfort aus dieser Welt, im Namen des Allmächtigen Vaters, der dich erschaffen, im Namen von Jesus Christus, Gottes Sohn, der für dich gelitten, im Namen des Heiligen Geistes, der dir vergeben ...»

«Sie ist dahingeschieden, Pater», unterbrach ich ihn eindringlich. «Sie ist seit vielen Stunden tot. Ihr könnt jetzt nichts mehr für sie tun.» Ich half ihm auf die Beine. Einen Augenblick lang dachte ich, er fiele in Ohnmacht. Er stolperte und stützte sich so schwer auf mich, daß ich selbst fast das Gleichgewicht verlor, doch dann faßte er sich schnell wieder und stieß mich beinahe empört von sich, als schäme er sich seiner vorübergehenden Schwäche.

«Geht voran, Chapman», sagte er mit rauher Stimme. «Und laßt uns tun, was getan werden muß. Je eher dieser unglückselige Vorfall abgeschlossen ist, desto besser.»

Auf die Aufregung, die unsere Nachricht auslöste, folgte eine sonderbare Stille. Man hörte nur noch das Rascheln der Damenröcke und das gedämpfte Gemurmel der Menschen, die sich je nach Rang in der Küche oder in der großen Halle versammelt hatten. Sir Hugh hatte bestätigt, daß es sich bei der Toten um Lady Cederwell handelte. Man hatte sie in ihre Kammer gebracht und – noch immer in ihrer starren, widernatürlichen Haltung – auf ihr Bett gelegt. Solange die Leichenstarre anhielt, konnte sie nicht aufgebahrt werden.

Sowohl Simeon als auch mir hatte man einen Schlafplatz für die Nacht angeboten, und wir nahmen dankend an, denn bis zur nächsten menschlichen Ansiedlung, Ulnoths kleinem Felsenhaus, hätten wir mindestens eine halbe Stunde wandern müssen.

«Gleich morgen früh bei Tagesanbruch werden wir weiterziehen», murmelte der Mönch, als wir unsere durchgefrorenen Knochen am Küchenfeuer wärmten. «In einem Haus, das von Trauer erfüllt ist, haben Fremde nichts verloren.»

Ich erwiderte nichts, aber nach meinem persönlichen Eindruck war nach Lady Cederwells tragischem Tod in diesem Haus wenig Trauer zu spüren. Bislang hatten in meiner Gegenwart nur zwei Menschen Tränen vergossen: der Halbbruder der Lady, den man, als Simeon und ich die Schreckensnachricht überbrachten, sogleich aus den Ställen herbeigerufen hatte, und Audrey Lambspringe, ihre Zofe, die Base der jungen Bet, die ich in Lynom Hall kennengelernt hatte. Phillipa Talke, die Wirtschafterin, Mistress Empryngham, die Schwägerin der Lady, und vor allem Sir Hugh selbst verstanden es entweder meisterhaft, ihren Kummer zu verbergen, oder die Tragödie ließ sie wirklich so kalt, wie es den Anschein hatte.

Niemand schien daran zu zweifeln, daß Lady Cederwells Tod durch einen Unfall verursacht worden war.

«Sie ist häufig auf die Brüstung geklettert», bestätigte Sir

Hugh, als Simeon ihn danach befragte. «Ich habe sie oft gewarnt – wir alle haben immer wieder auf sie eingeredet –, aber sie wollte nicht auf uns hören. Sie meinte bloß, auf diese Weise sei sie Gott noch näher. Aus diesem Grund war sie ja auch so in den Turm vernarrt, deshalb verbrachte sie dort oben so viele Stunden und hat sich sogar eine eigene Kapelle eingerichtet.»

Dann fügte er erklärend hinzu, der Turm stamme noch aus sächsischer Zeit und sei von einem gewissen Eadred Eadrichsson erbaut worden. Eadred habe einst bei Senlac für König Harold gekämpft.

«Fünf Monate später, als Eadred enteignet wurde, vermachte König Wilhelm das Grundstück meinem Vorfahren, Sir Guy de Sourdeval, als Anerkennung für seinen Heldenmut in jener Schlacht.»

Was für eine jämmerliche Entschädigung, dachte ich – ein tristes Stück Land am Ende der Welt. Offenbar war Sir Guy de Sourdeval kein besonders wichtiger Mann gewesen; vermutlich ein verarmter Ritter, der seinem Herrn gefolgt war, um zu sehen, ob das eroberte Land nicht auch für ihn eine wenigstens magere Beute abwerfen würde, sollte Herzog Wilhelm erfolgreich sein. Nach meinem Eindruck hatte sich in den letzten vierhundert Jahren wenig verändert. Der Name Sourdeval war in der englischen Sprache zu Cederwell geworden, aber die Familie hatte weder an Ruhm noch an Wohlstand dazugewonnen, hatte keine vorteilhaften Ehen geschlossen und keine durchschlagenden militärischen Erfolge gehabt. Ebenso wie seine Vorfahren und so viele andere Menschen seines Schlages lebte Sir Hugh jedoch durchaus zufrieden am Rande des Weltgeschehens. Seine normannische Herkunft genügte ihm, um seinen Stolz zu nähren.

Ich saß noch immer mit Bruder Simeon am Küchenfeuer, als Martha Grindcobb und die Küchenmagd – namens Jennifer

Tonge, wie ich inzwischen erfahren hatte – das Abendessen vorbereiteten.

«Es wird spät werden. Es ist ja jetzt schon nach vier, aber daran ist wohl nichts mehr zu ändern», bemerkte die Köchin. Dann entsann sie sich der jüngsten Ereignisse und wischte sich mit dem Schürzenzipfel eine nicht vorhandene Träne ab. «Die arme Lady! Die arme Lady!» Gleich darauf fuhr sie Jennifer an: «Paß doch auf die Suppe auf, du dummes Ding! Sie kocht ja über!» Die Flüssigkeit rann an der Außenseite des Topfes herunter und tropfte mit lautem Zischen in die Flammen. Eine beißende Rauchwolke trieb uns allen die Tränen in die Augen, ehe sie endlich durch den Abzugsschacht den Weg ins Freie fand. Ich klopfte Bruder Simeon mehrmals auf den Rücken, denn er hatte einen Hustenanfall bekommen und seine schmale Brust hob und senkte sich bedrohlich. Gerade als Martha Grindcobb beide Fensterläden aufriß, kam Phillipa Talke zur Tür herein.

Voller Abscheu rümpfte die Wirtschafterin ihre große Nase.

«Was für ein übler Geruch!» rief sie aus. Sie sah Jennifer Tonge an, die beschämt zu Boden schaute, und reimte sich zusammen, was geschehen war. Ratlos zuckte sie die Schultern. «Warum paßt Ihr nicht besser auf das Kind auf, Martha? Ihr wißt doch, daß die Kleine zu nichts zu gebrauchen ist.» Dann wandte sie sich an Bruder Simeon. «Pater, Sir Hugh bittet Euch, das Abendessen gemeinsam mit ihm und der übrigen Familie in der großen Halle einzunehmen. Er möchte Euch noch einige Fragen zu dem Fund des Leichnams stellen.»

«Wieso denn das?» erwiderte der Mönch verstimmt. «Meint er, ich hätte irgendwelche Hinweise unterschlagen?»

Die Wirtschafterin war bestürzt. «Nein, natürlich nicht. Es geht lediglich um den verständlichen Wunsch eines trauernden Gatten, sämtliche Einzelheiten zu kennen, damit er sicher sein kann, daß ... daß ...»

Mistress Talke zögerte. «Damit er sicher sein kann, daß ...»

Wieder stockte sie. Sie scheute sich, den Gedanken, der außer Bruder Simeon wohl jedem von uns schon in den Sinn gekommen war, offen auszusprechen.

«Wovon redet Ihr? In welcher Hinsicht will er Sicherheit gewinnen?» fragte der Mönch sichtlich verärgert. Da ich spürte, daß unsere grausige Entdeckung ihn stärker mitgenommen hatte, als er bereit war zuzugeben, stand ich auf, stellte mich hinter ihn und legte ihm zur Beruhigung die Hände auf die Schultern.

«Sir Hugh befürchtet», sagte ich, «seine Gattin habe sich womöglich selbst das Leben genommen. Er wird über alles erleichtert sein, das geeignet ist, seine Bedenken zu zerstreuen.»

«Warum hätte Lady Cederwell sich selbst das Leben nehmen sollen?» fragte Simeon empört. Doch seine Hand berührte das schlichte Holzkreuz an seinem Halsband. «Sie hat nach mir geschickt und mich gebeten, sie schnellstmöglich aufzusuchen. Hätte sie so gehandelt, wenn sie geplant hätte, sich etwas anzutun?»

Weder die Wirtschafterin noch ich antworteten darauf, doch drängte sich uns beiden der Gedanke auf, daß Lady Cederwell womöglich gerade deshalb, weil sie so verzweifelt war, nach dem berühmten Geistlichen hatte rufen lassen, wegen dessen verspäteter Ankunft in ihm dann aber doch nicht die ersehnte Hilfe fand. Obgleich ich sein Gesicht nicht sehen konnte, nahm ich an, daß Bruder Simeon einen ähnlichen Gedankengang verfolgte, sein schlechtes Gewissen ihn jedoch davon abhielt, seine Mitschuld einzugestehen.

Um ihn zu beruhigen, sagte ich: «Wir haben keinen Grund anzunehmen, daß Lady Cederwells Tod mehr als ein tragischer Unfall war. Sir Hugh hat uns selbst erzählt, daß sie häufig auf die Brüstung kletterte, um dem Himmel näher zu sein. Und nach allem, was ich über sie gehört habe, nehme ich an, daß sie sich von der frostigen Witterung keineswegs abhalten ließ, wenn sie das Bedürfnis nach einer innigen Verbindung mit Gott verspürte.»

Phillipa Talke nickte eifrig. «So ist es. Ich bezweifele keineswegs, Pater, daß sie auf der Brüstung ausgerutscht und hinabgestürzt ist, und auch Ihr solltet keinen Grund haben, etwas anderes anzunehmen. Kommt mit zu Sir Hugh und sagt es ihm. Das ist alles, was er hören will, um seinen Frieden zu schließen.»

Die ganze Zeit über hatte Jennifer Tonge in der Suppe gerührt, dabei dem Gespräch jedoch gebannt und mit großen Augen gelauscht. Nun gab sie unvermittelt ein leises Kichern von sich und sagte: «Sie starb, ohne die Beichte abzulegen.»

Die Wirtschafterin drehte sich um und verpaßte ihr eine Ohrfeige, die sie der Länge nach zu Boden streckte.

«Es hat noch nie eine reinere Seele gegeben als deine Mistress, das solltest du nicht vergessen! Morgens, mittags, abends – immer auf den Knien.» Sie hatte Mühe, den abfälligen Ton in ihrer Stimme zu verbergen. «Daß sie am Fegefeuer vorbei direkt zum Himmelstor aufsteigen wird, ist ebenso sicher wie die Tatsache, daß du dir eine weitere Backpfeife einfängst, wenn du noch einmal den Mund aufmachst, solange ich hier in dieser Küche bin. – Also, Pater», wandte sie sich wieder an den Mönch, «wollt Ihr mich nun begleiten?»

Simeon zögerte noch immer.

«Mir wäre es lieber, wenn der Hausierer mitkäme. Schließlich hat er den Leichnam entdeckt. Nur seiner Beharrlichkeit ist es zu verdanken, daß er überhaupt gefunden wurde.»

Die Wirtschafterin wußte nicht, wie sie diesem Ansinnen begegnen sollte, deshalb ging ich neben Bruder Simeon in die Knie und sah ihm ernst ins Gesicht.

«Pater, Sir Hugh bittet Euch, gemeinsam mit ihm und seiner Familie das Abendessen einzunehmen. Das ist nur recht und billig, aber er kann sich nicht mit einem einfachen Hausierer an einen Tisch setzen. Ich muß in der Küche bei den Dienstboten bleiben.»

Simeon reckte trotzig sein Kinn. «Dann werde auch ich hier mit Euch speisen.» Er hob den Kopf und wandte sich an Phillipa Talke: «Richtet Sir Hugh aus, daß ich ihm nach dem Essen Auskunft geben werde, sofern Roger Chapman mit dabeisein darf.» Er machte eine hochmütige Handbewegung. «So lauft schon! Mehr habe ich nicht zu sagen.»

«Warum, Pater?» fragte ich, als Phillipa Talke erbost die Küche verlassen hatte. «Warum wollt Ihr mich unbedingt dabeihaben? Ihr vermögt die Ereignisse doch ebensogut zu schildern wie ich. Ich weiß nichts, was Ihr nicht auch wüßtet.»

«Ich habe Euch nur als Ausrede benutzt», antwortete er und gab mir mit einer Geste zu verstehen, daß ihm meine Nähe unangenehm war und ich mich wieder auf meinen eigenen Schemel setzen sollte. «Ich wünsche weder mit diesem Bastard, Lady Cederwells Halbbruder, noch mit dessen zänkischer Ehefrau zu speisen.»

Mein Eindruck, der tragische Tod der jungen Frau habe Bruder Simeon weicher gestimmt, war offensichtlich falsch gewesen. Ich wechselte einen kurzen Blick mit Martha Grindcobb, und als die Köchin gerade anderweitig beschäftigt war, drückte ich kurz die noch immer weinende Jenny, ehe ich mich wieder auf meinem Schemel niederließ.

Während um mich herum weitere Vorbereitungen für das Abendessen getroffen wurden, starrte ich gedankenverloren in die Flammen. Obwohl es wenig Grund gab anzunehmen, Lady Cederwells Tod sei entgegen allem Anschein kein Unfall gewesen, gingen mir drei Fragen nicht aus dem Kopf. Erstens: Warum war Hamon, der Stallbursche, so überstürzt nach Lynom Hall zurückgekehrt? Zweitens: Warum hatte Ulnoth immer wieder das Wort «Tod» vor sich hin gemurmelt? Und schließlich: Warum hatte Lady Cederwell den Mönch zu sich rufen lassen? Doch sosehr ich mir den Kopf zerbrach, ich erhielt keine Antworten auf meine Fragen. Am Ende kam ich zu dem Schluß, daß die drei Vorkommnisse höchstwahrscheinlich nichts miteinander zu tun hatten.

Unser Abendessen bestand aus Rindfleischsuppe mit Käse und Haferplätzchen. Außer mir, dem Mönch, der Köchin und dem Küchenmädchen nahmen daran auch die beiden jungen Männer teil, denen ich bereits vor der Mühle begegnet war und die Martha mir als die Brüder Jude und Nicholas Capsgrave vorstellte. (Die anderen Bediensteten und Pächter des Anwesens, sagte man mir, wohnten in etwa einem Dutzend Hütten etwas weiter nordwestlich in Richtung Flußmündung.) Die Wirtschafterin kam nicht zurück, und daß Lady Cederwells Zofe, Audrey Lambspringe, ebenfalls nicht zum Essen erschien, wurde mit deren Verzweiflung über den Tod ihrer Mistress begründet. Sir Hugh und seine Verwandten wurden in der großen Halle von zwei anderen Bediensteten des Hauses versorgt, zwei jungen Mädchen namens Edith und Ethelwynne. In dieser abgeschiedenen Gegend schienen sächsische Namen noch recht verbreitet zu sein.

Gerade als wir unser Mahl beendet hatten – Simeon hatte nur ein paar Happen zu sich genommen, während ich ungeniert zulangte –, kam ein kleiner, rundlicher Mann mit dünnem grauem Haar und leicht vorstehenden blauen Augen in die Küche. Er stellte sich als Tostig, der Verwalter, vor und bat Simeon erneut, sich zu Sir Hugh zu begeben. Der Mönch stand auf und winkte mir, ihm zu folgen.

«Roger Chapman wird mich begleiten», sagte er.

Dem Verwalter schien die Beharrlichkeit meines Gefährten nicht zu passen.

«Nun gut, wenn es unbedingt sein muß. Bloß keine weiteren Verzögerungen. Sir Hugh hat angesichts der tragischen Ereignisse schon genug Geduld bewiesen.»

Gemeinsam mit dem Verwalter verließen wir die Küche, gingen an der Speise- und Vorratskammer sowie am Kontor vorbei und bogen dann nach links in einen kleinen, mit Steinplatten ausgelegten Durchgang innerhalb des Hauptvorbaus, von dem aus wir schließlich in die große Halle gelangten. Ich hatte keine Gelegenheit, mich gründlicher umzuschauen, bemerkte aber in der Mitte des Raumes unterhalb einer Öffnung in den vom Rauch geschwärzten Dachsparren eine Feuerstelle. Die Binsen auf dem Boden waren alt, von Knochen übersät und rochen nach Hundedreck. Die Familie hatte ihre Mahlzeit beendet, saß aber noch immer an dem hohen Tisch auf dem Podest am anderen Ende des Saales. Als wir näher kamen, erkannte ich Sir Hugh, Adela und ihren Gatten, Gerard Empryngham, den ich bereits gesehen hatte, als man ihn aus den Ställen rief. Dem anderen jungen Mann am Tisch war ich noch nicht begegnet, schloß aber nach einem kurzen Blick, daß es sich um den Sohn des Hauses handeln mußte, denn er besaß nicht nur das lokkige, braune Haar und die dunklen Augen seines Vaters, sondern auch dessen Statur. Ich erinnerte mich daran, daß Dame Judith von Maurice gesprochen hatte.

Simeon blieb vor dem Podest stehen, so daß Sir Hugh sich gezwungen sah, zu uns herunterzukommen. Er war darüber sichtlich verstimmt, doch gerade als er den Mund aufmachen wollte – vermutlich, um seiner Verärgerung Ausdruck zu verleihen –, gab es eine Unterbrechung. Nach kurzem Lärm in der Vorhalle schwang die Tür auf, und Ursula Lynom stürmte mit schneenassem Umhang in die Halle. Sie lief zu Sir Hugh und drückte seine Hand.

«Ich mußte einfach kommen!» rief sie aus. «Warum hast du mir keine Nachricht von Jeanettes Tod geschickt? Ich konnte nicht länger warten!»

7

IN DER STILLE, die sich mit einem Mal über die Halle legte, hörte man nur das Rascheln in den Binsen, als ein Hund nach einem Knochen schnüffelte. Sir Hugh lächelte betreten und entzog Mistress Lynom seine Hand.

«Ursula! Was ... was machst du denn hier? Reitest im Dunkeln her ... und noch dazu bei einem so scheußlichen Wetter!»

Verwirrt trat Mistress Lynom einen Schritt zurück. Durch die offene Tür sah ich ihre beiden Stallburschen, Hamon und Jasper, die sie begleitet hatten.

«Seit dem frühen Nachmittag warte ich darauf, daß du mich über Jeanettes beklagenswerten Unfall unterrichtest», erwiderte sie vorwurfsvoll. «Als Hamon mit der Kunde von Jeanettes Tod zurückkam, ging ich einfach selbstverständlich davon aus, du würdest mich als deine ... älteste Vertraute als erste wissen lassen, was geschehen ist.»

Maurice Cederwell ebenso wie Gerard und Adela Empryngham hatten sich inzwischen vom Tisch erhoben und mit verblüfften Mienen hinter Sir Hugh gestellt. Der Hausherr sah blaß aus, obwohl dieser Eindruck im trüben Licht auch täuschen mochte. Im Saal war es nicht gerade hell; an den Wänden steckten ein paar dürftige Fackeln, und die Kerzen in dem Kandelaber aus feinem Zinn, der an einem der Dachsparren hing, waren heruntergebrannt. Auch das Feuerholz mußte nachgelegt werden.

«Wie sollte ich dich denn über Jeanettes Tod unterrichten, wenn ich selbst erst vor etwas mehr als einer Stunde davon erfahren habe? Wovon in Gottes Namen sprichst du, Ursula?»

Sir Hugh sah Ursula Lynom so durchdringend an, als wolle er sie unbemerkt vor etwas warnen. Sie stieß ein hohes, gezwungenes Lachen aus.

«Wie töricht von mir», sagte sie und legte eine Hand auf die Brust, als müsse sie ihr klopfendes Herz beruhigen. «Es war nur so, daß ich Hamon, meinen Stallburschen ...» Sie wandte sich zur Tür und winkte ihn herein. «... nach Cederwell geschickt hatte, um dir ein Geschenk zukommen zu lassen ... ein paar Knöpfe, die ich heute morgen einem Hausierer abgekauft hatte. Auf dem Weg hat Hamon dann aber jemanden getroffen, der ihm erzählte, Jeanette sei tot.»

Gerard Empryngham trat vor. «Aber wer hätte davon wissen können?» fragte er. «Wie Hugh schon sagte, sind noch keine zwei Stunden vergangen, seitdem der Leichnam meiner Schwester gefunden wurde. Und sehr viel länger kann der Unfall nicht zurückliegen.»

Diese Behauptung konnte nicht unwidersprochen bleiben. Ich räusperte mich und warf so ehrerbietig wie möglich ein: «Das stimmt nicht, Master Empryngham, wenn Ihr gestattet. Die Leichenstarre ist bereits so weit fortgeschritten, daß wir selbst unter Berücksichtigung der frostigen Witterung davon ausgehen müssen, daß Lady Cederwell schon vor dem Mittag gestorben ist.» Plötzlich richteten sich alle Augen auf mich; manche starrten mich hochmütig, andere ungläubig an, und wieder andere waren über meine ungebetene Einmischung empört. «Habt Ihr noch nie bemerkt», fuhr ich unbeirrt fort, «daß die Starre, die an Gesicht, Nacken und Kiefer beginnt und allmählich auf alle anderen Körperteile übergeht, erst ein paar Stunden nach dem Tod einsetzt? Als wir die Lady fanden, waren ihre Schultern und Arme jedoch ganz steif. Sie muß also schon vor etlichen Stunden vom Turm herabgestürzt sein.»

«Ihr scheint Euch ja mit Toten sehr gut auszukennen», bemerkte Adela Empryngham argwöhnisch.

Ich lächelte sie an. «Ich weiß ebensoviel wie jeder andere, der mit offenen Augen durch die Welt geht. Im Leben sind wir ständig vom Tod umgeben.»

Zum ersten Mal, seitdem Simeon und ich die Halle betreten hatten, ergriff Maurice das Wort. «Der Hausierer hat recht», sagte er. «Aber daran denkt man gewöhnlich nicht, weil der Leichnam aufgebahrt wird, ehe die Totenstarre einsetzen kann.»

«Das alles tut nichts zur Sache», wandte Gerard ungeduldig ein. «Es geht doch vor allem darum, daß bis vor weniger als zwei Stunden niemand von uns wußte, daß Jeanette gestorben war, und dennoch behauptet Mistress Lynom, ihr Stallbursche habe ihr bereits am frühen Nachmittag davon erzählt. Wie ist das möglich?»

Sir Hugh schien darüber verärgert, daß sich sein mittelloser Verwandter dermaßen in den Vordergrund drängte, aber er war selbst viel zu sehr auf die Antwort gespannt, um ihn ernsthaft zu tadeln. Er begnügte sich daher mit einem gereizten Stirnrunzeln, ehe er die Frage mit einem stummen Blick an Mistress Lynom weitergab. Die Witwe wiederum drehte sich zu Hamon um, der in der offenen Tür verlegen von einem Bein aufs andere trat.

Bruder Simeon stieß mich in die Rippen.

«Habt Ihr mir nicht erzählt, irgendein Einsiedler habe dunkle Andeutungen über Lady Cederwells Tod gemacht? Ulnoth war sein Name, glaube ich.»

«Von Lady Cederwell hat er nichts gesagt», beeilte ich mich, die Sache richtigzustellen. «Er hat ganz allgemein gesprochen.»

Im stillen verfluchte ich den Mönch für seinen unpassenden Einwurf. Die Wahrheit, fürchtete ich, würde dadurch noch mehr vernebelt. Ich sollte recht behalten. Hamon klammerte sich an Simeons Worte wie an einen rettenden Strohhalm.

«Auch ich habe Ulnoth getroffen», beteuerte er eifrig. «Er

sagte, Lady Cederwell sei tot, und so bin ich mit dieser Nachricht schnellstens nach Hause geritten. Ihr erinnert Euch doch, Mistress, wie ich Euch davon berichtet habe.»

Ursula Lynom schlug sich vor die Stirn. «Natürlich», rief sie aus. «Das hatte ich ... in meiner Verzweiflung ganz vergessen.» Mit einem zaghaften Lächeln wandte sie sich an Sir Hugh. «Mein teurer Freund, verzeih mir bitte, daß ich in einem so ungelegenen Augenblick hier erscheine, ehe du überhaupt Zeit für deine eigene Trauer hattest. Was magst du jetzt wohl von mir halten?»

Er schenkte ihr ein mildes Lächeln. «Aber meine liebe Ursula, da gibt es nichts zu verzeihen. Um Himmels willen, wo bin ich nur mit meinen Gedanken? Du mußt ja ganz durchgefroren sein. Komm zum Feuer herüber.» Er drehte sich zu seinem Verwalter um. «Laßt Mistress Lynom einen Becher Wein bringen. Und Suppe, falls noch welche übrig ist. Sorgt außerdem dafür, daß ihre Pferde in den Stall gebracht, trockengerieben und gefüttert werden. Sagt Jude und Nicholas Bescheid, sie sollen sich darum kümmern und den beiden Stallburschen ein Nachtquartier bereiten.» Als Ursula leise murmelnd Einwände erhob, fügte er hinzu: «Bei diesem Wetter kannst du auf keinen Fall nach Lynom Hall zurückkehren. Es schneit heftig. Ich werde dich morgen höchstpersönlich nach Hause begleiten. Tostig! Mistress Talke soll das Gästezimmer richten.»

Der Verwalter verneigte sich und verschwand durch eine zweite Tür hinter dem Podest, die ich bis dahin noch gar nicht bemerkt hatte. Wegen des kalten Luftzugs, der in die Halle wehte, vermutete ich, daß sie zu einem dreieckigen Hof zwischen der großen Halle und dem übrigen Haus führte. Inzwischen hatte sich Mistress Lynom ihren Umhang abnehmen lassen und in den einzigen Sessel gesetzt, den die Halle zu bieten hatte und den Sir Hugh ihr zuvor ans Feuer gerückt hatte. Ich bemerkte den bösen Blick, den Gerard Empryngham den beiden zuwarf, und fragte mich, ob das wahre Verhältnis zwischen ihnen in Cederwell Manor bekannt war.

«So, und nun sag mir bitte, was geschehen ist», bat Ursula Lynom inständig und ein wenig atemlos, während sie die Hände in ihrem Schoß fest zusammenpreßte.

So knapp wie möglich erläuterte Sir Hugh die Umstände des Todes seiner Gattin und fügte hinzu: «Aber ich verstehe immer noch nicht, wie der Einsiedler davon gewußt haben kann.»

Hastig warf Hamon ein: «Auf seiner Nahrungssuche macht er immer weite Streifzüge durch die Gegend. Vielleicht ist er heute morgen dem Pfad durchs Unterholz gefolgt, der zum Küstenvorland und zum Turm führt und ... hat Lady Cederwell auf dem Boden liegen sehen. Er hat ein einfaches Gemüt. Wahrscheinlich hat er Angst bekommen und ist weggelaufen.»

«Ja. Ja, so wird es zweifellos gewesen sein», pflichtete Sir Hugh ihm erleichtert bei. Dann wandte er sich wieder an Ursula Lynom. «Bruder Simeon war gerade dabei, uns noch einmal über die Entdeckung des ... des ...» Er vermochte den Satz nicht zu Ende zu bringen.

«Ich habe von dem Mönch gehört», sagte Ursula und betrachtete Simeon aufmerksam. «Seit mehr als einer Woche wird hier in der Gegend über seine Predigten gesprochen. Aber wer ist der junge Mann neben ihm? Seid Ihr nicht der Hausierer, den ich heute vormittag noch in Lynom Hall getroffen habe?»

«Genau der bin ich, Mistress», antwortete ich mit meinem gewinnendsten Lächeln. «Ich hatte die Ehre, Euch und Dame Judith meine Waren zeigen zu dürfen, und Ihr habt mir beide freundlicherweise etwas abgekauft.»

«Die Knöpfe.» Sie wandte sich an Sir Hugh. «Die Knöpfe, die Hamon dir bringen sollte – bei diesem Mann habe ich sie erworben.» Sie wirkte auf mich noch immer äußerst zerfahren und redete wild drauflos, um jegliche Gesprächspause zu vermeiden. «Ich war so frei, sie für dich zu erstehen, Hugh. Ich konnte ja nicht ahnen, daß der Hausierer auch nach Cederwell Manor kommen würde. Ich ging davon aus, daß du nichts dagegen hättest. Und Jeanette ebensowenig. Schließlich sind wir schon so lange miteinander befreundet, und die Knöpfe sind silbern und mit Perlmutt verziert. Sie werden dir sicherlich gefallen.»

«Vielen Dank, meine Liebe. Das ist sehr freundlich von dir.» Doch seine Worte wurden von einem kaum merklichen Kopfschütteln begleitet – als wollte er sie inständig bitten, endlich den Mund zu halten. «Nun, Pater, wenn Ihr uns noch einen Augenblick Eurer Zeit schenken wollt. Beschreibt doch noch einmal die Umstände, wie Ihr ... den Leichnam Lady Cederwells gefunden habt.»

«Eigentlich ist es nur Roger Chapmans Hartnäckigkeit zu verdanken, daß wir sie gefunden haben», beharrte der Mönch und schob mich nach vorn.

Also gab ich der Versammlung bestmöglich Auskunft, wobei sich trotz Sir Hughs eindringlicher Fragen kein neuer Gesichtspunkt ergab. Während des Gesprächs kam einmal ein Dienstmädchen herein, um Mistress Lynom ein Tablett mit einem Becher Wein und einem Teller Suppe zu bringen, das die Lady dankbar entgegennahm; davon abgesehen gab es keine Unterbrechung. Die Anwesenden lauschten aufmerksam meinen Ausführungen, die Simeon murmelnd bestätigte.

Nach der letzten Frage und meiner darauf folgenden Antwort blieb es einen Augenblick ganz ruhig. Sir Hugh starrte geistesabwesend ins Feuer, und alle übrigen schwiegen in ehrfurchtsvoller Stille. Schließlich jedoch stand Sir Hugh auf, schüttelte den Kopf, als wolle er sich von freudlosen Gedanken befreien, und wandte sich mit einem eher praktischen Anliegen an Adela.

«Stell Mistress Lynom doch bitte ein Nachtgewand zur Verfügung und kümmere dich um alles weitere, was sie benötigen könnte. – Ursula!» sagte er, nun wieder an seinen Gast gewandt. «Wärst du so freundlich, dich, sobald für deine Unterbringung gesorgt ist, wieder hier in der Halle einzufinden? An diesem traurigen Abend wünsche ich mir angenehme Gesellschaft.»

Maurice Cederwell verneigte sich mit einem spöttischen Grinsen.

«Vielen Dank, Vater. Du hast soeben klar zum Ausdruck gebracht, was du von deiner üblichen Gesellschaft hältst.»

Sir Hugh überging den Einwurf achselzuckend. Diesmal war es Mistress Lynom, die ihm einen warnenden Blick zuwarf, den er jedoch entweder übersah oder nicht weiter beachtete. Ja, er verschlimmerte das Ganze noch, indem er sagte: «Ich bin sicher, daß Ihr übrigen früh zu Bett gehen wollt, um mit Eurer Trauer alleine zu sein. Phillipa und die Dienstmädchen werden den Leichnam noch vor dem Morgengrauen aufbahren, sobald dies möglich ist, ohne ... Schaden anzurichten. Ich hoffe, unser guter Kaplan Godyer wird sich morgen wieder vom Krankenbett erheben können, um die Totenmesse zu halten. Hat irgend jemand daran gedacht, ihn von dem Geschehen zu unterrichten?»

Das schien nicht der Fall zu sein. Erneut wurde der Verwalter herbeigerufen und beauftragt, zum Kaplan zu gehen, zuvor aber mir und Bruder Simeon einen warmen Schlafplatz zuzuweisen. Tostig verneigte sich und wollte bereits mit uns den Raum verlassen, als Gerard Empryngham noch einmal das Wort ergriff. Er sprach laut und deutlich, und die Wut in seiner Stimme war nicht zu überhören.

«Ihr sollt wissen, daß ich mich nicht täuschen lasse. Ich weiß, was ich weiß, und obwohl ich zum jetzigen Zeitpunkt keine Beweise habe, werde ich bald nicht länger schweigen. Wir mögen verschiedene Mütter gehabt haben, aber Jeanette war trotz allem meine Schwester. Blutsbande sind stark.» Und damit hastete er aus der Halle.

Adela machte Anstalten, ihm zu folgen, legte jedoch vorher Sir Hugh beruhigend eine Hand auf den Arm.

«Mach dir nicht zuviel aus Gerards Worten. Er ist tief getroffen. Schließlich hat er Jeanette immer gern gehabt und ihr niemals übelgenommen, daß sie jünger war als er und rechtmäßig geboren wurde.» Sir Hugh schob ihre Hand zurück.

«Meine liebe Adela, was dein Ehemann sagt oder tut, ist mir vollkommen gleichgültig. Von mir aus kann er gerne noch ein paar Wochen den trauernden Bruder mimen, aber ich sage dir schon jetzt, daß ich keineswegs willens bin, euch jetzt, da Jeanette tot ist, noch weiterhin auszuhalten. Nur weil sie es als ihre christliche Pflicht ansah, für diesen Bastard von Halbbruder und dessen Frau aufzukommen, habe ich mich schon zur Genüge von euch ausnehmen lassen.»

Doch anstatt sich über seine Worte zu empören, lächelte Adela und reckte stolz ihr Kinn.

«Damit tust du uns beiden einen Gefallen, Hugh. Du weißt ja, daß ich Gerard seit langem davon zu überzeugen versuche, mit mir wegzugehen und sich woanders niederzulassen. Wir hätten Gloucestershire niemals verlassen und Jeanette und dir nach eurer Hochzeit in den Süden folgen sollen. Gerard versteht viel von Schafen. Er hätte seinen Stolz überwinden und sich eine Anstellung als Schäfer suchen können. Jeder noch so geringe Lohn wäre besser gewesen, als in einem Haus zu leben, in dem einem jeder Bissen mißgönnt wird. Du brauchst nicht zu befürchten, daß wir dir nach der Beerdigung lange zur Last fallen. Wir bleiben nur noch, bis sich das Wetter gebessert hat, sofern das nicht zuviel verlangt ist.»

Sie machte auf dem Absatz kehrt, verließ hocherhobenen Hauptes den Raum und ließ Sir Hugh mit einem etwas betretenen Gesichtsausdruck zurück. Als Simeon und ich ihr mit Tostig folgten, kam uns Phillipa Talke entgegen, um Mistress Lynom ins Gästeschlafzimmer zu geleiten.

Wie ich vermutet hatte, befand sich zwischen der großen Halle und dem Hauptgebäude ein dreieckiger Hof mit einem niedrigen Brunnen in der Mitte. Es war bitterkalt, und als wir auf die Tür an der gegenüberliegenden Seite zugingen, schneite es heftig, so daß wir unsere Umhänge noch fester um uns schlangen. Über einen Gang, der zum Hauptkorridor führte und die Vorratskammer mit der gleich neben der Küche liegenden Speisekammer verband, traten wir wieder ins Haus.

«Hier ist es warm genug», sagte Tostig, öffnete die Küchentür und ließ uns eintreten. «Dahinter ist noch ein Lagerraum mit leeren Säcken, die Ihr als Unterlage nehmen könnt. Und mit den vollen Säcken könnt Ihr Euch gegen die Zugluft schützen.» Er war ganz offensichtlich darauf bedacht, sich wichtigeren Aufgaben zuzuwenden. Doch dann meldete sich sein schlechtes Gewissen, weil er einen heiligen Mann so unwirsch abgefertigt hatte. «Ihr müßt schon entschuldigen, Pater, aber der Schlafraum der männlichen Bediensteten ist kein geeigneter Ort für eine Person Eures Ranges, vor allem weil dort heute nacht auch die beiden Stallburschen von Mistress Lynom schlafen. Das ist Euch doch sicherlich klar.»

«Mir ist klar, daß sich Männer, sobald sie unter sich sind, in Gotteslästerungen und Anzüglichkeiten ergehen», erwiderte Simeon streng, «was ich nur mißbilligen kann – ja, mehr noch, voll und ganz verdammen!» Er sah sich in der leeren, noch immer von den nachmittäglichen Essensgerüchen erfüllten Küche um und betrachtete die Berge schmutzigen Geschirrs. «Ich werde hier gerne mit meinem Freund, dem Hausierer, übernachten. Wir haben uns beide sicherlich schon mit kärgeren Unterkünften zufriedengegeben.»

«Wesentlich kärgeren», stimmte ich ihm zu, als ich das noch immer schwelende Feuer sah und daneben einen Blasebalg entdeckte.

Mit einem Blick gab mir der Verwalter zu verstehen, daß ihm

meine Meinung völlig gleichgültig war, und da er sich versichert hatte, daß der Mönch zufrieden war, ließ er uns allein in der Küche zurück. Ich nahm den Blasebalg, entfachte die Glut und legte ein paar Holzscheite nach. Kurz darauf erfüllte ein flackerndes Feuer den Raum mit Licht und behaglicher Wärme.

«Es wird schon warm werden», sagte ich, legte meinen Umhang ab und ließ mich auf dem Boden nieder.

Es war noch zu früh zum Schlafen, aber nach den Ereignissen des Tages fühlte sich mein Körper so schwer und müde an, daß es ein Genuß war, die schmerzenden Glieder auf den Binsen auszustreckten. In meinem Kopf ging es jedoch drunter und drüber – und Bruder Simeon war offenbar nicht besser dran. Trotz seiner Erschöpfung kam er nicht zur Ruhe, sondern schritt rastlos in der Küche auf und ab und nahm gedankenverloren einen Gegenstand nach dem anderen zur Hand, nur um ihn kurz darauf wieder hinzulegen. Ich wies auf einen der Küchenschemel.

«Kommt her, Pater, setzt Euch und erzählt mir, was Euch bewegt. Was es auch sein mag, es wird Euch guttun, darüber zu sprechen.»

Widerwillig nahm er auf dem Schemel Platz und scharrte mit den Füßen in den Binsen. Durch die Sandalen waren an seinen Zehen schlimme Frostbeulen zu sehen.

«Nun?» ermutigte ich ihn nach einer Weile.

«Warum hat Lady Cederwell mich nur rufen lassen?» fragte er zögernd. «Und weshalb war es ihr so dringend?» Ohne meine Antwort abzuwarten, fuhr er fort: «In diesem Hause geschehen sündhafte Dinge!» Seine schmale Brust schwoll an, und seine Augen blitzten. «Es riecht nach Ehebruch – merkt Ihr das nicht? Habt Ihr gesehen, wie Sir Hugh und Mistress Lynom einander angeschaut haben? Wie sie ihn bei der Hand nahm, als sie zur Tür hereinkam?» Ich hielt es für klüger, mich unwissend zu stellen, und ließ den Mönch fortfahren. «Es riecht nach

Ehebruch», sagte er noch einmal. «Im Kampf gegen dieses Übel hat Lady Cederwell meine Hilfe benötigt.» Er schlug mit der geballten Faust gegen seine Stirn. «Und ich habe sie im Stich gelassen!»

«Das ist nur eine Vermutung», entgegnete ich. «Vielleicht wollte sie lediglich eine Eurer Predigten hören. Wohin ich in den letzten Wochen auch kam, es wurde über nichts anderes gesprochen. Euer Ruhm ist Euch vorausgeeilt.»

Kopfschüttelnd sank er auf dem Schemel zusammen und kratzte sich an den Frostbeulen, die in der Wärme zu jucken begannen.

«Nein, das glaube ich nicht. Ebensowenig, wie Ihr glaubt, daß Mistress Lynoms Stallbursche diesem Einsiedler namens Ulnoth begegnet ist.» Er holte tief Luft, um seinen Fehler einzugestehen, was ihm offenbar nicht leichtfiel. «Es war töricht von mir, den anderen zu sagen, was Ihr mir erzählt habt. Ich hätte es für mich behalten sollen.»

«Ja, es war ... ziemlich gedankenlos», stimmte ich zögernd zu. Simeon war kein Mann, den man leichtfertig zurechtwies. «Aber wenn Ihr Hamons Geschichte keinen Glauben schenkt, was ist dann in Wahrheit geschehen?»

Simeons Miene verdüsterte sich. «Meiner Meinung nach hat er Lady Cederwell tot aufgefunden, als er in Cederwell Manor ankam. Und er muß noch etwas anderes gesehen haben, das ihn veranlaßt hat, augenblicklich zu seiner Herrin zurückzueilen, anstatt hier im Haus Alarm zu schlagen.»

Ich rückte ein wenig vom Feuer ab.

«Aber wenn Hamon nach Sir Hugh gesucht hat», wandte ich ein, «um ihm die Knöpfe zu überreichen, wäre er zum Haus und nicht zum Turm gegangen. Außerdem konnte man Lady Cederwells Leichnam, wie wir aus eigener Erfahrung wissen, nur sehen, wenn man ganz um den Turm herumging.»

Simeon reckte das Kinn. «Ich bleibe dabei», beharrte er.

«Der Stallbursche ist zum Turm und nicht zum Haus gegangen – aus welchem Grund auch immer.»

Ich starrte an die geschwärzten Dachsparren über mir.

«Ich bin geneigt, Euch zuzustimmen, Pater, auch wenn es dafür keinerlei Beweise gibt. Es wäre daher höchst unvorsichtig von uns, irgendwelche Anschuldigungen zu erheben. Aber unter uns gesagt, ich könnte mir vorstellen, daß der Bursche, als er sich dem Haus näherte, möglicherweise jemanden gesehen hat und ihm gefolgt ist.»

Simeon nickte. «Ihr sprecht von ‹ihm›, und ich denke, damit habt Ihr recht. Es kann nur Sir Hugh gewesen sein. Warum sonst hätte Hamon sein eigentliches Ziel aufgeben und ihm folgen sollen?»

Unser aufschlußreiches Gespräch wurde durch Martha Grindcobb und Jenny Tonge unterbrochen, die gemeinsam in die Küche kamen. Ohne große Begeisterung stellte die Köchin fest, daß wir uns bereits für die Nacht eingerichtet hatten.

«Es gibt Leute, die um diese Zeit noch arbeiten müssen», bemerkte sie spitz und deutete auf das schmutzige Geschirr. «Jenny, schau nach, ob wir im Faß genug Wasser haben. Wenn nicht, geh in den Hof und hol Wasser aus dem Brunnen.»

Ich sprang auf. «Laßt mich gehen! Bei diesem Wetter kann man ein so junges Ding doch nicht ins Freie schicken.»

Martha Grindcobb zuckte mit den Schultern. «Wie Ihr wollt. Wenn Ihr nicht da seid, muß sie es ja auch machen. Ich sehe gerade, daß das Wasser für den Augenblick noch reicht. Wenn es Euch nichts ausmacht, könntet Ihr jedoch ein paar Eimer für morgen früh besorgen. Wißt Ihr, wo der Brunnen ist?»

«Im Innenhof. Wir sind daran vorbeigekommen, als wir von der großen Halle kamen.» Ich ging zur Küchentür.

«Das ist ein Umweg», wandte Jenny ein und zeigte auf die Tür zum Lagerraum. «Von da aus gibt es eine Tür direkt zum Hof.»

Im Lagerraum waren dicke Säcke mit Wintervorräten übereinandergestapelt. An Deckenhaken hing trockenes Pökelfleisch. In der seitlichen Wand war eine zweite Tür. Ich zog meine Kapuze auf, drehte den Schlüssel im gut geschmierten Schloß und ging zum Brunnen. Innerhalb kürzester Zeit hatte ich einen Eimer Wasser heraufgezogen. Dank des schweren Holzdeckels, den ich zuvor heruntergehoben hatte, war das Wasser nicht eingefroren. Gerade als ich mit dem Eimer in die Küche zurückkehren wollte, ging gleich neben der Tür zum Lagerraum eine weitere Tür auf, die ich bis dahin gar nicht bemerkt hatte. Mit einer brennenden Kerze trat Gerard in den Hof heraus.

«Wer ist da?» fragte er, da er mich in meinem schweren Umhang offenbar nicht erkannte.

Ich schob die Kapuze vom Kopf und trat einen Schritt vor, so daß das Licht seiner Kerze auf mein Gesicht fiel.

«Ich bin's, Master, der Hausierer. Die Köchin hat mich zum Wasserholen geschickt. Ich komme gleich noch einmal wieder.»

«Schon gut», brummte er. «Aber vergeßt nicht, den Deckel wieder aufzulegen, wenn Ihr fertig seid.»

Ich versprach es und ging zurück in die Küche. Martha und Jenny warteten darauf, daß sich das Spülwasser im großen Kessel über dem Feuer erwärmte, und Simeon kratzte noch immer gedankenverloren an seinen Frostbeulen. Ich berichtete ihnen von meiner Begegnung mit Gerard, und Martha Grindcobb nickte.

«Hinter der Tür liegt die Schlafkammer von Master und Mistress Empryngham», sagte sie kichernd. «Er ist nicht besonders glücklich darüber, denn im Grunde handelt es sich nur um einen Lagerraum zwischen unserer Speisekammer und dem Schlafraum der Männer. Er meint, er und seine Frau hätten ein besseres Zimmer verdient, zum Beispiel eines der geräumigeren Gästezimmer oben im Herrenhaus. Aber Sir Hugh hat andere Vorstellungen, wenn es um einen mittellosen Bastard und dessen Frauenzimmer geht.»

Mit einem kräftigen Schwung hob sie den schweren Kessel vom Feuer und schüttete das heiße Wasser in eine Holzschüssel, während ich das frische Wasser ins Faß leerte und kehrtmachte, um noch einen Eimer zu holen. Diesmal traf ich niemanden im Hof mit dem Brunnen. Zwar waren hinter der verschlossenen Zimmertür der Empryngham aufgebrachte Stimmen zu hören, doch einzelne Worte oder Sätze konnte ich nicht ausmachen. Und da es noch immer schneite, beeilte ich mich, schnell wieder in die warme Küche zu kommen.

8

ALS ICH ZURÜCK in die Küche kam, war dort inzwischen ein junger Mann eingetroffen. Seine Stiefel und sein Umhang waren mit Schnee bedeckt, und er versuchte vergebens, Martha Grindcobb ein warmes Essen abzuschwatzen.

«Ihr werdet Euch mit Brot und Käse zufriedengeben müssen», rief sie gereizt. «Niemand kann von mir erwarten, daß ich zu dieser nächtlichen Uhrzeit noch anfange zu kochen.»

«Aber die Stunde des Komplet ist doch gerade erst vergangen!» widersprach er grimmig. «Ich bin hungrig und völlig durchgefroren, und ich werde mich nicht mit Brot und Käse abspeisen lassen.»

Wutschnaubend tauchte die Köchin ihre Arme in die Schüssel mit dem heißem Abwaschwasser.

«Ihr werdet Euch nicht abspeisen lassen? Was glaubt Ihr eigentlich, wer Ihr seid?» stutzte sie ihn zurecht und beantwortete ihre Frage gleich selbst: «Sir Hughs Pacht- und Schuldeneintreiber, weiter nichts!»

Der junge Mann strich sich die schulterlangen blonden Haare zurück. Seine grauen Augen funkelten empört.

«Ich bin seit drei Tagen unterwegs und heute schwer beladen mit zwei Satteltaschen voller Geld die ganze Strecke von Woodspring bis hierher geritten. Ich habe meine Pflicht getan, warum könnt Ihr nicht das gleiche tun?»

Martha Grindcobb nahm die bis zu den Ellenbogen geröteten Arme aus der Schüssel, stützte die nassen Hände in die Hüften und baute sich wütend vor ihm auf.

«Weil ich zu tun habe. Weil ich hier in der Küche Dinge erledigen muß, für die eigentlich Edith und Ethelwynne zuständig sind. Aber die beiden blasen Trübsal und sind zu nichts zu gebrauchen. Das ist endlich einmal etwas, das für dich spricht, kleine Jenny», fügte sie hinzu und drehte sich zu dem Küchenmädchen um, das schweigend mit dem Trocknen des Geschirrs beschäftigt war. «Du läßt dich wenigstens nicht von deinen Gefühlen leiten. Falls du überhaupt welche hast.»

Der junge Mann hatte inzwischen Stiefel und Umhang ausgezogen und vom Schnee freigeklopft. Er hielt inne und sah die Köchin fragend an. «Was ist den Mädchen denn so plötzlich aufs Gemüt geschlagen?»

Einen Augenblick lang starrte sie ihn verständnislos an, dann zuckte Martha Grindcobb mit den Schultern. «Natürlich, Ihr wißt ja von nichts.»

«Wovon weiß ich nichts?» fragte er, und als ich an ihm vorbeiging, um den Eimer ins Faß zu leeren, deutete er auf mich und fügte hinzu: «Und wer ist das?»

«Das ist Roger Chapman. Und da drüben, das ist Bruder Simeon. Sie werden heute nacht hier schlafen.» Die Köchin wandte sich wieder ihrer Arbeit zu. «Und das ist Fulk Disney, Sir Hughs Pacht- und Schuldeneintreiber», erklärte sie mir.

Der junge Mann richtete sich zu voller Größe auf.

«Fulk D'Isigny!» zischte er. «Meine Vorfahren sind mit Wilhelm dem Eroberer aus Frankreich gekommen.»

Ich streckte ihm die Hand entgegen. «Master Disney, es freut mich, Euch kennenzulernen.»

Er übersah meine freundliche Geste. »*D'Isigny!*» fauchte er ärgerlich.

«Gott segne Euch, mein Sohn», sagte Simeon und deutete mit der Hand ein Kreuzzeichen an, um jedoch gleich darauf wieder mit ernster Miene ins Feuer zu starren und uns gewöhnliche Sterbliche nicht weiter zu beachten.

«Also, was ist geschehen?» beharrte Fulk Disney ungeduldig.

«Die Mistress ist auf dem Turm ausgerutscht und hat sich zu Tode gestürzt», rief Jenny Tonge, die nicht länger an sich halten konnte und zum Dank von der Köchin eine schallende Ohrfeige bekam.

«Du sprichst nur, wenn du gefragt wirst, Kind», wies Martha Grindcobb sie zurecht, ehe sie dem entsetzten Fulk die näheren Umstände erklärte.

Ich muß der Köchin zugute halten, daß sie sich auf das Wesentliche beschränkte und auf alle sonst für Frauen so typischen Mutmaßungen und übertriebenen Gefühlsäußerungen verzichtete. Master Disney schien sich allerdings nur um eines zu sorgen.

«Was ist mit Maurice? Wie hat er die Nachricht verkraftet? Ich muß sofort zu ihm und ihm ... mein Beileid bekunden.»

Ich sah, wie Simeon den Blick kurz auf dem Gesicht des jungen Mannes ruhen ließ, ehe er sich wieder dem Feuer zuwandte. Der heilige Mann war dem Geschehen um ihn herum keineswegs so entrückt, wie er uns glauben machen wollte, dachte ich. Er besaß eine scharfe Beobachtungsgabe und zog seine eigenen Schlußfolgerungen. Ich schaute zu Martha Grindcobb auf, doch ihr Gesicht war völlig ausdruckslos, und auch Jenny Tonges Miene verriet nichts Ungewöhnliches, wenngleich sie möglicherweise auch einfach noch viel zu jung und unschuldig für jene Gedanken war, die mir und Simeon sofort in den Sinn gekommen waren – und für die ich mich plötzlich zutiefst schämte. Sobald Fulk, der seinen Hunger einstweilen vergessen hatte, die Küche verlassen hatte, zog ich meinen Schemel dicht neben den des Mönchs und setzte mich.

Nachdem er sich davon überzeugt hatte, daß die beiden Frauen wieder in ihre Arbeit vertieft waren, wandte Simeon mir den Kopf zu und murmelte wutentbrannt: «Kein Wunder, daß Lady Cederwell meiner Führung und meines Ratschlags bedurfte. Dieses Haus ist ein Sündenpfuhl! Ehebruch und die Sünde der alten Griechen! Sie brauchte mich, um diesen Augiasstall auszumisten!»

Bei dem Gedanken an Simeon in der Rolle des Herkules mußte ich unwillkürlich lächeln, doch dann fiel mir ein, daß seine moralische Stärke sich vermutlich durchaus mit der Körperkraft des griechischen Helden messen konnte.

«Wir dürfen uns nicht auf falsche Fährten locken lassen», flüsterte ich. «Bislang hat Fulk Disney lediglich Mitgefühl mit einem jungen Mann gezeigt, der gerade erst seine Mutter verloren hat.»

«Seine Stiefmutter», korrigierte Simeon mich scharf, «die überdies vom Alter her seine Schwester hätte sein können. Jedenfalls habe ich bei Maurice Cederwell herzlich wenig Anzeichen von Trauer erkennen können.»

«Dennoch», erwiderte ich eindringlich, «wir müssen unsere Phantasie zügeln, zumal sich unsere Vermutung nur auf einen einzigen, vagen Eindruck stützt. Warum sollte Fulk Disney sich nicht um jemanden sorgen, mit dem er offenbar gut befreundet ist?»

Der Mönch schenkte mir einen verächtlichen Blick. Dann zog er die Schultern hoch, drehte sich zur Wand und schwieg. Ich fand mich damit ab, in seiner Wertschätzung vorerst gesunken zu sein, zog meinen Schemel in die Mitte der Küche und nahm mir vor, Martha Grindcobb zu der Sache zu befragen. Doch noch ehe ich Zeit hatte, mehr als nur ein paar belanglose Nettigkeiten mit ihr auszutauschen, klappte im angrenzenden Lagerraum die Tür, und Adela Empryngham stürmte in die Küche.

«Heute nacht werde ich das Bett nicht mit Gerard teilen!» verkündete sie allen, die es hören wollten. «Seit Stunden rede ich ununterbrochen auf ihn ein, aber er will keine Zugeständnisse machen. Jetzt, da Jeanette tot ist, sollten wir unbedingt nach Gloucestershire zurückkehren. Was haben wir hier denn noch zu erwarten? Hugh will uns nicht mehr sehen und wird uns so schnell wie möglich vor die Tür setzen. Aber Gerard ist unnachgiebig und redet von Vergeltung und anderem Unsinn, genau wie vorhin in der großen Halle.» Sie brach in lautes Schluchzen aus.

Martha Grindcobb ließ ihren Abwasch ruhen und legte Adela einen kräftigen Arm um die Schultern.

«Kommt zum Feuer, mein Kind, damit Ihr Euch ein wenig wärmen könnt. Steht auf, Chapman, und überlaßt Euren Sitz einer Dame.»

Ohne zu zögern, schob ich ihr meinen Schemel hin und nahm auf dem mit Binsen bedeckten Fußboden Platz. Auf Geheiß der Köchin lief Jenny in die Vorratskammer, um einen Becher Ale zu holen. Jetzt, da sie sich gegen die Männer vereinen konnten, war die Feindschaft zwischen Martha Grindcobb und der Schwägerin ihrer verstorbenen Herrin vergessen.

«Wenn sie in dieser Stimmung sind, ist bei den Männern jedes Wort vergebens», stellte die Köchin mitfühlend fest. «Niemand weiß das so gut wie ich. Schließlich hatte ich zwei Ehegatten, und beide haben sich benommen wie die störrischsten Esel. Macht Euch keine Sorgen, meine Liebe, ich stelle Euch eine zusätzliche Pritsche im Frauenschlafraum auf. Bis morgen früh wird Master Gerard ganz bestimmt zur Besinnung kommen. Jenny», fügte sie hinzu, als das Mädchen mit dem Ale zurück in die Küche kam, «du mußt den Abwasch alleine zu Ende machen. Ich kümmere mich um ein Nachtlager für Mistress Empryngham. Sie schläft bei uns. Es wird uns allen guttun, ein wenig zusammenzurücken. Unsere Nerven liegen blank, und nach den Ereignissen des heutigen Tages ist das auch kein Wunder.»

Als Adela Empryngham ihr Ale ausgetrunken hatte und gemeinsam mit der Köchin hinausgegangen war, kehrte wieder Stille ein. Jenny wusch die restlichen schmutzigen Töpfe und Pfannen ab, und ich half ihr beim Abtrocknen. Sie lächelte mich schüchtern an und schwieg die ganze Zeit über, was ich ihr nicht übelnahm, weil ich ohnehin mit meinen eigenen Gedanken beschäftigt war. Wieder stellte ich fest, wie müde ich war, und als ich noch einmal Revue passieren ließ, was seit meinem Abschied von Ulnoth am Morgen geschehen war, wurde mir ganz schwindelig: mein Besuch in Lynom Hall, der Marsch nach Cederwell Manor, meine merkwürdige zweite Begegnung mit Ulnoth, das Zusammentreffen mit Bruder Simeon, die Entdeckung der Toten und schließlich alles, was seitdem hier in Cederwell Manor geschehen war. Ich sehnte mich nach einem erholsamen Schlaf, und sobald das Geschirr sauber und trocken war, zog ich mich in eine dunkle Ecke der Küche zurück, schlang meinen Umhang um mich, streckte mich der Länge nach auf dem Boden aus, legte meinen Knüppel in Reichweite und bettete den Kopf auf mein Bündel. Nur noch vage nahm ich wahr, daß Simeon meinem Beispiel folgte und sich ein Stückchen weiter ebenfalls zur Ruhe legte. Ich hörte, wie er seine Gebete sprach und sich noch eine Weile im Stroh hin- und herwälzte, bis er eine bequeme Lage gefunden hatte. Danach bekam ich nichts mehr mit und fiel in einen tiefen, traumlosen Schlaf.

Als ich am nächsten Morgen ebenso unvermittelt wieder erwachte, fühlte ich mich gründlich erfrischt und hellwach. Durch die Ritzen der Fensterläden fiel ein merkwürdiges, ja fast unwirkliches Licht. Das einzig wahrnehmbare Geräusch war Bruder Simeons Schnarchen. Nachdem ich mich erhoben hatte, sah ich ihn auf dem Rücken liegen; aus einem Winkel seines weit geöffneten Mundes rann ein wenig Speichel in seinen struppigen Bart. Auch an meinem eigenen Kinn hatten sich über Nacht Bartstoppeln gebildet, und da ich heißes Wasser brauchte, um sie abzuscheren, schlich ich zum Feuer, nahm den Blasebalg und bearbeitete damit die Reste der fast erloschenen Glut.

Es war so kalt, daß ich zitterte, obwohl ich vollständig bekleidet war. Zunächst dachte ich, das Feuer wollte gar nicht mehr brennen, doch endlich züngelten ein paar Flammen auf und brachten einen Zweig zum Knistern. Ich legte ein paar frische Holzscheite auf, und bald flackerte es hell und freundlich. Dann ging ich durch den Hauptkorridor an der Längsseite des Hauses bis zum Eingang, schob die Riegel zurück und öffnete die Haustür. Draußen bot sich mir ein eindrucksvolles Bild: Jede Wölbung, jede noch so kleine Erhebung im Boden war unter einer glatten, mehrere Zoll hohen Schneedecke verschwunden. Wie in meiner Jugend verspürte ich das unstillbare Verlangen, auf dem blendenden Weiß herumzutrampeln. Es war der zerstörerische Drang, das Makellose zu vernichten, weil weder das Auge noch das Herz so viel unverfälschte Schönheit ertragen kann.

Am frühen Morgen hatte es zwar aufgehört zu schneien, gegen die bittere Kälte vermochte die fahle Sonne jedoch nicht anzukommen. Ich rieb mir die Finger und kehrte in die Küche zurück, wo das flackernde Feuer für eine behagliche Atmosphäre sorgte. Ich füllte einen der kleineren Kessel mit Wasser aus dem Faß und hängte ihn an einen Dreifuß übers Feuer. Der Mönch schlief noch, rührte sich jedoch ein wenig, als ich beim Hin- und Hergehen mit den Binsen raschelte. Ich stöberte gerade in meinem Bündel nach dem Rasiermesser und einem Seifenstück, als er sich plötzlich aufrichtete und heftig nieste.

«Gesundheit», sagte ich grinsend.

«Wo ...? Wo bin ich?» fragte er und wischte sich die Nase an seinem Ärmel ab. «Ah! Jawohl, ich erinnere mich. Master Chapman, ich glaube nicht, daß es für uns beide hier noch etwas zu tun gibt. Sobald wir gefrühstückt haben, machen wir uns auf den Weg.»

«Ohne vorher den Augiasstall auszumisten?» fragte ich erstaunt.

Mit steifen Gliedmaßen stand Simeon auf.

«Spottet nicht!» wies er mich zurecht. «Das sanfte Lamm, das mich gerufen hat, ist nicht mehr am Leben. Sollen die anderen in ihrem Sündenpfuhl schmoren. Am Tag des Jüngsten Gerichts wird Gott sie zur Rechenschaft ziehen, und sie werden allesamt zur Hölle fahren! Er braucht mich anderswo! Mein Auftrag ist es, durch das Land zu ziehen und zu den Menschen zu predigen.»

«Ich fürchte, heute werden wir nirgendwo mehr hinziehen können», antwortete ich beschwingt, goß ein wenig heißes Wasser in eine Schüssel und seifte mein Kinn ein. «In der Nacht ist Schnee gefallen. Je nachdem, ob es Frost oder Tauwetter gibt, sitzen wir hier einen oder mehrere Tage fest.»

Entsetzt sah Simeon mich an, ging zum Fenster und riß die Läden auf. Ein dünnes, ölverschmiertes Pergamentstück versperrte ihm den direkten Blick, aber als er es mit meiner Hilfe beseitigt hatte, vermochte er sich selbst vom Ausmaß des Schneefalls zu überzeugen. In dem schmalen Gang zwischen Haus und Klippe war die weiße Decke nahezu einen Fuß hoch.

«Vermutlich ist es hier schlimmer als anderswo», bemerkte ich, «aber die Wege werden auf keinen Fall begehbar sein. Wir können Gott danken, daß wir ein festes Dach über dem Kopf haben und uns nicht in einer Scheune oder einem Stall verkriechen müssen. Sir Hugh mag unsere Gegenwart nicht gelegen kommen, doch das Gebot der Gastfreundschaft verbietet es ihm, uns bei diesem Wetter vor die Tür zu setzen.» Plötzlich kam mir ein Gedanke. «Das gleiche gilt übrigens auch für Mistress Lynom und deren Stallburschen.» Ich gluckste. «Er wird wohl nicht gerade erfreut darüber sein, so viele zusätzliche Mäuler stopfen zu müssen.»

Simeon erwiderte nichts, rückte aber näher ans Feuer und

hielt die Hände über die Flammen. Mit seinem spärlichen ungekämmten Haar, dem stoppeligen Bart und der von einem leichten Flaum bedeckten Tonsur wirkte er noch ungepflegter als sonst. Sein Habit war fast kniehoch mit Dreck beschmiert, und im Saum erspähte ich einen größeren Riß. Seine winterliche Blässe fiel jetzt noch stärker auf, doch weder Müdigkeit noch Kälte vermochten den glühenden Fanatismus in seinen Augen zu dämpfen.

«Wißt Ihr eigentlich», jammerte er so vorwurfsvoll, als sei es meine Schuld, «daß ich letzte Nacht zum ersten Mal in meinem Leben nicht rechtzeitig aufgewacht bin, um die Gebete zur Matutin zu sprechen? Hat Sir Hugh nicht gesagt, es gäbe hier im Haus eine Kapelle? Ich muß sie auf der Stelle ausfindig machen und den Allmächtigen um Vergebung bitten. Zudem müßte es schon fast Zeit für die Prim sein.»

Auch ich hatte nach der Aufregung des Vortages so fest geschlafen, daß ich ausnahmsweise einmal nicht wie sonst in den frühen Morgenstunden aufgewacht war, was ich jedoch für mich behielt. Bruder Simeon wußte nichts über meine Vergangenheit, und ich verspürte nicht den geringsten Wunsch, von ihm dafür ins Gebet genommen zu werden. Ich riet ihm lediglich, noch ein wenig zu warten, bis ihn ein Bediensteter zur Kapelle führen konnte, statt auf eigene Faust im Haus umherzuirren und dessen Bewohner in ihrer Trauer zu stören. Das war zumindest mein Vorwand; insgeheim war mir der Gedanke gekommen, daß Mistress Lynom die Nacht möglicherweise nicht im Gästezimmer verbracht hatte.

«Bestimmt wird bald jemand kommen», versicherte ich ihm.

Kaum hatte ich die Worte ausgesprochen, als von draußen auch schon lautes Gekreische zu hören war. Rasch zog ich meine Stiefel an, um die Ursache zu ergründen. Martha Grindcobb, Jenny Tonge und die anderen beiden Mädchen, Edith und Ethelwynne, versuchten gerade, die schneebedeckten Stufen von dem überdachten Gang vorm Frauenschlafzimmer herunterzusteigen. Lady Cederwells Zofe, Audrey Lambspringe, der ich am Vorabend nur kurz begegnet war, folgte ihnen mit rotgeweinten, übernächtigten Augen. Die langen Röcke der Frauen waren bereits mehrere Zoll hoch vom Schnee durchnäßt.

Ich streckte beide Arme nach der Köchin aus, umfaßte ihre ausladende Taille und zog sie mit einem Schwung auf meine Arme. Ihr Gewicht nahm mir fast den Atem, und ich strauchelte ein wenig, als ich sie das kurze Stück bis zur offenen Tür am Korridor trug. Die anderen Frauen waren dagegen Federgewichte, aber ich war dennoch froh, als Jude und Nicholas Capsgrave durch den Schnee auf uns zugewatet kamen und Edith und Ethelwynne bei den letzten Stufen halfen, so daß ich mich Audrey Lambspringe zuwenden konnte.

In meinen Armen fühlte sie sich an wie ein Häufchen Knochen – so zart und zerbrechlich wie die zutraulichen Sperlinge, die ich als kleiner Junge mit bloßen Händen fing, um sie gleich anschließend wieder in die Freiheit zu entlassen. In ihren großen blauen Augen lag der gleiche erschrockene Ausdruck, und als ich sie absetzte, huschte sie ebenso flink davon. In der Küche herrschte ein lautes Stimmengewirr, da sich alle Anwesenden, einschließlich Ursula Lynoms Stallburschen, die inzwischen ebenfalls zu uns gestoßen waren, lautstark über den nächtlichen Schnee-Einbruch ausließen. In all dem Getümmel drückte mich Martha Grindcobb dankbar an ihre Brust, weil das Feuer bereits brannte und das Wasser im Kessel brodelte. Der Lärm nahm jedoch ein jähes Ende, als die Wirtschafterin mit dem Verwalter in die Küche trat.

«Ruhe!» befahl Mistress Talke. «Habt ihr denn kein Taktgefühl? Meint ihr, es ziemt sich, hier zu lachen und zu tratschen, während oben eure tote Mistress liegt?»

Betreten schauten wir zu Boden. Einige scharrten mit den Füßen in den Binsen. In der freudigen Erregung über den Schnee hatten sie den Tod ihrer Herrin tatsächlich vergessen, und ich konnte es ihnen ohne weiteres nachfühlen, denn noch heute, im hohen Alter, erscheint mir alles andere nebensächlich, wenn sich vor meiner Tür die glitzernde Pracht des ersten Schnees ausbreitet.

«Ist ihr Leichnam schon aufgebahrt?» wollte die Köchin wissen. Phillipa Talke schüttelte den Kopf.

«Aus dem Oberkörper ist die Starre zwar gewichen, die unteren Gliedmaßen sind aber noch steif. Ich habe mit Pater Godyer gesprochen. Er meint, vom Zeitpunkt des Todes an könnte es länger als einen Tag dauern, bis wir sie richtig bewegen können.»

Die Erwähnung des Kaplans erinnerte Martha an ihre Pflichten.

«Ich muß dem armen Mann etwas zu essen bringen. In den letzten Tagen hat er kaum einen Bissen angerührt. Wie geht es ihm denn, Mistress Talke? Fühlt er sich ein wenig besser?»

«Ja, ein wenig», räumte die Wirtschafterin ein. «Sein Kopf macht ihm noch immer zu schaffen, aber das ist ja nichts Neues. So eine Verkühlung legt sich am Ende ganz von allein. Aber jetzt ist es höchste Zeit, daß wir alle an die Arbeit gehen. Schließlich haben wir einen Gast zu versorgen. Sir Hugh hat mich davon in Kenntnis gesetzt, daß er sein Frühstück zusammen mit Mistress Lynom in der Halle einzunehmen wünscht.»

Mit gewichtiger Miene und rasselnden Haushaltsschlüsseln eilte sie aus der Küche. Sobald sie außer Hörweite war, brach Martha Grindcobb in lautes Gelächter aus.

«Armes Dummerchen», sagte sie in die Runde. «Merkt sie denn wirklich nicht, was sich hier vor aller Augen abspielt? Und das schon seit Jahren! Will sie nicht wahrhaben, daß der Master in ihr nie mehr als seine Wirtschafterin gesehen hat, Mistress Lynom dagegen für ihn alles andere als bloß eine alte Freundin ist?»

Niemand schien ihre Worte besonders zu beachten. Der Sachverhalt war allen Anwesenden so vertraut, daß sich längst eine gewisse Gleichgültigkeit eingestellt hatte. Nur für einen Außenseiter wie mich war dieser Tratsch noch kein alter Hut. Tostig nahm Bruder Simeon mit, um ihn zur Kapelle zu führen, und ich gesellte mich zu der Köchin, die gerade gesalzenen Fisch briet.

«Sir Hugh hat eine Schwäche für gebratene Heringe», klärte sie mich auf und fügte leise hinzu: «Wenn Ihr wollt, mache ich Euch auch gleich ein paar.»

Ohne zu zögern, nahm ich ihr Angebot an. Offenbar stand ich derzeit hoch in ihrer Gunst, und so nutzte ich die Gelegenheit und bat sie, ihre Bemerkung über Mistress Talke und Sir Hugh noch ein wenig zu erläutern. Dazu war sie nur allzu gern bereit.

«Die Ärmste glaubt, er sei in sie verliebt. Was der Master allerdings jemals getan haben soll, um diese Hoffnung zu nähren, weiß nur sie allein. Ich jedenfalls habe niemals das geringste Anzeichen dafür bemerkt, und ich glaube, den restlichen Mitgliedern des Haushalts geht es nicht anders.» Martha unterbrach ihre Ausführungen, um Edith zu tadeln, weil sie nicht kräftig genug im Haferschleim rührte, dann nahm sie ihren Faden wieder auf. «Dagegen ist kaum jemandem verborgen geblieben, daß er seit langem in Mistress Lynom vernarrt ist. Bestimmt wird sie die dritte Lady Cederwell, womöglich noch in diesem Jahr.»

Ich nickte. «Auch mir ist schon vor meiner Ankunft hier in Cederwell zu Ohren gekommen, daß Sir Hugh und Mistress Lynom mehr als eine gute Freundschaft verbindet.» Ich erzählte ihr von meinem Besuch in Lynom Hall und Dame Judiths bissigen Bemerkungen.

«Seht Ihr!» Martha legte die Heringe auf einen Teller und schickte Ethelwynne in den Lagerraum, um zwei weitere Fische zu holen. «Alle Welt weiß Bescheid, nur Phillipa Talke hat sich in den Kopf gesetzt, ausgerechnet sie müßte Sir Hughs Cederwells heimliche Liebe sein.» Martha seufzte tief. «Jetzt wird ihr wohl bald ein Licht aufgehen.»

In diesem Augenblick trat Adela Emprynghám in die Küche. Jude und Nicholas Capsgrave hatten wohl inzwischen die Treppe zum Frauenschlafraum vom Schnee befreit, denn weder Adelas Kleid noch ihr Umhang waren am Saum naß geworden.

Sie nickte Martha Grindcobb zu. «Am besten gehe ich gleich zu Gerard und schließe Frieden mit ihm. Vielleicht gelingt es mir ja, ihm etwas Vernunft beizubringen. Bei dem Schnee können wir ohnehin nicht gleich abreisen. Mit ein wenig Glück hält sich das kalte Wetter ja noch bis zur Beerdigung der armen Jeanette, dann können wir in aller Ruhe Abschied nehmen.»

Sie verschwand im Lagerraum, und wenig später hörten wir sie die Tür zum dreieckigen Innenhof öffnen. Gleichzeitig kam Ethelwynne mit den Heringen zurück. Stolz ließ Martha sie in die Pfanne gleiten.

«Zwei echte Prachtexemplare», sagte sie zufrieden. «Ich wette, die werden Euch schmecken, Master Chapman.»

Ein markerschütternder Schrei zerriß die Stille. Wir erstarrten und blickten uns fragend an, bis uns ein zweiter Schrei zur Besinnung brachte und wir Hals über Kopf nach draußen stürzten. Dort sahen wir Mistress Emprynghám völlig fassungslos am Brunnen stehen. Beide Hände vors Gesicht gepreßt, stieß sie gellende Schreie aus. Irgend etwas ragte starr und steifgefroren aus dem Brunnen.

Wie alle anderen auch, brauchte ich einen Augenblick, um mir darüber klarzuwerden, daß es die nackten Beine eines Mannes waren.

9

SELBST HEUTE NOCH kann ich mich deutlich an den Drang erinnern, in lautes Gelächter auszubrechen – so eng liegen im Leben Tragödie und Komödie beieinander. Die nackten, über den niedrigen Brunnenrand gen Himmel ragenden Beine hatten aber auch tatsächlich etwas Komisches.

«Wer ... wer ist das?» fragte Martha Grindcobb mit zittriger Stimme.

«Wer *war* das, meint Ihr wohl», erwiderte Bruder Simeon düster. «Bei diesem Wetter kann niemand draußen in einem dunnen Nachthemd überleben.»

Seine nüchterne Feststellung ließ mich innerlich zusammenzucken, und das Lachen verging mir auf der Stelle.

«Es ist ... Gerard!» schluchzte Adela Empryngham. «Ich erkenne ihn ... an seinen ... Füßen.»

Edith und Ethelwynne brachen in laute Schreie aus, und ich spürte, wie sich eine kleine, kalte Hand in meine schob. Ich drehte mich um und sah Audrey Lambspringe mit kreidebleicher Miene hinter mir stehen. Beruhigend drückte ich ihre Hand.

Mittlerweile waren auch Tostig und Mistress Talke eingetroffen, und der Verwalter schickte sofort Jenny Tonge in den Pferdestall, um Jude und Nicholas Capsgrave zu suchen. Doch noch ehe Jenny mit den Stallburschen zurückkehrte, kamen Mistress Lynoms Männer in den Hof. Ich bot gleich meine Hilfe an, und gemeinsam versuchten wir, Gerard aus dem Brunnen zu ziehen.

Das war kein leichtes Unterfangen, denn die Leiche war nicht nur vollkommen steif, sondern steckte auch noch bis zur Mitte im gefrorenen Wasser fest. Ehe wir sie bergen konnten, mußten wir das Eis aufbrechen. Jude Capsgrave wurde weggeschickt, um einen großen Hammer zu besorgen. Sein Bruder starrte kopfschüttelnd auf den Brunnen.

«Heilige Jungfrau Maria», murmelte er entsetzt. «Welcher Tölpel hat bloß vergessen, den Deckel aufzulegen?»

Bei diesen Worten blieb mir vor Schreck das Herz stehen. Hatte ich den Deckel am Vorabend, nachdem ich den zweiten Eimer Wasser geschöpft hatte, zurück auf den Brunnen gelegt? Verzweifelt versuchte ich, mir jede einzelne meiner Bewegungen wieder vor Augen zu führen. Ich hatte den Kübel hochgezogen, ihn in meinen Eimer geleert und dabei den Stimmen gelauscht, die aus Gerards und Adelas Schlafzimmer drangen. Und dann ... Und dann? Hatte ich mich gebückt, den schweren Holzdeckel hochgenommen und ihn wieder auf den Brunnen gelegt? Oder hatte ich es vergessen, weil ich mit meinen Gedanken woanders war und unbedingt einen Satz oder auch nur ein Wort vom Streit der Emprynghams verstehen wollte? Mit aller Macht versuchte ich, die Erinnerung an das Gewicht des Deckels heraufzubeschwören, doch es wollte mir nicht gelingen. Sollte sich am Ende die Warnung meiner Mutter, meine unersättliche Neugier würde mir oder einem anderen Menschen eines Tages den Tod bringen, doch noch bewahrheitet haben?

Ich war nicht der einzige, der mich für diese Tragödie verantwortlich machte. Als ich den Kopf hob, begegnete ich Martha Grindcobbs und Bruder Simeons vorwurfsvollen Blicken. Ja, auch Jenny Tonge schaute mich mit großen Augen an. Rasch sah ich beiseite und wandte mich wieder meiner augenblicklichen Aufgabe zu. Inzwischen war Jude Capsgrave mit einem Hammer zurückgekommen. Sir Hugh, Mistress Lynom und Maurice Cederwell waren ihm aus dem Haus gefolgt.

Ohne weitere Umschweife nahm Sir Hugh die Sache in die Hand. Er beteiligte sich zwar nicht selbst an der Bergung, gab Jude aber klare Anweisungen, wie das Eis zu brechen sei. Dann zogen wir zu fünft – die beiden Brüder Capsgrave, Jasper, Hamon und ich – die steifgefrorene Leiche aus dem Brunnen und legten sie vorsichtig auf die graue Wolldecke, die Phillipa Talke auf dem Boden ausgebreitet hatte. Es handelte sich tatsächlich um Gerard Empryngham – oder vielmehr um dessen sterbliche Überreste. Augen und Mund waren weit aufgerissen, und bis auf sein Nachthemd war er vollkommen nackt. Falls er eine Nachtmütze getragen hatte, war sie vermutlich heruntergefallen und lag nun irgendwo in den eisigen Tiefen des Wassers.

«Noch ein Leichnam, den wir wohl eine Zeitlang nicht werden aufbahren können», bemerkte Sir Hugh. «Tragt ihn in sein Zimmer und legt ihn dort auf sein Bett.» Falls er überhaupt um seinen Schwager trauerte, vermochte er seine Gefühle meisterhaft zu verbergen. «Wir werden uns alle gleich in der großen Halle versammeln, um uns über die Ursache dieses unerfreulichen Unfalls zu beraten. Das Frühstück wird etwas warten müssen. Mein liebe Adela, beruhige dich bitte. Dein Weinen und Klagen wird weder Gerard noch dir irgend etwas nützen, und für uns ist es nicht gerade schön, dir dabei zuzuhören. Ich gebe Euch allen zehn Minuten, um Euch zu sammeln, keine Minute länger. Mistress Talke, bitte bringt diese törichten Mädchen zur Besinnung.» Er schenkte Edith und Ethelwynne einen tadelnden Blick, dann reichte er Ursula Lynom seinen Arm und führte sie ins Haus zurück.

Sir Hugh thronte in der Mitte des langen Tisches auf dem Podest, Mistress Lynom saß neben ihm, und Hamon und Jasper hatten hinter ihrem Stuhl Aufstellung genommen. Alle anderen hatten sich vor dem Podest versammelt, so daß die Anordnung an einen Gerichtssaal erinnerte: Richter oben, Beschuldigte unten. Ich war der Hauptverdächtige, denn sowohl der Mönch als auch die Köchin zeigten mit dem Finger auf mich, und Jenny Tonge schloß sich ihnen zögernd an. Unter Tränen berichtete Adela, wie sie sich am Abend mit ihrem Mann gestritten und in der Hoffnung, Gerard würde nach einer ungestörten Nachtruhe schon wieder zur Vernunft kommen, im Schlafsaal der Frauen Zuflucht gesucht habe. Die anderen Frauen bezeugten ihre Aussage.

«Ihr alle wißt, daß Gerard von Zeit zu Zeit geschlafwandelt ist», fügte sie hinzu und brach erneut in lautes Schluchzen aus.

Von denen, die in Cederwell Manor wohnten, kam zustimmendes Gemurmel. Maurice, der ein wenig abseits stand und einen Arm um Fulk Disneys Schultern gelegt hatte, sagte: «Das war doch auch einer der Gründe dafür, meine liebe Adela, warum ihr ein Zimmer im Erdgeschoß bekommen habt, nicht wahr, Vater?» Als Sir Hugh kurz nickte, fuhr Maurice fort: «Zudem war Gerard vom Tod seiner Schwester tief getroffen. In diesem Zustand ist es um so wahrscheinlicher, daß er geschlafwandelt ist. Alles spricht dafür, daß der Brunnen nicht abgedeckt war, Gerard über den niedrigen Rand stolperte und kopfüber ins Wasser fiel. Womöglich hat das eiskalte Wasser schon ausgereicht, um ihn zu töten.»

Auf diese Bemerkung hin richteten sich alle Blicke auf mich. Es war an der Zeit, sich zu verteidigen.

«Ich bin sicher», sagte ich, «daß ich den Deckel wieder aufgelegt habe.»

«Ganz sicher?» hakte Sir Hugh vorwurfsvoll nach.

«Ziemlich sicher», räumte ich der Ehrlichkeit halber ein.

Der Edelmann schüttelte traurig den Kopf. «Das reicht leider nicht aus.» Dann hellte sich seine Miene auf. «Dennoch ist Euch nichts vorzuwerfen, denn Ihr seid fremd in diesem Haus und kennt die Gepflogenheiten der hier lebenden Menschen nicht. Unter gewöhnlichen Umständen hätte Eure Nachlässigkeit nur eine mehrere Zoll tiefe Eisschicht zur Folge gehabt, die wir heute morgen hätten aufbrechen müssen, um frisches Wasser schöpfen zu können. Ihr konntet nicht wissen, daß Master Empryngham ein Schlafwandler war. Daher spreche ich Euch von jeder Schuld frei. Es ist nur ein weiterer Schicksalsschlag für dieses vom Unglück heimgesuchte Haus, der wohl als bedauerliche Folge des ersten anzusehen ist.»

Als Sir Hugh aufstand und die Untersuchung damit für abgeschlossen erklärte, war ihm die Erleichterung deutlich anzusehen. Tatsächlich bestand für ihn wohl wenig Grund zur Trauer. Innerhalb von vierundzwanzig Stunden war er sowohl seine Gattin als auch deren ungeliebten Halbbruder losgeworden. Beide waren Opfer je eines Unfalles geworden, die – wie er bereits angedeutet hatte – möglicherweise miteinander in Zusammenhang standen. Doch während alle anderen Sir Hughs Beispiel folgten und mir nichts als Mitleid entgegengebrachten, weil ich unbeabsichtigterweise Gerard Emprynghams Tod verursacht hatte, war ich selbst keineswegs von dieser Erklärung überzeugt. Zwar konnte ich mich beim besten Willen nicht daran entsinnen, den Brunnendeckel wieder aufgelegt zu haben, doch solange ich auch das Gegenteil nicht beschwören konnte, weigerte ich mich, die volle Verantwortung für Gerards Tod zu übernehmen. Ähnlich äußerte ich mich gegenüber Bruder Simeon.

«Ihr müßt mit den Folgen Eures Handelns leben lernen, und das gilt nicht nur für das, was Ihr getan, sondern auch für das, was Ihr unterlassen habt», belehrte er mich streng, während wir in einer Küchenecke unser verspätetes Frühstück aus Hering und Schwarzbrot zu uns nahmen. «Diese Folgen zu leugnen ist in den Augen Gottes eine Sünde.»

Ohne zu antworten, beobachtete ich das geschäftige Treiben um uns herum. Martha und die Küchenmädchen versuchten, die Gedanken an die entsetzlichen Geschehnisse zu vertreiben, indem sie sich ganz und gar in ihre Arbeit stürzten. Die Herrschaften mußten ihr Frühstück bekommen, und dann mußte man sich auch ein wenig um Adela kümmern, die im Frauenschlafsaal auf einem der Betten lag. Ganz allmählich wich die Sprachlosigkeit den ersten Mutmaßungen über die künftigen Entwicklungen im Hause, da die Mistress und ihr Bruder nun nicht mehr am Leben waren. Ich war ganz zufrieden damit, eine Weile lang mit vollem Magen in meiner warmen Ecke zu sitzen und zuzuhören, doch Bruder Simeon wurde schon wieder von Rastlosigkeit ergriffen. Er stand auf, ging erst zur Hinter- und danach zur Vordertür und starrte grimmig auf die weiße Schneedecke.

«Es nützt nichts, Pater», sagte ich, als er wieder zu mir kam. «Die Wege sind heute nicht begehbar, und möglicherweise wird das auch noch ein paar Tage so bleiben.» In ähnlich salbungsvollem Tonfall, den er sonst mir gegenüber schon häufiger angeschlagen hatte, fuhr ich fort: «Ich denke, mit dieser Tatsache müßt Ihr Euch abfinden. Jedenfalls könnt Ihr nichts tun, um die Lage zu ändern. Das Wetter zu beeinflussen liegt nicht in Eurer Macht.»

Er musterte mich, wie ich lässig an die Wand gelehnt und mit ausgestreckten Beinen auf dem Küchenfußboden saß, und sagte streng: «Euch mag dieser Müßiggang gefallen, Roger Chapman, ich aber muß Gottes Werk vollbringen. Mein Auftrag bei den Menschen hier in dieser Gegend duldet keinen Aufschub.»

«Dann bittet Gott doch einfach um besseres Wetter», erwiderte ich unbekümmert. Empört schnappte er nach Luft.

«Das war zweifellos als gottloser Spott gedacht, dennoch werde ich genau das jetzt tun. Ich werde in die Kapelle gehen.» Er beugte sich über mich und funkelte mich böse an. «Eurer unsterblichen Seele zuliebe, mein Freund, solltet Ihr Euch stets vor Augen halten, daß Gott sich nicht verspotten läßt!» Damit eilte er aus der Tür, durch die im selben Augenblick Phillipa Talke hereintrat.

«Braucht Ihr eines meiner Mädchen, um die Mistress aufzubahren?» fragte Martha Grindcobb, doch die Wirtschafterin schüttelte den Kopf.

«Nein, die Starre ist immer noch nicht ganz gewichen. Es bleibt uns nichts anderes übrig, als weiter abzuwarten. Übrigens scheint es so», fügte sie hinzu, «als müßten Mistress Lynom und ihre beiden Stallburschen notgedrungen hierbleiben, bis der Schnee so weit abgetaut ist, daß sie wieder nach Hause reiten können. Ich muß nachschauen, ob wir noch genügend saubere Leintücher haben. Wenn nicht, wird einer der Männer die Wäscherin holen müssen. Und wie ist die Lage hier bei Euch in der Küche?»

Zufrieden lächelnd bestätigte die Köchin, daß in ihrem Wirkungsbereich trotz der zusätzlich zu stopfenden Mäuler alles in bester Ordnung war.

«Wir werden schon nicht verhungern», antwortete sie beschwingt, «auch wenn der da nicht gerade ein Kostverächter ist.» Sie deutete in meine Richtung.

Phillipa Talke musterte mich mit einem mürrischen Blick. «Achtet darauf, daß er sich sein Brot auch verdient», empfahl sie der Köchin. «Für einen kräftigen Burschen wie ihn gibt es doch sicherlich immer etwas zu tun!»

Zum ersten Mal, seitdem sie die Küche betreten hatte, fiel mir auf, wie erschöpft die Wirtschafterin war. Ihre Lider waren so schwer, als hätte sie kaum geschlafen, und trotz ihrer scharfzüngigen Worte schien sie mit ihren Gedanken ganz woanders zu sein, denn sie eilte davon, ohne dafür Sorge zu tragen, daß ihr Rat auch befolgt wurde. Martha Grindcobb begnügte sich damit, mir fröhlich zuzublinzeln, und trieb dann weiter ihre Küchenmädchen an. Ich machte es mir noch etwas behaglicher und schloß die Augen.

Nach meiner Erfahrung hielt die Leichenstarre, die ein paar Stunden nach dem Tod einsetzte, etwa einen Tag lang an. Sie begann in Kopf und Nacken, breitete sich auf alle anderen Körperteile aus und verschwand dann etwa in der gleichen Reihenfolge. Lady Cederwell war folglich nicht vor dem späten Vormittag, möglicherweise sogar noch später gestorben. Ich mußte unbedingt in Erfahrung bringen, wann die Starre gänzlich nachließ. Bis dahin wollte ich mir allerdings noch etwas Schlaf gönnen.

Schon in meiner Jugend hatte ich mich durch ein kurzes Nickerchen stets nachhaltig erfrischen können. Nur äußerst selten hatte ich bis dahin jedoch tagsüber geträumt. Jene aufschlußreichen Bilder, die mir zuweilen halfen, unlösbare Rätsel zu erhellen, waren mir immer nur des Nachts erschienen. An jenem Morgen jedoch stand ich, sobald ich eingeschlafen war, draußen in dem kleinen dreieckigen Innenhof. Es schneite, während ich mich über den niedrigen Brunnen bückte, und durch die geschlossenen Fensterläden hinter mir hörte ich aufgebrachte Stimmen. Mit jenen langsamen, überdeutlichen Bewegungen, die unsere Träume so seltsam entrückt erscheinen lassen, zog ich den Kübel herauf, nahm ihn vom Haken und leerte ihn in den Eimer, der neben mir auf dem Boden stand. Dann bückte ich mich nach rechts, um den schweren Holzdeckel aufzuheben, und legte ihn auf den Brunnen. Deutlich spürte ich den rauhen Holzgriff in meinen Händen und einen stechenden Schmerz …

Ich erwachte mit einem geräuschvollen Grunzen. Grinsend sahen Martha Grindcobb und die Küchenmädchen in meine Richtung.

«Das war aber ein kurzes Schläfchen, Master Chapman», sagte die Köchin. «Ihr hattet Eure Augen kaum fünf Minuten lang geschlossen.»

«Ich … ich habe schlecht geträumt», erwiderte ich verlegen.

Ich hob meine rechte Hand und hatte binnen kürzester Zeit gefunden, wonach ich gesucht hatte: einen winzigen Splitter in meinem Daumen. Jetzt wußte ich, daß ich am Vorabend den Deckel tatsächlich wieder auf den Brunnen gelegt hatte, auch wenn es mir nahezu unmöglich erschien, irgend jemanden davon zu überzeugen. Schließlich hätte ich mir den Splitter überall holen können, beispielsweise auch beim Abheben des Dekkels. Ein Traum würde wohl kaum als Beweismittel gelten; er ließe sich ohne weiteres als Lüge abtun – oder als Hirngespinst, aus dem verständlichen Drang geboren, meine Unschuld an Gerard Emprynghams Tod zu beweisen. Immerhin war ich selbst jetzt vollkommen überzeugt davon, nicht für seinen Tod verantwortlich zu sein.

Ich schloß erneut die Augen, gab aber nur vor, wieder einzuschlafen. In Wirklichkeit schossen meine Gedanken so behende hin und her wie die kleinen Eichhörnchen, die feine Damen sich zum Vergnügen in Käfigen halten. Was folgte aus meinem Traum und der Entdeckung des Holzsplitters? Wenn ich den Deckel aufgelegt hatte, mußte jemand anders ihn später wieder entfernt haben. Aber wer? Und wieso? Ich hatte das Wasserfaß bis zum Rand gefüllt, so daß es keinen Grund mehr gab, erneut zum Brunnen zu gehen. Und nachdem Martha und Jenny Tonge sich zu Bett begeben hatten, war auch niemand mehr in die Küche gekommen. Die beiden hatten den Raum durch die Hintertür verlassen und waren die Außentreppe zum überdachten Gang vor dem Frauenschlafsaal hinaufgestiegen. Kurz darauf hatte ich gehört, wie die Wirtschafterin den Hauptkorridor entlanggegangen war, um mit gewichtigem Schlüsselrasseln den Hintereingang zu versperren.

Je länger ich darüber nachdachte, desto klarer wurde mir, daß noch eine der anderen Frauen – vermutlich Martha Grindcobb, die im Haushalt eine besondere Stellung innehatte – einen Schlüssel besaß, mit dem sie sich und den anderen morgens Einlaß verschaffte, um frühzeitig mit den Arbeiten in der Küche zu beginnen. Zudem führte ja auch noch eine Tür von der großen Halle in den Innenhof, von dem aus im übrigen niemand in den Lagerraum hätte gelangen können, der bekanntlich von innen verschlossen war. Aber für jemanden, der vorhatte, Gerard Empryngham umzubringen …

Erschrocken riß ich die Augen auf. Dabei hatte ich bloß gedanklich in Worte gefaßt, was mich seit dem frühen Morgen, als ich die beiden Füße aus dem Brunnen ragen sah, umgetrieben hatte. Und wenn Gerard ermordet worden war, warum dann nicht auch seine Halbschwester? Plötzlich wurde mir klar, daß wir beide, Bruder Simeon und ich, in unserem Gespräch am Vorabend diese Möglichkeit bereits in Betracht gezogen, aber auch gleich wieder verworfen hatten – zum einen, weil es uns an Beweisen mangelte, zum anderen, weil uns unser Verdacht wohl übertrieben erschien. Doch warum hätte Lady Cederwell so dringend nach dem Mönch schicken sollen, wenn nicht deshalb, weil sie im Kampf gegen den Ehebruch ihres Gatten und das möglicherweise noch größere Vergehen ihres Stiefsohnes Hilfe brauchte? In den Augen der Kirche – und damit auch in den Augen der überaus frommen Lady Cederwell – handelte es sich in beiden Fällen um schwere Sünden.

Unter dieser Voraussetzung richtete sich der Verdacht auf Sir Hugh, seinen Sohn Maurice und Fulk Disney. Immerhin war Bruder Simeon für seine Strenge bekannt. In allen Dörfern der Gegend, die ich auf meiner Wanderschaft besucht hatte, sprach man von der unerbittlichen Härte, mit der er den allgegenwärtigen Sittenverfall auszumerzen gedachte. Mit Sicherheit war diese Kunde auch bis nach Cederwell Manor vorgedrungen. Als Jeanette dann den Bruder rufen ließ, haben bei den drei Sündern sicherlich sämtliche Alarmglocken geläutet.

Doch sie waren nicht die einzigen, die sich vom Tod der Lady Vorteile versprechen durften. Falls Martha recht hatte, wußte Phillipa Talke entweder tatsächlich nichts von der Liaison zwischen Sir Hugh und Mistress Lynom, oder sie hoffte trotzdem, Sir Hugh eines Tages selbst zu ehelichen. Adela Empryngham verabscheute ihre Stellung als mittellose Verwandte und spürte die Verachtung, die ihr und Gerard von Sir Hugh und einer Vielzahl seiner Dienstboten entgegengebracht wurde. Vielleicht war sie darüber so verzweifelt gewesen, daß sie sich ausmalte, Sir Hugh würde sie nach Jeanettes Tod aus dem Haus werfen und sie könnte endlich mit Gerard in ihre Heimat zurückkehren.

Andere mochten undurchsichtigere Beweggründe gehabt haben. Nach allem, was ich bislang gehört hatte, war Lady Cederwell bei ihrer Dienerschaft nicht gerade beliebt gewesen. Zwar schien Audrey Lambspringe ihrer Mistress in der Tat eine gewisse Zuneigung entgegengebracht zu haben, doch abgesehen von ihr und Gerard Empryngham hatte niemand echte Trauer bekundet. Und jetzt war auch Gerard tot, das Opfer eines weiteren angeblichen Unfalls ... Ich zog die Beine an, umfaßte sie mit beiden Armen und legte mein Kinn auf die Knie.

In diesem Moment hörte ich Martha Grindcobbs Stimme. «Und anschließend gibt es Birnen in Weinsirup und dazu einen süßen Käsekuchen. Da Mistress Lynom noch bei uns ist, müssen wir uns ordentlich ins Zeug legen. Es heißt, ihre Köchin sei eine wahre Perle.» Sie schnaubte. «Wir werden ja sehen, wer nachher am meisten glänzt!»

Ursula Lynom! Bei meinen Überlegungen hatte ich sie ganz außer acht gelassen. Warum sollte nicht auch sie oder jemand aus ihrem Gefolge bei Jeanette Cederwells Tod die Hand im Spiel gehabt haben? War ihr Stallbursche Hamon nicht wie von Sinnen von Cederwell Manor nach Hause geritten? Vielleicht hatte er nicht nur die Leiche entdeckt oder gesehen, wie jemand sich über sie beugte, sondern auch eine sich ihm zufällig bietende Gelegenheit beim Schopf gepackt und etwas getan, das offenkundig den geheimsten Wünschen seiner Herrin entsprach …

Ich versuchte, meine Phantasie zu zügeln. Es ging mir einfach zu schnell. Zwar konnte ich mir vorstellen, daß Mistress Lynom der Gattin von Sir Hugh nach dem Leben getrachtet hatte, doch wieso hätte sie auch deren Bruder umbringen sollen? Plötzlich fielen mir Gerards drohende Worte wieder ein. «Ihr sollt wissen, daß ich mich nicht täuschen lasse. Ich weiß, was ich weiß, und obwohl ich zum jetzigen Zeitpunkt keine Beweise habe, werde ich bald nicht länger schweigen.» Ursula Lynom hatte sie gehört, und Hamon ebenfalls.

«Nun, plötzlich so still?» fragte die Köchin, als sie das nächste Mal an mir vorbeirauschte, um den geplagten Küchenmädchen gleich mehrere Aufträge gleichzeitig aufzubrummen. Bei den vielen Gästen, die es zu versorgen galt, war sie offenbar in ihrem Element; wahrscheinlich bot sich ihr nicht häufig die Gelegenheit, ihr Können unter Beweis zu stellen.

Ich stand auf. «Habt Ihr etwas für mich zu tun?»

Martha überlegte kurz. «Ihr könntet Pater Godyer etwas Suppe bringen», antwortete sie. «Soweit ich mich erinnere, hat er noch kein Frühstück bekommen. Bei dem ganzen Durcheinander habe ich ihn schon wieder vergessen.» Sie schöpfte eine Kelle von dem auf dem Feuer vor sich hin brodelnden Eintopf in eine Schale, legte einen Holzlöffel hinein, stellte das Ganze auf ein Tablett und reichte es mir.

Ihren Anweisungen folgend, ging ich zur Vorderseite des Hauses und stieg die enge Wendeltreppe zum oberen Stockwerk hinauf. Oben angekommen, wandte ich mich nach links, kam an der Kemenate, zwei Schlafzimmern und der Kapelle vorbei – in der ich Bruder Simeon durch die offene Tür am Altar knien sah – und gelangte schließlich zu einer kleinen, dunklen Kammer mit schlechter, eiskalter Luft. Ein alter Mann lag zusammengekauert und mit klappernden Zähnen unter einer dünnen Bettdecke, nieste mehrmals heftig und putzte sich die Nase mit einem verschmutzen Stück Leinenstoff.

«Pater Godyer», sagte ich, «ich bringe Euch das Frühstück.»

Er setzte sich auf und sah mich aus rotgeränderten, tränenden Augen mißtrauisch an.

«Wer ... seid Ihr?» fragte er mit zitternder Stimme. Als ich ihn aufklärte und meine Rolle bei den tragischen Vorfällen der letzten beiden Tage erläuterte, schüttelte er ungläubig den Kopf. «Daß unter diesem Dach solch entsetzliche Dinge geschehen! Unbegreiflich.»

«Habt Ihr schon von Master Emprynghams Tod gehört?» fragte ich.

Der Kaplan nickte. «Bruder Simeon war kurz hier, ehe er nach nebenan zum Beten ging. Er hat mir erzählt, was passiert ist.» Ich stellte ihm das Tablett auf den Schoß, und er nahm einen Löffel Suppe, verschluckte sich aber so schlimm, daß er heftig husten mußte und ihm die Tränen über die ausgemergelten Wangen liefen. Verzweifelt schob er die Schüssel weg. «Ich kann das nicht essen. Ich kann überhaupt nichts essen. Diese Geschichte nimmt mich zu sehr mit. Für Gerard hatte ich ja nicht soviel übrig, obwohl man so etwas nicht sagen darf und Gott mich dafür mit Sicherheit strafen wird. Aber Jeanette! Meine Herrin! Schon von frühester Jugend an war sie gottesfürchtig und fromm. Als sie noch ein Kind war, dachte ich immer, sie würde eines Tages in einen Orden eintreten und Nonne werden. Zu meiner Verwunderung hat sie sich doch anders entschieden.» Er wischte sich mit dem Handrücken über die Augen.

Ich ließ mich auf seiner Bettkante nieder. «Dann kennt Ihr Lady Cederwell also schon von früher?»

«Seit ihrer Kindheit. Und Gerard ebenfalls. Ich kam mit ihnen aus Gloucestershire hierher, als meine Jeanette Sir Hugh

Cederwell geheiratet hat. Kurze Zeit zuvor war Sir Hughs Kaplan gestorben – eine göttliche Vorsehung, denn sonst hätte ich nicht gewußt, wohin ich gehen soll.»

Sanft schob ich ihm die Schüssel hin und drückte ihm den Löffel in die Hand.

«Ihr müßt etwas essen», ermahnte ich ihn, «um wieder zu Kräften zu kommen. Und dabei könnt Ihr mir alles über Lady Cederwell erzählen. Über Eure Jeanette.»

10

DER KAPLAN ERRÖTETE LEICHT. «Habe ich sie so genannt? Ja, ja, das habe ich wohl. Und wenn ich ganz ehrlich bin, habe ich sie schon immer als meine Tochter betrachtet. Ich habe nämlich keine eigene Familie.» Langsam schlürfte er ein paar Löffel von der Suppe. Allein über das sprechen zu können, was ihm offensichtlich so sehr zu Herzen ging, stimmte ihn schon ein wenig fröhlicher. «Ich hatte keine Geschwister, mein Vater starb vor meiner Geburt, meine Mutter lebte nur bis zu meiner Priesterweihe, und in meinem Dorf hatte ich keine anderen Verwandten.»

«Wo war das?» fragte ich, als er innehielt, um einen weiteren Löffel zu sich zu nehmen.

«Im Hügelland der Cotswolds. Dem Land der Schafe.»

Ich nickte. Die beste Wolle Englands, ja ganz Europas wird bis heute aus dem Fell der Cotswolds-Schafe gesponnen. Sie hat unserer Gegend großen Wohlstand eingebracht.

«Fahrt fort», drängte ich ihn.

«Mit vierundzwanzig Jahren fand ich in der Nähe des Dörfleins Chipping Campden bei Lady Cederwells Vater, Master Walter Empryngham, einem der reichsten Schafzüchter der Gegend, eine Anstellung als Kaplan. Und noch im gleichen Jahr – dem Jahr, in dem der Vater des jetzigen Königs, der Herzog von York, Reichsprotektor wurde, weil unser armer König Heinrich der geistigen Umnachtung anheimfiel – kam Jeanette zur Welt. Sechs Wochen später starb Mistress Empryngham am Kindbettfieber. Jeanette war ihr einziges Kind gewesen, und sie war Master Walters einziger ehelicher Sproß. Deshalb ging man auch davon aus, daß er nach einer Weile wieder heiraten würde, aber er ist seiner Frau treu geblieben und hat fortan als Witwer gelebt.»

«Und Gerard war sein uneheliches Kind?»

Der Priester brummte zustimmend und kratzte die letzten Reste aus der Schüssel. «Er war vier Jahre alt, als seine Halbschwester zur Welt kam, und lebte zu diesem Zeitpunkt erst drei Jahre im Haus seines Vaters. Nach allem, was man hörte, war seine Mutter die Tochter eines dortigen Bauern, der mit seiner sündigen Tochter und deren unehelichem Kind nichts zu tun haben wollte. Auch sie ist bei der Geburt ihres Kindes gestorben – so eine Schwangerschaft ist für die armen Frauen wirklich eine gefährliche Sache –«, ich dachte im stillen an Lillis, «so daß Master Walter den Jungen zu sich nahm und ihn in seinem Haus aufwachsen ließ.»

«Was für einen Stand hatte Gerard dort?»

Der Kaplan zuckte mit den Schultern, schneuzte wieder in sein Leinentuch und rückte die Kissen so zurecht, daß er sich bequem anlehnen konnte.

«Im nachhinein erscheint mir seine Lage recht merkwürdig, obwohl es mir damals nicht aufgefallen ist. Master Walter behandelte ihn an einem Tag wie einen Sohn und am nächsten wie einen Knecht.» Pater Godyer schürzte nachdenklich die schmalen Lippen. «Am ehesten läßt sich wohl sagen, daß er den Status eines höheren Dienstboten genoß, der sich einiges erlauben konnte, zuweilen aber auch erbarmungslos an seinen Platz verwiesen wurde.»

«Eine Behandlung, die früher oder später nur Bitterkeit und Groll erzeugen kann.»

Der Kaplan nieste und nickte.

«Natürlich war der Junge hin und wieder sehr gekränkt, aber er war klug genug, es niemandem zu zeigen. Er legte zuviel Wert auf die Vergünstigungen, die mit dem Namen Empryngham verbunden waren, und hätte das Wohlwollen seines Vaters um nichts auf der Welt aufs Spiel gesetzt. Master Walter muß man zugute halten, daß er den Jungen wirklich gern gehabt hat.»

Ich verzog das Gesicht. «Ein Vater, der seinen Sohn gern hatte, und ein Sohn, der das gern hatte, was sein Vater ihm bieten konnte?»

Der Kaplan zog die Mundwinkel nach unten. «Ich fürchte ja. Aber das habt Ihr gesagt. Gerard hatte vielleicht auch wenig Grund, dankbar zu sein. Hunde, die in dem einen Augenblick gestreichelt und im nächsten getreten werden, entwickeln sich selten zu anhänglichen Tieren. Zudem sind uneheliche Kinder ohnehin in einer wenig beneidenswerten Lage, vor allem, wenn sie männlich und noch dazu älter sind als ihre Geschwister, die einmal das Vermögen ihres Vaters erben werden. Allerdings – und das ist das Widersprüchliche an der Geschichte – hat Gerard seine kleine Schwester förmlich angebetet.» Der Kaplan hielt inne und fügte mit einem schwermütigen Seufzer hinzu: «Was aber auch nicht weiter verwunderlich war. Jeanette war ein reizendes kleines Kind und wuchs zu einem ganz bezaubernden jungen Mädchen heran.» Pater Godyer machte eine lange Pause, ehe er kaum hörbar murmelte: «Bezaubernder, als gut für sie war.»

Ich wartete, und als er nicht weitersprach, fragte ich: «Was meint Ihr damit?» Offenbar wollte er darauf nicht antworten, so daß ich auf ein anderes Thema zu sprechen kam. «Fühlte sie sich denn schon immer zum religiösen Leben hingezogen?»

Die Antwort kam prompt. «Der Glaube spielte für sie schon von frühester Kindheit an eine große Rolle. Auf Knien, ganz gleich ob an ihrem Betpult oder in der Kirche, hat sie sich stets am wohlsten gefühlt.» Der Kaplan mußte eine Veränderung in meinem Gesichtsausdruck bemerkt haben, denn er fügte sofort grimmig an: «Das findet Ihr merkwürdig, nicht wahr?»

«In gewisser Weise schon», gab ich zu. «Kinder sollten doch auch mal frech und übermütig sein und ruhig ein wenig Schabernack treiben.»

«Wozu? In dieser Welt gibt es nun mal Menschen, die von Geburt an besser sind als andere und nach Gottes Willen leben. Wir sollten der Mutter Gottes und allen Heiligen dafür dankbar sein.» Seine wäßrigen Augen nahmen wieder einen träumerischen Ausdruck an. «Jeanettes Lieblingsheiliger war Alphege. Ihm widmete sie auch ihre Kapelle im sächsischen Turm.»

Die Vorstellung erschien mir angemessen. Aelfheah, wie er im Sächsischen hieß, hatte unter König Ethelred, dem Unberatenen, als Erzbischof von Canterbury gedient und war beim Überfall der Dänen als Märtyrer gestorben – ein standhafter, von der Rechtschaffenheit seines Glaubens vollkommen überzeugter Mann, der ein trostloses Leben führte und einem noch trostloseren Tod unerschrocken ins Auge sah. Nicht zum ersten Mal verspürte ich angesichts solch großer innerer Kraft einen gewissen Neid, doch wie üblich behielt ich diese Gedanken für mich. Ich war zwar ganz bestimmt nicht feige, aber für meine Überzeugungen auf die Folterbank zu gehen war meine Sache nicht.

«Wie kam Master Empryngham denn mit seiner Tochter aus?» fragte ich.

Wieder wurde Pater Godyer von einem Hustenanfall geschüttelt. Nachdem dieser abgeklungen war, antwortete er: «Er hatte nicht sehr viel mit ihr zu tun, weil sie ein Mädchen war und er ihre Erziehung ganz in die Hände der Frauen seines Haushalts legte. Männliche Zuwendung erfuhr sie lediglich von Gerard und von mir.» Hastig fügte er hinzu: «Ich war ihr Beichtvater, ihr geistlicher Berater. Was ich an väterlichen Gefühlen für sie hegte, beschränkte sich auf ... diesen Rahmen.»

Ich nahm das Tablett von seinem Schoß und stellte es auf den Fußboden neben das Bett.

«Natürlich. Zeigte Master Empryngham denn keinerlei Interesse an ihr?»

Der Kaplan verzog das Gesicht. «Sie war sein Kind und seine Erbin. Er achtete streng darauf, daß sie alles bekam, was ihr zustand, aber ihre ausgeprägte Frömmigkeit konnte er nicht nachvollziehen.» Pater Godyer hob seine von feinen blauen Äderchen durchzogene Hand. «Nicht daß Master Walter selbst kein frommer Sohn der Kirche war, aber der Lebenswandel einer Heiligen ist vielen Menschen fremd.»

Ich nickte vage, ließ ihn weiterreden und hoffte insgeheim, er würde noch einmal auf den Punkt zu sprechen kommen, der meine Neugier geweckt hatte: Warum er gesagt hatte, Jeanette Empryngham sei bezaubernder gewesen, als gut für sie war. Mit sechzehn Jahren, sagte er, habe sie verkündet, niemals heiraten zu wollen, sondern eine Braut Christi zu werden.

«Und wovon hat sie sich letztlich umstimmen lassen?»

Das Gesicht des Kaplans verdüsterte sich, seine dünnen Lippen wirkten blutleer und blaß. Einen Augenblick lang glaubte ich, auch diesmal würde meine Wißbegier ungestillt bleiben, doch dann erwiderte er knapp: «Sie ist geschändet worden.»

Ich war so bestürzt, daß ich nicht antworten konnte. Erst nach längerem Schweigen fragte ich: «Wer war der Schurke?»

«Einer der Schäfer ihres Vaters. Ich weiß nicht mehr, wie er hieß. Jedenfalls ist Jeanette gelegentlich zu den Weiden spaziert, auf denen die Herden grasten. Sie hat den Ausblick von dort oben immer sehr genossen. Der Kerl muß ihr schon eine ganze Weile aufgelauert haben, bis er sich eines Tages nicht mehr beherrschen konnte.»

«Und es war niemand bei ihr?»

«Es war ja das Land ihres Vaters. Wovor hätte sie sich fürchten sollen? Die Schäfer waren ihre Freunde.»

«Was ist mit dem Mann geschehen?»

«Er ist weggelaufen. Was hätte er auch sonst tun sollen? Nachdem er seinen Trieb befriedigt hatte und wieder bei Sinnen war, bekam er es wohl mit der Angst zu tun. Master Walter hat getobt vor Zorn. Zwei Tage lang durchkämmten seine Männer die gesamte Gegend, aber dem Lumpen ist es gelungen, sich dem Galgen zu entziehen. Er wurde tot aufgefunden. Wegelagerer hatten ihn überfallen und umgebracht und einfach in den Graben geworfen. Die Gerechtigkeit hatte gesiegt, doch was er angerichtet hatte, war nicht wiedergutzumachen.»

«Und doch», beharrte ich, «hätte Lady Cederwell sich nach dieser Untat noch stärker nach einem Leben im Kloster sehnen müssen. Wer hinderte sie daran und warum? Lag es am Einfluß ihres Vaters?»

Der Kaplan schüttelte den Kopf. «Nein, nein! Im Gegenteil. Master Walter sah darin für Jeanette die einzige Lösung. Wer hätte denn schon eine Entehrte geheiratet?»

«Woran lag es dann?»

«Das Mädchen selbst weigerte sich, den Schleier zu nehmen. Sie war davon überzeugt, jeden Schwesternorden, in den sie eintreten würde, durch ihre Anwesenheit zu entweihen, und wollte aus diesem Grund auf keinen Fall Nonne werden. Master Walter war außer sich. Er glaubte, seine unverheiratete Tochter würde für immer zu Hause wohnen und ihm auf der Tasche liegen. Überdies verbrachte Jeanette nach dem, was sie durchgemacht hatte, noch mehr Zeit mit Beten und Fasten, schloß sich stundenlang ein und ging jedem menschlichen Umgang aus dem Weg, bis den meisten Mitgliedern des Haushalts der Geduldsfaden riß. Am Ende erfuhr sie nur noch von Gerard und mir Zuneigung und Verständnis.»

Inzwischen war es in dem armseligen kleinen Raum noch kälter geworden, und ich fing an zu zittern. Andererseits fesselte mich die Geschichte des Kaplans so sehr, daß ich noch nicht in die wohlig warme Küche zurückkehren wollte. Ich nahm den abgenutzten schwarzen Talar, der auf der Kommode lag, und wickelte mich darin ein. Pater Godyer erhob keinerlei Einwände.

«Am Ende erwiesen sich Master Emprynghams Befürchtungen dann aber doch als falsch», sagte ich. «Sir Hugh hielt um die Hand seiner Tochter an. Wann und wie hat er sie eigentlich kennengelernt?»

«Er hat einen Vetter in der Nähe von Gloucester besucht.» Ich erinnerte mich daran, daß Dame Judith mir das gleiche erzählt hatte. «Eines Tages ritt er dann von dort aus mit seinem Vetter gen Norden, um bei Chipping Campden einen gemeinsamen Freund zu besuchen. Dieser Freund wiederum war auch mit Master Walter bekannt, und so sind Sir Hugh und Jeanette einander zum ersten Mal begegnet. Einen Monat nach diesem Treffen ist Master Walter dann ganz plötzlich gestorben. Eines Nachmittags erlitt er beim Essen einen Anfall, von dem er sich nicht wieder erholte. Ein paar Tage lebte er zwar noch, aber wir wußten alle, daß der Tod bereits die Hand nach ihm ausgestreckt hatte. Auch er wußte es und verlangte von Jeanette auf seinem Totenbett zweierlei: Sie sollte sich um Gerard kümmern, obwohl dieser inzwischen einundzwanzig und längst verheiratet war, und sie sollte Sir Hugh heiraten, falls er ihr einen Antrag machte.»

«Master Empryngham war sich also ziemlich sicher, daß Sir Hugh sie heiraten wollte?»

«O ja! Das waren wir alle. Sie war gerade sechzehn und hätte gut und gerne seine Tochter sein können – daß er einen Sohn im gleichen Alter hatte, erfuhren wir erst später. Jedenfalls glaubten wir, ihr zartes Alter sei für ihn besonders reizvoll, ebenso wie ihr Geld, da ihr nach dem Tod des Vaters das gesamte Erbe zufiel.»

«Ich muß wohl nicht erst fragen, ob Sir Hugh ihr einen Antrag machte und Lady Cederwell der Bitte ihres Vaters nachgekommen ist.»

Der Kaplan wurde von einem weiteren Hustenanfall geschüttelt. Schließlich fuhr er fort: «Es war der letzte Wille ihres Vaters, ausgesprochen auf der Schwelle zur Ewigkeit. Wie hätte sie ihm diesen Wunsch verweigern können? Außerdem fühlte sie sich ohne ihren Vater völlig verloren und wußte nicht, wohin. Von der Schäferei verstand sie nicht das geringste; in dieser Hinsicht hätte sie sich voll und ganz auf ihren Verwalter verlassen müssen. Also nahm sie Sir Hughs Antrag an – unter der Bedingung, daß Gerard und seine Frau mit nach Cederwell Manor kommen dürften, und ihr zukünftiger Ehemann versprach, für sie zu sorgen.»

«Und Sir Hugh stimmte dieser Bedingung zu?»

«Ja, wenn auch zähneknirschend. Es widerstrebte ihm, auf Dauer zwei zusätzliche Mäuler stopfen zu müssen. Wie Ihr sicherlich schon bemerkt habt, ist er nicht gerade freigebig. Dennoch stimmte er zu. Wenn er sie heiraten wollte, hatte er keine andere Wahl, weil sie sonst niemals eingewilligt hätte. Außerdem wollte er nicht als Unmensch dastehen, der sich über den letzten Willen eines Vaters hinwegsetzte.»

«Und warum, glaubt Ihr, wollte er sie heiraten? War die Tatsache, daß sie eine wohlhabende Erbin war, der einzige Grund?»

Der Kaplan dachte nach und schneuzte dabei mehrmals geräuschvoll in sein Leinentuch. Schließlich sagte er: «Ich denke schon, daß diese Tatsache im Vordergrund stand. Dazu war sie sehr jung und außerdem bildhübsch. Irgendwie müssen ihn aber auch die ... besonderen Umstände angezogen haben. Wie viele andere Männer war er davon überzeugt, daß Jeanette irgend etwas getan haben mußte, um ihren Angreifer zu reizen. Er dachte wohl, insgeheim sei sie leidenschaftlich und wollüstig. Was andere Männer eher abgeschreckt hätte, stellte für Sir Hugh demnach eine Verlockung dar.»

«Die sich jedoch nicht bewahrheitete?»

«Bestimmt nicht. Ganz im Gegenteil ...» Pater Godyer zögerte. Ihm war offensichtlich unbehaglich zumute, und er wägte seine Worte sorgfältig ab. «Es ist sogar denkbar, daß Jeanette ihm als Ehefrau ... in einer Hinsicht ... nicht genügte.» Er holte tief Luft und fuhr etwas munterer fort: «Da sie jedoch nun einmal ihr Ehegelübde abgelegt hatte, war sie bereit, ihm eine gute und treue Gefährtin zu sein.»

«Und rechnete im Gegenzug mit der gleichen Treue seinerseits?»

Der Kaplan breitete die dünnen Arme aus. «Etwas anderes war für ein frommes Wesen wie sie gar nicht vorstellbar. Sie war ein Kind und wußte nichts von der Welt.»

«Und wollte auch nichts von ihr wissen», vermutete ich. «Ab wann wurde es denn schwierig zwischen den beiden?»

Pater Godyer seufzte tief. «Eigentlich von Anfang an. Treffen meine Vermutungen über Sir Hugh zu, hatte es aber auch kaum anders sein können. Ein paar Jahre lang kamen sie immerhin einigermaßen zurecht – bis Mistress Lynoms Ehemann starb. Außer Jeanette wußten in Cederwell Manor wahrscheinlich alle darüber Bescheid, daß seine Beziehung zu Mistress Lynom über eine gewöhnliche Freundschaft weit hinausging. Als Anthony Lynom dann unter der Erde lag, unternahmen die beiden keine Anstrengungen mehr, es noch weiter geheimzuhalten. Sogar Jeanette konnte ihre Augen vor den Tatsachen nicht länger verschließen.»

«Und hat es sie sehr getroffen?»

«Zutiefst. Nicht daß sie eifersüchtig gewesen wäre.» Auf dem Gesicht des Kaplans zeigte sich ein verschmitztes Lächeln. «In dem Fall hätte Sir Hugh die Liaison vielleicht sogar beendet. Nein, nein, Jeanette war entsetzt, weil es sich um eine Todsünde handelte, ihr Mann auf diese Weise seine Seele der ewigen Verdammnis preisgab und Gott beleidigte. Wie oft hat sie mich angefleht, ihm ins Gewissen zu reden und ihn zu ermahnen, seinen Irrweg einzugestehen, doch ich muß leider zugeben, daß sie mich vergeblich bat. Ihr werdet es ohnehin selber merken, also kann ich es Euch auch gleich sagen: Ich bin ein schwacher Mensch. Ich hätte es nie gewagt, Sir Hugh zu tadeln, denn ich hatte Angst um meine Stellung. Es steht Euch frei, mich deshalb zu verachten.»

Ich legte beruhigend meine Hand auf seinen Arm.

«Ich habe selbst zu viele Schwächen, um über Euch zu richten. Doch fahrt mit Eurer Erzählung fort. Hat Lady Cederwell aus diesem Grund nach Bruder Simeon geschickt?»

Der Kaplan nickte. «Als uns die Nachricht erreichte, daß er in der Gegend sei, war Jeanette ganz aufgeregt. Die Leute hatten schon seit Wochen über nichts anderes gesprochen, und wir alle kannten seine Ansichten über die Unkeuschheit und die Sünden des Fleisches. Falls Bruder Simeon ihren Mann nicht von seinem Irrweg zu überzeugen vermochte, sagte sie mir, wolle sie ihm vorschlagen, ihm und Mistress Lynom mit der Exkommunikation zu drohen.»

Ein solches Vorgehen hätte ich Bruder Simeon durchaus zugetraut. Fanatikern wie ihm und Lady Cederwell war es ganz egal, wenn die Kirche nur noch wenige Mitglieder hätte, weil jeder Ehebruch mit einem Ausschluß bestraft wurde. Menschen wie sie waren bereit, es zur Not mit der ganzen Welt aufzunehmen. Doch mich trieb noch eine weitere Frage um.

«Was ist mit Fulk Disney und Maurice Cederwell?»

Pater Godyer sah mich argwöhnisch an. «Was soll mit ihnen sein?»

«Sie machen aus ihrer innigen Freundschaft kein Hehl.»

«Solche Freundschaften hat es zwischen Männern schon immer gegeben. David und Jonathan. Damon und Phintias. Pylades und Orestes.»

«Eduard II. und der Rittersohn aus der Gascogne, Piers Gaveston.»

Der Kaplan sah mich fragend an. «Davon weiß ich nichts.»

Und will es auch gar nicht wissen, dachte ich im stillen. Einen Ehebruch konnte er beim Namen nennen, das war eine weit verbreitete Sünde. Aber das Laster der alten Griechen war für einen zurückhaltenden Mann wie ihn einfach undenkbar, denn wäre der Verdacht einmal ausgesprochen, würde sein Beruf von ihm verlangen, diese Sünde ohne Rücksicht auf Tod oder Leben auszurotten. Lady Cederwell, so schätzte ich, war in dieser Hinsicht gewiß weniger zimperlich.

Nun fing auch Pater Godyer an zu zittern. Ich forderte ihn auf, sich wieder unter die Decke zu legen.

«Ihr seid bei weitem noch nicht wieder gesund. Ich werde versuchen, Euch aus der Küche einen heißen Stein zu beschaffen, den Ihr Euch an die Füße legen könnt.» Ich beugte mich über ihn, zog die Bettdecke über seine Schultern und steckte sie fest.

Er sah mich entgeistert an. «Ist das mein Talar, den Ihr da tragt?»

«Ja. Ich habe gefroren, da habe ich ihn auf der Kommode liegen sehen. Ihr habt mir dabei zugesehen und schient keine Einwände zu haben.»

«O nein, ich habe auch keine Einwände», versicherte er. «Ihr dürft ihn getrost tragen. Ich habe ihn bloß nicht gleich erkannt. Laßt ihn ruhig an, wenn Ihr wollt.»

Ich lehnte lachend ab. «Danke, nein. In diesem Aufzug hätte ich in der Küche zuviel Spott zu ertragen.» Ich legte den Talar ab und faltete ihn über den Arm. «Aber ich nehme ihn mit. Ich kann den heißen Stein darin einwickeln, dann brauche ich nicht auch noch um ein Handtuch zu bitten.»

«Ihr seid sehr freundlich, mein Sohn. Gott segne Euch. Werdet Ihr länger in Cederwell Manor bleiben?»

«Nur bis die Wege wieder begehbar sind. Und werdet Ihr weiterhin als Kaplan in Sir Hughs Diensten bleiben, obwohl Lady Cederwell und ihr Bruder nun gestorben sind?»

«Wenn er mich haben will. Wo sollte ich auch sonst hingehen?» Seine blaßblauen Augen füllten sich mit Tränen. «Aber es wird nie mehr wie früher sein. Ich fürchte, mich erwartet bittere Einsamkeit.»

Mitfühlend klopfte ich ihm auf die Schulter. Dann nahm ich das Tablett mit der leeren Suppenschale und verließ sein Zimmer. Als ich an der offenen Tür der Kapelle vorbeikam, richtete sich Bruder Simeon gerade aus seiner knienden Haltung auf. Also ging ich hinein und verbeugte mich vor dem Kruzifix über dem Altar. Es war aus Silber und Zedernholz und hatte keinerlei Ähnlichkeit mit seinem Gegenstück im sächsischen Turm. Dieser Christus hatte einen friedlichen Gesichtsausdruck – ja, fast sah es so aus, als schliefe er. Er starb einen sanften Tod, und seine Dornenkrone glich eher einem Heiligenschein denn einem Folterwerkzeug.

Auf dem Altar lag ein in leuchtenden Farben besticktes Tuch, und an den Wänden prangten bunte Heiligenbilder: Sankt Georg mit erhobener Lanze, bereit, den Drachen zu töten, die heilige Cäcilia mit ihrer Harfe und der heilige Erasmus mit dem Raben, der ihn fütterte. Ein farbenfrohes Glasfenster zeigte die heilige Jungfrau mit dem Jesuskind auf dem Schoß. Beide wirkten glücklich und zufrieden; in ihren frohen Mienen gab es keinerlei Andeutung künftigen Schmerzes.

«Ihr wart ja ziemlich lange bei unserem Freund, dem Kaplan», bemerkte Bruder Simeon, als wir die schmalen Stufen hinabstiegen. «Hatte er denn etwas Wichtiges mitzuteilen? Mir kam er wie ein ziemlicher Weichling vor. Kein Wunder, daß Lady Cederwell von seiner Seite wenig Hilfe erfuhr.»

«Er gibt es selbst zu. Seinen fehlenden Mut, meine ich. Aber der arme Mann bangt um seine Stellung bei Sir Hugh. Schließlich ist er auch nicht mehr der Jüngste.»

Der Mönch schnaubte verächtlich, dann fragte er: «Habt Ihr von ihm etwas Neues erfahren?»

«Das erzähle ich Euch später», antwortete ich, da wir just in diesem Augenblick die Küche betraten.

Hier ging es wie immer drunter und drüber. Meine Bitte, einen Stein für Pater Godyer aufzuheizen, stieß nicht gerade auf Begeisterung, aber nach einer Weile erklärte sich Jenny Tonge bereit, beim Brotbacken einen Stein mit in den Ofen zu legen. Als er gut durchgewärmt war, wickelte ich ihn in den Talar und kehrte wie versprochen nach oben zurück. Der Kaplan schlief tief und fest; er lag mit offenem Mund auf dem Rücken und schnarchte laut. Ich hob die Bettdecke an und schob ihm den Stein unter die Füße.

Als ich wieder an der Kapelle vorbeikam, fiel mir ein, daß ich mein Morgengebet noch nicht gesprochen hatte. Ich ging hinein, kniete mich vor den Altar und versuchte, meine Gedanken ganz auf Gott zu richten, was jedoch so gut wie unmöglich war, da Pater Godyers Schnarchen durch die Wand drang und in dem Raum widerhallte. Verzweifelt sah ich mich um und entdeckte in der Ecke links vom Fenster einen Beichtstuhl, den ich vorher gar nicht bemerkt hatte. In der Annahme, Gott habe nichts dagegen, wenn ich diesen ruhigen, friedlichen Ort aufsuchte, um ihn anzurufen, ließ ich mich auf der Sünderbank nieder und zog den Vorhang hinter mir zu. Gerade als ich mich wieder gesammelt hatte, gab es jedoch eine neue Unterbrechung.

«Hier hinein», dröhnte Sir Hughs tiefe Stimme, und ich hörte, wie die Tür ins Schloß fiel. «In der Kapelle wird uns niemand suchen.»

11

ICH WÜNSCHTE, ich könnte behaupten, ich hätte mich sofort bemerkbar gemacht, wenn sie nicht gleich weitergesprochen und mir etwas Zeit gelassen hätten. In Wahrheit hätte ich natürlich jederzeit aus dem Beichtstuhl treten können. Statt dessen verharrte ich regungslos in meinem dunklen Versteck.

Wie zu erwarten, war die zweite Stimme die von Ursula Lynom. Sie wirkte etwas atemlos und weniger selbstsicher als am Vortag, und ihre Worte ließen erkennen, daß dies seit ihrer Ankunft die erste Gelegenheit war, bei der sie und Sir Hugh sich außer Hörweite der anderen Bewohner von Cederwell Manor wähnten. Offenbar hatten sie es doch nicht gewagt, die Nacht miteinander zu verbringen.

«Hugh, du brauchst mir nichts vorzumachen. Hamon hat mir alles erzählt.» Sie sprach leise, aber deutlich.

«Was, bitte schön, soll er dir erzählt haben?» Seine Stimme klang zugleich gereizt und besorgt.

«Er hat gesehen, wie du dich vor dem Turm über Jeanettes Leiche gebeugt hast.»

In der anschließenden Stille wagte ich kaum zu atmen. Mein pochendes Herz dröhnte in meinen Ohren, und ich rechnete jeden Augenblick damit, daß einer der beiden es hören könnte. Trotz der Kälte begann ich zu schwitzen.

Schließlich fragte Sir Hugh barsch: «Was hatte Hamon denn am Turm zu suchen?» Ich fragte mich, ob er ursprünglich vorhatte, dem Vorwurf zu widersprechen. In dem Fall hatte er es sich anders überlegt.

«Er war auf meine Anweisung hin hergeritten, um dir die Knöpfe zu bringen – die Knöpfe, die ich dem Hausierer abgekauft hatte. Das habe ich dir doch schon gestern abend erklärt.» Sie wirkte ungeduldig.

«Ich weiß, ich weiß.» Auch ihr Liebhaber war verärgert. «Aber wieso war Hamon beim Turm? Warum hat er nicht im Haus nach mir gesucht?»

«Das hat er ... zuerst wahrscheinlich auch.» Mistress Lynom schien auf der Hut zu sein. «Er ... hat dich gesehen und ist dir nachgegangen.»

Im stillen beglückwünschte ich Simeon und mich, der Wahrheit so nahe gekommen zu sein. Doch schon im nächsten Augenblick war ich mir da nicht mehr ganz so sicher.

«Nein», erwiderte Sir Hugh überzeugt. «Vom Haus ist mir ganz bestimmt niemand gefolgt. Du weißt ebensogut wie ich, daß der Pfad, sobald man das Tor durchschritten hat, über freies, flaches Land führt. Ich habe mich mehrmals umgedreht, und es war niemand hinter mir. Wenn dein Stallbursche am Turm war, dann ist er gleich vom Hauptweg abgebogen und auf dem Pfad durchs Unterholz dorthin gelangt. Und wenn dem so war, dann hat er aus eigenem Antrieb gehandelt.» Nach kurzem Zögern fügte er hinzu: «Oder in deinem Auftrag.»

Seinen Worten folgte wieder Stille, und obwohl ich durch den abgenutzten Samtvorhang weder Sir Hugh noch Mistress Lynom sehen konnte, nahm ich an, daß sie einander wie zwei wachsame Katzen belauerten.

Schließlich fragte Ursula Lynom: «Warum sollte er in meinem Auftrag dort gewesen sein?» Dann kam ihr ein Gedanke, und sie fügte hinzu: «Und woher willst du so genau wissen, daß Hamon dir nicht vom Haus gefolgt ist? Möglicherweise hat Tostig oder sonst jemand ihm gesagt, wo er dich finden kann. Vielleicht warst du schon eine Weile vor ihm dort und bist hineingegangen, um Jeanette zu suchen.»

«Nein. Ich habe niemandem gesagt, wo ich hingehe, und ich war auch nicht im Turm. Um Himmels willen, Ursula! Du hast deinen Stallburschen doch wohl hoffentlich genauestens befragt.»

«Ich … nein! Warum hätte ich das tun sollen? Ich … ich war so durcheinander. Mir hat es genügt zu wissen, daß Jeanette tot ist und er gesehen hat, wie du dich über ihre Leiche gebeugt hast. Wenn es stimmt, was er mir berichtet hat – und ich habe keinen Grund, an seiner Aussage zu zweifeln –, dann ging es mir in erster Linie vor allem darum, für sein Stillschweigen zu sorgen. Für dich, Hugh! Für unser zukünftiges Glück! Mein Gott, Hugh! Falls du tatsächlich in einem Augenblick der Verzweiflung das Recht selbst in die Hand genommen hast … Glaubst du wirklich, ich würde es nicht verstehen? Du hast es doch für mich getan! Für uns!»

«O nein!» Sir Hugh wirkte zunehmend abweisend. «Gib nicht mir die Schuld für etwas, das du selbst geplant hast, Ursula. Du hast deinen Diener mit dem Auftrag hergeschickt, Jeanette vom Turm zu stoßen. Meinst du wirklich, ich wäre so vergeßlich und wüßte nicht mehr, in welcher Stimmung du gestern morgen in Lynom Hall warst? Du hast über nichts anderes gesprochen als über einen möglichen Unfall, der es uns endlich erlauben würde zu heiraten. Du hast doch sogar ihre gefährliche Gewohnheit erwähnt, sich auf den Rand der Brüstung zu stellen.»

«Davon hast *du* gesprochen!» erwiderte Mistress Lynom heiser. «*Du* versuchst, *mir* die Schuld zu geben!»

«Unsinn! Was hatte Hamon am Turm zu suchen? Antworte mir auf diese Frage, wenn du kannst!» Sir Hugh hatte sich in Rage gebracht, doch ob er einen redlichen Grund dafür hatte oder lediglich die Wahrheit zu verschleiern versuchte, vermochte ich nicht zu sagen. «Er ist mir ganz sicher nicht vom Haus gefolgt. Ich mußte den Turm nämlich gar nicht erst betreten, um Jeanette zu finden. Als ich näher kam, hörte ich sie stöhnen.»

Die bedrückende Stille, die auf seine Worte folgte, war fast körperlich zu spüren. Ich war wie versteinert und umklammerte die Querstäbe des Beichtstuhls so fest, daß sich deren Muster noch mindestens eine halbe Stunde lang in meinen Handflächen abzeichnete.

«Sie lebte noch, als du sie gefunden hast?» flüsterte Mistress Lynom.

«Ja. Aber sie starb wenig später. Allerdings hatte sie noch Zeit, ein letztes Wort zu murmeln: ‹Hamon›.»

«Das glaube ich nicht!» Ihre Stimme zitterte. Vor Wut? Vor Angst? Ich konnte es nicht sagen. Einen Augenblick später jedoch klang sie schon wieder ruhiger. «Du hast die Leiche einfach liegenlassen! Du hast vorgegeben, nichts von Jeanettes Tod gewußt zu haben! Du hast gewartet, bis jemand anderes die Leiche entdeckt, und so lange den Unschuldigen gespielt! Hättest du das getan, wenn du nicht selbst für die Tat verantwortlich wärst?» Ich hörte ihr Kleid rascheln, während sie in der Kapelle auf und ab schritt. «Es gäbe keinen Grund dafür, es sei denn, du hast sie getötet!»

«Ich habe für dich geschwiegen!» rief Sir Hugh verzweifelt aus. «Als Jeanette Hamons Namen nannte, war mir klar, was geschehen war: Du hast Hamon mit dem Mord beauftragt und ihn dafür bezahlt. Dann hast du den ganzen Tag auf die Nachricht von Jeanettes Tod gewartet, bis dich die Ungeduld ergriff, du dich nicht länger zurückhalten konntest und nach Cederwell Manor geritten kamst, um dich davon zu überzeugen, daß alles wie geplant verlaufen war. Was für ein Glück für dich, meine Liebe, daß der Mönch Ulnoth erwähnte, denn sonst hättest du unmöglich erklären können, wie dein Stallbursche zu seinem Wissen kam.»

«Ich bin einzig und allein aus Sorge um dich gekommen!

Sobald Hamon mir berichtete, was er gesehen hatte, vermutete ich, du hättest Jeanette in einem plötzlichen Wutanfall vom Turm gestoßen. Ich mache dir keinen Vorwurf. Mit einem Menschen wie ihr verliert man zwangsläufig irgendwann die Geduld! Ich wollte nur sichergehen, daß du wohlauf bist und nicht verdächtigt wirst.»

Diesmal war die Stille noch spannungsgeladener als zuvor. Beide beschuldigten einander, Lady Cederwell umgebracht zu haben. Hatte einer von ihnen tatsächlich einen Mord begangen? Oder waren entgegen allem Anschein beide unschuldig? Schließlich gab es noch andere, denen an Jeanettes Tod gelegen war: Phillipa Talke, Adela Empryngham, Fulk Disney, Maurice. Oder war es am Ende tatsächlich doch nur ein einfacher Unfall gewesen, wie man allgemein annahm?

«Traust du mir wirklich zu, meine eigene Frau zu ermorden?» fragte Sir Hugh mit kaum verhohlener Wut.

«Ja!» lautete die beherzte Antwort. «Für mich. Für uns. Liebster, warum kannst du es nicht einfach zugeben? Ich werde dir deshalb niemals einen Vorwurf machen, und du befürchtest doch wohl nicht, daß ich mein Wissen je gegen dich verwenden würde? Hamon wird schweigen, solange ich ihn dafür entsprechend entschädige. Und wenn erst einmal ein Jahr verstrichen ist, wird er nicht mehr ohne weiteres Anklage erheben können, ohne damit auch seine Beteiligung als Mitwisser zu enthüllen.»

«Oh, von Hamon habe ich sicher nichts zu befürchten», erwiderte Sir Hugh, dessen Zorn nun erneut aufwallte. «Er würde es niemals wagen, Beschuldigungen gegen mich vorzubringen, denn damit würde er Kopf und Kragen riskieren. Er wird jedem, der es wissen will, bereitwillig erzählen, Jeanette sei durch einen Unfall gestorben. Ursula, warum gibst du nicht zu, daß er in deinem Auftrag handelte? Ich werde dich nicht dafür verdammen! Ich liebe dich!»

«Ich erlaube mir, das zu bezweifeln», gab Mistress Lynoms in eisigem Tonfall zurück. «Ein Mann, der versucht, die eigene Schuld auf eine Frau abzuwälzen, sollte nicht von Liebe sprechen. Sobald der Schnee getaut ist, werde ich Euer Haus verlassen, Sir, und ich glaube nicht, daß sich unsere Wege noch einmal kreuzen. In der Zwischenzeit sehe ich mich leider gezwungen, hier unter Eurem Dach zu verweilen. Ihr würdet mir einen Gefallen tun, wenn Ihr mir mein Essen auf mein Zimmer bringen lassen würdet und mich nicht ansprecht, geschweige denn meine Gesellschaft sucht. Guten Tag!»

Ich hörte, wie die Tür in den rostigen Angeln quietschte. «Ursula!» rief Sir Hugh ihr nach. Dann herrschte Stille. Ich wartete einige Minuten, ehe ich es wagte, mich von meinem Sitz zu erheben und durch den Vorhang zu spähen. Halb fürchtete ich, Sir Hugh noch anzutreffen, doch die Kapelle war leer. Ich fragte mich, ob er Mistress Lynom wohl gefolgt war, um den Streit zu schlichten, oder ob er erst etwas Zeit verstreichen ließ und sich anderen Aufgaben widmete. Nachdenklich kaute ich an meinen Fingernägeln. Dann fiel mir ein, daß ich mein Morgengebet noch immer nicht gesprochen hatte, und kniete am Altar nieder. Pater Godyers Schnarchen hatte inzwischen aufgehört, und so konnte ich mich endlich auf Höheres besinnen.

Als ich in die Küche zurückkehrte, empörte sich Martha Grindcobb gerade über Ursula Lynoms Ansinnen, sich sämtliche Mahlzeiten auf ihr Schlafzimmer bringen zu lassen.

«Der Master tut so, als sei sie bereits die Herrin von Cederwell Manor!»

«Was wollt Ihr damit sagen?» fragte Phillipa Talke, als sie vom Lagerraum in die Küche trat.

Die Köchin hatte ihre Anwesenheit offenbar vollkommen vergessen. Verlegen sah sie von einem Küchenmädchen zum anderen.

«Nichts, nichts», murmelte sie und widmete sich wieder dem Ausrollen ihres Teigs. Dazu langte sie in den Topf, um noch etwas Mehl herauszuholen, und wirbelte mächtig viel weißen Staub auf.

Die Wirtschafterin stellte den Ölkrug ab, den sie aus dem Lagerraum geholt hatte, und sah Martha geradeheraus an.

«Was wollt Ihr damit sagen?» wiederholte sie.

Erneut blickte Martha sich hilfesuchend in der Küche um, doch dann hielt sie augenscheinlich die Zeit für ein offenes Wort für gekommen.

«Ich will damit sagen, daß der Master, wenn die Trauerzeit vorüber ist, Mistress Lynom heiraten wird. Die beiden sind seit Jahren ein Liebespaar.»

«Das glaube ich nicht.»

Die Köchin legte das Nudelholz beiseite und seufzte. «Da seid Ihr hier auf Cederwell Manor leider die einzige. Fragt irgend jemanden. Hier, fragt Edith oder Ethelwynne! Fragt Jenny! Fragt Tostig! Seid Ihr denn blind? Habt Ihr wirklich nicht gesehen, was die ganze Zeit vor sich ging? Oder wolltet Ihr es einfach nicht wahrhaben?»

Einen Moment lang dachte ich, die Wirtschafterin würde in Ohnmacht fallen. Sie taumelte ein wenig und hielt sich am Tischrand fest. Ihr Gesicht war ganz grau geworden und völlig in sich zusammengefallen. Sie atmete schwer und keuchend, doch bald darauf hatte sie sich wieder gefaßt.

«Sie sind Freunde», sagte sie bestimmt, «das weiß doch jeder. Alte Freunde. Daß zwischen ihnen mehr sein könnte, davon habe ich noch nie gehört.»

«Weil Ihr es nicht hören wolltet», entgegnete Martha Grindcobb. «Gegen alles, was Euren geheimen Wünschen und Hoffnungen widersprach, habt Ihr die Ohren verschlossen. Ach, das braucht Ihr nicht zu leugnen! Wir wissen alle, daß Ihr denkt, Sir Hugh sei in Euch verliebt, und vielleicht hat er Euch das irgendwann auch einmal weisgemacht. Da unsere Herrin unaufhörlich in Gebete versunken war und Mistress Lynom ein paar Meilen entfernt wohnte, lag es für ihn nahe, anderweitig Trost zu suchen. Wahrscheinlich hatte er nicht einmal das Gefühl, Euch zu betrügen. Auch unser Master ist ja nur ein Mann.» Jäh hielt die Köchin inne. Auf ihrem Gesicht zeigte sich plötzlich tiefe Besorgnis. «Ist Euch nicht gut, Mistress Talke? Es tut mir leid, daß ich so offen zu Euch gesprochen habe, aber es war höchste Zeit ... Jenny! Edith! Schnell! Sie fällt in Ohnmacht!»

Ich war es, der die Wirtschafterin auffing, als sie schwankte und beinahe zu Boden fiel. Ich führte sie zu einem Schemel, und Jenny wurde – genau wie am Vorabend, als Adela Empryngham verzweifelt in die Küche kam – in die Vorratskammer geschickt, um einen Becher Ale zu holen. Als sie wiederkam, hatte sich Mistress Talke schon wieder ein wenig erholt.

«Laßt mich in Ruhe!» sagte sie mit rauher Stimme und richtete sich auf, sichtlich bemüht, das Zittern ihrer Hände in den Griff zu bekommen. Als sie den Ölkrug anhob, schwappte der Inhalt über den Rand und bildete einen dunklen Fleck auf den Steinplatten.

«Ihr müßt Euch noch etwas ausruhen, Mistress Talke», bat ich sie eindringlich. «Ihr solltet nicht sofort wieder Euren Pflichten nachgehen. Wartet, ich führe Euch zu Eurem Bett.»

«Nein!» fauchte sie. «Sobald Ihr auch nur einen Fuß in den Schlafsaal setzt, heißt es, ich würde mich mit Euch verlustieren.» Sie drehte sich zu Edith und Ethelwynne um, die kichernd in einer Ecke standen, und war kurz davor, den beiden einen ähnlichen Rüffel zu verpassen. Doch dann schien sie alle Tatkraft mit einem Mal zu verlassen, und sie hastete aus der Küche, ohne sich noch einmal umzudrehen.

«Es war höchste Zeit, ihr endlich einmal die Augen zu öffnen», rechtfertigte sich Martha Grindcobb. «Sir Hugh wird Mistress Lynom heiraten und sonst niemanden.»

Ich hätte ihr erzählen können, daß auch diese Verbindung inzwischen ernsthaft in Frage stand, doch aus verschiedenen Gründen entschied ich mich dagegen. Erstens hätte ich zugeben müssen, daß ich einem nicht für meine Ohren bestimmten Gespräch gelauscht hatte; zweitens war ich keineswegs davon überzeugt, daß sich das Paar nicht doch wieder aussöhnen würde; und drittens wäre ich nicht umhingekommen, den Grund für ihren Streit darzulegen, womit ich nicht nur das Schreckgespenst des Mordes heraufbeschworen hätte, obwohl doch alle von einem Unfall ausgingen, sondern auch noch hätte andeuten müssen, daß sowohl Sir Hugh als auch Mistress Lynom an Lady Cederwells Tod nicht ganz unschuldig waren. Darüber hinaus war ich mir selbst noch nicht sicher, daß die gegenseitigen Anschuldigungen der beiden der Wahrheit entsprachen. Alles in allem war es also weitaus besser zu schweigen, zumindest vorläufig.

Die Reaktion der Wirtschafterin auf Marthas offene Worte gab mir zu denken. Phillipa Talke wirkte nicht gerade wie eine Frau, die bei jeder Kleinigkeit in Ohnmacht fiel. Im Gegenteil, sie war stark und stolz darauf, die Tiefschläge des Lebens wegzustecken, ohne mit der Wimper zu zucken. Falls Sir Hugh sie wirklich in dem Glauben gelassen hatte, er würde sie eines Tages heiraten, hätte ich eher erwartet, daß Marthas Eröffnung sie zornig machte, sie einen Tobsuchtsanfall bekam und Rache schwor. Statt dessen war sie als schwache, geschlagene Frau aus der Küche gegangen. Hatte vielleicht Phillipa Talke ihre Herrin getötet? War sie zum Turm gelaufen und hatte Jeanette Cederwell, wie so oft, auf der Brüstung vorgefunden? Hatte sie diese, einer plötzlichen Versuchung nachgebend, vom Turm gestoßen? Hatte sie erst jetzt erfahren, daß sie einen Mord begangen, ihre unsterbliche Seele gefährdet und Sir Hugh unabsichtlich den Weg für die Heirat mit einer anderen Frau frei gemacht? Wäre das nicht schon eher ein Grund gewesen, um in Ohnmacht zu fallen?

Unwillig schob ich diesen Gedanken fort. So einleuchtend er auch sein mochte, deckte er sich doch nicht mit Sir Hughs Aussage, seine sterbende Frau habe Hamons Namen gemurmelt. Oder hatte Sir Hugh gelogen? War er doch für den Tod von Lady Cederwell verantwortlich? Versuchte er tatsächlich, wie Mistress Lynom behauptet hatte, die Schuld auf sie und ihren Stallburschen abzuwälzen? Aber warum sollte er so etwas tun? Vielleicht weil er nicht wollte, daß sie nach ihrer Heirat Macht über ihn bekam. Wenn er die Tat leugnete und gleichzeitig ihre Unschuld in Frage stellte, wäre sie als seine Ehefrau ihm gegenüber nicht im Vorteil. Schließlich war sie eine resolute Frau, die es gewohnt war, Befehle zu erteilen und ihren Willen durchzusetzen. Vielleicht ahnte er, daß sie ihre Überlegenheit rücksichtslos ausnutzen würde. Aber träfe diese Begründung nicht auch auf Mistress Lynom zu? Hätte sie den Mord an Jeanette Cederwell in Auftrag gegeben, wäre auch sie nicht gerade beglückt von der Vorstellung, daß Sir Hugh diese Wahrheit kannte. Unterstellte sie ihm dagegen weiterhin, selbst für die Tat verantwortlich zu sein, würde sie damit das gleiche erreichen ...

«Um Himmels willen, Chapman, so bewegt Euch doch!» Martha Grindcobb versetzte mir auf dem Weg zum Ofen mit ihrem Ellenbogen einen kräftigen Stoß in die Rippen. «Ihr steht seit fünf Minuten einfach da und starrt ins Leere. Wenn Ihr nichts Besseres zu tun habt, könnt Ihr uns von draußen ein paar Holzscheite holen. Oder Ihr nehmt Euch eine Schaufel und befreit die Außentreppe zum überdachten Gang von Schnee und Eis. Wir wollen auf dem Weg zum Schlafsaal nicht auf die Nase fallen. Also ... wenn ich es mir recht überlege, gibt es eigentlich keinen Grund, Euch nicht beides machen zu lassen. Mistress Talke hat ja gesagt, daß ich Euch anstellen soll.»

«Ich tue beides gern», antwortete ich ehrlich. Die frische Luft würde mir guttun und meinem vom vielen Denken und dem langen Aufenthalt im Haus schmerzenden Kopf erfrischen. Ich sah mich um. «Wo ist Bruder Simeon?»

Martha öffnete die Ofentür, um die verkohlten Überreste des Reisigfeuers zu beseitigen, das die Ziegelsteine im Innern aufgeheizt hatte. Dann warf sie eine Handvoll Mehl hinein, um zu prüfen, ob die Steine bereits heiß genug waren. Zufrieden mit dem Ergebnis, nahm sie den Holzschieber mit dem langen Griff und schob damit die Pasteten und Teigtaschen in den Ofen. Dann knallte sie die Tür zu, wischte sich die Hände an der Schürze ab und wandte sich wieder mir zu, um meine Frage zu beantworten.

«Er ist nach oben in den Frauenschlafsaal gegangen, um der armen Mistress Emprygham seinen Trost zu spenden. Die Schneeschaufel findet Ihr im Lagerraum in der Ecke, und dort drüben steht der Korb für die Holzscheite. Als erstes solltet Ihr Euch um die Treppe kümmern, ehe noch jemand zu Schaden kommt.»

Ich knöpfte mein Wams zu, schlang meinen Umhang um und zog die Kordel der Kapuze fest, um meinen Kopf vor der Kälte zu schützen. Allerdings ging ich nicht gleich los, um Korb und Schaufel zu holen, denn ich war schon wieder in Gedanken versunken. Als die Köchin Adela Emprygham erwähnte, stellte ich erschrocken fest, daß ich nach allem, was in der letzten halben Stunde geschehen war, den Tod ihres Gatten beinahe vergessen hatte.

Falls Lady Cederwell tatsächlich einem Mord zum Opfer gefallen war ... welche Auswirkungen hätte dieser Tatbestand auf den Tod ihres Bruders? Vielleicht gar keine. Auch wenn jemand sie vom Turm heruntergestoßen hatte, konnte Gerard immer noch durch einen Unfall ums Leben gekommen sein. Jeder im Haus wußte, daß er Schlafwandler war, und der Streit mit seiner

Frau hatte ihn aller Wahrscheinlichkeit sehr stark aufgewühlt. Blieb jedoch die Frage, wer den Brunnendeckel abgehoben hatte und warum. Ich selbst war unschuldig, davon war ich inzwischen überzeugt. Und es wäre auch sonst kein vernünftiger Mensch in einer bitterkalten Nacht mitten im Schneesturm hinausgegangen und hätte Wasser geholt, obwohl das Faß in der Küche voll war. Nur jemand, der ganz bewußt Schaden anrichten wollte, konnte den Deckel abgenommen haben. Vielleicht hatte diese geheimnisvolle Person Gerard Empryngham unter irgendeinem Vorwand herausgelockt und ihn kopfüber in den Brunnen gestoßen. Da sie davon ausgehen konnte, daß er als Schlafwandler bekannt war, wußte sie auch, daß diese Art von Unfall am ehesten glaubwürdig erscheinen würde. Aber warum? Zu welchem Zweck? Was für einen Vorteil hätte irgend jemand aus Gerards Tod ziehen können? Wollte Sir Hugh sich eines ungebetenen Nutznießers seines Wohlstandes entledigen? Aber das hatte er ohnehin vorgehabt und es Adela am Vorabend auch unverblümt mitgeteilt. Er hätte nicht zu gewalttätigen Mitteln zu greifen brauchen, um seinen Schwager loszuwerden.

«Wollt Ihr denn den ganzen Tag herumstehen?» Marthas wutentbrannte Stimme ließ mich zusammenzucken. «Barmherziger Gott, ich weiß wirklich nicht, was in Euch gefahren ist. Seit Ihr von Pater Godyer heruntergekommen seid, streicht Ihr durch die Küche, als hätte Euch jemand einen Knüppel über den Kopf gezogen. Vor fünf Minuten wolltet Ihr hinausgehen, um die Stufen zu fegen und Holz zu holen. Statt dessen steht Ihr immer noch nutzlos hier herum! Wollt Ihr jetzt endlich gehen?»

Ich nahm mich zusammen, beugte mich zu ihr herunter und drückte ihr einen leichten Kuß auf die Wange, was sie augenblicklich besänftigte. Sie errötete und kicherte wie ein junges Mädchen.

«Ich gehe schon», versprach ich und nahm den Korb. «Es tut mir leid. Aber mir schwirrt der Schädel.»

«Unsinn! Worüber braucht Ihr Euch schon Gedanken zu machen ... außer vielleicht, wo Eure nächste Mahlzeit herkommt oder welches hübsche Mädchen Ihr als nächstes verführen wollt. Hinaus mit Euch! Mich könnt Ihr nicht um den kleinen Finger wickeln.»

Ich grinste und ging in den Lagerraum, um die Schaufel zu holen. Dann trat ich durch die Hintertür in den Innenhof und betrachtete die Treppe, die zum überdachten Gang hinaufführte. Weil die Frauen am Morgen mit ihren langen Röcken hier heruntergekommen waren, lag auf den Stufen nicht mehr ganz soviel Schnee, aber da es immer kälter wurde, waren die Reste bereits angefroren. Hinter dem Haus erhob sich die hohe Klippe wie ein Schatten. Der Hang war übersät mit verkümmerten Bäumen und Büschen, die mit ihrer dicken Schneehaube aussahen wie bizarre Kobolde oder Zwerge.

Es war völlig klar, daß Simeon und ich – ebenso wie Mistress Lynom – Cederwell Manor am heutigen und möglicherweise auch am morgigen Tag nicht würden verlassen können, und im Augenblick war ich mit dieser Aussicht völlig zufrieden. Es gab hier ein Geheimnis aufzudecken, das spürte ich ganz deutlich. Der äußere Schein trog. Gott hatte mich aus einem bestimmten Grund hierhergeführt, und durch das schlechte Wetter sorgte Er dafür, daß ich hierblieb und Seinen Auftrag zu Ende brachte. Nun, dachte ich beschwingt und machte mich an der ersten Stufe zu schaffen, ich würde mein Bestes geben. Ein warmes Kribbeln durchfuhr meine Glieder, während ich Stufe um Stufe von Eis und Schnee freiklopfte.

Oben angekommen, arbeitete ich mich den überdachten Gang entlang und schob die Schneehaufen, die in der Nacht über das Geländer geweht worden waren, zur Seite. Vor der Tür am Ende, die zum Frauenschlafsaal führte, gab es noch zwei weitere, von denen eine trotz der Kälte einen Spalt offenstand. Augenscheinlich handelte es sich um das Gästezimmer, denn als ich hineinspähte, sah ich Mistress Lynom auf der Kante ihres Bettes sitzen, den Kopf in den Händen vergraben, ihr Körper von einem stummen Kummer geschüttelt.

12

EINEN AUGENBLICK LANG war ich versucht, an die Tür zu klopfen und hineinzugehen, doch dann kam ich gerade noch rechtzeitig zur Vernunft. Ich hätte ihr keinen Trost spenden und keinen Ratschlag erteilen können, ohne gleichzeitig zu offenbaren, daß ich mehr wußte, als ich wissen sollte. Überdies war Mistress Lynom eine stolze Frau, die auf die Ratschläge eines gewöhnlichen Hausierers nicht viel gegeben hätte. Also schaufelte ich weiter bis zum Ende des Balkons, wo ich mich schwer atmend auf den Griff der Schaufel stützte, um mich auszuruhen.

Ich befand mich nun direkt vor dem Frauenschlafsaal, der wiederum hinter dem nördlichen Ende des Rittersaales lag, stand also in einem schrägen Winkel zum Hauptgebäude. Von hier aus konnte ich die verschiedenen Wege, die nach Cederwell Manor führten, gut überblicken. Über die verschneiten Dächer hinweg sah ich zu jenem Pfad hinüber, den ich unlängst selbst gegangen war. Gestern erst. War seitdem wirklich so wenig Zeit vergangen?

Noch vor kurzem hatte die Sonne geschienen und alles um mich herum in gleißendes Weiß getaucht. Nun waren wieder dicke, randvoll mit Schnee gefüllte Wolken aufgezogen, und am Himmel war nur noch ein einziger schillernder Lichtstrahl zu sehen. Alles Leben schien plötzlich zum Stillstand gekommen zu sein, und ein Gefühl beklemmender Trostlosigkeit breitete sich über das düstere Land, eine unheimliche Stille, begleitet von völliger Reglosigkeit …

In diesem Moment nahm ich im rechten Augenwinkel eine sachte Bewegung wahr, die mich meinen Kopf hastig drehen ließ. Es war nichts zu sehen, und doch war ich davon überzeugt, mich nicht getäuscht zu haben. Als Bestätigung meines Verdachts entdeckte ich im Unterholz am Wegesrand drei oder vier dunkle Stellen, wo der Schnee abgeschüttelt worden war. Ich zwang mich, eine Weile ganz still zu stehen, und starrte mit zusammengekniffenen Augen über die einstöckigen Nebengebäude – Schmiede, Scheune, Schweine- und Kuhstall – hinweg auf das hügelige Gelände. Dort stand jemand und wartete, und ich spürte, wie sich meine Nackenhaare aufrichteten. Wer immer dort war, wußte, daß er meine Aufmerksamkeit auf sich gezogen hatte, und würde nicht eher zum Vorschein kommen, als bis ich weggegangen war. Ich wandte mich wieder meiner Arbeit zu, auch wenn ich nicht mehr viel zu tun hatte. Es war längst Zeit, hinunterzugehen und die Holzscheite zu holen.

Nun öffnete sich die Tür zum Frauenschlafsaal, und Simeon trat mit strenger Miene heraus. Hinter ihm hörte ich Adela Empryghams unterdrückte Schluchzer.

«Eure trostreichen Worte sind wohl nicht auf fruchtbaren Boden gefallen, Pater», bemerkte ich.

«Ich war nicht hier, um Trost zu spenden», erwiderte er ernst, «sondern um Mistress Emprygham ihr Fehlverhalten vor Augen zu führen. Hätte sie sich nicht mit ihrem Mann gestritten und wäre sie nicht aus dem gemeinsamen Zimmer ausgezogen – kurz: hätte sie ihn nicht alleine gelassen, läge er jetzt nicht steif und kalt auf seiner Bettstatt.»

Ich hob die Augenbrauen.

«Du meine Güte! Das wollte die arme Seele nicht gerade hören, nehme ich an. Martha Grindcobb glaubt, Ihr wärt hinaufgegangen, um der Witwe tröstend beizustehen.»

Der Mönch schnaubte verächtlich. «Es ist nicht meine Aufgabe, den Leuten zu erzählen, was sie hören wollen. Im Gegenteil, ich halte ihnen die Wahrheit vor Augen und helfe ihnen, ihre Sünden zu erkennen.» Er blickte auf meine Schaufel und fügte hinzu: «Es freut mich zu sehen, daß man Euch endlich eine Beschäftigung gegeben hat!» Dann hob er den Kopf, blickte sorgenvoll zum Himmel und fragte: «Was haltet Ihr vom Wetter?»

«Ich glaube, spätestens heute abend wird es wieder anfangen zu schneien. Nun blickt doch nicht so betrübt drein. Gottes Wille geschehe. Daran können wir nichts ändern. Und außerdem könnt Ihr mich hier ebenso gut bei der Erfüllung Seines Auftrags unterstützen wie auf der Landstraße.»

«Was soll das heißen?»

Ich senkte die Stimme. «Ich habe Euch viel zu berichten.» Dann fuhr ich in meinem üblichen Tonfall fort: «Doch zunächst muß ich noch ein paar Holzscheite für Martha Grindcobb holen. Am Fuß der Treppe steht ein Korb ...»

Ich verstummte. Beim Sprechen hatte ich mich halb zu Bruder Simeon umgedreht und meinen Blick über seine Schulter in die Ferne schweifen lassen.

«Was ist los?» fragte er und drehte sich ebenfalls um. «Was habt Ihr gesehen?»

«Vor einer Weile», antwortete ich leise, «glaubte ich, eine Bewegung im Unterholz wahrgenommen zu haben. Es sah ganz so aus, als würde sich dort jemand verstecken. Und gerade eben war da wieder etwas. Ja, seht doch, dort hinten! Diese dunkle Stelle rechts neben der Eiche! Der Schnee wurde dort von den Büschen geschüttelt!»

Der Mönch schaute in die von mir angedeutete Richtung, schüttelte aber kurz darauf den Kopf. «Ich sehe niemanden.»

Ich seufzte verzweifelt. «Doch, da ist jemand, aber er liegt auf dem Boden. Er sieht uns hier stehen, aber wir sehen ihn nicht, weil er vom Buschwerk verdeckt wird. Nur die schneelosen Stellen lassen uns seinen Aufenthaltsort erahnen.»

Simeon hielt sich jedoch lieber an seine eigene, zuversichtlichere Auslegung der Dinge.

«Vielleicht fängt es ja auch an zu tauen.» Bei der Vorstellung glänzten seine Augen vor Freude.

«Nein», entgegnete ich. «Macht Euch nichts vor, Pater. Der Schnee ist auf dem Boden festgefroren. Ich mußte ihn Stück für Stück von der Treppe und den Holzdielen klopfen. Und sobald es ein wenig wärmer wird, wird es noch einmal kräftig schneien. Schaut Euch doch nur einmal diese dicken Wolken an. Nein, da draußen ist jemand, da bin ich mir ganz sicher.»

«Wer würde denn bei diesem Wetter dort im Unterholz herumkriechen?» fragte Simeon. «Ich glaube eher, daß Ihr Euch etwas vormacht, Chapman. Unter diesem Dach haben sich schon genug Tragödien abgespielt. Ich glaube, Ihr seht Gespenster.»

Ich sah ein, daß er nicht zu überzeugen war. Schweigend gingen wir zur Treppe. Als wir am Gästezimmer vorbeikamen, sah ich, daß die Tür geschlossen war, was mich nicht überraschte. Sicherlich hatte Mistress Lynom unsere Anwesenheit bemerkt. Doch selbst wenn sie Teile unseres Gesprächs mitbekommen hatte, wäre das nicht weiter schlimm gewesen. Sie hätte Simeon zugestimmt und bezweifelt, daß jemand vom Unterholz aus das Haus beobachtete.

«Ich will mich noch ein wenig am Feuer wärmen», erklärte der Mönch, als wir den Fuß der Treppe erreicht hatten. «Sobald Ihr mit dem Holz wiederkommt, könnt Ihr mir ja von Euren Neuigkeiten berichten. Holt genug Scheite und beeilt Euch.»

Er schlurfte durch den Schnee und verschwand mit wehendem schwarzem Habit in der Küche. Ich mußte grinsen, als ich die Schaufel an die Hauswand stellte, um den Korb aufzuheben. Bruder Simeon war keineswegs so weltabgewandt, wie man hätte meinen können. Dann erinnerte ich mich leise fluchend daran, daß ich Martha nicht gefragt hatte, wo sich der Holzvorrat befand. Ich wollte sie deswegen schon in der Küche aufsuchen, als mir Fulk Disney durch sein Erscheinen die Mühe ersparte. In Stiefeln und Umhang ging er um die Westseite des Hauses herum. Sein schmales Gesicht war von der Kälte gerötet, und von seiner langen Nase hing ein Tropfen herab. Er schien nicht gerade in bester Stimmung zu sein.

«Master Disney, schön Euch zu treffen!» rief ich fröhlich. «Wo finde ich den Holzvorrat?»

Beim Klang meiner Stimme fuhr er zusammen. Er hatte den Blick starr auf den Boden gerichtet. Ich fragte mich, warum er bei dieser Witterung draußen spazierenging.

«D'Isigny», erwiderte er barsch. «Wie oft muß ich Euch das noch sagen?»

«Ach ja», murmelte ich. «Eure Vorfahren sind mit Wilhelm dem Eroberer nach England gekommen. Habt bitte etwas Nachsicht mit einem einfachen sächsischen Bauern. Wären Euer Ehren so freundlich, mir den Weg zum Holzvorrat zu weisen?»

Einen Augenblick lang funkelte er mich so böse an, als wollte er mir am liebsten eine Ohrfeige verpassen, nach einem kurzen Blick auf meine Statur überlegte es sich jedoch anders. Er zeigte mit dem Daumen über die Schulter.

«Das Holz ist in einem leeren Verschlag im Stall aufgestapelt.»

Ich bedankte mich höflich und wollte schon an ihm vorbeigehen, als er eine Hand auf meinen Arm legte. «Was sagt dieser Mönch über mich und Maurice?» fragte er grimmig.

«Was gibt es da zu sagen?» wich ich ihm aus.

«Warum wurde er hergerufen? Er weiß doch sicherlich, warum Lady Cederwell nach ihm geschickt hat, oder?»

«Woher soll er das wissen? Sie war schon tot, als er hier ankam.»

«Aber ihre Boten, Jude und Nicholas Capsgrave, haben ihm doch bestimmt gesagt, was sie von ihm wollte.»

«Falls dem so war, hat er es mir nicht anvertraut. Wenn Ihr mich jetzt bitte entschuldigen würdet, Master Disney, ich muß Holz holen, sonst wundert sich Martha Grindcobb noch, wo ich bleibe.»

Ruckartig zog er seinen Arm zurück.

«Ihr solltet nicht anmaßend werden, Chapman, sonst sorge ich dafür, daß Ihr trotz Schnee und Eis vor die Tür gesetzt werdet. Zum letzten Mal: Ich heiße D'Isigny!»

«Habt Ihr wirklich solche Macht über Sir Hugh Cederwell, *Monsieur D'Isigny?*» fragte ich, indem ich seinen Namen ausdrücklich betonte, «oder beschränkt sich Euer Einfluß ganz auf Maurice?»

Die Röte stieg ihm ins Gesicht.

«Ich habe Euch gewarnt, Chapman, seid vorsichtig. Besser, Ihr legt Euch nicht mit mir an. Mit mir als Feind ist nicht zu spaßen.»

«Das trifft auch auf andere zu», entgegnete ich ruhig, «ganz besonders auf Bruder Simeon.»

Einen Augenblick lang funkelte er mich wütend an. Sein gerade noch hochrotes Gesicht wirkte auf einmal blaß und blutleer.

«Ihr könnt überhaupt nichts beweisen», murmelte er schließlich. «Sir Hugh wird schon darauf achten, daß gegen seinen Sohn keine Vorwürfe erhoben werden, gerade jetzt, wo diese Frau tot ist.»

Er stieß mir den Ellenbogen in die Seite und betrat das Haus. Nachdenklich blickte ich ihm nach.

Im Stall war es erstaunlich warm. Die Stallburschen hatten offenbar den Schnee rund um das Gebäude geräumt und die Türen fest verschlossen. Die belegten Verschläge waren gut mit Stroh ausgepolstert, und an den dafür am wenigsten gefährlichen Stellen waren in engmaschigen Eisenkörben glühende

Kohlen aufgeschichtet. Es roch nach einem Gemisch aus Schweiß, Mist und Leder, und die Pferde stampften und wieherten, während sie das Heu in ihren Krippen zermahlten. Ich erkannte Sir Hughs großen Rappen mit den weißen Fesseln wieder, den ich am Vortag in Lynom Hall gesehen hatte, und auch Mistress Lynoms kastanienbraune Stute mit der hellen Mähne und dem hellen Schweif war da. Daneben standen das kleine Pferd und Jessamine, der hagere Grauschimmel, auf denen vermutlich Jasper und Hamon hergeritten waren. Die anderen Pferde im Stall gehörten wohl zu Cederwell Manor.

Am Ende der Reihe befanden sich zwei leere Verschläge. Der eine diente als trockenes Lager für das Feuerholz, in dem anderen hockten Jude und Nicholas Capsgrave mit ihren Gästen Jasper und Hamon um ein Kohlenfeuer und ließen eine schwarze Lederflasche kreisen. Ihren ernsten Mienen nach zu urteilen, unterhielten sie sich über die grausamen Entdeckungen des Vorabends und des heutigen Morgens.

«Gott sei mit Euch, Gentlemen», begrüßte ich sie.

Sie waren so in ihr Gespräch vertieft gewesen, daß sie mich nicht hatten kommen hören. Hamon, der gerade die Flasche hielt, verschüttete vor Schreck einen Teil des Inhalts auf den Boden, die anderen fuhren zusammen und drehten sich zu mir um.

«Wer … wer …», stotterte Jasper und fügte dann erleichtert hinzu: «Ach, Ihr seid es, Chapman. Gütiger Gott im Himmel, habt Ihr uns erschreckt! Was wollt Ihr hier?»

Ich hielt meinen Korb hoch. «Ich soll Feuerholz für die Küche holen.»

Einer der Capsgrave-Brüder nahm Hamon die Flasche aus der Hand und genehmigte sich einen großen Schluck. Dann wischte er sich mit dem Handrücken den Mund ab.

«Euch habe ich doch schon mal irgendwo gesehen», sagte er, indem er mich eindringlich musterte.

«Ich war in der Mühle, als Ihr dort nach Bruder Simeon gefragt habt.»

Der jüngere der beiden nickte. «Stimmt, jetzt erinnere ich mich. Und was habt Ihr dort gemacht?»

«Meine Waren verkauft, was sonst? Selbiges hatte ich auch in Cederwell vor, aber bislang gab es dafür keine Gelegenheit. Wer von Euch ist Jude und wer Nicholas?»

«Ich bin Jude», antwortete der ältere und dünnere von ihnen und fügte hinzu: «Ihr seid zu einer denkbar schlechten Zeit hergekommen, Chapman.»

«Hätte nicht schlechter sein können», pflichtete ihm sein Bruder bei.

«Hat Lady Cederwell einem von Euch gesagt, warum sie den Mönch so dringend sprechen wollte?»

Die Brüder sahen mich erstaunt an.

«Nein», erwiderte Nicholas, «und wir haben auch nicht nachgefragt. Wir haben getan, was sie gesagt hat, und uns weiter keine Gedanken gemacht.»

«Sir Hugh sagte, Ihr seid aus Campden mit ihr hergekommen und wart ihr und ihrem Bruder immer treu ergeben.»

Jude Capsgrave lachte kurz auf. «Das hat er gesagt? Na ja, es erstaunt mich nicht. Der hatte doch nie Zeit für die Dienstboten, die sie mitgebracht hat. In Wirklichkeit waren wir noch gar nicht lange vor ihrer Heirat in ihrem Dienst. Und von Master Gerard haben wir beide nicht viel gehalten. Ein armer Kerl, hat sich an die Rockzipfel seiner Schwester geklammert und den Ehrenmann gespielt, wo doch alle Welt wußte, daß er ein Bastard ist.»

«War», verbesserte ihn sein Bruder.

«Was? Ach so, ja. War.» Jude schüttelte ungläubig den Kopf. «Eine schlimme Sache! Wirklich schlimm!»

Ich stimmte ihm zu und ging in den Verschlag nebenan, um meinen Korb mit Holzscheiten zu füllen.

Unweigerlich folgten mir die vier und blieben am Eingang stehen, denn schließlich gehört es zu den angenehmsten Dingen im Leben, anderen beim Arbeiten zuzusehen. Dann aber erinnerte sich Jasper wohl an den Vortag, als ich ihm beim Heuabladen geholfen hatte, und ging mir zur Hand. Gemeinsam packten wir schwitzend einige der größten Holzscheite in den Korb und richteten uns anschließend auf, die Hände an unsere schmerzenden Rücken gelegt. Ich bedankte mich herzlich bei Jasper, woraufhin er Jude die Flasche abnahm und sie mir reichte. Ich nahm ein paar große Schlucke.

«War einer von Euch heute morgen schon außerhalb der Gutsmauern?» fragte ich, wischte die Flasche mit meinem Ärmel ab und gab sie Jasper zurück.

Lautstark verneinend wiesen alle vier darauf hin, so unvernünftig könnte wohl niemand sein. Jeder von ihnen war irgendwann einmal in der Küche gewesen, und Nicholas Capsgrave hatte sich sogar bis zum Fischteich vorgewagt, um die Karpfen zu füttern. Das gehörte zwar nicht zu seinen Aufgaben, aber er hatte Jenny Tonge noch nassere Füße ersparen wollen, nachdem sie bereits die schneebedeckte Treppe vom Frauenschlafsaal herabgestiegen war.

«Dabei habe ich gesehen, wie Fulk Disney durchs Gartentor nach draußen geschlichen ist. Er hat im Schnee eine richtige Spur hinterlassen. Aber ich habe keine Ahnung, was er vorhatte.»

«Auf jeden Fall nichts Gutes», warf sein Bruder ein. «Wenn der bei diesem Wetter seine zarten Füßchen naß werden läßt, kann nur eine gewisse andere Person dahinterstecken. Wobei ich mir nicht vorstellen kann, warum Maurice ihn an einem solchen Morgen nach draußen schickt.»

Scheinbar arglos fragte ich: «Warum sollte Fulk denn nach Maurice Cederwells Pfeife tanzen? Es ist doch sicher Sir Hugh, der hier den Ton angibt.»

Die Brüder wechselten kurze Blicke, als hätten sie bereits zuviel gesagt. Mit scheinbarer Gleichgültigkeit stellte Jude fest: «Ihr scheint ja ganz gut mit diesem Mönch zurechtzukommen, diesem Bruder Simeon oder wie er heißt.»

«Ich habe in Bristol eine seiner Predigten gehört, und anschließend hat meine Schwiegermutter ihn zum Essen eingeladen. Rein zufällig habe ich ihn dann auf meinem Weg nach Cederwell Manor wiedergetroffen. Das ist alles.»

Allerdings mußte ich mir selber eingestehen, daß ich meine neuen Erkenntnisse tatsächlich mit Simeon zu teilen gedachte, und bestand daher nicht weiter auf der Beantwortung meiner Frage. Diese Männer waren zu einer gewissen Verschwiegenheit verpflichtet, und zweifelsohne hatten auch sie mitbekommen, daß der Mönch sich vorgenommen hatte, den allgegenwärtigen Sittenverfall mit allen Mitteln zu bekämpfen. Mir erschien es weitaus sinnvoller, mir meinen Verdacht nicht bestätigen zu lassen. Solange ich nichts Gegenteiliges wußte, konnte ich die beiden vor mir selbst freisprechen und sie für unschuldig befinden. Im hintersten Winkel meines Herzens hatte ich mich ohnehin oft genug gefragt, woher wir eigentlich die Gewißheit nehmen, daß die Kirche und ihre Vertreter mit dem Heiligen Vater an der Spitze tatsächlich das Sprachrohr Gottes seien. (Also gut, jetzt habe ich es endlich einmal niedergeschrieben, aber auch nur, weil ich weiß, daß diese Worte zumindest bis zu meinem Tod einzig und allein für meine Augen bestimmt sind. Ich habe ja schon früher eingestanden, daß ich nicht in jeder Hinsicht todesmutig bin.)

«Wie ist Lady Cederwell eigentlich mit ihrem Stiefsohn ausgekommen?» fragte ich, als ich das letzte Holzscheit in den Korb legte.

Wieder tauschten die Brüder kurze Blicke aus, ehe sie mit den Schultern zuckten. Es war Nicholas, der mir antwortete.

«Sie hatten nicht viel füreinander übrig. Sie war ja auch nur ungefähr zwölf Monate älter als er. Und sie war nicht gerade einfach. Immer auf den Knien und ständig eine Moralpredigt auf den Lippen.»

«Hatte sie ...», zögernd suchte ich nach den richtigen Worten. «Hatte sie etwas gegen die Freundschaft zwischen Maurice und Fulk Disney?»

«Nicht daß wir wüßten», entgegnete Jude kurz und versuchte, seinen Bruder in die Rippen zu stoßen, ohne daß ich es merkte. «Wir sind Stallburschen und halten uns die meiste Zeit über in den Ställen auf. Wir kriegen nicht immer mit, was im Haus vor sich geht.»

«Warum hätte sie denn etwas dagegen haben sollen?» fragte Nicholas und blickte mir unverwandt in die Augen.

Sie vertrauten mir zwar immer noch nicht, aber jeder von ihnen hatte auf seine Weise meine Frage beantwortet. Damit gab ich mich zufrieden. Sowohl Maurice als auch Fulk Disney hätten Grund gehabt, Lady Cederwell vor der Ankunft des gestrengen Mönchs den Tod zu wünschen. Doch warum einer von ihnen Gerard Empryngham töten wollte oder mußte, blieb mir ein Rätsel.

Während unserer Unterhaltung hatten Hamon und Jasper schweigend dabeigestanden und in aller Stille die Flasche geleert. Doch nun warf Hamon unvermittelt ein: «Für einen Hausierer stellt Ihr ziemlich viele Fragen.» In seiner Stimme schwang ein bedrohlicher Unterton mit. Ich lachte und sagte so zwanglos wie möglich: «Ich bin einfach ein neugieriger Mensch.»

«Kennt Ihr nicht das Sprichwort, daß Neugier Katzen tötet?» erwiderte er.

«Und kennt Ihr nicht das Sprichwort, daß Katzen sieben Leben haben? Es hat keinen Sinn, sie einzuschüchtern.»

Hamon sah mich mit großen grauen Augen an.

«Ihr mißversteht mich, Chapman! Warum sollte ich Euch einschüchtern wollen? Wie kommt Ihr denn darauf?»

Ich nahm den Korb mit dem Holz. «Ich muß zurück in die Küche. Zum Mittagessen werden wir uns dort ja sicherlich sehen.» Ich ging hinaus, ohne Hamons Frage beantwortet zu haben.

Draußen hatte es wieder zu schneien begonnen. Zarte Schneeflocken streiften meine Wangen und legten sich mir auf die Schultern. Diesmal würde der Schneefall nicht so heftig sein, denn durch eine Wolkenlücke drang schon wieder ein matter Sonnenstrahl, der den Fischteich in ein goldenes Licht tauchte. Ich sah das schwarze Loch, das Nicholas ins Eis geschlagen hatte, um die Fische zu füttern. Auf der anderen Seite führten Fußspuren zum Gartentor. Einem plötzlichen Impuls gehorchend, stellte ich den Korb auf den Boden und folgte ihnen.

Jemand war an diesem Morgen durchs Tor gegangen, denn zum einen steckte der Schlüssel noch immer im Schloß, und zum anderen war es nicht richtig zu. Ich mußte den Riegel nicht zurückschieben, sondern lediglich die eisenbeschlagenen Holzbretter anstoßen. Der Schnee war zur Seite geschoben, denn das Tor schwang ohne Schwierigkeiten über dem freigeräumten Boden auf. Die Fußspuren führten geradewegs zur Tür des sächsischen Turms.

Warum war Fulk zum Turm gegangen? Hatte er etwas gesucht? Und falls ja, wer hatte ihn geschickt? Maurice Cederwell vielleicht – aber aus welchem Grund? Meine innere Stimme riet mir, der Sache augenblicklich nachzugehen, aber ich wußte, daß Martha Grindcobb jemanden nach mir schicken würde, wenn ich nicht bald mit dem Holz erschien. Widerwillig ging ich zurück zur Küche.

«Das wurde aber auch Zeit!» begrüßte mich die Köchin, als ich zur Tür hereinkam. «Der Mönch sagte, Ihr wärt in den Stall gegangen, um das Holz holen, als er sich von Euch verabschiedete, und das war noch, bevor er wieder losgezogen ist. Was ist nur mit Euch beiden los? Warum sitzt Ihr nicht einfach zufrieden im Warmen, anstatt ständig in der Kälte herumzulaufen?»

Ohne zu antworten, leerte ich die Holzscheite in den großen Korb neben der Tür und setzte mich dann in eine Ecke auf den Boden neben Bruder Simeon.

«Nun?» fragte er und schob den Saum seines verschlissenen schwarzen Habits zur Seite. «Was habt Ihr mir zu sagen?»

In den nächsten zehn Minuten, während Martha und die Küchenmädchen geschäftig hin- und hereilten, berichtete ich ihm von dem Gespräch zwischen Mistress Lynom und Sir Hugh Cederwell, das ich am Morgen belauscht hatte. Als ich fertig war, holte er tief Luft.

«Also», sagte er, «haben sie selbst zugegeben, daß einer von ihnen einen Mord begangen hat.»

Ich schüttelte den Kopf. «Nein, Pater. Keiner von ihnen hat das Verbrechen gestanden. Sicher ist nur, daß sie ein Liebespaar sind. Wir können davon ausgehen, daß Lady Cederwell mit Euch darüber sprechen und Euch um Rat fragen wollte. Daß sie Euch bitten wollte, Sir Hugh so lange ins Gewissen zu reden, bis er die Liaison beendete. Sie war um seine unsterbliche Seele besorgt.»

«Dazu hatte sie auch allen Grund.» Das Gesicht des Mönchs war rot vor Zorn.

«Und noch etwas», fuhr ich fort und berichtete ihm von meinem Zusammentreffen mit Fulk Disney und meiner Überzeugung, daß er dem Turm am Morgen einen Besuch abgestattet hatte.

«Ich würde zu gerne wissen, warum er dort war», fügte ich hinzu. «Was hat er im Turm gewollt? Nach dem Essen, bevor es dunkel wird und wahrscheinlich wieder zu schneien beginnt, gehe ich selbst noch einmal dorthin. Wahrscheinlich werde ich nachher nicht viel schlauer sein als jetzt, aber man weiß ja nie. Vielleicht finde ich doch etwas.»

13

DAS MITTAGSMAHL WAR VORÜBER. Trotz der Trauerfälle und Unstimmigkeiten hatte man das Essen – Taubenpasteten mit getrockneten Erbsen und Pastinaken und zum Nachtisch Safran- und Honigküchlein – mit herzhaftem Appetit verzehrt. Mistress Lynom schickte ihre Teller blankgeputzt nach unten, Sir Hugh und sein Sohn, die ihre Mahlzeit feierlich in der Halle eingenommen hatten, gaben ebenfalls leere Platten zurück, und selbst Adela Empryngham, der man die Speisen in den Frauenschlafsaal brachte, hatte jeden Bissen aufgegessen. Wir anderen – Tostig Steward, Fulk Disney und Phillipa Talke im kleinen Raum neben der Speisekammer, die Capsgrave-Brüder und ihre Gäste im Stall, Pater Godyer in seiner Schlafkammer und alle anderen in der Küche – hatten zumindest unseren gröbsten Hunger zu stillen vermocht. Martha Grindcobb entschuldigte sich dafür, uns nicht mehr vorsetzen zu können.

«Mitten im Winter sollte man die Vorräte nicht allzu schnell erschöpfen.»

Damit meinte sie natürlich, daß Sir Hugh im Grunde knauserig war und sich keineswegs als allzu großzügig erweisen wollte. Aber immerhin waren alle satt geworden. Da die Mittagsstunde gerade vorüber war und der Tag nicht heller zu werden versprach, beschloß ich, mit meinem Besuch im Turm nicht länger zu warten. Ich sah zu Bruder Simeon, um ihn zu fragen, ob er mich begleiten wolle, doch er schnarchte bereits wieder, den Rücken an ein Faß mit getrocknetem Fisch gelehnt, die Hände auf dem Bauch gefaltet. Ich stand auf, zog meine

Stiefel an, die ich bei meiner Rückkehr in die Küche zum Trocknen ans Feuer gestellt hatte, nahm meinen Umhang und ging zur Tür.

«Wo wollt Ihr denn jetzt schon wieder hin?» fragte Martha, als ich an ihr vorbeikam. Sie kratzte soeben den Bienenwachsüberzug von den eingelegten Eiern, die eines der Küchenmädchen aus dem Lagerraum geholt hatte. «Eure Schuhe sind doch gerade erst trocken geworden. Und draußen schneit es immer noch.»

«Trotzdem», entgegnete ich. «Ich halte es einfach nicht aus, den ganzen Tag im Haus eingesperrt zu sein. Meine langen Beine brauchen Bewegung.»

Sie schnaubte vor Empörung. «Erzählt mir doch keine Märchen! Bestimmt wollt Ihr in den Stall und mit Jude und Nicholas und diesen anderen beiden Taugenichtsen Fünferwürfeln spielen oder knobeln oder sonst irgendeinem Glücksspiel frönen.»

Sie rollte ein Stück Bienenwachs zu einem Kügelchen, steckte es in den Mund und kaute darauf herum – eine Angewohnheit, die ich schon bei vielen Leuten beobachtet hatte. Nach einer Weile nahmen sie die Bienenwachskugel heraus und klebten sie in Reichweite irgendwohin: unter die Tischplatte, an die Querverstrebung eines Stuhls oder sogar an den Rand eines Kochtopfes. Meine Mutter hatte immer über «diese scheußliche Unsitte» geschimpft, doch wenn es den Menschen Freude bereitete, sprach eigentlich nichts dagegen.

Ich klärte Martha nicht über meine Absicht auf, sondern grinste sie nur freundlich an und ließ sie denken, was sie wollte. Daß ich zum Turm ging, hätte ihr wahrscheinlich gar nicht gefallen. Schließlich war ich ein Fremder, der nur des schlechten Wetters wegen im Haus geduldet wurde und mit den Vorfällen der letzten Tage nicht das geringste zu tun hatte. Ich zog meinen Umhang an, setzte die Kapuze auf und trat in den Hauptkorridor hinaus. Im selben Augenblick kam Fulk Disney aus dem Verwalterzimmer, wischte sich den Mund am Ärmel ab und entfernte so die letzten Spuren seiner Mahlzeit. Als er mich sah, blieb er wie angewurzelt stehen und funkelte mich wütend an.

«Wo wollt Ihr hin, Chapman?» fragte er. «Ihr scheint ja unermüdlich hin- und herzurennen.»

«Meine langen Beine brauchen Bewegung», murmelte ich meine übliche Erklärung, aber er ließ sich nicht so schnell überzeugen.

«Ich habe Euch gewarnt, steckt Eure Nase nicht in Angelegenheiten, die Euch nichts angehen. Ihr tätet gut daran, auf meinen Rat zu hören.»

«Ich werde versuchen, Eure Worte zu beherzigen», versicherte ich ihm und trat zum zweiten Mal an diesem Tag durch die Hintertür ins Freie.

Es schneite zwar nicht mehr so heftig wie zuvor, doch der auffrischende Wind wirbelte staubfeine Flocken durch die Luft. Vor dem bedrohlich finsteren Himmel mit den dunklen, schnell vorüberziehenden Wolken ragte die Klippe kahl in die Höhe. Es wurde schon wieder kälter, und an dem Dachvorsprung, unter dem es gegen Mittag angefangen hatte zu tauen, bildeten sich Eiszapfen. Ich schaute zu den Stufen, die rechts von mir zum überdachten Gang führten, ging, einem plötzlichen Impuls folgend, hinauf und klopfte an die Tür zum Frauenschlafsaal. Nachdem mich eine tränenerstickte Stimme zum Eintreten aufgefordert hatte, blieb ich einem Moment lang auf der Schwelle stehen, bis sich meine Augen an die Dunkelheit gewöhnt hatten.

«Mistress Empryngham», sagte ich zögernd, «darf ich hereinkommen?»

«Wer ... wer ist da?»

«Roger Chapman. Wir sind uns gestern begegnet.»

«Was wollt Ihr?» fragte sie mißtrauisch.

Ich machte einen Schritt auf sie zu. Auf beide Ellenbogen gestützt, lag sie auf einer der an der gegenüberliegenden Wand aufgereihten Holzpritschen. An einer anderen Wand thronte eine große Eichentruhe, die vermutlich die wenigen Habseligkeiten der Frauen barg. Auf einem kleinen Tisch zu meiner Linken, gleich hinter der Tür, standen ein paar Kerzenständer, einige Talglichter sowie eine Zunderbüchse. Von diesen Gegenständen abgesehen, war der Raum vollständig leer – ja, der Fußboden war noch nicht einmal mit Binsen ausgestreut. Ich hätte mir denken können, daß Sir Hugh Cederwell sich um das Wohlbefinden seiner Bediensteten wenig kümmerte.

«Verzeihung, Mistress Empryngham», sagte ich. «Ich wollte nur sehen, wie es Euch geht.»

«Wie soll es mir schon gehen?» antwortete sie spitz. «Mein Ehemann ist tot, und zwar Euretwegen.»

Ich sah sie entsetzt an. Selbst völlig davon überzeugt, den Deckel wieder auf den Brunnen gelegt zu haben, hatte ich vorübergehend vergessen, daß andere mich von dem Verdacht keineswegs freigesprochen hatten. Ich stellte mich ans Fußende ihres Bettes.

«Nein, nein!» widersprach ich heftig. «Ich bin mir sicher, den Tod Eures Mannes nicht verschuldet zu haben. Ich habe den Brunnen ganz gewiß nicht offengelassen.»

«Aber wie hätte es dann zu dem Unfall kommen können? Es war doch sonst niemand im Hof.»

«Niemand außer Euch, als Ihr Eure Schlafkammer verlassen habt und zu Martha Grindcobb in die Küche gekommen seid.» Ich sprach mit eindringlicher Stimme. Diesen Gesichtspunkt hatte ich bisher selbst noch gar nicht bedacht. «Mistress Empryngham, Ihr müßt dabei dicht am Brunnen vorbeigekommen sein. Ich bitte Euch, denkt nach! Könnt Ihr Euch erinnern, ob der Deckel auf dem Brunnen lag oder nicht?»

Kopfschüttelnd sah sie mich an. «Lieber Himmel, guter Mann! Ich war außer mir. Es schneite. Glaubt Ihr, da hätte ich auf den Brunnen geachtet?» Sie muß meine Enttäuschung bemerkt haben, jedenfalls fügte sie etwas versöhnlicher hinzu: «Jetzt schaut nicht so bedrückt drein. Es ist nicht Eure Schuld, daß Gerard Schlafwandler war und ich ihn allein gelassen habe. Nein, der Mönch hat mir die Augen für meine Mitschuld geöffnet.»

«Bruder Simeon ist mit seinem Urteil bisweilen allzu gnadenlos», versuchte ich sie zu trösten, erntete dafür aber nur ein frostiges Lächeln. «Er erwartet zuviel von uns gewöhnlichen Sterblichen. Ist Master Empryngham denn schon immer im Schlaf gewandelt?»

Sie nickte schwach. «Seit frühester Kindheit. Im Haushalt seines Vaters war diese Tatsache allgemein bekannt. Gerard hat mir erzählt, jemand habe einmal aus Versehen eine Tür offengelassen, und da sei er aus dem Haus und über die Wiesen gegangen. Einer der Schäfer, der sich in der Nacht um ein Mutterschaf kümmern mußte, habe ihn gesehen und zurückgebracht. Der Bedienstete, der die Tür offenließ, wurde schwer bestraft.»

Diese Geschichte half meinem Gedächtnis auf die Sprünge.

«Ich habe mich heute morgen mit Pater Godyer unterhalten. Er erzählte mir von Lady Cederwells ... Mißhandlung durch einen Schäfer ihres Vaters.»

Adela Empryngham schürzte die Lippen. «Pater Godyer ist ein altes Klatschmaul. Er kann einfach seinen Mund nicht halten. Trotzdem stimmt es, was er sagt.» Sie seufzte tief. «Die arme Jeanette. Diese Sache hat sie ganz verwandelt. Sie war ja schon immer fromm, aber danach ist es noch zehnmal schlimmer geworden.» Adela senkte die Stimme. «Ich glaube, sie ist damals ein wenig durchgedreht.»

«Pater Godyer sagte, sie wollte nicht ins Kloster gehen, weil sie dem Orden nur Schande gebracht hätte.»

Adela lachte. «Wie einfältig von ihr! Als ob irgendein Kloster eine Novizin mit einer solchen Mitgift jemals abgelehnt hätte! Aber wer auch immer Zweifel an ihrer Ansicht äußerte, wurde von ihr mit abgrundtiefer Verachtung gestraft. Jeanette glaubte, jeder, der sein Leben Gott weihte, müsse ein Engel in Menschengestalt sein, während Ihr, Chapman, sicherlich genausogut wißt wie ich, daß in unseren Klöstern Habgier und Unzucht herrschen.»

Ich widerstand der Versuchung, diese allgemeine Behauptung in Frage zu stellen, weil ich noch mehr von Mistress Empryngham hören und sie nicht gegen mich aufbringen wollte.

«Eure Schwägerin», wagte ich zu fragen, «machte sich offenbar viele Gedanken über die ... äh ... Sünden des Fleisches.»

«Sie war ganz besessen davon», lautete die knappe Antwort. «Aber nach allem, was sie durchgemacht hat, ist das vielleicht auch nicht weiter verwunderlich. Wobei ich sie selbst nicht für gänzlich schuldlos halte.» Sie schwieg. Als ich sie erwartungsvoll ansah, fuhr Adela Empryngham fort: «Raymond Shepherd war ein gutaussehender Bursche, und ich wage zu behaupten, daß Jeanette ihn – möglicherweise vollkommen unabsichtlich – in ihrer Liebenswürdigkeit durchaus ermutigt hat. Sie wäre nicht das erste hochwohlgeborene Mädchen, das ein Auge auf einen Landarbeiter seines Vaters geworfen hat. Was auch immer zwischen den beiden geschehen ist, das Schicksal, das ihn am Ende ereilte, hatte er nicht verdient.»

«Hätte man ihn geschnappt, wäre es für ihn noch schlechter ausgegangen», gab ich zu bedenken. «Sein Leben wäre am Strick geendet, und zwar höchstwahrscheinlich ohne jede Beteiligung der Gerichtsbarkeit.»

Adela zuckte mit den Schultern. «Vielleicht habt Ihr recht. Gerard hätte ihn bestimmt am nächsten Baum aufknüpfen lassen. Aber ist es wirklich so viel besser, von Wegelagerern den Schädel gespalten zu bekommen und völlig ausgeraubt im Graben zu landen?»

Diese Frage vermochte ich nicht zu beantworten, sondern betete nur darum, daß weder das eine noch das andere Schicksal mich je ereilen würde. Ich beschloß, das Thema zu wechseln: «Euer Gatte und Lady Cederwell hatten eine sehr innige Beziehung.»

Bosheit und Abscheu spiegelten sich auf einmal in ihrem Gesicht.

«Eine unnatürlich innige Beziehung», erwiderte Mistress Empryngham, und zum ersten Mal wurde mir bewußt, wie sehr sie ihre Schwägerin gehaßt hatte. Genug, um sie vom sächsischen Turm zu stürzen? Vielleicht. Aber hätte sie sich auch ihres Gatten entledigen wollen? Das wiederum konnte auch schlicht ein Mißgeschick gewesen sein. Andererseits hätte Adela auf ihrem Weg durch den Innenhof unbemerkt den Deckel vom Brunnen schieben und den Rest dem Schicksal überlassen können. Wer hätte das schon mit Bestimmtheit sagen können?

«Ich muß jetzt gehen», sagte ich, denn ich hielt es für klüger, mich zu verabschieden, ehe sie ihrem Ärger Luft machte und Dinge äußerte, die sie später womöglich bedauerte.

Sie machte keine Anstalten, mich aufzuhalten, doch als ich zur Tür ging, spürte ich ihren Blick in meinem Rücken. Ich wollte gerade hinaustreten, da rief sie mir nach: «Chapman!» Ich drehte mich um, und sie richtete sich auf ihrer Pritsche auf. «Ich habe meinen Mann geliebt.» Tränen rannen ihr die Wangen herunter.

Ich nickte stumm, hob die Hand zum Gruß und ging hinaus.

Die Fußspuren vom Vormittag waren unter der neuen Schneedecke fast verschwunden, obwohl ich den Eindruck hatte, zu meinen und Fulk Disneys Abdrücken hätte sich in der Zwischenzeit noch eine dritte Spur gesellt. Jenseits des Gartentors kam ich mir in der trostlosen, nicht einmal durch ein Vogelzwitschern belebten Landschaft auf einmal sehr verwundbar und schutzlos vor. Um mich herum war kein Lebenszeichen zu sehen. Selbst die Schweine, die sonst in den Salzwiesen und im Marschland nach Seegras und Fischresten wühlten, waren wegen der Kälte von den Schweinehirten in die Ställe getrieben worden. Hier und dort reckten sich ein paar Halme Strandhafer nach Licht und Luft, aber die meisten Grasbüschel blieben unter der Schneedecke verborgen.

In der Nähe des Turms entdeckte ich zu meiner Linken jenen anderen Pfad, den Sir Hugh am Morgen im Gespräch mit Mistress Lynom erwähnt hatte und der durch das Unterholz zum Hauptweg führte. Zögernd überlegte ich, ob ich ihn erkunden sollte, entschied mich wegen der bitteren Kälte, die mir fast die Zehen und Fingerspitzen gefrieren ließ, jedoch dagegen. Statt dessen stieß ich die Tür zum Turm auf und ging hinein.

Drinnen war alles noch so, wie ich es vom Vortag in Erinnerung hatte. Durch die vier Schlitze in der kreisrunden Wand fiel etwas mehr Licht, und auf dem Tisch in der Mitte des Raumes standen noch immer Laterne und Zunderbüchse, die ich gewissenhaft zurückgebracht hatte, nachdem Simeon und ich zusammen mit Jude und Nicholas Capsgrave die Leiche auf einer Bahre ins Haus getragen hatten. Um ganz sicherzugehen, daß wirklich nichts verändert worden war, sah ich mich gründlich um, doch es schien alles an Ort und Stelle zu sein. Ich stieg die engen, ausgetretenen Stufen zum oberen Stockwerk hinauf, wobei ich mich mit einer Hand an der Außenwand festhielt.

Auf den ersten Blick deutete nichts darauf hin, daß nach Bruder Simeon und mir noch jemand hier gewesen war. Bei näherem Hinsehen jedoch hatte ich den Eindruck, als seien die Folianten auf dem Tisch verschoben worden. Angestrengt versuchte ich, mich daran zu erinnern, wie sie dagelegen hatten, und nahm sie etwas näher in Augenschein. Von den insgesamt vier Folianten hatten zwei einen gelben Seideneinband mit goldenen Quasten, einer war in violette Seide eingeschlagen und besaß einen silbervergoldeten Verschluß, und der vierte wies einen roten, mit zwei Reihen kleiner Kupfernägel verzierten Samtumschlag auf. Bei allen vieren war der Stoff jedoch bereits ganz abgenutzt und ausgefranst und das Metall angelaufen. Innen war das Pergament vergilbt und an einigen Stellen eingerissen; die sorgfältig gemalten Buchstaben allerdings waren noch genauso deutlich lesbar wie an dem Tag, als sie niedergeschrieben wurden, und die Abbildungen leuchteten wie Edelsteine.

Angesichts der frommen Haltung Lady Cederwells überraschten mich die Buchtitel nicht: *Maßstab der Vollkommenheit*, *Schleier der Unwissenheit*, *La Forteresse de Foi* und *Die Nachfolge Christi*. Ich fragte mich, woher sie die Bücher wohl hatte, aber ganz offensichtlich war sie auf ihren Besitz sehr stolz gewesen und hatte oft in ihnen gelesen. Vorsichtig blätterte ich die Seiten um, so wie es meinem inneren Gespür zufolge auch Fulk Disney getan hatte, und suchte nach irgendeinem Anhaltspunkt, ohne zu wissen, was eigentlich ich zu finden hoffte. Mein Blick fiel auf ein paar Zeilen im *Maßstab der Vollkommenheit*. «Um Christus zu finden, müßt Ihr keineswegs nach Rom oder Jerusalem laufen; nehmt Eure Gedanken in Eure Seele auf, dort, wo Er sich verbirgt ...» Als sie geschrieben wurden, besaßen sie schon die gleiche Gültigkeit wie heute, und daran würde sich auch in aller Ewigkeit nichts ändern.

Ich entdeckte nichts Bedeutungsvolles, und nachdem ich die Folianten durchgesehen hatte, war kein weiteres Versteck mehr zu sehen. Nichtsdestotrotz spähte ich unter den Stuhl, den Tisch und die Bank, wo ich jedoch nichts weiter als einen staubigen Fußboden vorfand. Ich überprüfte sogar die Fensterschlitze, aber auch dort war nichts verborgen. Eigentlich hatte ich nichts anderes erwartet. Ich stieg die Wendeltreppe zur Kapelle hinauf.

Hier schien auf den ersten Blick dieselbe Ordnung zu herrschen wie in den beiden unteren Räumen, doch mir fiel sofort auf, daß irgend etwas nicht stimmte. Das große Kruzifix über dem Betpult hing ein wenig schief, die Kniebank war in einem anderen Winkel zur Wand verschoben, die silbernen Kerzenleuchter standen nicht mehr genau in der Mitte des Altars, und das bestickte Altartuch war offenbar in großer Eile mit der Unterseite nach oben zurückgelegt worden. Während ich mich umsah, fragte ich mich, ob Fulk Disney bei seiner Suche Erfolg gehabt oder sich – eine ebenso wahrscheinliche Möglichkeit – damit zufriedengegeben hatte, daß es nichts zu entdecken gab.

Ich begann selbst zu suchen, hielt nach einer Weile aber inne, weil ich mir albern vorkam. Welches Ziel verfolgte ich eigentlich? Oder besser gesagt: Was hatte Fulk aufzuspüren gehofft? Und hatte er es gefunden? Die Antwort auf die letzte Frage lautete vermutlich nein. Ich erinnerte mich an seine mürrische Miene und seine gereizte Stimmung, als ich ihm am Morgen hinter dem Haus begegnete. Das gab mir allerdings keinen Hinweis darauf, wonach er gesucht hatte. Es konnte sich wohl kaum um einen sperrigen Gegenstand handeln, sonst hätte er nicht die Altardecke entfernt, hinterm Kruzifix nachgeschaut oder in den Büchern geblättert. Es mußte etwas sein, das sich leicht verstecken ließ, etwas Flaches ... Ein Blatt Papier, was sonst? Aber was hätte darauf stehen können? Natürlich! Eine Liste der Anschuldigungen, die Jeanette Cederwell gegen ihren Gatten und seine Geliebte erhob und Bruder Simeon überreichen wollte und in der sie höchstwahrscheinlich auch ihren Stiefsohn und Fulk Disney belastete. Ich holte tief Luft, überzeugt davon, auf die Wahrheit gestoßen zu sein. Und dennoch: Gab es eine solche schriftliche Anklage überhaupt, oder waren Maurice und Fulk einfach nur besessen von dieser Vorstellung? Wußten sie etwas, das mir verborgen geblieben war? Hatte

Lady Cederwell ihrem Stiefsohn und ihrem Gatten mitgeteilt, was sie zu tun gedachte?

All das warf eine weitere Frage auf: Wenn Maurice oder sein Vater wirklich von diesem Papier wußten, warum wollten sie es unbedingt in ihren Besitz bringen, obwohl Jeanette tot war? Darauf gab es nur eine Antwort: Weil der Mönch wegen des schlechten Wetters noch immer in Cederwell Manor war. Bekäme einer der Bediensteten den Brief zufällig in die Hände und spielte ihn Bruder Simeon vor dessen Abreise zu, würde dieser die Sache zweifellos an die große Glocke hängen und ihnen damit großen Schaden zufügen. Während Sir Hugh wahrscheinlich nicht viel zu befürchten hatte, solange man ihn nicht des Mordes an seiner Frau verdächtigte, erwartete Fulk und Maurice eine weitaus schlimmere Anklage, die eine harte Strafe nach sich zöge.

Ich begann mit meiner Suche. Ich war überzeugt davon, daß das Papier – so es ein solches denn überhaupt gab – irgendwo in der Kapelle verborgen sein mußte. Das Erdgeschoß bot keine Möglichkeit für ein Versteck, und in dem Raum unter mir hatte ich mich schon gründlich umgesehen. Ich schickte ein Stoßgebet zum Himmel, in dem ich Gott um Vergebung bat, und hob das Altartuch ab, um den massiven Eichentisch genauer zu untersuchen. Wie Fulk Disney vor mir ebenfalls festgestellt haben mußte, hatte er jedoch keine Schublade. Ich breitete das Altartuch mit der bestickten Seite über den Tisch, stellte die Kerzenleuchter zurück und wandte mich dem Betpult zu.

Doch auch dessen eingehende Untersuchung ergab nichts Ungewöhnliches, so daß schließlich nur noch das Kruzifix übrigblieb. Ich fragte mich, wie es wohl auf den sanften, schüchternen Pater Godyer gewirkt haben mußte, wenn er herkam, um mit Lady Cederwell die heilige Messe zu feiern. Waren ihm das schmerzverzerrte Gesicht und der geschundene Körper des elfenbeinernen Jesus ebenso grauenerregend vorgekommen wie mir? Von dem Kreuz ging eine zutiefst beunruhigende Botschaft aus – als könnte der Mensch nur durch unendliches Leid in den Stand der Gnade versetzt werden und sich dem Throne Gottes nähern. Wie hatte Jeanette Cederwell es täglich anschauen können, ohne dabei den Verstand zu verlieren?

Da es schief hing, hatte Fulk offenbar dahinter nachgesehen. Ich folgte seinem Beispiel, entdeckte aber nichts außer der glatten Rückseite des Ebenholzkreuzes. Behutsam hängte ich es wieder an die Wand, trat dann einen Schritt zurück und zwang mich, das Kruzifix gründlich zu betrachten, obwohl es mir dabei kalt den Rücken herunterlief. Ich beschloß, es wenigstens gerade zu rücken, trat also wieder vor, faßte den Erlöser an den Knien und rückte das gesamte Kruzifix einen halben Zoll nach links. Dabei hoffte ich inständig, daß der rostige Nagel halten und das Kreuz nicht herabfallen und mich mit seinem beträchtlichen Gewicht zu Boden strecken würde. In diesem Augenblick bemerkte ich dort, wo der geschnitzte Lendenschurz sich ein wenig vom Elfenbeinkörper löste, einen Spalt, in dem, selbst aus nächster Nähe kaum sichtbar, ein Blatt Papier verborgen war. Lediglich der Rand war zu sehen, und ich vermochte es nur mit Mühe herauszuziehen, zumal ich mir am Morgen noch mit meinem Messer die Fingernägel geschnitten hatte. Schließlich aber gelang es mir, ich breitete das Papier auf dem Betpult aus und betrachtete die makellose Schrift, mit der es beschrieben war.

Was auch immer man über Jeanette Cederwells Kindheit sagen konnte, ihre Bildung war mit Sicherheit nicht vernachlässigt worden. Sie schrieb einwandfrei und hatte vermutlich ebenso gut lesen können. Vor mir lagen, fein säuberlich aufgelistet, all die Anschuldigungen, die sie gegen ihren Gatten und ihren Stiefsohn zu erheben hatte. Tatsächlich konnte dieses Papier für einen der drei ein Mordmotiv gewesen sein – oder für

Hamon auf Mistress Lynoms Geheiß, denn ganz gewiß war Ursula Lynom nicht daran gelegen, ihren Ehebruch allgemein bekanntzumachen. Was bis dahin von den Mitgliedern beider Haushalte über ihre Beziehung zu Sir Hugh gemunkelt worden war, ließ sich ohne weiteres als Gerede der Dienstboten abtun. Eine der Kirche zugetragene förmliche Anklage seitens einer betrogenen Ehefrau dagegen war etwas ganz anderes – und vor allem viel gefährlicher.

Hatte Lady Cederwell ihrem Gatten mitgeteilt, daß sie vorhatte, Bruder Simeon ihre Anschuldigungen in schriftlicher Form zukommen zu lassen? Und hatte er daraufhin seinen Sohn gewarnt? Bei unserer ersten Begegnung in der Küche hatte Sir Hugh so getan, als ob er von ihrer Einladung an den Mönch nichts wußte. Inwieweit dies der Wahrheit entsprach, ließ sich schlecht sagen. Ob er von dem Papier wußte oder vielleicht nur vermutete, daß seine Frau eine solche Anklageliste verfaßt hatte, entzog sich ebenfalls meiner Kenntnis. Doch jetzt, da ich es gefunden hatte, mußte ich auch entscheiden, was damit geschehen sollte. Sollte ich es sofort Bruder Simeon übergeben oder noch ein wenig warten, bis ich mir meiner Sache ganz sicher war? Immerhin gab es noch keine Beweise dafür, daß Jeanette und ihr Bruder tatsächlich ermordet worden waren, und obgleich ich nun ein recht starkes Indiz in den Händen hielt, hatte ich eher ein ungutes Gefühl. Den Mönch dagegen würden wohl kaum solche Zweifel plagen; er würde mit der ganzen Macht der Kirche gegen die Sünder zu Felde ziehen.

Langsam faltete ich das dünne Pergament zusammen und steckte es in den Lederbeutel an meinem Gürtel. Ich würde den Rest des Tages über die Sache nachdenken und nötigenfalls auch noch eine Nacht darüber schlafen. Ich mußte immer wieder an Phillipa Talke und Adela Empryngham denken, und vielleicht gab es ja auch noch andere Bedienstete, die einen geheimen Groll gegen ihre Herrin gehegt hatten? Ein letztes Mal sah ich mich in der Kapelle um, dann machte ich mich an den Abstieg.

Ich war gerade auf der zweiten Stufe der ausgetretenen, glatten Treppe angekommen, als mich jemand mit voller Wucht in den Rücken stieß, so daß ich durch die Luft segelte und ein Stockwerk tiefer auf dem harten Steinfußboden landete.

14

ALS ICH DURCH den Nebel der Bewußtlosigkeit ganz allmählich wieder zu mir kam, erkannte ich verschwommen Bruder Simeon, der sich besorgt über mich beugte.

«Chapman! Was ist geschehen? Seid Ihr verletzt?»

Vorsichtig setzte ich mich auf, streckte beide Beine aus und stellte erleichtert fest, daß ich mir nichts gebrochen hatte. Nur mein Kopf schmerzte, und ich fühlte mich völlig benommen.

«Jemand hat mich die Treppe hinuntergestoßen», sagte ich.

Der Mönch nickte. «Das habe ich mir schon gedacht, als ich Euch hier unten fand.» Dann fügte er erklärend hinzu: «Als ich von meinem Nickerchen erwachte, wart Ihr nicht da, und Martha Grindcobb meinte, Ihr wäret hinausgegangen, um mit den Burschen im Stall Karten zu spielen. Doch ich erinnerte mich an Eure Worte und machte mich geradewegs auf zum Turm. Als ich näher kam, trat ein Mann aus der Tür, doch als er mich sah, wandte er sich rasch nach rechts und verschwand auf dem Pfad durchs Unterholz.»

«Habt Ihr gesehen, wer es war?» fragte ich so aufgeregt, daß sich in meinen Kopf erneut alles zu drehen begann.

«Leider nicht. Ich war zu weit weg, und da er seine Kapuze tief ins Gesicht gezogen hatte, konnte ich sein Gesicht nicht erkennen.» Unter Schmerzen ließ ich mir von dem Mönch auf die Füße helfen. «Erst dachte ich, Ihr wärt es, aber er war kleiner als Ihr. Außerdem ist Euer Umhang graubraun, während seiner eine eher rötliche Farbe hatte. Hier, setzt Euch erst einmal hin.» Er führte mich zu dem Schemel am Tisch.

Ich sah sofort Fulk Disney vor mir, wie er mir am Morgen begegnet war: eingehüllt in einen dicken, rotbraunen Wollumhang. Ich muß seinen Namen laut ausgesprochen haben, denn Bruder Simeon sah mich eindringlich an und hob fragend die Augenbrauen.

Ich erzählte ihm von meiner morgendlichen Begegnung mit Fulk und den Schlüssen, die ich daraus gezogen hatte. «Und gerade, als ich aus dem Haus gehen wollte, kam er mir im Korridor entgegen», fügte ich hinzu. «Entweder hatte er selbst im Turm noch etwas zu erledigen, oder er hat mein Ziel geahnt und ist mir gefolgt. Weil ich vorher noch bei Mistress Empryngham war, ist er vor mir eingetroffen. Wahrscheinlich hat er sich, während ich den Turm erklomm, immer weiter nach oben zurückgezogen. Und während ich in der Kapelle war, beobachtete er mich von den zur Aussichtsplattform führenden Stufen ...» In dem Moment wurde mir die Bedeutung meiner Worte bewußt. Ich brach jäh ab, wühlte in meinem Lederbeutel, nahm ihn vom Gürtel und schüttelte ihn aus. Wie befürchtet, war er leer. Der Brief an Bruder Simeon war verschwunden.

Als ich dem Mönch erklärte, was geschehen war, veränderte sich seine Haltung. Jegliches Mitgefühl für mich wich ärgerlicher Verzweiflung.

«Ihr hattet eine Liste mit Anschuldigungen und habt sie Euch stehlen lassen?» donnerte er. «Was für ein Nichtsnutz Ihr doch seid! Was für ein Esel! Was für ein Tölpel!»

Ich mußte meine gesamte Beherrschung aufbringen, um ihm nicht ähnlich heftig zu antworten.

«Woher hätte ich denn wissen sollen, daß sich noch jemand im Turm befand?» fragte ich empört. «Ich hatte ja selbst keine genaue Vorstellung davon, was ich finden würde, geschweige denn, ob es überhaupt etwas zu entdecken gab.» Und in dem kläglichen Versuch, sein Wohlwollen zurückzugewinnen, fügte ich hinzu: «Bei dem Sturz hätte ich mir leicht das Genick brechen können.»

«Das stimmt», lenkte er ein. «Was hat Euch denn gerettet?»

«Ich weiß nicht. Vermutlich habe ich ein oder zwei Sekunden vor dem Schlag gefühlt, daß jemand hinter mir war. Vielleicht habe ich seinen Atem im Nacken gespürt. Wie dem auch sei, jedenfalls bin ich in dem Augenblick, als Fulk Disney mich von hinten stieß, von der Treppe zur Seite gesprungen.» Vorsichtig befühlte ich die Beule, die über meinem linken Auge immer dicker anschwoll.

Einen Augenblick lang schwieg Bruder Simeon. Dann hob er die schmalen Schultern.

«Euch trifft nicht die alleinige Schuld», räumte er widerwillig ein. «Aber Ihr hieltet den Beweis gegen Sir Hugh und Maurice Cederwell in Euren Händen, und jetzt ist er verschwunden. Das nenne ich nachlässig, Chapman, sehr nachlässig! Ohne ihn kann ich nichts tun. Die Sünder werden triumphieren und die Früchte ihrer Missetaten ernten, weil ich keine Anklage gegen sie erheben kann. Und da ich nicht selbst mit Lady Cederwell gesprochen habe, kann ich nicht bezeugen, warum sie mich hergerufen hat.»

«Es sei denn, jemand würde sich bereit erklären, gegen Fulk und Sir Hugh auszusagen», sagte ich.

Der Mönch schürzte die Lippen. «Das ist äußerst unwahrscheinlich. Sitte und Anstand haben heutzutage keine Fürsprecher mehr. Die Menschen sind gegen die Sünden des Fleisches abgestumpft. König Eduards Hof gibt dem Land ein schlechtes Beispiel. Glaubt Ihr ernsthaft, auf Cederwell Manor würde irgend jemand die eigene Stellung aufs Spiel setzen, um den Master und seinen Erben des Ehebruchs und schlimmerer Vergehen anzuklagen? Aber eines sage ich Euch, Chapman!» Bruder Simeons Augen glühten vor Eifer. «Ganz gleich, wohin Gott mich in Zukunft auch rufen mag, und sei es der entlegenste

Winkel der Welt, Sir Hugh Cederwell und das junge, gottesfürchtige Leben, das er zerstört hat, werde ich nie vergessen. Falls ich ihm jemals auf irgendeine Weise schaden kann, werde ich es versuchen.» Unwillkürlich schauderte ich. Seine Unnachgiebigkeit war geradezu beängstigend. Dann merkte ich, daß er mich nachdenklich betrachtete. «Ihr könntet doch als Zeuge auftreten», schlug er vor. «Ihr könntet das Gespräch zwischen Sir Hugh und Mistress Lynom schildern, das Ihr heute morgen belauscht habt.»

Obgleich ich wohlweislich darauf verzichtete, meinen schmerzenden Kopf zu schütteln, klang meine Antwort nicht weniger entschieden. «Nein! Ich werde nichts von dem wiederholen, was nicht für meine Ohren bestimmt war.»

«Das heißt doch nur, daß Ihr die Unzucht stillschweigend duldet», erwiderte der Mönch verächtlich. «Ihr seid nicht anders als all die anderen jungen Leute heutzutage. Der Teufel und das Fegefeuer schrecken sie nicht mehr. Jedenfalls hätte ich mir meine Frage sparen können. Könnt Ihr denn wieder laufen? Ihr habt eine schlimme Beule an der Stirn. Am besten geht Ihr gleich ins Haus und laßt sie versorgen.»

Unsicher stand ich auf. «Was sollen wir den anderen sagen?»

«Da sind uns leider die Hände gebunden», seufzte er. «Wir können nicht beweisen, daß Fulk Disney Euch angegriffen hat. Er braucht seine Anwesenheit im Turm nur zu leugnen, und man wird ihm glauben. Mit Sicherheit hat er Lady Cederwells Brief längst in Stücke gerissen und in alle vier Winde zerstreut.»

«Nun gut», pflichtete ich ihm bei. «Dann sage ich einfach, die Neugier habe mich dazu getrieben, mich ein wenig im Turm umzuschauen, dabei sei ich ausgerutscht und die Treppe heruntergefallen, und Ihr hättet mich gefunden. Das ist nicht allzusehr von der Wahrheit entfernt.»

Er nickte, und gemeinsam stiegen wir die letzten Stufen

hinab. Als wir ins Freie traten, blickte ich kurz zu dem gerade eben noch erkennbaren Pfad ins Unterholz, merkte aber, daß ich mich für einen weiteren Abstecher nicht kräftig genug fühlte. Seufzend folgte ich Bruder Simeon zurück zum Haus.

«Ich verstehe das nicht», schimpfte Martha Grindcobb. «Habt Ihr nicht gesagt, Ihr wärt Witwer und hättet ein Kind? Ich habe eher den Eindruck, Ihr seid ein großer Junge, der einfach nicht erwachsen werden will!» Sie schmierte eine Paste aus Raute, Borretsch und Honig auf die Beule über meinem Auge und befestigte den Umschlag mit einem langen Leinentuch, das sie mir um den Kopf wickelte. Bruder Simeon gab sich keine Mühe, sein Grinsen zu verbergen, und ich war froh, daß keines der Küchenmädchen mich in diesem Aufzug sah. Martha sagte, die Mädchen halfen Phillipa Talke, ihre tote Herrin aufzubahren. Die Totenstarre hatte inzwischen nachgelassen, so daß ihr Leichnam nun zu guter Letzt ordentlich gewaschen, gekleidet und für das Begräbnis vorbereitet werden konnte.

Aufgrund dieser Nachricht und meiner einschlägigen Kenntnisse versuchte ich, den genauen Todeszeitpunkt zu ermitteln, doch sofort wurde mir wieder so schwindelig, daß ich fast seitwärts vom Schemel kippte.

«Am besten legt Ihr Euch ein wenig hin», ordnete Martha Grindcobb an. Abschätzig sah sie sich in der Küche um. «Hier ist es nicht bequem genug. Helft ihm, Pater, und bringt ihn zum Schlafsaal der Männer. Tagsüber sind die Pritschen ja frei, so daß Roger sich vor dem Abendessen noch einige Stunden ausruhen kann.» Zu mir gewandt, fügte sie hinzu: «Ich vermute, daß Ihr morgen früh am ganzen Körper grün und blau sein werdet, aber das habt Ihr Euch selbst zuzuschreiben. Gleichwohl werde ich Euch etwas Lattichsaft geben, damit Ihr schlafen könnt. Was hattet Ihr überhaupt in diesem schrecklichen alten Turm zu suchen? Könnt Ihr mir das erklären?»

Bedauerlicherweise konnte ich ihr keine befriedigende Antwort geben, ohne weitaus mehr zu verraten, als ich gewillt war, und so mußte ich erneut ihre Vorwürfe über mich ergehen lassen, bis Simeon und ich außer Hörweite waren. Wieder traten wir in die frische Luft hinaus. Es hatte aufgehört zu schneien, wirkte aber kälter als zuvor. Der Himmel war bleischwer. Obgleich die Mittagszeit erst wenig mehr als eine Stunde zurücklag, ging das trübe Tageslicht schon wieder zur Neige, und über Cederwell Manor breitete sich eine graue, gespenstische Ruhe aus. Das Männerquartier lag genau unter dem Frauenschlafsaal hinter der großen Halle. Da die mit Läden verschlossenen Fenster durch den überdachten Gang geschützt wurden, war es wärmer als das zugige Zimmer im oberen Stock. Ansonsten sah es hier genauso aus wie oben: eine Reihe Holzpritschen, eine große Truhe und ein Tisch mit Kerzen und Zunderbüchse.

Außer uns war niemand da. Froh, sich meines Gewichts endlich entledigen zu können, ließ mich der Mönch auf die nächstbeste Pritsche gleiten. Dann half er mir aus den Stiefeln und wandte sich zum Gehen.

«Bleibt eine Weile hier», riet er mir, «und ruht Euch ordentlich aus. Wenn Ihr zur Essenszeit wach seid, bringe ich Euch etwas heiße Suppe.»

«Macht Euch keine Umstände», murmelte ich schläfrig. Martha Grindcobbs Trank entfaltete bereits seine Wirkung. «Wenn ich wach bin, komme ich selbst zum Essen.»

Ich hörte noch, wie er auf eine für ihn ungewöhnliche Weise lachte, ehe mich eine schwarze Woge der Bewußtlosigkeit erfaßte. Tiefer und tiefer zog sie mich in die Abgründe des Schlafes hinab, bis ich jenen Zustand erreichte, der auf Erden dem Tod am nächsten ist: Wir sehen nichts, wir hören nichts, und wir sind nichts, während – von uns unbeachtet – die Zeit verstreicht …

Irgend etwas, ein Geräusch, holte mich wieder in die Wirklichkeit zurück. Es durchdrang meine Sinne und brachte mich dazu, mich auf der schmalen Pritsche hin- und herzuwälzen, mich aufzusetzen und zu lauschen. Das Geräusch kam von oben – eine kreischende Frauenstimme. Meine Beine waren schwer wie Blei, und für kurze Zeit – die mir wie mehrere Minuten vorkam, obgleich es sich vermutlich nur um wenige Sekunden handelte – schienen sie mir nicht gehorchen zu wollen. Endlich stand ich auf und stolperte zur Tür. Draußen hatte schon die Dämmerung eingesetzt. Offenbar hatte ich mehrere Stunden geschlafen.

Von der offenen Tür aus sah ich, wie Martha Grindcobb, Bruder Simeon und die drei Küchenmädchen aus der Hintertür stürzten, Mistress Lynom und Maurice Cederwell aus ihren Zimmern traten und Tostig Steward mit Phillipa Talke aus dem Haus in den Hof kam. Kurz darauf erschien auch Sir Hugh, der gereizt zu erfahren wünschte, was in Gottes Namen hier vor sich gehe. Der Lärm muß bis zu den Stallgebäuden gedrungen sein, jedenfalls kündeten aufgeregte Stimmen und flackerndes Laternenlicht vom Herannahen der Stallburschen.

«Was ist los? Was geht hier vor?» Beherzt sprang Sir Hugh die Stufen zum überdachten Gang hinauf. «Ursula, was ist geschehen? Geht es dir gut?»

Gerührt von seiner Fürsorge, kam die Witwe ihm ein Stück entgegen.

«Der Lärm kommt aus dem Frauenschlafsaal. Das muß deine Schwägerin sein, Mistress Empryngham. Aber sei vorsichtig! Du kennst die Ursache für ihre Schreie nicht. Vielleicht hat sich jemand in dem Zimmer versteckt.»

Sir Hugh nickte kurz, ging mit großen Schritten voraus und bedeutete uns übrigen Männern, ihm zu folgen. Bruder Simeon klopfte mir auf die Schulter und ließ mir bereitwillig den Vortritt, doch die Brüder Capsgrave und Jasper hatten uns bereits überholt und erklommen die glatten, schneebedeckten Stufen. Mir fiel auf, daß Hamon nirgendwo zu sehen war.

Beim Frauenschlafsaal angekommen, drängten wir uns allesamt in die offene Tür, konnten aber lediglich Adela Empryngham erkennen, die wimmernd und zitternd auf ihrer Bettkante saß. Mistress Lynom ging zu ihr, setzte sich neben sie und legte ihr beruhigend den Arm um die Schulter. Sir Hugh entzündete eine Kerze und hob sie so hoch, daß ein flackernder Lichtschein auf das totenbleiche Gesicht seiner Schwägerin fiel.

«Schon gut, meine Liebe», tröstete sie Mistress Lynom. «Habt Ihr schlecht geträumt?»

Das krampfartige Schluchzen ließ etwas nach, und Adela hob zögernd den Kopf.

«Ich ... oh ... meint Ihr, es könnte nur ein Traum gewesen sein? Aber ich ... war mir ganz sicher, daß da jemand in der Tür stand ... Ich ... ich war mir ganz sicher.»

«Ihr seid aus einem Alptraum aufgeschreckt», entgegnete Mistress Lynom beruhigend. «Hier ist niemand. Halte die Kerze etwas höher, Hugh, damit sie sich selbst davon überzeugen kann.»

Sir Hugh kam ihrer Bitte nach und drehte sich einmal ganz im Kreis herum, um zu zeigen, daß sich niemand in den Ecken des Zimmers versteckte. Nun schien auch Adela zu glauben, das Ganze sei pure Einbildung gewesen, auch wenn ihr die Angst noch immer ins Gesicht geschrieben stand. Mistress Lynom bestand darauf, augenblicklich ein zweites Bett in ihrem Zimmer aufstellen zu lassen.

«Sie kommt zu mir. Nach allem, was heute geschehen ist, können wir sie unmöglich wieder alleine lassen. Und bis sich die anderen Frauen zur Ruhe begeben, dauert es ja noch ein paar Stunden.»

Ich legte eine Hand an meinen dröhnenden Kopf und trat einen Schritt vor.

«Mistress Empryngham, war diese Gestalt, die Ihr gesehen habt, ein Mann oder eine Frau?»

Verwirrt sah sie mich an. «Das konnte ich nicht erkennen. Es war nur ein Schatten.»

Maurice Cederwell, der hinter seinem Vater stand, fragte barsch: «Wer hat Euch gebeten, Euch einzumischen, Chapman? Adela sagt doch selbst, sie habe nur schlecht geträumt.»

Die anderen murmelten zustimmend.

Hätte ich nicht gesehen, daß Mistress Empryngham in diesem Zustand keine vernünftigen Antworten geben konnte, wäre ich dennoch mit weiteren Fragen in sie gedrungen. Doch als alle in verschiedene Richtungen auseinanderliefen – Phillipa Talke, um das zusätzliche Bett im Gästeschlafzimmer aufzustellen, Martha, Ethelwynne, Edith und Jenny Tonge, um mit der Zubereitung des Abendessens fortzufahren, Tostig, um das Tischdecken der großen Halle zu beaufsichtigen, und Sir Hugh, um seine Schwägerin in Mistress Lynoms Zimmer zu begleiten –, legte ich Nicholas Capsgrave eine Hand auf den Arm.

«Ihr wart doch die ersten, die mit Sir Hugh hier oben waren.» Er nickte. «War sie zu oder offen?» Ich zeigte auf die Tür zum Schlafsaal.

Als Nicholas zögerte, antwortete sein Bruder für ihn: «Sie war offen.»

«Seid Ihr Euch da sicher?»

«Ganz sicher.»

«Vielen Dank», erwiderte ich, und da ich meiner Frage keinerlei Erklärung folgen ließ, zuckten sie mit den Schultern und gingen die Stufen hinunter.

«Was sollte die Frage?» wollte Bruder Simeon wissen.

«Versteht Ihr denn nicht?» raunte ich ihm zu. «Bei diesem Wetter würde doch kein vernünftiger Mensch bei offener Tür schlafen.»

«Das heißt?» Simeon runzelte die Stirn.

«Das heißt, daß Mistress Empryngham nicht bloß schlecht geträumt hat, denn sonst wäre die Tür geschlossen gewesen.» Seine Begriffsstutzigkeit machte mich ganz kribbelig. «Das werdet ja wohl selbst Ihr einsehen.»

«Dieser Ton ist ganz und gar unnötig», gab mein Gefährte entrüstet zurück. «Ihr könnt nicht erwarten, daß jeder gleich an so etwas denkt. Schließlich sind wir nicht alle wie besessen darauf aus, ein Verbrechen aufzuklären.»

«Auch nicht, wenn es darum geht, den Schuldigen zu bestrafen?»

«‹Die Rache ist mein, spricht der Herr›», lautete seine knappe Antwort.

Ich wollte ihn gerade daran erinnern, daß er erst vor kurzem geschworen hatte, Sir Hugh auf jede erdenkliche Art zu schaden, als ich abgelenkt wurde. Maurice Cederwell hatte die Tür seines Zimmers erreicht. Als er über die Schwelle trat, hörte ich von drinnen jemanden fragen: «Ist alles wieder ruhig?» Es war eine Männerstimme, und zwar eine, die ich kannte. Falls ich mich nicht grundlegend täuschte, war es die Stimme von Fulk Disney.

Obgleich Martha Grindcobb mit mir schimpfte, weigerte ich mich, auf meine Pritsche im Männerschlafsaal zurückzukehren. Ich war hellwach und hatte kein Verlangen, allein in der Kälte und der Dunkelheit zu liegen, auch wenn mir noch immer der ganze Körper weh tat. Ich brauchte Licht und Wärme, und ich wünschte mir ein wenig Ruhe, um über alles nachzudenken. Vor allem aber hatte ich einen Bärenhunger, und es gelang mir, Martha zu überreden, mir eine Portion Schwarzbrot, Ziegenkäse und getrocknete Frühlingszwiebeln zu holen.

Der Mönch war nach oben in die Kapelle gegangen, um die Vesper abzuhalten. Bei seiner Rückkehr tadelte er mich, weil ich ihn nicht begleitet hatte.

«Ihr seid in Eurer religiösen Lebensführung nicht so streng, wie ich es mir wünschen würde, Roger. Ich hoffe, daß Ihr dadurch nicht in die Fänge irgendwelcher Häretiker gelangt, wie man sie heutzutage überall findet. Ich habe gehört, daß selbst der Herzog von Gloucester eine Lollarden-Bibel hat.»

«Er besitzt auch *Die Nachfolge Christi* von Thomas von Kempen», antwortete ich leichthin und sah, wie er angesichts meiner unvorsichtigen Bemerkung überrascht die Augenbrauen hob. Glücklicherweise drangen just in diesem Augenblick laute Stimmen – eine empörte und eine weinerliche – aus dem Gang zu uns in die Küche. Kurz darauf erschien Phillipa Talke in der Tür. Mit einem Arm zog sie Lady Cederwells kleine Zofe hinter sich her, über dem anderen hing ein Umhang aus dicker, rotbraun gefärbter Wolle.

«Was ist los?» fragte Martha Grindcobb barsch, offenbar über die Störung verärgert.

«Ich habe Audrey gerade dabei ertappt, wie sie mit diesem Umhang auf dem Arm aus dem Zimmer unserer Herrin kam!» antwortete die Wirtschafterin und hielt den Umhang hoch. «Sie ist eine Diebin!» fügte sie hinzu.

«Nein, ich bin keine Diebin!» widersprach das Mädchen angsterfüllt. Ihre Augen schwammen in Tränen, die ihr langsam die Wangen herabkullerten. «Die Herrin hat ihn mir versprochen, erst vor drei Tagen. Sie sagte, sie habe ihn ohnehin nie gemocht und lege keinen Wert darauf, außerdem sei es viel gottgefälliger, ihn jemandem zu geben, der ihn gebrauchen kann.»

Phillipa Talke brach in schallendes Gelächter aus. «Ach ja, das hat sie also gesagt! Was für eine rührende Geschichte! Und wo ist der Beweis? Hat sie ihren Wunsch aufgeschrieben? Oder hat sie jemand anderem davon erzählt?»

Audrey Lambspringe wischte sich das Gesicht mit dem Handrücken ab und schneuzte sich in die Finger.

«Vielleicht», entgegnete sie trotzig. «Das weiß ich nicht. Ich weiß nur, was sie mir gesagt hat.»

«Lügnerin!» Mistress Talke verband dieses Wort mit einer schallenden Ohrfeige, die das arme Mädchen taumeln ließ.

Bruder Simeon und ich sprangen auf, um einzugreifen, doch Martha Grindcobb kam uns zuvor. Die Hände in die Hüften gestützt, drängte sie sich zwischen die beiden Frauen.

«Das reicht», sagte sie drohend zu der Wirtschafterin. «In meiner Küche gibt es keine Handgreiflichkeiten. Und ich lasse auch nicht zu, daß Ihr Eure Enttäuschung und Eure schlechte Laune an dem Kind auslaßt.» Dann wandte sie sich Audrey zu. «Dennoch hättest du den Umhang nicht einfach aus dem Zimmer nehmen dürfen, zumal unsere tote Herrin dort aufgebahrt liegt. Mistress Talke wird den Vorfall Sir Hugh melden, dann wirst du dich rechtfertigen müssen, und es kommt darauf an, ob er dir glaubt oder nicht.»

«Aber Lady Cederwell hat wirklich gesagt, daß ich den Umhang bekommen soll!» rief Audrey aus, und wieder begannen ihre Tränen zu fließen. «Meiner ist schon ganz alt und verschlissen. Sie sagte, dieser hier würde mich im Winter bestimmt warm halten.»

«So etwas Schönes würde sie dir niemals schenken!» warf Mistress Talke abfällig ein. «Sir Hugh hat ihn einem reichen Händler in Campden abgekauft und ihn der Herrin geschenkt, das hat sie mir selbst einmal erzählt. Das war noch vor ihrer Heirat, und er hat bestimmt ein hübsches Sümmchen dafür bezahlt.» Mit begehrlichem Blick befühlte sie die dicke Wolle und wandte sich dann an mich. «Was meint Ihr dazu, Chapman? Ihr müßt den Wert eines solchen Stoffes doch einschätzen können.»

«Er war sicher nicht billig», gab ich widerwillig zur Antwort, denn ich hatte wenig Lust, in den Streit hineingezogen zu werden. «Allem Anschein nach ist es beste Cotswolds-Wolle.»

Bruder Simeon nickte und zog mißbilligend die Mundwinkel herab.

«Wolle dieser Güte kostet zwölf bis dreizehn Kronen pro Sack. Stellt Euch einmal vor, was man mit diesem Geld alles tun könnte, um Gottes Ruhm zu mehren. Lady Cederwell hatte recht, als sie alles Eitle und Weltliche verschmähte, aber es war falsch von ihr, dir den Umhang zu versprechen, mein Kind. Sie hätte ihn verkaufen und das Geld der Kirche geben sollen.»

Hinter seinem Rücken sah Martha Grindcobb mich an und verdrehte die Augen. Zu Phillipa Talke und Audrey Lambspringe sagte sie: «Am besten geht Ihr sofort zu Sir Hugh, um die Angelegenheit zu klären. Wir haben schon genug Sorgen, da hat uns der Vorwurf eines Diebstahls gerade noch gefehlt.»

Die Wirtschafterin war nur allzu bereit, auf ihren Vorschlag einzugehen. «Genau das beabsichtige ich auch zu tun! Ich brauche nicht erst Euren Rat, Mistress Grindcobb, um zu wissen, was gut und richtig ist. Folge mir, mein Kind!»

Die beiden verließen die Küche ebenso unvermittelt, wie sie sie betreten hatten. Ich sah ihnen nach, den Blick fest auf den rotbraunen Umhang über Phillipa Talkes Arm geheftet. In mir regte sich ein schrecklicher Verdacht.

15

AN DIESEM ABEND fing es erneut an zu schneien, was ich allerdings erst am nächsten Morgen sah, denn ich rollte mich gleich nach dem Abendessen neben den Resten des Küchenfeuers ein und schlief tief und fest bis zum ersten Hahnenschrei, ohne mich auch nur ein einziges Mal zu rühren. Damals reichte ein ausgiebiger Schlaf noch aus, um sämtliche Leiden zu kurieren; trotz der Schwellung über meinem Auge waren sowohl meine Kopfschmerzen als auch das Gefühl der Mattigkeit voll und ganz verschwunden.

Simeon lag neben mir auf dem Rücken, einen Arm auf den Binsen ausgestreckt; sein schwarzes Mönchsgewand war bis zu den Knien hochgerutscht, so daß seine spindeldürren Beine zum Vorschein kamen. Wie gewöhnlich schnarchte er laut, und beim Einatmen hing sein Unterkiefer schlaff herunter. Ich bemühte mich, ihn nicht zu stören, hauchte wie am Vortag mit dem Blasebalg dem Feuer neues Leben ein und setzte anschließend das Wasser auf. Ich hatte gerade meine Rasur beendet, als Martha Grindcobb und die Küchenmädchen hereinkamen und berichteten, in der Nacht sei zwar neuer Schnee gefallen, vor einigen Stunden habe es jedoch zu schneien aufgehört. Die aufgehende Sonne verhieß einen schönen, klaren Tag.

Während sie mit den Vorbereitungen fürs Frühstück begannen, ging ich zur Hintertür, um mir selbst ein Bild zu machen. Ein prachtvolles Glitzern und Funkeln erstrahlte von den mit Rauhreif überzogenen Zweigen und Dächern bis zum vereisten Boden. Über der in einen bernsteinfarbenen Nebelschleier gehüllten Klippe hinter dem Haus breitete sich ein strahlendblauer Himmel aus. Bald würde sich das Wetter gebessert haben und ich und alle anderen ungeladenen Gäste Cederwell Manor verlassen müssen. Selbst wenn es in der kommenden Nacht noch einmal frieren sollte, würde der Schnee bis zum nächsten Morgen so trittfest sein, daß man sich mit mehreren um die Schuhe gewickelten Lappen vorsichtig fortbewegen konnte.

Als ich wieder in die Küche kam, beklagten sich Edith und Ethelwynne gerade mit einem herzhaften Gähnen darüber, am Abend zu spät ins Bett gekommen zu sein. Offenbar hatte sie Mistress Talke zu fortgeschrittener Stunde noch rufen lassen, um Gerard Empryghams Leichnam aufzubahren.

«Wie geht es Mistress Emprygham denn heute?» fragte ich. «Hat sie sich von ihrem Schreck erholt?»

Martha nickte und tauchte mit den Armen tief in das Heringfaß.

«Sie wollte in Kürze aufstehen und herunterkommen; dann könnt Ihr Euch ein eigenes Urteil bilden. Wir hatten heute im Schlafsaal alle ein wenig Angst und haben deshalb die Truhe vor die Tür geschoben. Ich weiß nicht, wie es Mistress Lynom und ihrem Gast ergangen ist. Natürlich haben wir nicht ernsthaft an einen Eindringling geglaubt! Ganz bestimmt hat Mistress Emprygham einfach nur schlecht geträumt.»

Kaum hatte sie ihren Satz beendet, erschien Adela selbst in der Küche und sagte, sie wolle in ihr Zimmer gehen, um Trauerkleidung anzulegen. Sie beachtete meine höflichen Fragen nach ihrem Wohlergehen kaum, sondern verschwand gleich im Lagerraum, um von dort aus in den dreieckigen Innenhof hinauszugehen. Als sie zurückkam, war sie von Kopf bis Fuß in feierliches Schwarz gekleidet. Mir kam der Gedanke, daß sie den ersten Schreck über den Tod ihres Ehemanns inzwischen überwunden hatte und ihre Rolle als untröstliche Witwe zu genießen begann.

«Habt Ihr ihn gesehen?» fragte Martha Grindcobb leise, während sie Haferflocken und Salz in einen Topf mit heißem Wasser rührte.

Adela nickte und senkte den verschleierten Kopf. «Gerard sieht sehr friedlich aus. Ich muß Mistress Talke meinen Dank aussprechen. Sie hat gute Arbeit geleistet.»

Ethelwynne und Edith sahen einander an und verzogen das Gesicht.

«Warum bedankt sich eigentlich nie jemand bei uns?» fragte Ethelwynne gekränkt, als Adela hinausgegangen war, um die Wirtschafterin zu suchen. «Schließlich haben wir beide die ganze Arbeit getan.»

Die Köchin wies sie an, den Mund zu halten und mit ihrer Arbeit fortzufahren. «Und Ihr, Chapman», fügte Martha hinzu, «schaut doch bitte mal, ob Ihr den Mönch aufwecken könnt. Es ist höchste Zeit. Ich habe noch nie einen Mann mit einem so festen Schlaf erlebt.»

Ich rüttelte Simeon wach und überbrachte ihm die frohe Botschaft, daß sich unser Aufenthalt in Cederwell Manor dem Ende zuzuneigen schien.

«Zwar friert es augenblicklich noch immer, aber da die Sonne scheint, rechne ich bis Mittag mit leichtem Tauwetter. Meiner Ansicht nach wird es so schnell nicht wieder schneien.»

Diese Nachricht versetzte ihn in eine heitere Stimmung, und nachdem er in die Binsen gespuckt und sich die Nase heftig in den Ärmel geschneuzt hatte, ging er zur Hintertür, um sich selbst ein Bild zu machen.

«Ihr habt recht», sagte er, als er zum Feuer zurückkam und die Hände über die Flammen hielt. «Der Wind hat sich gedreht, und es sind nur noch wenige Wolken am Himmel. Unter Umständen können wir sogar heute noch aufbrechen.» Bei dieser Vorstellung leuchteten seine Augen.

«Jetzt, da Ihr schon so lange gewartet habt, wäre es ziemlich töricht, überstürzt aufzubrechen», wandte Martha ein. «Wartet zumindest noch eine Nacht ab. Ihr wollt doch nicht meilenweit von jeglicher menschlichen Ansiedlung in einen neuen Schneesturm geraten. Ich hoffe, Ihr seid da vernünftiger, Chapman?»

Ich nickte nachdrücklich, denn aus gewissen Gründen hatte ich es mit meinem Abschied von Cederwell Manor gar nicht so eilig. Allerdings brauchte ich dazu den Mönch. Deshalb überredete ich ihn beim Frühstück, Sir Hughs Gastfreundschaft noch ein wenig länger in Anspruch zu nehmen.

«Mit Eurem geringen Appetit werdet Ihr seine Vorräte wohl kaum erschöpfen, und überdies seid Ihr ja so ruhig, daß er Eure Anwesenheit gar nicht bemerkt.»

«Diese Überlegungen spielen für mich keine Rolle», antwortete Simeon ernst. «Vielmehr denke ich an meine Pflicht, möglichst vielen Sündern Gottes Botschaft zu bringen und sie wieder auf den rechten Pfad zu führen.»

«Eure Botschaft wird sie aber nicht erreichen», erwiderte ich, «wenn Ihr am Wegesrand erfriert.»

Dieser Einwand erschien ihm einleuchtender als alles andere, so daß ich ihm schließlich das Versprechen abrang, wenigstens noch vierundzwanzig Stunden in Cederwell Manor zu bleiben. Am nächsten Morgen würden wir mit Gewißheit sagen können, ob das Tauwetter weiter anhielt oder nicht.

«Ich möchte mit Euch zusammen den Pfad im Unterholz erkunden», raunte ich ihm in der Hoffnung zu, daß uns bei dem Klappern der Töpfe und Pfannen sonst niemand hörte. «Wir haben dort im Gebüsch doch gestern etwas gesehen. Vielleicht können wir ja noch etwas finden.»

«Wenn jemand da war, ist er inzwischen längst fort», lautete Bruder Simeons vernichtende Antwort. «Bestimmt hat der Wind den Schnee von den Ästen geweht.»

«Vielleicht. Aber ich will mich selbst davon überzeugen.»

«Also gut», stimmte er mürrisch zu. «Aber ich halte es für

ein unsinniges Unterfangen. Wir werden nichts finden und blaugefroren zurückkehren. Am besten frühstücken wir ausgiebig, um uns gut aufzuwärmen.»

Martha hatte seine letzten Worte mitbekommen und fing herzhaft an zu lachen.

«Es ist wohl nicht zu befürchten, daß Roger sich einmal nicht den Bauch vollschlägt.» Dann wandte sie sich an mich: «Heute früh gibt es wieder gesalzenen Hering mit Haferbrei, und um die letzten Lücken auszufüllen, habe ich noch ein paar Haferplätzchen für Euch.»

Sie hielt Wort und wärmte uns auch noch etwas Ale auf, das gerade fertig wurde, als die Stallburschen hereinkamen. Hamon und Jasper wirkten gereizt und ruhelos; offenbar konnten sie es kaum abwarten, endlich nach Hause zurückzukehren. In einem fremden Haus eingesperrt zu sein war nicht nach ihrem Geschmack. Dazu kam Langeweile, weil sie den lieben langen Tag nichts anderes zu tun hatten, als ihre drei Pferde zu striegeln und zu füttern, und sicherlich trugen auch die zwei Todesfälle zu ihrer düsteren Stimmung bei. Dennoch machte Hamon einen weitaus mißmutigeren Eindruck als sein Gefährte. Während des Essens stand er immer wieder auf und starrte durch das offene Küchenfenster, um die Wetterlage zu begutachten.

Ich beobachtete ihn nachdenklich. Sir Hugh glaubte, daß dieser Mann in Mistress Lynoms Auftrag seine Frau gemordet hatte. Mistress Lynom dagegen behauptete, Hamon habe mit angesehen, wie Sir Hugh sich über den Leichnam seiner Gattin beugte, und zwar Stunden, ehe Bruder Simeon und ich ihn draußen am Turm entdeckten. Dann schweiften meine Gedanken weiter zu zwei rostbraunen Umhängen, von denen der eine Fulk Disney und der andere der toten Lady Cederwell gehörte; in meiner Erinnerung sah ich den zweiten noch ganz deutlich über dem Arm von Phillipa Talke.

An diesem Morgen hatte es ein spätes Frühstück gegeben, und als das schmutzige Geschirr endlich abgeräumt, abgewaschen, getrocknet und wieder in den Schränken verstaut war, stand die Sonne bereits hoch am winterlichen Himmel. Martha klagte, bis zum Mittag bliebe nur noch eine Stunde Zeit. Vermutlich wäre bis dahin weder das Essen fertig, noch hätte überhaupt jemand Hunger – wozu sollte sie sich dann die ganze Arbeit machen?

«Außerdem muß das Wasserfaß aufgefüllt werden, und wir brauchen wieder Holz von draußen», sagte sie. Die Stallburschen waren wohlweislich aufgebrochen, ehe die Aufgaben für den Vormittag verteilt wurden, und so blieb mir nichts anderes übrig, als der Köchin meine Dienste anzubieten – sehr zur Freude des Mönchs, denn so konnte er sich noch eine halbe Stunde ans Feuer setzen, ehe es wieder nach draußen in die Kälte ging.

«Und es wird später auch ein wenig wärmer sein», erklärte er mir.

Ich nahm den großen Lederbottich und ging durch den Lagerraum in den kleinen dreieckigen Innenhof hinaus. Dort richtete sich mein Blick unwillkürlich auf die verschlossene Tür, hinter der Gerards Leichnam aufgebahrt lag. Bestimmt hatten ihn die Frauen ordentlich gewaschen und angekleidet, so daß von dem gewaltsamen Ende seines Lebens nichts mehr zu sehen war. Seine verzerrten Gesichtszüge hatten sich zu einer falschen Maske der Gelassenheit geglättet, und in den gefalteten Händen hielt er ein Kruzifix. Einen Augenblick lang stand ich da und ließ meiner Phantasie freien Lauf ...

Ich hörte, wie der Riegel des Lagerraumes behutsam aufgeschoben wurde und eine Gestalt mit dunklem Umhang und Kapuze aus der Tür in den Innenhof trat. Vorsichtig hob sie zuerst den Deckel vom Brunnen und klopfte dann an die Tür der Empryinghams. Nach einer Weile ertönte auf das beharrliche Klopfen hin die verschlafene Stimme Gerards, der kurz darauf in seinem Nachtgewand an der Tür erschien …

An dieser Stelle geriet die Bilderfolge vor meinem geistigen Auge ins Stocken. Was war als nächstes geschehen? Wer hätte Gerard dazu überreden können, barfuß nach draußen zu gehen, ohne wenigstens einen Morgenmantel als Schutz gegen die eisige Kälte überzuwerfen? Denn nur so hätte sein gewaltsamer Tod wie ein Unfall beim Schlafwandeln aussehen können. Ich versuchte, die Entfernung von der Tür bis zum Brunnen abzuschätzen – zwei Yards vielleicht, mehr nicht. Ich sah, wie die in den Umhang gehüllte Gestalt beim Öffnen der Tür zur Seite trat und mit der Dunkelheit verschmolz. Noch halb schlafend, machte Gerard einen Schritt nach vorn, um zu sehen, wer ihn um diese Stunde aufgeweckt hatte. Und sofort war sein Mörder hinter ihm, schob ihn vorwärts und stieß ihn kopfüber in den Brunnen. Anschließend brauchte er meiner Einschätzung nach nur noch einen Augenblick lang seine nackten Füße festzuhalten, bis Gerards Widerstand gebrochen war. Und bei der bitteren Kälte dauerte es nicht lange, bis sich an der Wasseroberfläche genug Eis bildete, um den toten Körper im Brunnen zu halten …

Je länger ich darüber nachdachte, desto mehr war ich davon überzeugt, daß es sich so oder ähnlich zugetragen hatte. Zufrieden kehrte ich mit dem randvoll gefüllten Bottich in die Küche zurück. Nachdem ich zwei weitere Eimer herangeschleppt hatte, wurde ich zum Holzholen in den Stall geschickt. Diesmal bemühte ich mich nicht um ein Gespräch mit den Stallburschen, sondern füllte schweigend meinen Korb und überließ die Männer ihrem Zeitvertreib.

Die Sonne wärmte mein Gesicht, und der Schnee tropfte von den Bäumen und Büschen. Falls es über Nacht nicht einen grundlegenden Wetterumschwung gab, waren meine Tage in Cederwell Manor gezählt, und es gab keinen Grund mehr, noch länger zu bleiben. Mir fiel auf, daß ich den Wochentag nicht mit Sicherheit benennen konnte. Ich mußte scharf nachdenken: Da ich am Dienstag nachmittag hier eingetroffen war, mußte heute Donnerstag sein – Donars Tag, wie Ulnoth sagen würde, denn Donar war der Gott des Donners, der älteste Sohn Wotans, der mit seiner Gemahlin Sif über das Königreich Thrudvang herrschte … Schuldbewußt bekreuzigte ich mich.

Als ich wieder an der Hintertür war, vernahm ich vom Haupttor aus Stimmen. Kurz darauf bog ein untersetzter Mann mit buschigen rötlichen Augenbrauen um die Ecke. Seine Haut war so dunkel und faltig wie ein alter Lederschuh, und als er mich sah, verzog sich sein breiter, schmallippiger Mund sofort zu einem freundlichen Lächeln. Sowohl sein Umhang als auch seine Stiefel waren mit zahlreichen Flicken besetzt, und in einem Bein seiner Kniehose sah ich einen großen Riß.

«Friede über dieses Haus», begrüßte er mich, öffnete seinen Umhang und brachte mehrere Werkzeuge zum Vorschein, die von seinem Gürtel herabhingen. «Hat Eure verehrte Gattin möglicherweise ein paar Töpfe und Pfannen, die instand gesetzt werden müssen?»

Ich lachte. «Ich bin Witwer, mein Freund, und nur ein armer Hausierer, der des schlechten Wetters wegen in diesem Haushalt Schutz gefunden hat.» Ich deutete mit dem Kopf zur Küchentür. «Aber kommt herein, ich werde die Köchin fragen.» Ich ging voraus in die Küche und sagte zu Martha: «Dieser Kesselflicker hier bietet Euch seine Dienste an.» Dann leerte ich meine Holzscheite in den großen Korb, der in der Ecke stand.

Martha, die gerade Teig knetete, sah den Besucher erstaunt an.

«Ja, ich habe ein paar Pfannen, die ihren Griff verloren haben. Allerdings hatte ich frühestens in ein oder zwei Wochen jemanden erwartet, der sie richten kann.» Sie runzelte die Stirn.

«Sind die Wege denn schon wieder begehbar? Ethelwynne, gib dem Kesselflicker einen Becher Ale.»

Die kleinen dunklen Augen zwischen den buschigen Augenbrauen leuchteten in freudiger Erwartung, als der Fremde näher ans Feuer trat, um sich die kalten Hände zu wärmen.

«Das ist äußerst freundlich von Euch, Mistress, vielen Dank. Um Eure Frage zu beantworten: Obgleich es zu tauen begonnen hat, sind die Wege noch immer sehr gefährlich. Sicherlich hätte ich es nicht gewagt, zu Euch zu kommen, wenn mein Gastgeber, bei dem ich die letzten beiden Tage verbracht habe, nicht spurlos verschwunden wäre. Er ist gestern morgen aus dem Haus gegangen, und seitdem habe ich ihn nicht mehr gesehen. Ich dachte, ich würde ihn vielleicht unterwegs treffen, und kann nur hoffen, daß er irgendwo untergekommen ist. Sollte er gezwungen gewesen sein, die Nacht im Freien zu verbringen, besteht wenig Aussicht darauf, daß er noch am Leben ist.»

Ein beunruhigender Gedanke kam mir in den Sinn. «Wo habt Ihr denn übernachtet?» fragte ich und hoffte inständig, der Kesselflicker würde einen von Sir Hughs Pächtern nennen. Doch er antwortete nicht, und auch sonst schien niemand seine Geschichte weiter zu beachten.

Der Kesselflicker umfaßte den Holzbecher, den Ethelwynne ihm gereicht hatte, mit beiden Händen und trank das Ale mit geräuschvollen Schlucken in einem Zug aus. Als er fertig war, wischte er sich den Mund mit dem Handrücken ab.

«Das war ausgezeichnet. Riecht es hier nicht nach heißen Pasteten?»

Martha nickte schicksalsergeben. Inzwischen hatte sie sich daran gewöhnt, immer mehr Mäuler stopfen zu müssen.

«Am besten nehmt ihr Euch das Essen mit in den Lagerraum, wo Ihr auch die Pfannen bearbeiten könnt», schlug sie vor. «Sir Hugh kommt zwar nicht oft in die Küche, aber für den Fall …

Das schlechte Wetter hat uns schon mehr Besucher beschert, als ihm recht ist.»

«Mich hat die Herrin des Hauses gerufen», warf Simeon gereizt ein. Offenkundig wollte er nicht mit den ungeladenen Gästen in einen Topf geworfen werden.

«Nichts für ungut, Pater!» erwiderte Martha, sichtlich verärgert über seinen Widerspruch. «Edith! Führ den Kesselflicker nach nebenan und zeig ihm die schadhaften Pfannen. Hier! Nimm ihm diese Pastete mit.»

Ich wartete einen Augenblick, bis Edith wieder in die Küche kam, dann folgte ich dem Kesselflicker in den Lagerraum. Er hatte noch nicht mit der Arbeit begonnen, sondern hockte auf einem Faß und verspeiste sein Essen.

«Ihr habt meine Frage nicht beantwortet», sagte ich.

Der Mann, der den Rücken zur Tür gewandt hatte, zuckte zusammen, verschluckte sich an einem Teigkrümel und fing an zu husten. Endlich stieß er hervor: «Heiliger Strohsack! Habt Ihr mich erschreckt. Was wolltet Ihr wissen, mein Freund?»

Ich entschuldigte mich und wiederholte meine Frage. Der Kesselflicker stopfte sich das letzte Stück Pastete in den Mund.

«Ich bin in einer in den Fels gebauten Hütte untergekommen», antwortete er. «Etwa eine Meile östlich von hier. Bei einem Einsiedler.»

«Ulnoth!» rief ich aus. Meine schlimmsten Befürchtungen hatten sich bestätigt. Ich packte meinen Gefährten am Arm. «Er hat Euch gestern vor dem Mittag verlassen und ist seitdem nicht mehr zurückgekehrt?»

«Genau. Ulnoth heißt er also? Dafür könnte ich mich nicht verbürgen. Er hat mir zu essen und zu trinken gegeben, aber gesprochen hat er kein einziges Wort mit mir. Ein merkwürdiger, rastloser kleiner Mann. Und völlig verängstigt.» Der Kesselflicker stand auf, nahm die Werkzeuge von seinem Gürtel und legte sie ordentlich nebeneinander auf das Faß.

«Wie seid Ihr dort hingekommen?»

«Zur Hütte am Fels? Ich wurde am Dienstag abend vom Schneesturm überrascht, vermutlich genau wie Ihr.» Er verzog das Gesicht. «Allerdings hattet Ihr mehr Glück als ich. Eure Schlafstätte war mit Sicherheit wärmer und weicher.»

Ich lächelte. «Ich war vier Nächte bei Ulnoth, weil ich mir den Fuß verstaucht hatte. Meinen Ansprüchen hat es genügt, und Ulnoth hat sich rührend um mich gekümmert.»

Der Kesselflicker nahm eine der Pfannen zur Hand und musterte sie. Dann bückte er sich, um den Griff aufzuheben.

«Ein paar Nieten, und die Sache ist wieder in Ordnung», sagte er und drehte sich zu mir um. «Dann hat das Schicksal es mit Euch besser gemeint als mit mir. Ja, er hat mir zu essen gegeben, und das war auch nicht schlecht, aber reden konnte oder wollte er nicht mit mir. Wie ich Euch schon sagte, er hatte offenbar Angst. Wovor oder vor wem, das weiß ich nicht.»

Nachdenklich kaute ich auf meiner Unterlippe. Seit meiner Ankunft auf Cederwell Manor war so viel geschehen, daß ich die vorherigen Ereignisse fast vergessen hatte. Um so deutlicher fiel mir jetzt wieder ein, wie verängstigt Ulnoth gewesen war, als ich am Dienstag nachmittag nach meinem Besuch in Lynom Hall noch einmal kurz bei ihm vorbeigeschaut hatte. Mir fiel auch wieder ein, wie er sich stöhnend hin- und herbewegt und dabei unablässig «Tod, Tod, Tod» gemurmelt hatte. Offensichtlich war zwischen meinem Abschied am Morgen und meiner Rückkehr einige Stunden später irgend etwas vorgefallen, aber der Kesselflicker wußte ebensowenig wie ich, was der Grund für seine Aufregung war.

Eine Weile sah ich ihm schweigend zu, wie er mit geschickten Fingern seiner Arbeit verrichtete. Unter der Kapuze war ein üppiger Lockenschopf zum Vorschein gekommen, der genauso rötlich schimmerte wie seine Augenbrauen. Grinsend schaute er von seiner Arbeit auf.

«Es ist schon beruhigend zu wissen, daß ich nicht der einzige Schwachkopf bin, der mitten im Winter auf den Landstraßen unterwegs ist», sagte er und fügte erklärend hinzu: «Natürlich hätte ich mich nie so weit von zu Hause entfernt, wenn ich gewußt hätte, wie schlecht das Wetter wird. Meine Frau hat kräftig mit mir geschimpft, aber die Zeiten sind nun mal schlecht, und in Bath gab es zuwenig Arbeit für mich. Es ist ja nur eine Kleinstadt. Ich weiß nicht, ob Ihr sie kennt. Wo kommt Ihr her?»

«Meine Heimat ist Wells, aber ich habe eine Tochter, die in Bristol bei der Mutter meiner verstorbenen Gattin lebt.»

Der Kesselflicker nickte verständnisvoll. «Ich habe vier Töchter», seufzte er. «Manchmal ist man es einfach leid, von Frauen herumkommandiert zu werden. Hin und wieder muß man einfach den eigenen Gedanken nachhängen können und mit sich alleine sein.»

Ich lachte. «Das stimmt. Und man braucht Bewegung. Wenn ich zu lange in der Stube hocke, juckt es mir in den Beinen.»

«Genau. Aber in diesem Fall hatte meine Frau doch recht. Ich bin meilenweit gelaufen, ohne einer Menschenseele zu begegnen, und dann hat mich dieser Wetterumschwung überrascht. Zum Glück war ich gerade in der Nähe des Klosters Woodspring, und die Mönche hatten im Gästesaal noch Platz für mich. Sie sagten, in den vergangenen Wochen hätten sie nur einen einzigen Besucher gehabt.»

«Das muß Bruder Simeon gewesen sein», nickte ich und erklärte: «Der Mönch, der gerade in der Küche am Feuer sitzt.»

Der Kesselflicker brummte, ohne meiner Bemerkung weiter Beachtung zu schenken. Allem Anschein nach hatten die Mönche über Simeon und dessen Besuch nicht viel zu sagen gehabt. Bei der Vorstellung, wie sehr es Simeon kränken würde, wenn er dies erführe, mußte ich grinsen. Vermutlich hatten die Brüder seine flammenden Reden über die ewige Verdammnis, die ihnen drohte, wenn sie ihren sündhaften Lebenswandel nicht sofort änderten, im selben Augenblick vergessen, als er ihnen den Rücken gekehrt hatte.

Der Kesselflicker machte sich nun an der zweiten Bratpfanne zu schaffen. Eine Weile sah ich ihm schweigend zu, dann fragte ich: «Wann habt Ihr das Kloster verlassen? Am nächsten Morgen?»

«Ja, am Dienstag nach dem Mittagessen. Es war töricht von mir, so spät aufzubrechen, aber ich wollte warten, bis es richtig hell war. Die Mönche hatten mir von einem Herrensitz namens Lynom Hall erzählt, wo meine Dienste möglicherweise gefragt wären, aber irgendwo bin ich offenbar falsch abgebogen und habe völlig die Orientierung verloren. Als es dämmerte und der Schneesturm einsetzte, bekam ich es mit der Angst zu tun, aber dann erreichte ich gerade noch rechtzeitig den breiten Weg, der mich zur Hütte des Einsiedlers führte. Etwa hundert Yards vorher hatte ich zur Linken einen anderen Pfad gesehen, den ich vielleicht hätte einschlagen sollen.»

Ich nickte. «Von dort aus wärt Ihr tatsächlich nach Lynom Hall gekommen. Ihr habt einen folgenschweren Fehler gemacht.»

«Stimmt. Aber ich habe daraus gelernt. Es ist das erste und letzte Mal, daß ich um diese Jahreszeit auf Wanderschaft gehe. Seid Ihr nicht der gleichen Meinung, mein Freund?»

Ich stimmte zu, war mit meinen Gedanken jedoch ganz woanders. Ich dachte an Ulnoth, der sein Haus gestern verlassen hatte und nicht zurückgekehrt war. Ich verabschiedete mich von dem Kesselflicker und ging zu Simeon, der seine Zehen immer noch vor dem Feuer röstete. Ich beugte mich zu ihm und legte ihm eine Hand auf die Schulter.

«Kommt Ihr?»

«Wohin?» fragte er mißmutig und rückte sich auf seinem Schemel noch ein wenig behaglicher zurecht. Ein herrlicher Duft nach einem kräftigen Eintopf erfüllte die Küche.

«Ihr habt doch versprochen, mit mir das Unterholz zu erkunden.»

«Nun, dann habe ich es mir eben anders überlegt», gab er spitz zurück. «Ich habe keine Lust, draußen in der Eiseskälte nach einem Hirngespinst Ausschau zu halten. Wenn Ihr das tun wollt, bitte sehr, aber ohne mich.»

Sein starres Gesicht verriet, daß es ihm ernst war. Es tat mir leid, auf seine Gesellschaft verzichten zu müssen, da vier Augen bekanntlich mehr sehen als zwei. Dennoch ließ ich mich von meinem Vorhaben nicht abbringen und zog zum zweiten Mal an diesem Morgen meinen Umhang an.

«Rechtzeitig zum Mittagessen bin ich wieder zurück», sagte ich zu Martha Grindcobb, die sich inzwischen mit meinen Torheiten abgefunden hatte und keine Widerworte gab.

16

ICH GING AN DER Rückseite des Hauses auf die Ställe zu, wandte mich dann nach links und überquerte den Innenhof, um am Fischteich vorbei zu dem Tor in der Mauer zwischen Waschküche und Milchkammer zu gelangen. Inzwischen stand die Sonne hoch am Himmel, und die glitzernden Schneewehen blendeten so stark, daß ich die Augen immer wieder zusammenkneifen mußte. Am Ende des Pfades ragte der Turm wie eine unwirkliche Erscheinung in den Winterhimmel. Ich näherte mich vorsichtig, trat aber nicht ein, sondern bog nach links auf den schmalen Weg durch die Büsche ab.

Zunächst war der Pfad trotz der Schneedecke gut zu erkennen, da der Rand nur mit Stranddistel, Meerfenchel und Strandhafer bewachsen war. Mit der Zeit ließ er sich jedoch wegen der weit herunterhängenden Äste und des immer dichter werdenden Unterholzes nur noch schwer ausmachen. Während ich zwischen verkümmerten Eichen und rankendem Wurzelwerk vorsichtig einen Fuß vor den anderen setzte, hielt ich den Blick notgedrungen fest auf den Boden geheftet. Dabei ging es immer steiler bergan, auf den breiten Weg zu, der oben auf dem Hügel nach Osten in Richtung Bristol führte.

Mit einem Mal erschien mir die Stille bedrückend, und mir wurde bewußt, daß ich in dieser tristen Wildnis mutterseelenallein war. Cederwell Manor war längst außer Sichtweite, und mir taten alle Glieder weh – ein untrügliches Zeichen dafür, wie sehr mein Körper gegen die Behandlung der vergangenen Tage rebellierte. Ich begann zu zittern, und ich muß gestehen, daß es nicht allein an der Kälte lag. Die alten Götter, die ihren Sitz in den Bäumen hatten, schienen mir mit einem Mal ganz nahe, und es hätte mich nicht gewundert, wenn ich plötzlich Robin Goodfellow, Hodekin oder eine andere sagenhafte Gestalt vor mir gesehen hätte …

Ich schlang meinen Umhang noch fester um die Schultern, umklammerte meinen Knüppel und zwang mich, mit großen, festen Schritten vorwärts zu gehen, wobei ich immer wieder nach Ulnoth rief, allerdings ohne eine Antwort zu erhalten.

Trotz fehlender Beweise war ich davon überzeugt, daß der Einsiedler sich gestern hier im Unterholz versteckt gehalten hatte. Aus irgendeinem Grund war er früh am Morgen in Richtung Cederwell Manor aufgebrochen – angesichts der schlechten Witterung ein langer und beschwerlicher Weg, für den die Suche nach etwas Eßbarem wohl kaum der alleinige Anlaß gewesen sein konnte. Hatte er mich gesucht? Er wußte, wo ich war, denn während meines zweiten, kurzen Aufenthalts im Felsenhaus hatte ich mein Ziel erwähnt. Doch weshalb wollte er mich sprechen? Wovor hatte er solche Angst? Und warum war er nicht einfach durchs Haupttor nach Cederwell Manor gekommen und hatte dort nach mir gefragt? Sir Hugh hatte keinen Torwächter, so daß er lediglich an der Hintertür hätte klopfen müssen. Wieso hatte er sich so ängstlich versteckt?

Mir wurde klar, daß ich möglicherweise niemals eine Antwort auf diese Fragen bekommen würde, denn wenn Ulnoth in der vergangenen Nacht keinen Zufluchtsort gefunden hatte – nach Auskunft des Kesselflickers war er nicht nach Hause zurückgekehrt –, war er höchstwahrscheinlich längst erfroren. Bei diesem Gedanken beschleunigte ich meinen Schritt, rutschte aus und fiel auf die Knie. Ich fluchte laut. Dies war nun schon der dritte Sturz in einer Woche, und obgleich ich an dem Unfall im Turm selbst keine Schuld trug, machte ich mir langsam Sorgen über meine eigene Unvorsichtigkeit. Meine Gesundheit war mein einziges Vermögen, ich konnte es mir nicht leisten, längere Zeit krank zu werden, denn wie hätte ich dann mich und mein Kind ernähren sollen?

Ich verweilte noch einen Augenblick in gebückter Haltung. Gerade als ich wieder aufstehen wollte, sah ich an den Büschen und kleinen Bäumen zu meiner Rechten einzelne abgebrochene Äste. Offenbar hatte sich jemand hier hindurchgezwängt. Ich stand auf und bahnte mir meinen Weg durchs Unterholz.

Dornenzweige verhakten sich in meinem Umhang und in meiner Hose, aber ich war mittlerweile so von Angst erfüllt, daß ich nicht weiter auf meine Kleidung achtete. Jemand hatte sich erst vor kurzer Zeit auf diesem Weg durchs Gestrüpp geschlagen. An einem Dorn hing ein langer schwarzer Faden, und ein Stück weiter war ein dünner Streifen schwarzen Wolltuchs zu sehen. Bei diesen Entdeckungen wurde mir bang ums Herz; ich hatte Angst, daß sich mein Verdacht bestätigen könnte. Unermüdlich arbeitete ich mich mit Hilfe meines Knüppels weiter voran, bis ich fast über die Leiche stolperte.

Sie war zwischen den knorrigen Wurzeln großer Bäume und den Stämmen junger Schößlinge eingeklemmt; jemand hatte sie so weit wie möglich nach unten gedrückt, damit sie den ganzen Winter über verborgen blieb. Hätte ich keine böse Vorahnung gehabt, wäre ich nicht ausgerutscht und wären mir daraufhin nicht die abgeknickten Äste aufgefallen, wäre sie sicherlich bis zum Frühling unentdeckt geblieben. Wind, Wetter und den Raubtieren des Waldes ausgesetzt, hätte dann wohl kaum jemand mehr den Toten erkannt, und auch die Todesursache wäre nicht mehr nachzuweisen gewesen. Weder die Quetschungen am Hals noch die hervortretenden Augen oder die heraushängende Zunge hätten bezeugen können, daß Ulnoth erwürgt worden war.

Denn ich hatte keinen Zweifel, daß es Ulnoth war, noch ehe ich mich zu ihm hinuntergebeugt und sein Gesicht zu mir gedreht hatte. Der glatzköpfige Schädel und der hagere Hals waren nicht zu verkennen. Sein abgetragener schwarzer Umhang war zwar bis zum Hals zugeknöpft, hatte sich jedoch so weit hochgeschoben, daß sein mehrfach gestopfter graubrauner Kittel und seine Kniehose zu sehen waren. Sein Jagdmesser steckte noch in der Scheide an seinem Ledergürtel – ein deutlicher Hinweis darauf, daß er keinem Raubmord zum Opfer gefallen war.

Eine unbändige Wut stieg in mir auf, und ich schwor, dafür zu sorgen, daß der Täter für dieses grausame Verbrechen würde büßen müssen. Ulnoth war ein ruhiger, liebenswürdiger und vor allem sanftmütiger Mensch gewesen und hatte niemandem etwas zuleide getan. Dennoch hatte sein Leben ein vorzeitiges Ende gefunden, und zwar nicht durch irgendeine Naturgewalt, sondern durch einen seiner Mitmenschen. Die Würgemale am Hals wiesen die Spuren zweier Daumen auf, die seine Luftröhre zugedrückt hatten, und ich zweifelte keine Sekunde daran, auch in seinem Nacken Fingerabdrücke zu finden. Jemand hatte ihn an der Kehle gepackt, alles Leben aus ihm herausgepreßt und dabei nicht mehr Gewissensbisse verspürt als beim Töten eines schlachtreifen Suppenhuhns.

Langsam richtete ich mich auf und starrte noch immer fassungslos auf dieses jüngste Opfer des Mörders herunter, der in Cederwell Manor sein Unwesen trieb. Da ich den Leichnam unmöglich alleine tragen konnte, mußte ich zum Haus zurückkehren und Hilfe holen. Die Nachricht von einem weiteren Todesfall würde die Bewohner hart treffen, obwohl sie sicherlich keine Verbindungen herstellen würden. Wahrscheinlich würden sie für Ulnoths Tod einen plündernden Dieb auf Nahrungssuche verantwortlich machen, der mit dem Einsiedler wegen eines kostbaren Bissens in Streit geraten war.

Und lag diese Erklärung nicht auch nahe? fragte ich mich, während ich mir einen Weg zurück durchs Unterholz bahnte.

Nein, es konnte keinen Zweifel geben. Ich hatte vier Tage in Ulnoths Nähe verbracht, und wenn ich dabei auch nicht bis zu seinem Innersten vorgedrungen war, so hatte ich ihn doch so gut kennengelernt, wie dies einem Fremden in der kurzen Zeit überhaupt möglich war. Ich war überzeugt davon, daß er sich ohne triftigen Grund niemals mehr als eine Meile von seinem Haus entfernt hätte. Der Hunger hatte ihn ganz bestimmt nicht bis nach Cederwell Manor getrieben, denn er kannte alle Stellen in der Nähe seines Hauses, an denen selbst im tiefsten Winter ausreichend Nahrung zu finden war. Nein, ich war mir sicher: Ulnoth war meinetwegen hergekommen, er hatte mir irgend etwas mitteilen wollen ...

Dann wiederum überlegte ich, mit einem Mal unschlüssig, warum er nach mir hätte suchen sollen? Er wußte ja nichts von den anderen Toten in Cederwell Manor. Überdies konnte er nicht sicher sein, mich noch immer dort anzutreffen. Ich hätte in den letzten beiden Tagen ja auch zu den Hütten am Flußufer weiterziehen und Sir Hughs Pächtern und Arbeitern meine Waren anbieten können. Ich blieb stehen, stützte mich auf meinen Knüppel und starrte ins Leere. Vielleicht hatte Ulnoth wirklich nicht nach mir gesucht. Aber was hatte er dann hier in der Nähe von Cederwell Manor und des sächsischen Turms gewollt?

Meine Nachricht wurde in Cederwell genau so aufgenommen, wie ich es vorausgesehen hatte: Es herrschte Bestürzung über den neuesten Todesfall, der – ebenso wie die beiden vorangegangenen – dem schlechten Wetter zugeschrieben wurde. Daß Lady Cederwell auf der Aussichtsplattform des Turms ausgerutscht war, hatte zum Teil mit ihrer leichtsinnigen Angewohnheit zu tun, sich auf die Brüstung zu stellen, zum Teil aber auch mit dem Eis, das sich zwischen den Zinnen gebildet hatte. Ihr Halbbruder war beim Schlafwandeln auf dem eisglatten Boden ausgerutscht und kopfüber in den Brunnen gefallen. Und nun war der Einsiedler bei dem verzweifelten Versuch, in der bitteren Kälte Leib und Seele zusammenzuhalten, von einem mißgünstigen Zeitgenossen wegen eines Stücks Wild oder eines sonstigen Leckerbissens angegriffen und umgebracht worden.

So erklärten es sich nicht nur Martha Grindcobb, Ethelwynne und Edith, sondern auch alle anderen, mit denen ich sprach, darunter auch Sir Hugh und Mistress Lynom. (Die Lage zwischen den beiden schien sich seit dem Vortag etwas entspannt zu haben, auch wenn die gegenseitigen Verdächtigungen noch immer im Raum standen, was sie vor allen anderen jedoch sorgfältig zu verbergen suchten.) Das Wetter bot ihnen ebenso wie allen übrigen Bewohnern des Haushalts eine hinreichende Erklärung. Auch die Brüder Capsgrave, die mich mit einer Bahre ins Unterholz begleiteten und mir dabei halfen, Ulnoths Leiche ins Herrenhaus zu bringen, sahen den strengen Winter als alleinige Ursache an. Wer hätte es ihnen verdenken können? Dies war wesentlich angenehmer als die Vorstellung, daß es in ihrer Mitte einen Mörder gab, der aus unerfindlichen Gründen jederzeit erneut zuschlagen konnte.

Nur einer schien sich der allgemeinen Meinung nicht anschließen zu wollen, nämlich Bruder Simeon. Er schlug mir vor, bei dem sonnigen Wetter vor dem Mittagessen noch einen kleinen Spaziergang zu machen.

«Mittlerweile dürfte es draußen etwas wärmer sein. Außerdem können wir in der Küche nicht frei sprechen, und das Geschnatter der Frauen nimmt auch kein Ende.»

Bereitwillig stimmte ich zu, und so zogen wir unsere Umhänge an und gingen nach draußen. Es wurde tatsächlich mit jeder Stunde wärmer, und die Eiszapfen unter den Dachvorsprüngen tropften unablässig. Wir schlugen den Weg zum äußeren Hof ein und umrundeten den Fischteich, in dem Karpfen und Hechte wie Geister unter der dünnen Eisdecke schwammen und ab und zu an dem frisch geschlagenen Loch auftauchten, um nach etwas Eßbarem zu schnappen.

«Nun», fragte Simeon, «was haltet Ihr von den Todesfällen?»

«Daß sie die Tat eines einzigen Mörders sind und alle miteinander zu tun haben», erwiderte ich prompt, «wobei der Mord an Ulnoth meiner Meinung nach nicht unmittelbar mit den beiden anderen zusammenhängt.»

Simeon runzelte die Stirn. «Wie kommt Ihr darauf?»

Ich nagte eine Weile an meiner Unterlippe, dann antwortete ich: «Weil ich davon ausgehe, daß Lady Cederwell und ihr Halbbruder aus einem bestimmten Grund ermordet wurden. Ulnoth dagegen hatte möglicherweise einfach etwas gesehen, gehört oder bemerkt und war deshalb für den Mörder gefährlich. Er mochte auf den ersten Blick einfältig wirken, verfügte aber über eine weitaus schärfere Auffassungsgabe, als man ihm gemeinhin zutraute. Aus dem, was er sah, vermochte er durchaus seine eigenen Schlüsse zu ziehen, die der Wahrheit oft sehr nahe kamen. Wie Tiere besaß er so etwas wie einen sechsten Sinn, der ihn vor Gefahren warnte.»

Der Mönch zuckte mit den Achseln.

«Da muß ich mich auf Euer Wort verlassen, denn unsere Wege haben sich nie gekreuzt. Und aus welchem Grund mußten Eurer Meinung nach Lady Cederwell und Gerard Empryngham ihr Leben lassen?»

«Da bin ich mir noch nicht ganz sicher», wich ich aus.

«Aber Ihr glaubt die Wahrheit zu kennen?»

«Vielleicht. Aber ob es wirklich die Wahrheit ist, vermag ich noch nicht zu sagen.»

Es folgte eine kurze Pause, dann fragte Bruder Simeon gereizt: «Und? Gedenkt Ihr, Euer Wissen mit mir zu teilen?»

Ich schüttelte den Kopf. «Verzeiht mir, Pater, aber mein Verdacht ist noch zu vage, um weitergegeben zu werden, nicht einmal an eine fromme Seele wie Euch. Im Augenblick kann ich nur eines mit Gewißheit sagen: Der Funken, der diese Feuersbrunst entfacht hat, ist dem Umstand geschuldet, daß Lady Cederwell Euch nach Cederwell Manor rufen ließ. Euer Kommen stellte eine Bedrohung dar.»

Simeons Lippen wurden schmal. «Und wir alle wissen, für wen! Für Sir Hugh und seine Mätresse!» Das letzte Wort spuckte er fast wie eine Verwünschung aus. «Und für Maurice Cederwell und seinen *mignon*!»

Ich versuchte, ihn zur Vorsicht zu mahnen. «Wir haben keine Beweise für diese Anschuldigungen. Denkt daran: Lady Cederwells Brief ist verloren.»

«Und wer, bitte schön, trägt daran die Schuld?»

«Wollt Ihr mir einen Vorwurf machen, Pater, weil mich jemand so rücksichtslos die Treppe hinuntergestoßen hat, daß ich das Bewußtsein verlor?»

«Ihr hättet es ahnen und die Gefahr vorhersehen müssen.»

Ich schnappte nach Luft, um ihm zu antworten, besann mich dann aber eines Besseren. Unser Streit war völlig sinnlos, denn ganz offensichtlich war der Mönch nur deshalb so gereizt, weil ich meine Überlegungen nicht mit ihm teilen wollte. Die rätselhaften Ereignisse beschäftigten ihn ebenso wie mich, und wenn ich ganz ehrlich war, war er von ihnen sehr viel direkter betroffen als ich. Dennoch verspürte ich keinerlei Verlangen, Bruder Simeon meine unausgereiften Erkenntnisse darzulegen und dafür nichts als Zweifel und Spott zu ernten.

Ich legte ihm eine Hand auf die Schulter. «Verzeiht mir, doch ich brauche noch etwas Zeit.»

«Aber genau die wird Euch knapp», erwiderte er verstimmt und schüttelte meine Hand ab. «Morgen werden wir beide Cederwell Manor verlassen.» Wohlwollend blickte er auf den Schnee, der an mehreren Stellen bereits kleine Pfützen und Bäche bildete. «Die Luft wird stündlich wärmer, und der Schnee taut rasch. Wir haben keinen Grund, Sir Hughs Gastfreundschaft noch länger zu beanspruchen. Das habt Ihr selbst gesagt.»

Ich nickte und fügte mich betrübt in die Aussicht, daß ich den Mörder in diesem Fall wohl nicht vor den Richter würde bringen können. Zwar blieb mir noch ein wenig Zeit, aber ich war müde und meine Glieder schmerzten, und so sah ich dem Mönch trübsinnig hinterher, als er, nach einem knappen Abschiedsgruß durch den knöchelhohen Schnee watend, auf dem Weg zur warmen Küche hinter der nächsten Hausecke verschwand. Einen Moment lang war ich versucht, ihm zu folgen, den restlichen Tag dazu zu nutzen, mein Bündel zu ordnen und mich auszuruhen, um dann beim ersten Morgengrauen erneut aufzubrechen. Wenn ich tüchtig ausschritt und keine Umwege machte, konnte ich in drei, vier Tagen zu Hause in Bristol sein und es mir mit meiner Schwiegermutter und meiner Tochter am Feuer gemütlich machen. Margaret war gewiß schon besorgt und würde sich über meine Rückkehr freuen, und vielleicht würde sogar Elizabeth mich wiedererkennen und ihre kleinen Ärmchen nach mir ausstrecken …

Doch schon im nächsten Augenblick packte mich Gott am Kragen und schüttelte mich. Jedenfalls empfand ich es so. Mein ganzer Körper zitterte, als mir eine eisige Windbö ins Gesicht blies. Schon eine Sekunde später war kein Lufthauch mehr zu spüren, und auf meinen Kleidern war kein Schnee zu sehen. Ich atmete tief durch.

«Ist ja gut, Herr», sagte ich widerwillig, «ist ja gut!» Und damit kehrte ich ins Haus zurück.

Der Kesselflicker hatte Cederwell Manor bereits verlassen, als ich mit der Nachricht von Ulnoths Tod zurückgekehrt war. Die verlockende Aussicht auf weitere Aufträge in den Häusern am Flußufer hatte ihn nach getaner Arbeit frühzeitig aufbrechen und, wenn auch ungern, die Einladung der Köchin zum Mittagessen ausschlagen lassen. Dieses war inzwischen so gut wie fertig, wie Martha Grindcobb mich bei meiner Ankunft mit säuerlicher Miene wissen ließ.

«Was ist bloß los mit Euch, Chapman? Könnt Ihr nicht mal eine halbe Stunde stillsitzen?»

«Was ist mit Ulnoth geschehen?» fragte ich.

«Mit wem? Ach so, dem Einsiedler. Gott sei seiner Seele gnädig! Sir Hugh hat den Leichnam in die Kapelle bringen lassen. Gerechter Himmel! Wo wollt Ihr denn jetzt schon wieder hin?»

«Nach oben, um ihm die letzte Ehre zu erweisen.» Ich gab ihr einen Kuß auf die Wange. «Ich werde zurück sein, ehe Ihr die Pasteten aus dem Ofen holt.»

«Falls nicht, müßt Ihr sie kalt essen», erwiderte sie streng, klopfte mir aber freundlich auf die Schulter.

Die Bahre mit Ulnoths Leiche stand, von zwei Böcken gestützt, vor dem Altar der Kapelle. Die Starre schien allmählich zu weichen. Alles deutete darauf hin, daß er am Vortag gestorben war, und zwar kurz nachdem ich ihn im Unterholz gesehen hatte. Jemand hatte ihm seinen Umhang ausgezogen, ihn ordentlich zusammengerollt und unter seinen Kopf geschoben. Vorsichtig zog ich ihn wieder hervor und schüttelte ihn. Der schwarze Stoff verströmte einen eigenartigen Geruch nach verdorbenen Beeren. Vermutlich war er mit Brombeersaft gefärbt. Wie seine übrige Kleidung war auch der Umhang sorgfältig geflickt und gestopft, denn in seiner eigentümlichen, bescheidenen Art hatte Ulnoth es mit seinem Äußeren ebenso genau genommen wie der König von England. Seine Garderobe wies keinerlei Löcher oder Risse auf – ganz anders, als das bei vielen Männern der Fall war, die von einer Frau umsorgt wurden.

Traurig betrachtete ich seine verzerrten Gesichtszüge und schwor erneut, alles zu tun, damit sein Mörder zur Rechenschaft gezogen wurde. Dann ging ich nach nebenan zu Pater Godyer.

Der Kaplan sah schon ein wenig besser aus; sein Schnupfen hatte nachgelassen, und seine Wangen waren leicht gerötet. Als ich eintrat, sah er mit zusammengekniffenen Augen zur Tür.

«Wer ist da?» fragte er mit zitternder Stimme.

«Roger Chapman. Wir haben uns gestern kennengelernt.»

«Bringt Ihr mein Mittagessen?»

«Nein, es ist noch nicht soweit. Aber keine Sorge, sobald es fertig ist, wird Mistress Grindcobb eines der Küchenmädchen zu Euch schicken.»

«Hoffentlich. Manchmal hat sie mich nämlich auch schon vergessen. Nun denn, so setzt Euch doch! Nehmt auf der Bettkante Platz und erzählt mir, was in diesem Haus vor sich geht. Hier oben bekomme ich nämlich gar nichts mit. Heute morgen hörte ich ein geschäftiges Kommen und Gehen, und irgend etwas wurde in die Kapelle gebracht. Ist es Jeanette? Das würde mich freuen, denn ich würde sie gern in meiner Nähe wissen.»

Ich schüttelte den Kopf und erzählte ihm die Geschichte von Ulnoth, die er bedauernd zur Kenntnis nahm, ohne ihr allzuviel Bedeutung beizumessen. Wie alle anderen führte er den gewaltsamen Tod des Einsiedlers auf den Kampf um ein Stück Wild oder einen anderen raren Leckerbissen zurück.

«Sobald sich die Nachricht von der Bluttat verbreitet, und das wird mit Sicherheit sehr schnell geschehen, wird sich jemand anderes im Felsenhaus niederlassen, irgendein müder Wandersmann, der endlich Wurzeln schlagen will und dort ein Dach über dem Kopf finden wird. Gott hat den Einsiedler nicht vergeblich sterben lassen.» Pater Godyer seufzte. «Allerdings glaube ich nicht, daß der Mörder jemals gefaßt wird. Aber wie Ihr wißt, ist einem Schurken wie ihm zuweilen ein schlimmeres Ende beschieden, als sein Leben an einem Strick auszuhauchen.» Er sah meine hochgezogenen Augenbrauen und lächelte schwach. «Ich dachte gerade an Raymond Shepherd, den Mann, von dem ich Euch erzählte, den Schänder meiner armen Jeanette. Die Wegelagerer haben ihn so grausam zugerichtet, daß er nur noch an seiner Kleidung zu erkennen war.» In seinem sonst so sanften Tonfall schwang eine gewisse grausame Genugtuung mit. «Das nenne ich Gerechtigkeit – Gottes Gerechtigkeit», fügte er zufrieden hinzu.

Ich betrachtete ihn nachdenklich. In unserem vorherigen Gespräch hatte er zugegeben, für Lady Cederwell tiefere Gefühle gehegt zu haben, als es ihrem Verhältnis angemessen gewesen wäre; er sagte, er habe in ihr nicht nur ein Kind des Glaubens, sondern eine wahre Tochter gesehen. Nun drängte sich mir die Frage auf, ob seine Zuneigung für sie womöglich von einer noch innigeren Natur gewesen sein könnte. Hatte er für Jeanette Empryngham eine körperliche Liebe empfunden, zu der er sich, nicht einmal vor sich selbst, nie hatte bekennen können, die jedoch um so stärker war, weil sie ständig unterdrückt wurde?

Edith klopfte an und trat mit einer würzig duftenden Pastete und einem Becher Ale ins Zimmer.

«Euer Mittagessen, Pater», verkündete sie und stellte ihm das Tablett auf den Schoß. Dann wandte sie sich an mich: «Mistress Grindcobb meint, Euer Essen sei auch fertig, Chapman, und wenn Ihr nicht sofort kommt, würde sie es an die Vögel verfüttern.»

Ich lachte und begleitete sie nach unten in die Küche. An der Tür warf ich noch einen Blick zurück auf den Kaplan. Sein Appetit schien wieder völlig hergestellt. Er hielt die Pastete mit beiden Händen und kaute das Fleisch mit kräftigen Zähnen. Die Soße tropfte von seinem Kinn. Gestern noch hatte ich ihn für einen traurigen, unglücklichen Mann gehalten; mein heutiger Eindruck war ganz anderer Natur.

Bruder Simeon würdigte mich beim Essen keines Blickes. Offenbar hatte ich ihn so tief beleidigt, daß ich nicht so bald mit seiner Vergebung rechnen konnte. Schweigend tat ich mich an drei von Marthas Pasteten gütlich, die köstlich schmeckten, auch wenn das Fleisch ein wenig zäh war, und hing meinen Gedanken nach. Ich dachte an den Blick aus einem Fenster, einen rotbraunen Umhang über Mistress Talkes Arm, ein Gespräch mit Adela Empryngham, die Entdeckung von Gerard Emprynghams Leichnam und eine unvorsichtige Bemerkung. Dazu kamen noch andere Dinge: ein Streit unter Eheleuten und ein Name auf den Lippen einer sterbenden Frau …

«Ihr seid heute aber still», beschwerte sich Martha Grindcobb. «Was ist denn los? Habt Ihr Eure Zunge verschluckt?»

Bruder Simeon sah auf und sagte voller Bosheit: «Der Hausierer glaubt, Lady Cederwell und ihr Bruder seien einem Mörder zum Opfer gefallen, ist es nicht so, Roger Chapman? Und noch dazu glaubt er, den Namen des Täters zu wissen, auch wenn er diese Erkenntnis nicht mit gewöhnlichen Leuten wie mir teilen will.»

Entsetzt sah ich ihn an. Meine Hand mit der erst halb verspeisten Pastete erstarrte in der Luft. Der Mönch hatte sich nicht gescheut, mit diesem unbeherrschten Ausbruch womöglich mein Leben aufs Spiel zu setzen.

17

NACH KURZER STILLE brach Martha Grindcobb in lautes Gelächter aus, während Edith, Ethelwynne und Jenny Tonge mich mit vor Schreck geweiteten Augen ansahen, sich aber, durch die offensichtliche Erheiterung der Köchin bestärkt, schließlich doch noch zu einem Lächeln zwangen.

«So einen Unsinn habe ich ja noch nie gehört! Stimmt das, was der Mönch sagt, Roger?» wollte Martha wissen.

«Nein … Nun ja … Vielleicht …» Ich war völlig fassungslos und versuchte auszuweichen. Wenn ich die Wahrheit sagte, würde man mir keine andere Wahl lassen, als den Verdächtigen zu benennen und entsprechende Beweise vorzubringen, und dazu war ich noch nicht in der Lage. Vorher gab es für mich noch ein paar Fakten zu sammeln.

«Stimmt es oder stimmt es nicht?» Ihre Heiterkeit schien sich in Ungeduld zu verwandeln, und als ich erneut mit meiner Antwort zögerte, kam sie zu mir und erhob drohend einen Zeigefinger. «Jetzt hört mir mal zu, mein Junge! Wir hatten hier schon genug Ärger und wollen durch Euch nicht in neue Schwierigkeiten kommen. Wir alle wissen, wie Lady Cederwell und ihr Bruder zu Tode gekommen sind – und das gleiche gilt für den armen Einsiedler, um alle Toten der letzten Tage aufzuzählen. Das letzte, was wir jetzt brauchen, ist ein Unruhestifter. Haltet Euch da heraus, Chapman. Das ist mein gutgemeinter Rat.» Sie glättete ihre Schürze und sah mich feindselig an. «Zum Glück werdet Ihr morgen, sofern das Tauwetter anhält, Cederwell Manor auf Nimmerwiedersehen verlassen.»

«Seht Ihr, was Ihr angerichtet habt», zischte ich Simeon zu, als ich mich wieder neben ihn auf den Boden setzte. «Ihr habt mich bei Martha ins Unrecht gesetzt.»

Er schmollte wie ein trotziges Kind. «Das geschieht Euch ganz recht! Es gehört sich nicht, mir nur die halbe Geschichte zu erzählen. Ich will wissen, was in Eurem Kopf vorgeht.»

Ich zuckte mit den Achseln und rückte von ihm ab. Er sollte ruhig merken, daß ich für ein so kindisches Gebaren bei einem erwachsenen Mann nichts als Verachtung übrig hatte. Aber da ich damit keine sichtbare Wirkung erzielte, richtete ich meine gesamte Aufmerksamkeit auf die Köchin. Ihre Wut schien sich eher auf Angst zu gründen als auf echte Empörung. Bangte sie um ihr eigenes Leben? fragte ich mich. Oder sah sie ihren Herrn oder einen anderen Bewohner des Herrenhauses in Gefahr? Dank der unbeherrschten Einmischung des Mönchs würde sie mir meine Fragen im Augenblick wohl keinesfalls hinreichend beantworten. Ich verließ daher die Küche und machte mich auf die Suche nach Audrey Lambspringe.

Nun konnte ich natürlich unmöglich jemanden in der Küche fragen, wo ich sie finden würde, ohne dadurch Verdacht zu erregen. Da sie nicht mit uns gespeist hatte, nahm ich an, daß sie zu der Gruppe gehörte, die gemeinsam mit Phillipa Talke und Master Disney ihr Essen im Raum des Verwalters einnahm. Als Lady Cederwells Kammerzofe genoß sie in der Dienerschaft vermutlich eine gehobene Stellung. Als Jenny Tonge und die anderen beiden Küchenmädchen mit dem Abtragen des Geschirrs begannen, ging ich in den Hauptkorridor, weil ich hoffte, Audrey vor Tostigs Tür abfangen zu können. Falls sie wirklich dort gespeist hatte, überlegte ich mir, würde sie den Raum sicherlich als erste verlassen, so daß der Verwalter, die Wirtschafterin und womöglich auch Fulk Disney, die im Rang deutlich höher standen als sie, bei einem Becher Ale noch ungestört ein wenig plaudern konnten.

Meine Mutmaßung erwies sich als zutreffend. Mit hängenden Schultern, den Blick auf den Boden gesenkt, folgte sie Ethelwynne, die mit einem Stapel schmutzigen Geschirrs auf dem Korridor erschien. Ich ging auf Audrey zu und sprach sie an.

«Mistress Lambspringe! Hättet Ihr wohl einen Augenblick Zeit?» Ethelwynne warf mir einen prüfenden Blick zu und eilte in die Küche, zweifellos, um die Köchin über meine neuesten Eskapaden in Kenntnis zu setzen. Ich faßte Audrey am Ellenbogen. «Und würdet Ihr mich in diesem Fall nach oben in die Kapelle begleiten, damit wir ungestört sind?»

Das Mädchen sah mich verständnislos an, willigte aber trotzdem ein. Durch Lady Cederwells Tod seiner alltäglichen Pflichten beraubt, hatte es vermutlich mehr Zeit, als ihm lieb war.

Gemeinsam stiegen wir die Treppe hinauf und waren gerade rechtzeitig außer Sichtweite, als wir von unten Marthas Stimme hörten: «Audrey! Audrey Lambspringe! Dieses verflixte Kind! Wo ist sie nur?»

Rasch schob ich sie vorwärts und flüsterte: «Beachtet sie nicht weiter! Mistress Grindcobb möchte nur verhindern, daß ich mit Euch spreche, sonst nichts.»

Zu meiner großen Erleichterung war die Kapelle bis auf den Leichnam des Einsiedlers leer. Ich merkte, wie meine Begleiterin beim Anblick des Toten zusammenzuckte.

«Der arme Ulnoth kann Euch nichts mehr zuleide tun», beruhigte ich sie. «Seht einfach nicht hin, wenn es Euch bei seinem Anblick graust. Kommt hier herein, in den Beichtstuhl.» Ich zog den Vorhang an der Seite, wo normalerweise der Priester Platz nahm, zurück und ließ mich auf der schmalen Steinbank nieder.

Audrey sah mich ängstlich an. Ich faßte sie grob am Handgelenk und zog sie neben mich auf die Bank.

«Keine Angst, Mistress Lambspringe, ich habe Euch nicht

hergebracht, um mit Euch anzubändeln», erklärte ich ungeduldig. «Ich möchte Euch bloß ein paar Fragen stellen.»

Sie sah so erleichtert aus, daß es mich fast ein wenig kränkte. Aber ich sagte mir, daß es meiner Seele nur guttun konnte. Einbildung und Selbstüberschätzung waren die beiden Sünden, für die ich in jungen Jahren am meisten hatte büßen müssen.

«Was denn für Fragen?» wollte sie, noch immer ziemlich beklommen, wissen.

«Könnt Ihr Euch noch daran erinnern, wo sich die einzelnen Bewohner von Cederwell Manor vorgestern, also am Tag von Lady Cederwells Tod, aufhielten und was sie machten?»

«Nein, ich ... habe keine Ahnung. Woher soll ich das wissen? Es gehört nicht zu meinen Aufgaben, andere zu beobachten.»

Audrey wirkte verunsichert und wollte sich von der Bank erheben. Wieder faßte ich sie am Handgelenk, diesmal jedoch etwas sanfter.

«Was auch immer Ihr mir berichtet, ich werde es niemandem weitererzählen. Das verspreche ich Euch hoch und heilig. Wenn Ihr wollt, schwöre ich es sogar auf dem Altar.»

Zögernd ließ sie sich wieder auf der Steinbank nieder.

«Warum wollt Ihr das wissen?»

Ich umfaßte ihre beiden Hände und sagte feierlich: «Weil ich es für möglich halte, daß Eure Herrin nicht vom Turm gefallen ist, sondern heruntergestoßen wurde. Mit anderen Worten: daß sie ermordet wurde.»

Zu meinem Erstaunen reagierte Audrey Lambspringe auf diese Mutmaßung weder entsetzt noch ungläubig. Sie erwiderte lediglich meinen Händedruck und starrte zu Boden. Nach längerem Schweigen nickte sie andächtig.

«Auch ich habe diese Möglichkeit schon in Betracht gezogen», sagte sie. «Es gibt genug Leute, die sich vom Tod meiner Herrin Vorteile versprechen konnten.»

«Könnt Ihr Namen nennen?»

«Ich nehme an, Ihr kennt sie bereits.»

«Dennoch wäre ich dankbar, wenn eine Vertrauensperson Eurer Herrin meinen Verdacht bestätigen würde. Ihr kennt diese Leute viel besser als ich.»

«Und Ihr werdet bestimmt niemandem erzählen, was ich Euch sage? Habe ich Euer Wort?»

«Ich sagte bereits, ich schwöre es, wenn Ihr das wollt.»

«Das ist nicht notwendig. Ich vertraue Euch. Also gut, wie Ihr sicherlich selbst längst bemerkt habt, tut es Sir Hugh nicht gerade leid, wieder Witwer zu sein, denn nun kann er endlich Mistress Lynom ehelichen. Und Mistress Lynom hat auch schon lange auf diese Gelegenheit gewartet.»

«Ihr wißt also von dieser Liebschaft?»

Audrey sah mich erstaunt an. «Alle hier wissen davon.»

«Phillipa Talke anscheinend nicht.»

Ihr kleines, blasses Gesicht verfinsterte sich, als sie über diesen Einwand nachdachte.

«Ich glaube schon, daß Mistress Talke es gewußt hat», entschied sie zuletzt, «sie wollte es bloß nicht wahrhaben. Sir Hugh und Mistress Lynom sind ja schon seit langem miteinander befreundet. Wahrscheinlich hat sie angenommen, daß es bei dieser Freundschaft geblieben sei.»

«Dann hätte die Wirtschafterin also auch einen Grund gehabt, Lady Cederwell umzubringen? Es heißt, sie habe sich Hoffnungen gemacht, seine Frau zu werden.»

Audrey verzog das Gesicht. «Ich habe die Köchin sagen hören, Phillipa Talke glaube, Sir Hugh sei in sie verliebt, aber darauf habe ich nie viel gegeben. Jedenfalls hat es in meinem Beisein keinen Hinweis auf eine besondere Beziehung zwischen den beiden gegeben. Vielleicht hat sich Martha Grindcobb da einfach geirrt.»

«Was Martha sagt, würde ich nie so leichtfertig in Zweifel

ziehen. Sie hält Augen und Ohren offen und hat eine gute Beobachtungsgabe. Aber lassen wir diesen Gesichtspunkt einstweilen außer acht. Soweit ich sehen kann, stimmen wir darin überein, daß Lady Cederwells Tod sowohl Sir Hugh als auch Mistress Lynom nutzt und Phillipa Talke sich möglicherweise einen Vorteil davon versprochen hat. Zwar hat sie ihren Irrtum inzwischen erkannt, doch für uns ist ausschlaggebend, was sie vor dem Tod Eurer Herrin gedacht hat. Wer außer diesen dreien hätte Eurer Meinung nach der Lady noch nach dem Leben trachten können?»

Audrey rutschte unbehaglich auf ihrem Sitz hin und her. «Wir können nicht mit Sicherheit sagen, daß sie ermordet wurde.»

Ohne ihren Einwand zu beachten, bohrte ich unbarmherzig weiter: «Wer noch?»

Sie biß sich auf die Lippen. «Ich wüßte niemanden.»

«Ich glaube, Ihr lügt.» Doch mein Vorwurf blieb ohne Auswirkungen. «Ihr wart Eurer Herrin sehr nahe. Sie war traurig und einsam und brauchte jemanden, mit dem sie reden konnte. Ihr wart ständig in ihrer Nähe. Wem sonst hätte sie sich anvertrauen können? Als sie nach Bruder Simeon schickte, ging es ihr da lediglich um die Untreue ihres Ehemannes?»

«N-nein», antwortete Audrey zögernd. Eine leichte Röte stieg in ihr zartes Gesicht. «Sie ... machte sich Sorgen wegen Maurice und ... Fulk Disney.»

«Sie hielt die beiden für ein Liebespaar?»

Das Rosa vertiefte sich zu einem Dunkelrot. «Das hat sie gesagt. Und sie hat ... versucht, es mir ... zu erklären.»

«Hat sie Euch auch erklärt, daß die Liebe zwischen Männern in den Augen der Kirche zu den schlimmsten Sünden zählt?» Audrey nickte. Ich fuhr fort: «Versteht Ihr jetzt, daß ich nicht nur aus purer Neugier danach frage, was die einzelnen Bewohner dieses Hauses vorgestern gemacht haben? Habt Ihr Lady Cederwell gemocht?»

«Sie war gut zu mir», lautete die ausweichende Antwort. «Sie hat mir ihren rostbraunen Umhang versprochen, auch wenn die Wirtschafterin das nicht glauben mag. Die Vorstellung, daß sie vielleicht vorsätzlich getötet wurde, ist schmerzhaft für mich.» Audrey wischte sich eine Träne ab. «Also gut. Ich werde versuchen, mich zu erinnern, aber ich fürchte, es wird nicht allzuviel dabei herauskommen.»

Audrey Lambspringes Erinnerungen erwiesen sich jedoch als ziemlich umfassend. Da sie, während Lady Cederwell im Turm ihre Andacht verrichtete, viele Stunden am Tag sich selbst überlassen war und bloß die wenigen Kleidungsstücke ihrer Lady in Ordnung halten mußte, nahm Audrey das Kommen und Gehen der anderen Hausbewohner wahr, ohne selbst groß in Erscheinung zu treten. Aufgrund ihrer natürlichen Schüchternheit und Zurückhaltung neigten die anderen dazu, sie zu übersehen oder ihre Anwesenheit nicht weiter zur Kenntnis zu nehmen. Genauso hatte ich es mir bei unserer ersten Begegnung bereits gedacht und mir aus diesem Grund von ihr ein paar nützliche Auskünfte versprochen. Allerdings hatte ich bei ihr keine besonders große Wißbegier erwartet und war erstaunt, wie gut sie sich ins Bild zu setzen verstand.

Sie sagte, Sir Hugh habe das Anwesen am Dienstag morgen auf seinem schwarzen Pferd verlassen und sei, sehr zur Verärgerung von Martha Grindcobb, erst nach dem Mittag zurückgekommen, so daß sie sein Essen auf dem Küchenfeuer warm halten mußte und sie für ihre Mühe auch noch gerügt wurde, weil das Fleisch angebrannt war. Nach dem Essen habe Sir Hugh nach ihr rufen lassen, sie nach dem Verbleib seiner Gattin gefragt und sich anschließend auf den Weg zum Turm gemacht. Nach gut zwanzig Minuten sei er mit einer Miene durch die Hauptpforte zurückgekehrt, als sei der Teufel persönlich hinter ihm her.

«Ihr habt Sir Hugh gesehen?»

Sie nickte. «Ich stand am Fuß der Treppe, weil ich gerade aus dem Zimmer meiner Herrin gekommen war.»

«Dennoch habt Ihr Euch nichts dabei gedacht? Bei seinem Gesichtsausdruck, meine ich?»

«Nein, jedenfalls damals noch nicht. Es war ja bitterkalt, und wir rechneten mit Schnee. Er war ohne Umhang hinausgegangen, und ich nahm an, daß er vor Kälte bleich war und zitterte. Erst später, als Ihr den Leichnam meiner Herrin entdeckt hattet, dachte ich, daß ... es vielleicht ... noch einen anderen Grund gegeben haben mag.»

«War Lady Cederwell denn täglich in den Turm gegangen?»

«Ja, und zwar meistens gleich nach dem Frühstück, das sie stets in ihrer Kammer einnahm. Sir Hugh hatte ihr im obersten Stockwerk des Turms eine eigene Kapelle eingerichtet und von Pater Godyer weihen lassen. Dort verbrachte sie die meiste Zeit. Cederwell Manor war für sie ein gottloses Haus, in dem sie nicht mehr Zeit verbringen wollte als unbedingt notwendig.»

Allmählich bekam ich richtig Mitleid mit Sir Hugh. Er hatte aufgrund dieser unklugen Heirat wirklich einiges auszuhalten gehabt.

«Es erschien Euch also nicht ungewöhnlich, daß Eure Herrin den ganzen Tag über nicht nach Hause kam?» fragte ich weiter. «Auch nicht, als es schon dämmerte?»

«Nein.» Audrey strich die Falten ihres Rockes glatt und hielt die Augen auf ihre unruhigen Hände geheftet.

«Was war mit dem Essen? Hatte sie niemals Hunger?»

«Sie war sehr genügsam. An manchen Tagen schickte Martha mich mit Verpflegung zu ihr, an anderen nahm sie einen Korb mit in den Turm.»

«Und wie war das am Dienstag?»

«Sie hat einen Korb mitgenommen.»

«Seid Ihr Euch da sicher?»

«O ja.» Die Antwort erfolgte ohne jegliches Zögern. «Sie wollte den armen Ulnoth besuchen.» Audrey warf einen kurzen Blick auf den Leichnam, schaute aber schnell wieder zur Seite. «Im Winter hat sie dem Einsiedler zwei- bis dreimal im Monat einen Laib Brot und einen Krug Ale gebracht, und das hatte sie auch am Dienstag vor.»

«Ist sie denn immer zu Fuß gegangen? Der Weg bis zum Felsenhaus ist ziemlich lang und bei schlechtem Wetter auch noch beschwerlich.»

«Ja. Sie begriff es als eine Art Buße, eine Demutsgeste. Sie sagte, auf diese Weise könnten wir Gott dafür danken, daß wir so viel besitzen, während andere so wenig haben.»

Meine Gedanken wanderten zurück zu meinem zweiten Besuch bei dem völlig verängstigen Ulnoth. Nachdem sich meine Augen an die Dunkelheit gewöhnt hatten, hatte ich das Innere seiner kleinen Hütte deutlich wahrgenommen – einen Laib Brot oder einen Krug Ale allerdings hatte ich nicht gesehen. Wenn sich Lady Cederwell tatsächlich auf den Weg zum Felsenhaus gemacht hatte, war sie dort nicht angekommen. Wer oder was hatte sie daran gehindert? Und warum?

Audrey schauderte. In der Kapelle war es ziemlich kalt. Ohne darüber nachzudenken, rückte sie näher an mich heran. Ich legte freundschaftlich einen Arm um ihre Schultern.

«Habt Ihr Hamon, Mistress Lynoms Stallburschen, am Dienstag gesehen? Er war von Lynom Hall herübergeritten und muß kurz nach dem Mittagessen hier eingetroffen sein, etwa zur gleichen Zeit, als Sir Hugh zum Turm gegangen ist.»

Audrey dachte kurz nach und schüttelte dann den Kopf.

«Nein», seufzte sie vor Bedauern, meine Erwartungen enttäuschen zu müssen. «Hamon habe ich nicht gesehen.»

Ich drückte sanft ihre Schulter. «Aber das macht doch nichts. Dafür wißt Ihr sicherlich, wo sich die anderen Bewohner des Hauses am Dienstag vormittag aufgehalten haben?»

«Martha Grindcobb war in der Küche», erwiderte sie. «Vor und nach dem Essen war ich drei-, viermal unten, und sie war jedesmal da. Das gleiche gilt für Ethelwynne, Edith und Jenny. Master Disney war seit zwei Tagen unterwegs, um die Pacht für unsern Herrn einzutreiben. Der arme Master Empryngham, Gott sei seiner Seele gnädig ...», Audrey bekreuzigte sich, «... war in seiner Schlafkammer und las. Zumindest hielt er sich dort auf, als Martha mich etwa eine halbe Stunde vor dem Essen mit einem Becher heißem gewürztem Ale zu ihm schickte.»

«Und seine Frau?»

«Die war nicht da.» Audrey legte die Stirn in Falten. «Und ich kann mich auch nicht entsinnen, sie am Vormittag überhaupt zu Gesicht bekommen zu haben.»

«Wo hätte sie sich denn Eurer Ansicht nach aufhalten können?»

Audrey zuckte mit den Schultern. «In der Backstube vielleicht. In der Milchkammer oder in der Waschküche. In Lady Cederwells Abwesenheit beschäftigte sie sich stets mit Haushaltsdingen. Es wurmte sie, daß nicht sie, sondern Mistress Talke die Schlüssel am Gürtel trug. Einmal habe ich zufällig ein Gespräch zwischen Master Steward und Martha Grindcobb gehört; er meinte, Mistress Empryngham habe damals, als sie mit meiner Herrin aus Gloucestershire nach Cederwell Manor kam, darauf gedrängt, die Wirtschafterin zu entlassen. Am liebsten hätte sie die Haushaltsführung selbst übernommen.»

«Adela Empryngham hat sich also den ganzen Vormittag nicht blicken lassen. Ist sie denn zum Essen erschienen?»

«O ja! Sie ging zu ihrem Mann in ihr gemeinsames Zimmer und blieb ein paar Stunden dort. Zu der Zeit wurde dann das Wetter schlechter.»

«Ich erinnere mich», entgegnete ich und rückte auf meinem Sitz hin und her. Allmählich wurde die Steinbank unbequem. Aber ich hatte die Befragung noch nicht abgeschlossen. «Wißt

Ihr noch, was Mistress Talke und Master Steward am Dienstag morgen machten?»

Audrey kicherte. Sie schien sich langsam an mich zu gewöhnen und betrachtete mich immer mehr als Freund.

«Ich habe mehr als einmal gesehen, wie Mistress Talke in Tostig Stewards Zimmer ging.» Obgleich uns niemand hören konnte, senkte sie ihre Stimme zu einem vertraulichen Flüstern. «Er hat im Eckschrank stets eine Flasche Branntwein stehen. Hin und wieder genehmigen er und die Wirtschafterin sich ein Schlückchen aus der Flasche.»

Ich konnte mir gut vorstellen, wie die beiden obersten Dienstboten bei einem wärmenden Trunk gemütlich beisammensaßen, den neuesten Klatsch austauschten und einander von den jüngsten Triumphen und Niederlagen berichteten.

«Aber die Wirtschafterin war doch nicht den ganzen Vormittag in Tostigs Zimmer?»

«Nein. Sie war auch im Haus unterwegs. Etwa eine Stunde nach dem Frühstück kam sie in die Küche und verkündete, bei Bedarf sei sie in der Milchkammer zu finden. Wegen der Kälte hatte sie sich gut eingemummelt, und zehn Minuten später sah ich von einem Fenster im Obergeschoß aus, wie sie den äußeren Hof überquerte.»

«Und habt Ihr auch gesehen, wie sie die Milchkammer betrat?»

«Ja, aber danach habe ich mich abgewandt, um das Bett meiner Herrin zu machen. Als ich Mistress Talke das nächste Mal sah, kam sie wieder aus Tostigs Zimmer. Das war etwas später.»

«Wieviel später?»

«Das weiß ich nicht genau. Aber sie muß eine ganze Zeitlang bei Master Steward gewesen sein. Sie war nämlich ein bißchen beschwipst. Das hat mich erstaunt, weil ich sie bis dahin noch nie so gesehen hatte.»

Ich gab darauf keine Antwort, sondern stellte lediglich fest: «Bisher habt Ihr Maurice noch gar nicht erwähnt.»

«Der junge Master!» Sie neigte den Kopf und dachte nach. «Wie immer hat er sein Frühstück mit Sir Hugh in der großen Halle eingenommen. Ethelwynne hatte die beiden bedient und uns gesagt, seine Laune habe sich im Vergleich zu den vergangenen beiden Tagen sehr gebessert. Mistress Talke hatte gelacht und gemeint, wir wüßten ja alle, warum.»

«Nämlich?»

«Na ja, weil Master Disney am Abend zurückerwartet wurde.» Diesmal verfärbten sich ihre Wangen nicht. Offenbar hatte sie sich an meine Gesellschaft gewöhnt.

«Glaubt Ihr, Maurice wußte davon, daß seine Stiefmutter nach Bruder Simeon geschickt hatte?»

«Ich glaube, das haben alle gewußt. Meine Herrin hat daraus kein Geheimnis gemacht. ‹Und wenn er herkommt›, hörte ich sie zu Sir Hugh sagen, ‹werdet ihr alle eure verdiente Strafe bekommen. Ihr werdet vor der Kirche Rechenschaft ablegen müssen und aller Wahrscheinlichkeit nach exkommuniziert.›»

«Und was antwortete Sir Hugh darauf?»

«Er lachte nur und entgegnete so etwas Ähnliches wie: ‹Wenn Ehebruch mit Exkommunikation bestraft würde, blieben dem Papst in England keine männlichen Mitglieder seiner Kirche mehr. Und den König und seinen Hof hätte er, nach allem, was man so hört, als allererstes verloren.› Meine Herrin antwortete darauf: ‹Wenn schon nicht um dich selbst, solltest du dir wenigstens um deinen Sohn Sorgen machen.› Und damit ließ sie ihn stehen. Ich glaube, sie ging zum Turm.»

Gut möglich, dachte ich. Der Turm schien in allen Lebenslagen ihr beliebtester Zufluchtsort gewesen zu sein.

«Hat Sir Hugh ein herzliches Verhältnis zu seinem Sohn?» fragte ich.

Audrey antwortete nicht gleich. Erst nach einer Weile sagte

sie zögerlich: «Ja. Ja, ich glaube schon.» Offenbar selbst von dieser Erkenntnis überrascht, runzelte sie die Stirn. «Sie streiten viel, aber es geht dabei selten um wichtige Dinge. Es sind eher Kleinigkeiten, die Sir Hugh in Rage bringen, zum Beispiel, wenn Master Maurice sich die besten Stiefel seines Vaters ausgeliehen hat, ohne zu fragen, wenn er zu lange im Bett geblieben ist oder frech zu meiner Herrin war. Aber ... ja, ich glaube schon, daß sie einander mögen.»

«Wenn Sir Hugh die Wahl zwischen dem Leben seines Sohnes und dem seiner Frau gehabt hätte, für wen hätte er sich Eurer Ansicht nach entschieden?»

«Für Master Maurice», erwiderte sie, diesmal ohne zu zögern. Und wieder schien der eigene Standpunkt sie zu erstaunen.

Ich nickte. Dem Bild zufolge, das Audrey von Vater und Sohn zeichnete, waren sich die beiden wegen einer weitaus bedeutenderen Angelegenheit uneins, als es durch kleine Streitigkeiten nach außen hin sichtbar wurde; es war etwas, das beide niemals offen erwähnen oder zugeben würden, was jedoch als unvereinbarer Gegensatz zwischen ihnen stand. Am Ende erwiesen sich die Blutsbande jedoch als stärker. Zwar setzte Maurice den Familienstolz und den ehrenwerten Namen seines Vaters aufs Spiel; andererseits empfand der ältere Mann aber auch eine unerschütterliche Zuneigung zu dem Kind, das er einst gezeugt hatte. Eine ernsthafte Bedrohung seines Sohnes hätte er nicht zugelassen, und wenn die Beseitigung dieser Bedrohung sich mit seinen eigenen Wünschen deckte ... Wer hätte schon mit Gewißheit sagen können, wie er in einem solchen Fall gehandelt hätte?

Mein Gesicht muß sich verfinstert haben, denn Audrey sah mich fragend an. Vor lauter Angst hatte sich ihr kleines, zartes Gesicht in lauter Falten gelegt. Lächelnd drückte ich ihren Arm.

«Es ist alles in Ordnung», versicherte ich ihr. «Ihr braucht

Euch keine Sorgen zu machen, daß Ihr zuviel gesagt oder jemandem unabsichtlich Schaden zugefügt habt. Wißt Ihr zufällig, wo Mistress Lynom sich zur Zeit aufhält? Falls sie sich herablassen würde, mich anzuhören, würde ich sie gern etwas fragen.»

18

MIT EINER MISCHUNG aus Hochachtung und Besorgnis sah Audrey mich an an. Einem umherziehenden Hausierer stand es nicht an, jemandem von Ursula Lynoms Rang irgendwelche Fragen zu stellen.

«Vermutlich ist sie im Gästezimmer. Jedenfalls wurde ihr das Essen dort hingebracht. Ethelwynne beschwerte sich über die zusätzliche Arbeit, die sie und die anderen dadurch hätten, zumal auch Pater Godyer noch bettlägerig ist. Mistress Empryngham ist darüber ebenfalls nicht gerade erfreut, weil sie ihr Zimmer nicht nutzen kann, solange Gerards Leichnam dort aufgebahrt ist, und deshalb zusammen mit den anderen Frauen im Schlafsaal nächtigen muß.»

«Dann werde ich im Gästezimmer nach Mistress Lynom Ausschau halten», sagte ich. «Und wenn sie dort nicht zu finden ist, werde ich anderswo nach ihr suchen. Jedenfalls ist sie bei dem Wetter bestimmt noch nicht nach Hause zurückgekehrt. Auch wenn der Schnee schmilzt, sind die Wege noch gefährlich. Morgen sieht das sicherlich schon ganz anders aus. In spätestens vierundzwanzig Stunden kann Sir Hugh in aller Ruhe seine Vorkehrungen für die Beerdigung der Toten treffen und sich Gedanken über seine Zukunft als Witwer machen.»

«Aber was ist mit Eurem Mordverdacht?» fragte Audrey Lambspringe vorwurfsvoll, als ich mich von der Bank erhob. «Wollt Ihr Cederwell Manor tatsächlich verlassen, ohne den Mörder dingfest gemacht zu haben?»

«Ich glaube, ich weiß bereits, wer hinter den Morden

steckt», antwortete ich. «Ich bin mir sogar ziemlich sicher, aber es ist fraglich, ob ich die anderen überzeugen kann.»

«Und wen habt Ihr in Verdacht?» fragte sie. «Ihr braucht mir nur den Namen zu nennen, dann gehe ich persönlich mit dem Messer auf ihn los.»

Ich grinste. «Oho! Was lauert denn da für ein blutrünstiges kleines Wesen hinter diesem zarten, kleinen Gesicht? Auch aus diesem Grund ist es wohl besser, wenn Ihr es noch nicht erfahrt. Überlaßt die Sache am besten mir. Außerdem gibt es noch ein, zwei Fragen zu klären. Allein deshalb schon muß ich mit Mistress Lynom sprechen und vielleicht Pater Godyer noch einmal aufsuchen.»

«Und was werdet Ihr tun, wenn Ihr die Antworten habt?» fragte sie und reckte kämpferisch ihr Kinn. «Werdet Ihr uns dann von Eurer Ansicht überzeugen können?»

«Woher soll ich das wissen? Der Ausgang liegt in Gottes Hand. Ihm allein obliegt es zu entscheiden, was als nächstes geschieht. Er hat mich hergeführt. Er hat mir die wichtigsten Anhaltspunkte unterbreitet. Sobald die Zeit gekommen ist, dem Übeltäter offen entgegenzutreten, werde ich mich von Seiner Weisheit leiten lassen und hoffen, daß Er mich wissen läßt, was zu tun ist.» Ich beugte mich zu ihr herunter und küßte sie auf die Wange. «Und jetzt mache ich mich auf den Weg zu Mistress Lynom.»

Ich stieg die Treppe hinab und schlich an der halbgeschlossenen Küchentür vorbei. Klapperndes Geschirr und zischender Dampf zeugten davon, daß dort schwer gearbeitet wurde. Martha Grindcobb und ihre Küchenmädchen hatten nicht nur das schmutzige Geschirr vom Mittagessen abzuwaschen, sondern mußten auch schon an die Vorbereitung des Abendessens denken. Ich hatte wenig Lust, der wütenden Köchin in die Hände zu fallen, die mich sicherlich mit neuen Vorwürfen und Mahnungen überschüttet hätte.

Die warme Mittagssonne hatte die Landschaft draußen gründlich verändert. Stück für Stück wich die weiße Märchenwelt wieder den gewohnten winterlichen Braun- und Grautönen. Unter der Eisdecke schauten bereits die Schieferdächer der Häuser hervor, und in der Ferne reckten die Bäume ihre vom Schnee befreiten schwarzen Äste in den Himmel. Die Stufen zum überdachten Gang waren naß und glitschig. Vorsichtig setzte ich einen Fuß vor den anderen. Ich konnte es mir wirklich nicht leisten, noch einmal zu stürzen.

Auf dem Gang hatten sich in den Vertiefungen kleine Pfützen gebildet. Die Türen zum Gästezimmer und zum Frauenschlafsaal waren fest verschlossen, und von drinnen war kein Laut zu hören. Vor der ersten Tür blieb ich stehen und hob die Hand, um anzuklopfen, zögerte jedoch und lauschte noch einmal angestrengt. Die Stille ließ mein Herz ängstlich pochen. Erwartete mich eine weitere Tragödie, ein neuer Todesfall? Doch dann hustete jemand, und ich hörte ein leises Rascheln. Mein Atem beruhigte sich wieder, und ich klopfte an die Tür.

Sofort wurde es wieder still. Dann rief eine Frauenstimme: «Herein.»

Ich öffnete die Tür und blieb höflich auf der Schwelle stehen. Mistress Lynom sah mich verwundert an.

«Chapman! Was macht Ihr denn hier? Und was wollt Ihr von mir?» Ihr schneidender Tonfall verriet sowohl Furcht als auch Verärgerung.

«Ich bin gekommen, Euch um einen Augenblick Eurer kostbaren Zeit zu bitten, Mistress Lynom. Es wird nicht lange dauern, das verspreche ich Euch. Aber ich habe eine Frage, die Ihr möglicherweise beantworten könnt.» Ich machte keine Anstalten einzutreten.

Sie wich einen Schritt zurück und beäugte mich argwöhnisch. Trotz der Anschuldigung, die ich sie hatte aussprechen hören, war sie von der Schuld ihres Geliebten am Tod seiner

Gattin anscheinend nicht völlig überzeugt. Andererseits schien sie auch wieder nicht an einen Unfall oder Selbstmord zu glauben. Sofern sie keine außergewöhnlich gute Schauspielerin war, hatte sie mit den Morden höchstwahrscheinlich nichts zu tun. Warum hätte sie sonst alle Menschen in ihrer Umgebung verdächtigen sollen?

«Was für eine Frage?» gab sie zurück und hob abwehrend ihre Hand. «Nein! Bleibt, wo Ihr seid.»

«Ich hatte keineswegs die Absicht, ohne Eure Erlaubnis einzutreten», antwortete ich ruhig. «Aber Ihr braucht wirklich keine Angst vor mir zu haben. Lady Cederwell war bereits tot, als Bruder Simeon und ich am Dienstag hier eintrafen. Wir haben ihren Leichnam gemeinsam entdeckt.»

Mistress Lynom stieß einen tiefen Seufzer aus.

«Das stimmt. Ich erinnere mich.» Sie schauderte. «Nun gut, dann kommt herein. Aber laßt die Tür angelehnt.» Sie hatte noch immer kein echtes Vertrauen zu mir gefaßt.

Ich tat, wie mir geheißen. Auf den ersten Blick wirkte das Gästezimmer ebenso kahl wie der Schlafsaal der Frauen, obwohl es einige Anzeichen von Wohnlichkeit gab. Auf dem Bett lag eine verblichene Tagesdecke aus rotem Samt, die zu den ebenso zerschlissenen Bettvorhängen und der Decke auf der Kommode paßte. Außerdem gab es zwei kunstvoll geschnitzte Stühle mit bestickten Kissen sowie einen Wandteppich, auf dem die Geschichte von Tobias und dem Engel dargestellt war. Ich fragte mich, was Ursula Lynom wohl über ihre Unterkunft dachte und ob der Geiz ihres Geliebten sie nicht doch insgeheim ein wenig störte. Nicht auszudenken, was die ehrwürdige Dame Judith von all dem halten würde, falls sie gezwungen wäre, mit ihrer Schwiegertochter nach Cederwell Manor zu ziehen.

«Nun?» fragte Mistress Lynom. «Was wollt Ihr wissen?»

Ich zögerte, denn mir war klar, daß ihr meine Frage höchst

merkwürdig vorkommen mußte, sprach dann jedoch geradeheraus.

«Welche Eurer Nachbarn wohnen Lynom Hall am nächsten?»

Sie blinzelte, als habe sie mich nicht richtig verstanden, dann schüttelte sie den Kopf.

«Ihr fragt mich, wer meine nächsten Nachbarn sind?»

Ich nickte. «Vielleicht erscheint Euch meine Frage seltsam, aber ich wäre trotzdem dankbar für eine Antwort, ohne Euch den Hintergrund erklären zu müssen.»

Wieder sah sie mich ungläubig an, dann setzte sie sich auf einen der Stühle und kaute nachdenklich auf ihrer Unterlippe. Sie war nicht dumm, sondern durchaus in der Lage, zwei und zwei zusammenzuzählen und daraus die richtigen Schlüsse zu ziehen.

«Was wollt Ihr wissen?» fragte sie unumwunden. «Und was wißt Ihr bereits?»

Eine Weile sahen wir einander schweigend an. Trotz aller Vorsicht beschloß ich, zu ihr so offen wie möglich zu sein.

«Was für einen Verdacht ich auch immer hegen mag, Ihr könnt mir glauben, daß er sich nicht gegen Sir Hugh Cederwell richtet. Darauf gebe ich Euch mein Wort.» Ob das Ehrenwort eines gewöhnlichen Hausierers überhaupt eine Bedeutung für sie hatte, beschäftigte mich nicht lang.

Sie blickte mich ruhig an. Dann entschloß sie sich zur gleichen Offenheit.

«Hamon, mein Stallbursche, den ich mit Euren Knöpfen nach Cederwell Manor schickte, hat gesehen, wie sich Sir Hugh vor dem Turm über Jeanettes Leiche beugte.»

«Und ist so schnell er konnte nach Lynom Hall zurückgeritten, um Euch davon zu berichten. Aber das ist noch kein Beweis. Warum, mit Verlaub, habt Ihr daraus geschlossen, daß Sir Hugh seine Frau umgebracht hat?»

Sie erhob sich und schritt in dem kleinen Raum auf und ab. Ihre Erleichterung darüber, endlich frei mit jemandem sprechen zu können, ließ sie gänzlich vergessen, wem sie sich da anvertraute.

«Weil wir erst wenige Stunden zuvor über unsere hoffnungslose Lage gesprochen hatten.» Sie verzog das Gesicht. «Wir sind beide nicht mehr jung und werden mit jedem Tag älter, während Jeanette – Lady Cederwell – erst einundzwanzig ist ...», sie hielt kurz inne, «... einundzwanzig war. Wir sahen keinen Ausweg für unser Dilemma, und vor allem Hughs Verzweiflung wurde immer größer.» Sie schlug mit der geballten Faust in die Innenfläche ihrer anderen Hand, machte mit wirbelnden Röcken kehrt und schritt in die entgegengesetzte Richtung. «Es kam noch hinzu, daß sie diesen Bruder Simeon hatte rufen lassen. Sie wollte nicht nur Hugh, sondern auch noch andere Mitglieder des Haushalts bei ihm anschwärzen. Um sich selbst machte er sich keine allzu großen Sorgen. Er hat Standvermögen und wäre allemal imstande gewesen, sich gegen die Vorwürfe eines fanatischen Mönches zur Wehr zu setzen. Aber ...» Sie brach jäh ab. Vielleicht wurde sie sich in diesem Moment meiner niedrigen Stellung bewußt.

«Ihr meint Maurice Cederwell und Fulk Disney», warf ich ein. «Und die Tatsache, daß sie ein Liebespaar sind.»

Mistress Lynoms sah mich mit großen Augen an. «Ihr kennt wohl wirklich kein Pardon, wenn es darum geht, die Geheimnisse anderer Leute aufzudecken.»

Ich zuckte mit den Schultern. «So ein großes Geheimnis ist das nun auch wieder nicht. Selbst eine unschuldige Seele wie Audrey Lambspringe weiß, daß die beiden mehr sind als gute Freunde.» Ich lächelte über ihre entsetzte Miene. «In einer abgeschiedenen Gemeinschaft wie dieser läßt sich so etwas unmöglich verbergen, und den Dienstboten kann man das Klatschen nicht verbieten.»

«Nicht nur den Dienstboten», warf sie ein und dachte dabei zweifellos an ihre Schwiegermutter. Dann besann sie sich und nahm wieder ihren Faden auf. «Wenn Ihr so gut Bescheid wißt, muß ich Euch wohl nicht erklären, daß Sir Hugh sich um seinen Sohn große Sorgen machte. Sein Ruf war dem Mönch ja längst vorausgeeilt. Anscheinend hat er es sich zur Aufgabe gemacht, die Sittenlosigkeit ein für allemal auszumerzen.»

«Ja, so könnte man es sagen.»

«Unter diesen Umständen werdet Ihr wohl verstehen, warum ich nach Hamons Schilderung davon ausging, daß Hugh seine Frau in einem Anfall von Verzweiflung vom Turm gestoßen hatte. Mit wachsender Angst wartete ich auf die Nachricht von einem ‹Unfall›, doch bei Einsetzen der Dämmerung hatten wir immer noch nichts aus Cederwell gehört. Schließlich wußte ich mir keinen anderen Rat, als mich mit Hamon und Jasper auf den Weg zu machen. Bei meiner Ankunft hätte ich beinahe alles verraten. Aber den Rest der Geschichte kennt Ihr ja.» Sie setzte sich und trommelte mit den Fingern auf der Armlehne ihres Stuhls.

Was nun folgte, war der schwierigste Teil der Befragung, weil ich so tun mußte, als hätte ich die Unterhaltung zwischen ihr und Sir Hugh nicht mitgehört.

«Und wie hat Sir Hugh Euch später erklärt, warum er Euch nicht sofort benachrichtigt hat?»

Mistress Lynom reckte trotzig ihr Kinn.

«Wie Ihr Euch sicherlich entsinnt, gab er vor, nichts von Jeanettes Tod gewußt zu haben, bis Ihr und der Mönch die Leiche gefunden habt. Als ihm bewußt wurde, daß ich die Wahrheit kannte, besaß er die Frechheit zu behaupten, er habe mich schützen wollen! Er denkt, ich hätte Hamon beauftragt, Jeanette zu ermorden, und hat sogar noch eine Geschichte erfunden, wonach sie kurz vor ihrem Tod Hamons Namen geflüstert haben soll.»

Ihre anfängliche Wut, die in der Zwischenzeit ein wenig abgeklungen war, entzündete sich erneut. Sie sprang auf und versetzte dem schweren Stuhl einen wütenden Tritt. Ursula Lynom war in jeder Hinsicht eine starke Frau. Sie würde Sir Hugh und sämtliche Mitglieder seines Haushalts mit eiserner Hand regieren, aber vermutlich wären alle nur froh darüber. Auf diese Weise würde in ihr aufgewühltes Leben wieder ein wenig Ordnung einkehren.

Ruhig entgegnete ich: «Möglicherweise werdet Ihr feststellen müssen, daß Sir Hugh in diesem Fall nicht gelogen hat, daß er tatsächlich gedacht hat, Ihr hättet Lady Cederwell ermorden lassen, und versucht hat, Euch zu schützen. Nachdem er den Leichnam seiner Frau entdeckt hatte, kehrte er ins Haus zurück. Er erzählte niemandem von seinem Fund und erwähnte auch Hamons Namen nicht. Je länger der Leichnam unentdeckt blieb, desto unwahrscheinlicher war es, daß Ihr oder Euer Bursche mit Lady Cederwells Tod in Verbindung gebracht werden konntet. Ja, er war so um Eure Sicherheit besorgt, daß ihm gar nicht einfiel, daß eine Anklage gegen Euch ohnehin unwahrscheinlich war und man unter den gegebenen Umständen einen Unfall unterstellt hätte.»

Sie sah mich eindringlich an, und zum ersten Mal zeigte sich auf ihrem Gesicht der Anflug eines Lächelns. Einen Augenblick lang schimmerte das junge Mädchen durch, in das sich Sir Hugh Cederwell einst verliebt hatte.

«Wie könnt Ihr so sicher sein?» fragte sie verwundert.

«Weil ich nicht nur Lady Cederwells Mörder zu kennen glaube, sondern auch dessen Beweggrund. Allerdings kann ich Euch zum jetzigen Zeitpunkt nicht mehr sagen. Jedenfalls gibt es, wenn ich recht behalte, für Sir Hughs Verhalten keine andere Erklärung. Ob Ihr ihm verzeiht, daß er Euch des Mordes für fähig hielt, steht auf einem anderen Blatt; das müßt Ihr selbst entscheiden.»

Ihr Lächeln wurde noch breiter. «Ich habe ihn ebenfalls des Mordes beschuldigt, so daß wir beide Abbitte leisten müssen. Ich hege keinen Zweifel daran, daß wir einander verzeihen werden.» Eine Weile lang saß sie schweigend da. Mit einem Mal erschien ihr ihre Zukunft viel rosiger, als dies viele Jahre lang der Fall gewesen war. Doch dann wurde ihre Miene wieder ernst. «Und Ihr seid ganz sicher, auf die Wahrheit gestoßen zu sein?»

Auch wenn ich diesen Ausdruck für äußerst unpassend hielt, gab ich mir Mühe, meinen Unmut nicht zu zeigen. Statt dessen nickte ich ermutigend und erinnerte sie daran, daß sie meine eingangs gestellte Frage noch nicht beantwortet hatte.

«Wie lautete Eure Frage noch? Ich habe sie vergessen», gab sie zu und blickte mich verwundert an, als würde ihr erst jetzt wieder bewußt, mit wem sie da eigentlich sprach. Sie schüttelte den Kopf, um sicherzugehen, daß sie nicht träumte.

«Ich hatte mich nach Euren nächsten Nachbarn erkundigt. Ich weiß, daß gen Norden entlang dem Woodspring-Pfad niemand wohnt, weil ich diesen Weg selbst gegangen bin. Aber wie sieht es in Richtung Süden aus? Gibt es dort ein Gehöft oder ein Anwesen, das vom Hauptweg aus gut zu erreichen ist?»

Ganz offensichtlich hätte sie liebend gern den Hintergrund meiner Frage gewußt, doch nachdem sie kurz mit sich gerungen hatte, antwortete sie schlicht: «Ja, etwa drei Meilen südlich von Lynom Hall liegt tatsächlich ein Gehöft. Das Land gehört einem redlichen Freibauern namens John Armstrong. Ist das alles, was Ihr zu wissen wünscht?»

«Ist das Gehöft von einem Wassergraben umgeben? Oder liegen die Gebäude unmittelbar am Weg?»

Die Witwe legte eine Hand an die Stirn. Offenbar versuchte sie, in ihrer Erinnerung ein Bild von dem Stück Land wachzurufen, an dem sie in ihrem Leben schon häufig vorbeigekommen war, ohne es genauer zu betrachten. Ist es nicht seltsam, daß die vertrautesten Dinge häufig am schwierigsten zu beschreiben sind?

«Es hat einen Wassergraben», erwiderte sie schließlich, «aber ich glaube ... nein, ich bin mir sicher, daß mindestens zwei Außengebäude jenseits des Wassergrabens stehen, und zwar in südlicher Richtung.»

Ich verneigte mich kurz. «Eure Ladyschaft, ich bedanke mich.»

Sie stand auf und glättete ihren Rock.

«Ihr wißt ganz genau, daß ich noch keine Ladyschaft bin. Ihr seid ein schlauer Fuchs, der sich einzuschmeicheln versteht, vor allem bei den Frauen. Und dennoch begreife ich nicht, wie Ihr mich dazu gebracht habt, Euch mein Herz auszuschütten.» Sie seufzte. «Wenn ich nur zwanzig Jahre jünger wäre ... aber nein, für solche Gedanken bin ich viel zu alt. Geht jetzt, bevor ich Euch in Verlegenheit bringe und etwas tue, was ich später bereuen würde. Ich muß mit Hugh sprechen. Gestattet Ihr mir, daß ich ihm von unserem Gespräch erzähle?»

Nach kurzem Zögern nickte ich. «Aber ich wäre Euch sehr dankbar, wenn Ihr einstweilen niemandem sonst davon berichten würdet. Es ist am besten, wenn vorerst nur wir drei davon wissen.»

«Also gut. Ich verbürge mich für Sir Hughs Verschwiegenheit. Was für einen Beweis braucht Ihr denn noch?»

«Ich muß noch einmal mit Pater Godyer sprechen. Danach werde ich mich entscheiden müssen, ob ich meine Erkenntnisse offenbare oder mich in Schweigen hülle. Ich würde niemals einen Menschen beschuldigen, ohne die entsprechenden Beweise vorlegen zu können.»

Der Kaplan sah sehr viel besser aus als bei meinem vorherigen Besuch. Er lag zwar immer noch im Bett, aber sein Gesicht war rosig und entspannt, und seine kraftvolle Stimme ließ darauf hoffen, daß er schon in ein paar Tagen wieder seinen Dienst verrichten konnte.

«Ihr seid auf dem Weg der Besserung, nicht wahr?» bemerkte ich, worauf er lächelnd nickte. Dann rückte er ein Stück zur Seite, so daß ich mich wie beim letzten Mal auf die Bettkante setzen konnte.

«Gott sei Dank! Und auch dafür, daß ich Euch noch einmal zu Gesicht bekomme, danke ich Ihm. Die Zeit wird einem doch sehr lang, wenn man hier oben eingesperrt ist und sich mit niemandem unterhalten kann.» Er seufzte. «Aber ich darf mich nicht beschweren. Nach dem Tod meiner Herrin habe ich in diesem Haushalt keine Bedeutung mehr.» Tränen stiegen ihm in die Augen und kullerten seine Wangen hinunter. «Ich bin mit ihr hergekommen und habe sie geliebt wie eine Tochter.»

«Ja, das habt Ihr mir bereits erzählt», antwortete ich freundlich. «Und das ist wirklich sehr bemerkenswert. Aber wie hättet Ihr sie auch nicht lieben sollen, da Ihr doch wußtet, wie sehr sie in ihrer Jugend gelitten hatte und wie sehr dieser schreckliche Vorfall ihr Wesen verändert hat.»

Er warf den Kopf zurück. «Wer behauptet, er hätte ihr Wesen verändert? Ich jedenfalls nicht! Das ist Eure Auslegung meiner Worte und noch dazu eine ganz falsche! Selbst dieses Kreuz trug sie wie alles andere mit einem unerschütterlichen Glauben an ihren Gott.»

«Bitte verzeiht mir», sagte ich. «Vielleicht habe ich mich nicht richtig ausgedrückt. Aber sie muß doch mehr als verbittert darüber gewesen sein, daß es ihrem Angreifer gelang, sich der Strenge des Gesetzes zu entziehen.»

«Seht Ihr!» rief er ärgerlich aus. «Ihr versucht schon wieder anzudeuten, daß sie den Verstand verloren hatte.»

«Aber stimmt das denn nicht? Vergebt mir, Pater, aber eine hübsche junge Frau wie sie hatte doch vom Leben sicherlich mehr erwartet als Gebete und innere Einkehr.»

«Ganz offensichtlich habt Ihr Euch noch nie mit den Lebensgeschichten unser Heiligen beschäftigt», wies er mich zurecht. «Die heilige Leokadia, die heilige Lucia, die heilige Eulalia – sie alle waren junge Frauen, die bereitwillig ihr Leben dem Glauben weihten. Wollt Ihr vielleicht behaupten, daß auch sie den Verstand verloren hatten?» Ich schüttelte den Kopf, und er fuhr fort: «Auch sie durften nicht erleben, daß ihre Verfolger vor Gericht gestellt wurden. Meine Jeanette wußte wenigstens, was mit ihrem Schänder geschehen war. Sie hat sich die verstümmelte Leiche selbst angesehen, als man sie zum Haus ihres Vaters brachte.»

«Ein junges Mädchen, das in aller Ruhe eine Leiche mit eingeschlagenem Schädel betrachtet? Pater, selbst Ihr, der Ihr Euch verständlicherweise auf ihre Seite stellt, müßt doch zugeben, daß das nicht ... ganz ... normal ist.»

Er rückte seine Beine in die Mitte des Bettes, lehnte sich in seine Kissen zurück und schloß die Augen. Auf diese Weise deutete er an, daß er unser Gespräch für beendet hielt. Aber ich ging nicht sofort, sondern betrachtete noch eine Weile das bleiche Gesicht und den schmalen Kopf und fragte mich, was wohl in ihm vorging. Inzwischen war ich davon überzeugt, daß sich die Liebe, die Pater Godyer für Jeanette Empryngham empfunden hatte, nicht auf ihr geistiges Wohl erstreckte. Diese Tatsache hatte er sich allerdings nie eingestanden. Ich fragte mich, ob sich Gerard Empryngham über die wahren Empfindungen des Priesters im klaren gewesen war.

Ich stand auf. «Ich werde morgen weiterwandern», sagte ich. «Es hat angefangen zu tauen, und die Wege werden bis dahin sicherlich wieder begehbar sein.»

Er gab keine Antwort. Erst als ich schon fast aus der Tür war, fragte er: «Nun? Habt Ihr erfahren, weshalb Ihr gekommen seid?»

«Ich ... ich wollte nur nach Euch sehen», stotterte ich, völlig überrascht von seiner plötzlichen Gerissenheit.

Der Priester schnaubte verächtlich. «Das habe ich zuerst auch gedacht.»

«Und was hat Euch daran zweifeln lassen?»

Langsam öffnete er seine blassen Augen und blickte mich schweigend an.

«Ich weiß nicht», gestand er schließlich. «Es war nur so ein unbestimmtes Gefühl. Also, was ist nun?» beharrte er. «Habt Ihr herausgefunden, was immer Ihr von mir wissen wolltet?»

«Ja. Vielen Dank. Ich ... ich werde Euch hoffentlich noch einmal sehen, ehe ich weiterziehe.»

Die blutleeren Lippen verzogen sich zu einem dünnen Lächeln. «Das hängt ganz von Euch ab. Ich werde bestimmt hier sein. Jedenfalls habe ich im Augenblick keine anderen Pläne.» Und damit schloß er wieder seine Augen.

Einen Moment zögerte ich, dann schloß ich leise die Tür hinter mir und ging die Stufen hinab.

Am Fuß der Treppe wartete Fulk Disney und sah mich angriffslustig an.

«Ah! Da seid Ihr ja! Wie schön, Euch zu treffen! Ich habe Euch überall gesucht und wollte gerade in der Kapelle nach Euch sehen.»

«Ich war bei Pater Godyer», erwiderte ich kurz. «Was habt Ihr mir zu sagen?»

«Bei Pater Godyer?» Seine Augen blitzten. «Über diesen Priester und unsere fromme Herrin habe ich mir schon so manches Mal Gedanken gemacht.» Seine Mundwinkel verzogen sich zu einem anzüglichen Grinsen.

«Was wollt Ihr von mir?» beharrte ich

«Tja, was wollte ich eigentlich von Euch?» grübelte er. Er mochte mich nicht und versuchte offenbar, mich zu ärgern. Als er damit keinen Erfolg hatte, zuckte er mit den Schultern. «Ach, ja! Ich habe eine Botschaft für Euch von Bruder Simeon.»

19

ER HAT DIE GANZE ZEIT nach Euch gesucht, aber Ihr hattet Euch wohl versteckt», erklärte Fulk Disney weiter.

«Ich bin mindestens zweimal durchs Haus gegangen», antwortete ich, «und zwar keineswegs heimlich. Hätte der Mönch sich überwunden, das warme Küchenfeuer wenigstens für kurze Zeit zu verlassen, hätte er mich ohne weiteres finden können. Wie lautet seine Nachricht?»

«Er ist zum sächsischen Turm gegangen und will sich dort so schnell wie möglich mit Euch treffen.»

Obwohl mir das Herz bis zum Halse schlug, fragte ich ruhig: «Und hat er Euch einen Grund für sein Ansinnen genannt?»

Fulks Augen verengten sich zu kleinen Schlitzen, und er betrachtete mich neugierig. «Als ich ihn fragte, warum er Euch unbedingt im Turm treffen wolle, gab er mir keine Antwort, sondern murmelte lediglich, Ihr würdet es schon verstehen.» Er neigte den Kopf zur Seite. «Und? Versteht Ihr es?»

«Vielleicht», erwiderte ich vorsichtig und machte Anstalten, an ihm vorbeizugehen. Aber Fulk versperrte mir den Weg. «Nicht so schnell, Master Chapman. Ihr und dieser Mönch habt Eure Nase in den letzten Tagen in alle möglichen Dinge gesteckt, die Euch nichts angehen. Und gerade eben erzählt mir Martha Grindcobb, Ihr hättet Zweifel, ob Lady Cederwells Tod wirklich ein Unfall gewesen sei.» Er senkte seine Stimme zu einem haßerfüllten Zischen. «Verlaßt dieses Haus, Chapman, und zwar noch heute! Wartet nicht bis morgen, Ihr werdet es sonst vielleicht Euer Leben lang bereuen.»

«Soll das eine Drohung sein, Master Disney?» erwiderte ich gelassen

Wie immer hatte ich damit seinen wunden Punkt getroffen. «*D'Isigny*! Wie oft muß ich Euch das noch sagen?» Doch dann erinnerte er sich an sein dringlicheres Anliegen. «Verlaßt Cederwell noch heute nachmittag! Und nehmt den Mönch gleich mit!»

«Was ist hier los?» fragte Maurice Cederwell und kam aus dem zur Halle führenden Korridor auf uns zu.

«Master Disney hat mich gerade aufgefordert, dieses Haus augenblicklich zu verlassen», antwortete ich. «Eine Aufforderung, zu der nur Sir Hugh das Recht hat. Vielleicht könnt Ihr das Eurem Freund erklären.»

Maurice' Augenlider flatterten, während er mich argwöhnisch betrachtete. Dann wandte er sich an Fulk.

«Worum geht es bei diesem Streit?» fragte er. «Fulk? Was hast du an dem Hausierer auszusetzen?»

Fulk zuckte mit den Schultern. «Er und dieser Bruder Simeon sind schon viel zu lange hier. Es wird höchste Zeit, daß sie verschwinden. Das Tauwetter hat längst eingesetzt.»

«Das muß mein Vater entscheiden», entgegnete Maurice. «Er wird nicht zulassen, daß andere in seinem Namen Befehle erteilen. Schließlich ist er der Herr über Cederwell Manor, daran dürfen wir nicht rütteln.»

«Dann sprich mit ihm darüber», drängte ihn Fulk in herrischem Ton. «Sag ihm, die beiden seien Unruhestifter. Sie wissen zuviel, und je früher wir sie los sind, desto besser.»

«Wie kannst du es wagen, so mit mir zu sprechen!» lautete Maurices schwacher Einwand, den er offenbar nur meinetwegen erhob. Er warf seinem Freund einen warnenden Blick zu, aber Fulks Worte hatten ihm einen Schrecken eingejagt. «Mein Vater ist in der Kemenate. Ich werde zu ihm gehen und … sehen, was ich tun kann.»

«Bestimmt ist Mistress Lynom bei ihm, und er wird sich über eine Unterbrechung nicht gerade freuen», rief ich ihm nach, doch Maurice lief schon die Treppe hinauf. Ich wandte mich zu Fulk um. «Dann muß ich wohl jetzt nach Bruder Simeon sehen.»

Fulk war verunsichert. Überdies hatte er seine Neugier nicht befriedigen können. «Ihr bleibt hier», stieß er hervor und versuchte erneut, mich aufzuhalten.

Ich seufzte. Ich hatte nicht vorgehabt, an ihm meine Kräfte zu messen, zumal das Ergebnis von vornherein feststand, aber sein Verhalten ließ mir keine andere Wahl. Ehe er noch wußte, wie ihm geschah, hatte ich ihn schon hochgehoben, mich halb um die eigene Achse gedreht und ihn hinter mir abgesetzt. Mit großen Schritten ging ich auf die Hintertür zu. Fulk folgte mir wütend, doch ich wandte mich um und streckte ihm meine Fäuste entgegen.

«Laßt mich in Ruhe», warnte ich ihn, «wenn Ihr Euch keine blutige Nase holen wollt.»

Ich muß ihm zugute halten, daß er sich von meiner Drohung nicht sofort abschrecken ließ, sondern noch ein paar Schritte machte, ehe er einsah, daß es die Mühe nicht lohnte.

«Ich weiß, wo Ihr hingeht», rief er. «Ich weiß, wo ich Euch und den Mönch finden kann. Vergeßt das nicht! Maurice und ich folgen Euch, sobald Sir Hugh eingewilligt hat, Euch des Hauses zu verweisen.»

Ich lächelte. «Es wird mir eine Freude sein, Euch wiederzusehen», sagte ich. Er hatte keine Ahnung, welcher Ernst sich hinter dieser Aussage verbarg.

Ich ging in die Küche, um meinen Umhang zu holen, den ich zusammen mit meinem Bündel und meinem Knüppel in der Ecke verstaut hatte.

«Ah, unser Wandersmann kehrt zurück», höhnte Martha. «Ihr und dieser Mönch, Ihr seid so sprunghaft wie zwei Flöhe.

Warum könnt Ihr nicht einfach stillsitzen und uns mit Eurer Anwesenheit erfreuen, während wir unserer Arbeit nachgehen. Die Mädchen und ich sind da einer Meinung. Zwei fremde Männer im Haus, das ist für uns immer etwas Besonderes, vor allem mitten im Winter ...» Sie führte den Satz nicht zu Ende, sondern überließ den Rest meiner Vorstellungskraft. Dann fuhr sie fort: «Bruder Simeon ist zum Turm gegangen. Wir sollen Euch ausrichten, daß Ihr ihm folgen möchtet.»

«Ich weiß. Ich habe es schon von Fulk Disney gehört. Hat er ...? Hat der Mönch zufällig erwähnt, warum er mich dort zu sehen wünscht?»

Die Köchin schüttelte den Kopf, während sie auf ihrem Küchentisch nach etwas suchte. Ärgerlich schob sie Schüsseln und Töpfe, Löffel und Schöpfkellen hin und her.

«Mit keinem Wort. Er ist plötzlich ganz unruhig geworden und hat Euch überall gesucht. Als er Euch nirgends aufspüren konnte, wurde er noch ungeduldiger und ist zum Turm aufgebrochen. Er bat uns eindringlich, Euch zu sagen, daß Ihr ihm so schnell wie möglich folgen sollt ... Wer von Euch Gören hat denn mein Fleischmesser genommen? ... Es muß etwas Wichtiges sein», schloß sie, «wenn er es sogar Fulk aufgetragen hat.»

Vor Aufregung krampfte sich mir erneut der Magen zusammen. Oder war es vor Angst? Denn in einem Punkt war ich mir sicher: Bruder Simeons Aufforderung bedeutete, daß die Auflösung des Rätsels in greifbare Nähe rückte. Ich warf mir den Umhang über die Schultern und bückte mich nach meinem Knüppel, doch der war verschwunden.

«Bruder Simeon hat ihn mitgenommen», erklärte Jenny Tonge, als sie meine Verwunderung bemerkte. «Er sagte, Ihr hättet wohl nichts dagegen, und da der Schnee mancherorts noch immer recht hoch sei, würde ihm der Knüppel einen sichereren Tritt verschaffen.»

«J-ja», erwiderte ich zögernd, «da hat er wohl recht. In solchen Dingen sind die Vorrechte des Alters unbestritten.»

«So alt ist er doch noch gar nicht», warf Martha ein und errötete. Offenbar hatte sie herausgefunden, daß der Mönch jünger war als sie selbst. Ich verspürte keinerlei Neigung, ihr daraufhin ein schmeichelhaftes Kompliment zu machen, wie es mir noch vor wenigen Tagen leicht von den Lippen gegangen wäre. Statt dessen knöpfte ich meinen Umhang zu und trat hinaus in den winterlichen Nachmittag.

Draußen schien noch immer die Sonne; eine Weile zumindest versprach das gute Wetter anzuhalten. Als ich das Herrenhaus hinter mir ließ, segelte eine Möwe über die Flußmündung zum offenen Meer hinaus, und ich sah, daß der Schweinehirt seine Tiere wieder ins Freie gelassen hatte, damit sie im Geröll am Flußufer wühlen konnten – beides untrügliche Zeichen dafür, daß das Leben bald wieder in den gewohnten Bahnen verlaufen würde. Vor mir ragte der sächsische Turm in den strahlend blauen Himmel. Es ging etwas Finsteres von ihm aus, und ich dachte an Eadred Eadrichsson, der nach der Eroberung durch die Normannen von Sir Guy de Sourdeval enteignet und verjagt worden war. Hatte er den Ort vor seinem Abschied mit einem Fluch belegt? Vielleicht.

Als ich näher kam, sah ich, daß die Tür offenstand. Bruder Simeon wartete auf mich, und mein Herz begann zu pochen. Vorgestern abend – lag es wirklich noch nicht länger zurück? – hatte der Mönch die Tür furchtlos geöffnet. Nun war ich an der Reihe. Ich stieß sie auf und ging hinein.

Tiefe Stille hüllte mich ein. Nur das Rauschen des Windes, der durch die Ritzen zwischen den alten Steinen drang, war zu hören. Ich blieb stehen und lauschte angestrengt. Bruder Simeon hatte doch bestimmt gesehen, wie ich vom Tor aus den verschneiten Pfad heraufgekommen war. Sicherlich war er erleichtert darüber, daß das Warten nun ein Ende hatte. Warum zeigte er sich nicht?

«Bruder Simeon!» rief ich, doch meine Stimme hallte bloß von den kahlen Treppenstufen wider. Törichterweise ließ ich die Tür los und trat einen Schritt vor. Schwer, wie sie war, fiel sie sofort ins Schloß, und ehe ich noch meine fünf Sinne zusammennehmen konnte, um dem Schlag gänzlich auszuweichen, verfehlte mein eigener Knüppel sein Ziel nur knapp und landete statt auf meinem Hinterkopf mit voller Wucht auf meiner Schulter. Ich taumelte ein paar Schritte nach vorn und wollte mich an dem kleinen Tisch mit dem Kerzenhalter und der Zunderbüchse festhalten, doch unter meinem Gewicht brach er krachend zusammen. Trotz der vorübergehenden Benommenheit, die diesem Sturz folgte, schärfte ein untrügliches Gespür für die drohende Gefahr meinen Überlebenswillen, so daß ich gerade noch rechtzeitig zur Seite rollte, als der Knüppel zum zweiten Mal in tödlicher Absicht auf mich niederging. Mühsam kämpfte ich mich auf die Füße und drehte mich zu meinem Angreifer um. Wortreich fluchend riß Bruder Simeon den Knüppel hoch, um zum dritten Mal auszuholen.

Doch diesmal gelang es mir, den Knüppel am anderen Ende zu packen und mich eisern daran festzuklammern, so daß ich wie eine Strohpuppe beim Erntefest hin- und hergeschüttelt wurde. Ich hätte dem Mönch kaum solche Kräfte zugetraut, aber er kämpfte ums Überleben. Er mußte mich mit allen Mitteln daran hindern, meinen Verdacht zu äußern. In den vergangenen zwei Tagen hatte er beobachtet, wie ich Stück für Stück der Wahrheit nähergekommen war, jetzt wollte er mich ein für allemal zum Schweigen bringen – genauso, wie er es mit Lady Cederwell, Gerard Empryngham und Ulnoth, dem Einsiedler, getan hatte.

Mit haßerfüllten Augen starrte er mich an, während wir um den Knüppel rangen, doch dann stolperte ich und mußte loslassen, um mein Gleichgewicht zu halten. Mit schrillem Triumphgeheul wollte Bruder Simeon den Knüppel noch einmal hochreißen, doch da seine Hände während des Kampfes zu weit nach hinten gerutscht waren, mußte er nachfassen, um den Schaft richtig packen zu können. In dieser segensreichen Sekunde lief ich zur Treppe und sprang mit großen Schritten die Stufen hinauf.

Ich dachte keinen Moment lang an die Sinnlosigkeit meiner Flucht. Mich trieb nichts anderes als der Wunsch des Verfolgten, möglichst viel Abstand zwischen sich und seinen Widersacher zu legen. Und da sich der Mönch zwischen mir und der einzigen Tür des Turmes befand, war dies nur über die Treppe möglich. Dabei lief ich geradewegs in eine Falle, aus der mich nur meine überlegene Kraft wieder befreien konnte. Bruder Simeon war allerdings im Vorteil, denn ihn leitete der Drang zu töten, und seine jüngsten Taten hatten diesen Drang eher angestachelt als abgestumpft. Wer bereits drei Morde auf dem Gewissen hat, schreckt auch vor einem vierten nicht zurück. Und er hatte ja auch schon einmal versucht, mich umzubringen, als er und nicht Fulk mich von der Turmtreppe stieß.

Als ich den ersten Stock erreichte, merkte ich, wie er mir folgte und mit dem Knüppel gegen die Stufen schlug. Einmal hörte es sich so an, als sei er ausgerutscht – wahrscheinlich hatte er sich im Rocksaum seines Habits verfangen. Die Schimpfkanonade, die er daraufhin losließ, hätte jedem Fährmann zur Ehre gereicht. Doch er war sofort wieder auf den Beinen, und sein Kopf erschien am oberen Ende der Treppe. Verzweifelt sah ich mich um, bekam aber nur bestätigt, was ich ohnehin wußte: daß ich mich nirgendwo verstecken konnte und es nichts gab, was sich als Waffe geeignet hätte.

Bruder Simeon hielt inne und bleckte grinsend die Zähne.

«Ich kriege Euch, Chapman. Ihr könnt mir nicht entkommen. Ich werde Euch töten müssen, aber das wißt Ihr bereits, oder etwa nicht? Es tut mir wirklich leid, Eure Gesellschaft war mir durchaus angenehm, aber Ihr seid drauf und dran, meinem Geheimnis auf die Spur zu kommen, und das kann ich nicht zulassen. Ihr seid ein schlauer Bursche, und Ihr würdet nicht aufhören, immer wieder neue Fragen zu stellen. Auch wenn Ihr das Mosaik noch nicht ganz zusammengefügt habt – es bleibt mir nichts anderes übrig, als Euch aus dem Weg zu räumen, denn jetzt habe ich Euch mein wahres Gesicht gezeigt.» Mit einem lauten Schrei nahm er die letzten Stufen.

Ich lief die zweite Treppe zur Kapelle hinauf. Von unten hörte ich grausiges Hohngelächter. Der Gedanke an die bevorstehende Tat stimmte ihn heiter. Er hatte seinen Verstand inzwischen gänzlich eingebüßt, und der Wahnsinn verlieh ihm ungeahnte Kräfte. Der Teufel hatte von ihm Besitz ergriffen und würde an seiner Stelle kämpfen.

In zwei Sätzen durchquerte ich den Raum, um das Kruzifix von der Wand zu reißen, doch es war zu schwer. Starr vor Entsetzen wandte ich mich um. Mein Blick fiel auf die beiden silbernen Kerzenleuchter auf Lady Cederwells Altar. In der Hoffnung, mich damit verteidigen zu können, ergriff ich mit jeder Hand einen Leuchter, hielt sie aber in Form des Kreuzes vor mich, als ich Simeons teuflische Fratze sah. Sein völlig entstelltes Gesicht glotzte mich böse an. In den unmenschlichen Augen blitzte nur noch eines auf – der Wille zu töten.

Meinen Knüppel hatte er auf der Treppe fallen gelassen; ich hörte, wie er die Stufen hinunterpolterte. Statt dessen zog er nun das von Martha vergeblich gesuchte Fleischmesser aus den Falten seines Habits. Er packte es wie einen Dolch und kam mit erhobenem Arm auf mich zu, zögerte aber plötzlich, als er das Kreuzzeichen sah. Die Gewohnheit der langen Jahre, in denen er sich Bruder Simeons Wesensart zuerst mühsam angeeignet und später ganz in sich aufgesogen hatte, besiegte, wenn auch nur vorübergehend, den Teufel, in dessen Gewalt er sich befand. Er holte tief Luft, schauderte und senkte den Arm ein wenig, allerdings ohne den Griff um das Heft des Messers zu lokkern.

Den Blick starr auf den Mönch gerichtet, machte ich vorsichtig ein paar Schritte rückwärts, bis ich mit dem Rücken an der Wand lehnte und mein Kopf sich mit dem waagerechten Stab des Kreuzes auf einer Linie befand. Aus dem Augenwinkel nahm ich die weißen, verdrehten Beine des elfenbeinernen Christus wahr, durch dessen Fußrücken erbarmungslos der Nagel spießte. Indem ich etwas zur Seite auswich, zwang ich ihn, sich jedesmal, wenn er in meine Richtung blickte, die Qualen seines Herrn und Schöpfers anzusehen. Die Kerzenleuchter hielt ich immer noch in Kreuzform, bereit jedoch, sie jederzeit zu meiner Verteidigung einzusetzen.

«Raymond», sagte ich sanft, «Raymond Shepherd, hört mich an! Legt Euer Messer nieder. Es wird Euch nichts nützen, wenn Ihr mich tötet. Martha, die Küchenmädchen, Fulk Disney, Maurice Cederwell – sie alle wissen, daß ich Euch hier treffen sollte. Dafür habt Ihr törichterweise selbst gesorgt. Selbst wenn es Euch gelänge, es wie einen Unfall aussehen zu lassen – bei einem vierten Todesfall würde Sir Hugh unweigerlich Verdacht schöpfen.»

Aber ich hatte den Fehler begangen, ihn mit seinem wirklichen Namen anzusprechen. Er hatte mir gar nicht weiter zugehört, sondern nur noch mit trübem Blick ins Leere gestarrt.

«Ich bin Bruder Simeon», entgegnete er kühl und richtete sich zu voller Größe auf. «Ein Mönch des Dominikanerordens.»

«Nein», erwiderte ich und versuchte, einen möglichst ruhigen Ton anzuschlagen. «Bruder Simeon habt Ihr getroffen, als Ihr auf der Flucht wart, nachdem Ihr die Tochter Eures Herrn geschändet hattet. Er war so alt wie Ihr und hatte eine ähnliche

Statur. Ihr habt ihn getötet, ihm Eure Kleidung angezogen, seinen Körper verstümmelt und so lange auf seinen Schädel eingeschlagen, bis er nicht mehr zu erkennen war. Dann habt Ihr sein Habit angelegt, Euch auf dem Kopf eine kreisrunde Stelle rasiert und seinen Platz eingenommen. Aber nicht nur das: Im Laufe der Jahre seid Ihr voll und ganz in seinem Wesen aufgegangen. Ihr habt Euch eingebildet, tatsächlich Bruder Simeon aus Northumbrien zu sein, auch wenn Euch klar war, daß Ihr nie wieder in die Nähe Eures Elternhauses zurückkehren durftet. Aber das war auch gar nicht nötig. Hier im Süden hattet Ihr ebensoviel zu tun. Mit Eurer Hilfe erreichten zahlreiche Seelen wieder den Zustand der Gnade, und Ihr habt Euren Auftrag mit wahrer Begeisterung erfüllt. Schon zu Beginn müßt Ihr Eure Begabung fürs Predigen entdeckt haben – eine Befähigung, die Ihr niemals für möglich gehalten hättet, wärt Ihr durch die Umstände nicht dazu gezwungen worden. Und so verwandelte sich ein einfacher Schäfer plötzlich in jemanden, dem die Leute zuhörten und dem sie mit Achtung und Bewunderung entgegentraten. Eines unglückseligen Tages jedoch wurdet Ihr nach Cederwell Manor gerufen, und zwar von keiner anderen als Lady Cederwell – jener Jeanette Empryngham, die Ihr vor vielen Jahren geschändet hattet. Hätte sie Euch nicht wiedererkannt, wäre nichts weiter geschehen. Aber sie wußte sofort, wer Ihr wart, ebenso wie ihr Halbbruder Gerard. Sie mußten zum Schweigen gebracht werden, sonst hättet Ihr alles verloren.»

Bruder Simeon – der er trotz allem für mich bis zum heutigen Tag geblieben ist – schürzte die Lippen. Er hatte mir geduldig zugehört, doch jetzt verlangte er selbst zu sprechen. Seine Stimmung war erneut umgeschlagen. Er wirkte ruhig und besonnen, aber in seinen leeren, unbeseelten Augen zeigte sich keine Spur von Reue. Und der Arm mit dem Messer war noch immer zum Angriff bereit.

«Ich habe den Mönch nicht getötet», sagte er. «Er ist im Schlaf gestorben, als wir zusammen in einer Scheune zwischen Campden und Mickleton übernachteten. Gott hatte ihn im Zustand völliger Erschöpfung zu mir geschickt, als meine Rettung. Gott brauchte mich. Es war alles Teil Seines Planes.»

«Genauso wie das Verbrechen, das Ihr an Jeanette Empryngham begangen habt?» fragte ich.

«Ja», antwortete Simeon. «Im Laufe der Jahre wurde mir klar, daß auch das ein Teil Seines Planes war.»

«Wie ...?» setzte ich empört an, doch als er bei diesem Tonfall jäh den Kopf hob, beeilte ich mich, meine Stimme wieder zu senken. «Wie könnt Ihr so etwas behaupten?»

«Sie war eine Hure. Sie hat bekommen, was sie verdient hat. Ständig trieb sie sich mutterseelenallein auf den Feldern ihres Vaters herum, oft sogar barfuß, den Rock in den Gürtel gesteckt. Sie tat bloß die ganze Zeit über so fromm. Sie war eine Pharisäerin!» zischte er gehässig. «Als Gott mir auftrug, sie zu schänden, um mich aus meiner niedrigen Stellung zu befreien, hatte Er für sein Vorhaben ein unwürdiges Geschöpf erwählt.»

Ich fragte mich, wie lange dieser Wahnsinn schon in ihm schlummerte. Vermutlich schon seit vielen Jahren. Er hatte mit der Zeit zunehmend selbst an den Auftrag geglaubt, verirrte Seelen retten zu müssen, und in gleichem Maße war in ihm der Wunsch nach einer Rechtfertigung der eigenen Tat gewachsen. Wenn er überhaupt jemals über die Vergangenheit nachgedacht hatte, wenn er sich in immer größeren Abständen daran erinnert hatte, daß er in Wirklichkeit Raymond Shepherd und nicht Bruder Simeon war, dann hatte er sich seine eigene Deutung der Ereignisse vor Augen gehalten, um die eigentliche Wahrheit gnädig vergessen zu können.

Es war sinnlos, ihm ein Gefühl für die eigene Schuld vermitteln zu wollen. Und was viel schlimmer war: Aufgrund seiner mangelnden Einsicht war er davon überzeugt, mich ungestraft umbringen zu können und damit keinerlei Verdacht auf sich zu lenken, geschweige denn für seine Verbrechen geradestehen zu müssen. Seine gegenwärtige Ruhe war mir nicht geheuer. Mir war klar, daß er jeden Augenblick wieder zum Angriff übergehen könnte.

Tatsächlich hatte sich sein Gesichtsausdruck erneut verändert: Der Funke des Wahnsinns war in seine Augen zurückgekehrt, und sein gefälliges, fast schon freundliches Lächeln hatte sich in ein teuflisches Grinsen verwandelt. Weder Kruzifix noch Kerzenleuchter vermochten mich jetzt noch zu schützen. Seine Finger umklammerten den Griff des Messers, er spannte den Körper und richtete sich so hoch auf, daß sein Kopf fast die Decke zu berühren schien. Da er zwischen mir und der letzten Treppe nach oben stand, war mir die Flucht versperrt. Ich stand wie angewurzelt da, und meine Arme wurden bleischwer. Es kam mir so vor, als ob sich das Gewicht der silbernen Kerzenleuchter verdoppelt hätte, denn meine Hände sanken langsam nach unten.

Weder davor noch danach war die Gegenwart des Teufels für mich je so deutlich spürbar gewesen wie in diesem Moment, und noch nie hatte mich die Angst derart gelähmt. Ich war jung, groß und kräftig. Trotz des Messers hätte ich in der Lage sein müssen, Simeon ohne große Schwierigkeiten zu überwältigen. Dennoch sah ich nur gebannt zu, wie er auf mich zukam, ohne mich gegen seinen Angriff zu schützen.

Wie im Traum hörte ich in der Ferne eine Tür aufgehen und wieder zuklappen, hörte Lederschuhe auf Steinstufen und laute Stimmen. Doch sie hatten für mich wenig Bedeutung; flüsterten mir nicht das Wörtchen «Rettung» zu. Ich sah nur, wie das Messer immer höher über meinen Kopf stieg, in einem durch den Fensterschlitz fallenden Lichtstrahl aufleuchtete und dann ganz langsam auf mich herniederstieß. Dahinter sah ich nichts anderes als Simeons verzerrtes Gesicht, und meine Brust verkrampfte sich, bis ich kaum noch Luft bekam …

Dann wurde Simeon plötzlich weggerissen, lag auf dem Boden, ein erbärmliches Häuflein Haut und Knochen in einem verschlissenen schwarzen Habit, während Fulk Disney und Maurice Cederwell auf ihm saßen und ihn zu Boden drückten und Sir Hugh ihnen von der Treppe aus zurief, sie sollten ihn auf keinen Fall entkommen lassen. Das Messer war zu Boden gefallen, und aus Simeons blutendem Mund ertönte ein schauriges Wimmern, wie von einem verwundeten Tier.

«Chapman, seid Ihr wohlauf? Habt Ihr Euch verletzt?» fragte Sir Hugh besorgt. Er kam zu mir, legte einen Arm um meine Schultern, schob mich von der Wand zu Lady Cederwells Betpult und half mir, mich auf die harte Bank zu setzen.

Ein, zwei Sekunden lang schauten Maurice und Fulk zu uns auf und achteten nicht auf ihren Gefangenen. Dieser kurze Augenblick genügte dem Wahnsinnigen. In einer letzten Kraftaufbäumung befreite er sich aus der Umklammerung, sprang auf und flüchtete die Treppe hinauf. Entsetzt starrten wir uns an. Dann stürmten wir zur Treppe und drängten und schoben uns alle gleichzeitig die schmalen Stufen hinauf. Als wir oben ankamen, sahen wir gerade noch, wie Bruder Simeon auf die verschneite Brüstung kletterte.

Einen letzten verzweifelten Blick warf er uns noch über die Schultern zu. Dann stürzte er sich mit einem markerschütternden Schrei in den Abgrund, den sicheren Tod.

20

NUN, CHAPMAN, ich glaube, es ist an der Zeit, die Ereignisse der letzten Tage noch einmal gründlich zu besprechen.»

Sir Hugh setzte sich auf einen der mit kunstvollen Schnitzereien verzierten Stühle neben dem Feuer, während Mistress Lynom sich ihm gegenüber in einem ähnlich prunkvollen Stuhl niederließ, den man eigens für sie aus der Kemenate heruntergebracht hatte. Maurice Cederwell und Fulk Disney saßen in sittsamem Abstand voneinander auf einer Bank, die sie so nahe an die züngelnden Flammen herangerückt hatten, wie es die glühende Hitze erlaubte. Zu ihrer Empörung mußte Adela Empryngham auf einem Schemel Platz nehmen, ebenso wie Pater Godyer, der sein Krankenbett verlassen hatte und nun, in eine Decke eingehüllt, seine Füße am Feuer wärmte. Auch Tostig Steward, Phillipa Talke, Audrey Lambspringe, Martha Grindcobb und die Küchenmädchen waren in die große Halle gerufen worden und saßen aufgereiht auf einer Bank, während Hamon und Jasper sowie Jude und Nicholas Capsgrave in gebührendem Abstand im Hintergrund Platz genommen hatten. Mir selbst hatte man einen Ehrenplatz neben Sir Hugh zugewiesen. Auf die ausdrückliche Anweisung des Hausherrn hin wurde allen ein würziger Glühwein ausgeschenkt, und aus dem Durchgang zur Küche duftete es köstlich nach gebratenem Fleisch. Trotz der tragischen Vorfälle der letzten Tage sollte es ein festliches Abendessen geben; schließlich sah der Hausherr mit der Frau seines Herzens einer rosigen Zukunft entgegen. Ob alle Anwesenden seine Freude teilten, war fraglich, für mich aber auch ohne Belang. Am nächsten Tag um die gleiche Zeit wollte ich meiner Heimat schon einige Meilen näher sein.

«Also», sagte Sir Hugh und drehte sich zu mir um, «wann hattet Ihr zum ersten Mal den Verdacht, daß Bruder Simeon ein anderer war als der, für den er sich ausgab?»

Noch ehe ich antworten konnte, lehnte Adela Empryngham sich vor und sah mich eindringlich an.

«Behauptet Ihr allen Ernstes, Chapman, daß Bruder Simeon in Wirklichkeit Raymond Shepherd war? Der Schurke, der Jeanette geschändet hat und den wir in den vergangenen sechs Jahren für tot hielten? Wie sollte das möglich sein? Seid Ihr Euch sicher, daß Ihr nicht bloß geträumt habt?»

«Ja, ich bin mir sicher», antwortete ich. «Und er widersprach auch nicht, als ich ihn bei seinem wirklichen Namen nannte. Allerdings glaube ich, daß meine Entdeckung und die Tatsache, daß er nach all den Jahren der Selbsttäuschung der Wahrheit ins Auge blicken mußte, ihn letzten Endes um den Verstand gebracht haben.»

«Aber er hat mich an meinem Krankenbett besucht», wandte Pater Godyer ein. «Ich hätte ihn wiedererkennen müssen.»

Ich schüttelte den Kopf. «Ihr seid äußerst kurzsichtig, Pater. Wißt Ihr noch, als ich zum ersten Mal in Eure Schlafkammer war? Ich hüllte mich in Euren Talar, um mich warm zu halten. Und obgleich Ihr mich die ganze Zeit über angesehen habt, wart Ihr später ganz erstaunt, daß ich ihn trug.»

«Oje, oje!» Bekümmert schüttelte er den Kopf. «Ich muß zugeben, daß meine Augen nicht mehr das sind, was sie einmal waren.» Dabei warf er Sir Hugh einen ängstlichen Seitenblick zu, als erwartete er, für diesen Makel gerügt zu werden.

Doch Sir Hugh war mit anderen Gedanken beschäftigt.

«Gerard!» rief er. «Gerard hat ihn wiedererkannt!»

«Das glaube ich auch.» Ich stellte meinen leeren Glühweinbecher ab und legte eine Hand ans Kinn. «Aber er war sich nicht ganz sicher; deswegen wollte er sich am Abend unserer Ankunft auch noch nicht dazu äußern. Er sprach davon, daß er sich nicht täuschen lasse, derzeit noch keine Beweise habe, doch nicht mehr lange schweigen werde.» Daß ich seine Bemerkung damals auf die Liaison zwischen Sir Hugh und Mistress Lynom bezog, erwähnte ich lieber nicht, sondern drehte mich statt dessen zu Pater Godyer um: «Meint Ihr nicht auch, Raymond Shepherd hätte wissen müssen, daß Master Empryngham Schlafwandler war?»

Der Priester zuckte mit den Schultern.

«Das ist durchaus möglich. In Campden war dies eine bekannte Tatsache, und es wurden dauernd Witze darüber gemacht. Aber eines verstehe ich immer noch nicht», fügte er jammernd hinzu. «Wie können Bruder Simeon und Raymond Shepherd ein und dieselbe Person gewesen sein? Ich habe doch mit eigenen Augen Raymonds Leiche gesehen.»

Ich legte eine Hand auf seinen Arm.

«Bei unserer ersten Begegnung hattet Ihr mir erzählt, Ihr hättet den Toten an seiner Kleidung erkannt. Und als ich heute nachmittag vermutete, man habe ihm den Schädel eingeschlagen, habt Ihr mir nicht widersprochen.»

«Aber es war Raymond Shepherds Kleidung!» beharrte Pater Godyer.

«Ja, natürlich. Simeon – ich kann ihn nur bei diesem Namen nennen – hat kurz vor seinem Tod erklärt, er habe auf seiner Flucht in einer Scheune geschlafen und dort einen Dominikanermönch getroffen. Zweifellos sind die beiden miteinander ins Gespräch gekommen. Der Mönch hat ihm von seinem Leben auf der Straße erzählt, ihm seinen Heimatort genannt und seine Aufgaben beschrieben. Anschließend ist er – so sagte es jedenfalls Simeon, und ich sehe keinen Grund, seine Worte anzuzweifeln – im Schlaf gestorben. Simeon sah darin seine Rettung und ergriff die Gelegenheit beim Schopf. Er tauschte die Kleidung mit dem toten Mönch, schlug ihm mit einem Stein oder einem anderen Gegenstand, den er in der Scheune fand, den Schädel ein und warf die Leiche in den nächsten Straßengraben. Die Rechnung ging auf, denn alle glaubten, Raymond Shepherd habe sich dem Galgen entzogen, seiner gerechten Strafe jedoch nicht entrinnen können.»

Adela Empryngham vergrub ihr Gesicht in den Händen. Als sie wieder aufsah, rollten Tränen über ihre Wangen.

«Hätte ich mich am Dienstag abend nur nicht mit Gerard gestritten! Und wäre ich bei ihm geblieben! Dann hätte Simeon … Raymond … ihn nicht in die tödliche Falle locken können. So war es doch, oder?» fragte sie mit schriller Stimme.

Martha stand auf, ging zu ihr und schloß die jüngere Frau tröstend in die Arme.

«Schon gut, meine Liebe, schon gut. Das konntet Ihr ja nicht wissen. Ihr dürft Euch keine Vorwürfe machen. Das Böse fällt immer auf böse Menschen zurück. Niemand sonst trägt Schuld daran.»

Von allen Seiten erklang zustimmendes Gemurmel. Und tatsächlich, Martha hatte mit ihrem Grundsatz recht. Wir alle haben die Wahl zwischen Gut und Böse. Und dennoch … Dennoch …

Nun warf Mistress Lynom eine Frage ein, über die sie offenbar schon eine Weile nachgedacht hatte.

«Aber wie hätte dieser Mann Jeanette töten können, wenn Ihr, Roger, schon vor seiner Ankunft in Cederwell Manor mit ihm zusammen wart?»

Alle schauten mich erwartungsvoll an.

«Ja, wir kamen tatsächlich am späten Dienstag nachmittag gemeinsam in Cederwell Manor an», entgegnete ich. «Aber Simeon ist am gleichen Tag schon früher hiergewesen.»

«Früher?» brachte Tostig Steward die allgemeine Verblüffung zum Ausdruck.

«Ja», bekräftigte ich. «Der Kesselflicker, der heute morgen hier war, erzählte mir, er habe Montag nacht im Kloster Woodspring verbracht. Simeon hatte mir das gleiche erzählt, und trotzdem haben die beiden einander nicht wiedererkannt. Einer von ihnen mußte gelogen haben. Der Kesselflicker hatte keinen Grund, mir die Unwahrheit zu sagen, und da ich zu der Zeit bei Bruder Simeon schon so meine Zweifel hatte, machte mich seine Aussage stutzig. Alles sprach dafür, daß Simeon das Kloster schon am Vorabend verließ, sofern er unterwegs irgendwo eine Übernachtungsmöglichkeit finden konnte. Mistress Lynom erwähnte ein Gehöft etwa drei Meilen von Lynom Hall entfernt. Es hat zwar einen Wassergraben, doch stehen zwei der Außengebäude südlich des Grabens direkt am Weg nach Woodspring. Überdies», fügte ich mit einem bedeutungsvollen Seitenblick zu Ursula Lynom an, «erwähnte Dame Judith einen Geistlichen, der am Dienstag morgen, noch ehe man sie nach oben in ihre Kemenate brachte, an Lynom Hall vorbeigewandert sei, und das war viele Stunde, ehe ich kurz vor Cederwell auf Simeon stieß. Für die zwei Meilen lange Strecke hat er aber mit Sicherheit nicht länger als eine Stunde gebraucht.»

Mistress Lynom lachte schallend. «Dann war die Neugier dieser alten Hexe ja doch einmal zu etwas nutze! Wer hätte das gedacht?»

Als nächste hatte Phillipa Talke einen Einwand vorzubringen. «Aber von uns hat niemand Bruder Simeon hier gesehen, ehe er mit Euch in unsere Küche trat. Wie hätte er ohne unser Wissen zu unserer Herrin gelangen können?»

Sir Hugh, Tostig Steward und Martha Grindcobb nickten zustimmend.

«Richtig. Wie wollt Ihr das erklären, Roger Chapman?»

«Ganz einfach. Lady Cederwell hat ihn unterwegs getroffen.» Ich wandte mich an Audrey Lambspringe. «Ihr habt mir erzählt, daß Eure Herrin am Dienstag einen Korb mit zum Turm nahm, weil sie, wie so häufig im Winter, Ulnoth etwas zu essen bringen wollte. Ich vermute, daß sie auf ihrem Weg zu Ulnoth auf Simeon traf und gemeinsam mit ihm umkehrte. Sie gingen über den Pfad durchs Unterholz geradewegs zum Turm und sind deshalb auf ihrem Weg auch niemandem begegnet. Zu dem Zeitpunkt hatte Lady Cederwell die wahre Herkunft des Mönchs noch nicht erkannt, und möglicherweise wußte auch er noch nicht, wen er vor sich hatte.» Ich zuckte mit den Schultern. «Wir werden es niemals erfahren. Jedenfalls muß einer von ihnen – vielleicht aber auch beide – irgendwann die Wahrheit geahnt haben ... Wir können nur vermuten, was danach geschah. Sie waren zusammen in der Kapelle. Wahrscheinlich hat Simeon ihr den Weg nach unten versperrt, und sie ist nach oben auf den Turm geflüchtet. Er ist ihr gefolgt und hat sie heruntergestoßen. Der Name, den sie kurz vor ihrem Tod zu flüstern versuchte», fügte ich, an Sir Hugh gewandt, hinzu, «war Raymond, nicht Hamon.»

Sir Hugh errötete leicht und fragte, um auf ein anderes Thema überzulenken: «Und warum habt Ihr den Mönch schon vor der Ankunft des Kesselflickers in Verdacht gehabt?»

«Aus mehreren Gründen. Als ich ihn am High Cross in Bristol zum ersten Mal predigen hörte, fragte ich ihn, ob er aus dem Westen unseres Landes stamme. Doch er verneinte und nannte Northumbrien als seine Heimat. Später allerdings wartete er mit sachkundigen Kenntnissen über die Güteklassen und Preise edler Cotswolds-Wolle auf – ein Gebiet, auf dem sich ein Dominikanermönch aus einer so nördlich gelegenen Grafschaft üblicherweise nicht gerade gut auskennt. Am Mittwoch morgen dann, als wir Master Emprynghams Leiche entdeckten, sah man lediglich dessen steifgefrorene Beine aus dem Brunnen ragen. Dennoch wußte Simeon, daß der Tote ein Nachthemd trug. Überdies wollte er Cederwell Manor unbedingt so schnell wie möglich verlassen und wirkte bei all meinen Versuchen, die Wahrheit ans Licht zu bringen, innerlich hin- und hergerissen. Zwar gab er nie vor, Lady Cederwells Tod als Unfall anzusehen, aber er verhielt sich auch nicht so, wie man es unter diesen Umständen bei einem von so großem religiösem Eifer beseelten Mann erwartet hätte. Schließlich fiel mir auf, wie er am Dienstag bei unserem ersten Zusammentreffen mit Mistress Empryngham in der Küche zusammenzuckte. Damals vermutete ich eine andere Ursache, später glaubte ich, daß er schlicht entsetzt war, sie hier zu sehen. Er hatte nicht damit gerechnet, daß sie und ihr Gatte ebenfalls zum Haushalt gehörten.»

«Und Ulnoth?» fragte Mistress Lynom. «Macht Ihr Simeon auch für seinen Tod verantwortlich?»

«Ja, obwohl ich meinen Verdacht in diesem Fall nicht im entferntesten beweisen kann. Dennoch möchte ich Euch darlegen, wie sich das Ganze meiner Meinung nach abgespielt hat. Nachdem er Lady Cederwell ermordet hatte, versteckte sich Simeon eine Weile im Unterholz. Vermutlich war er über seine Tat zu erschüttert, um irgend etwas zu unternehmen. Allmählich beruhigte er sich jedoch und merkte, wie durchgefroren und hungrig er war. Außerdem wurde ihm klar, daß er sich zunächst ein Stück entfernen mußte, um sich Cederwell Manor noch einmal gefahrlos nähern zu können. Er ging zurück bis zum Felsenhaus, das er auf seinem Hinweg gesehen hatte. Wahrscheinlich hat der Einsiedler ihm etwas zu essen und zu trinken gegeben, und Simeon hat ihn als einfaches Gemüt abgetan, denn auf den ersten Blick wirkte er ziemlich einfältig. Aber Ulnoth war schlau und vermochte aus unüberlegten Äußerungen und anderen Anzeichen eigene Schlüsse zu ziehen, die ihn schließlich auf die richtige Fährte brachten.

Ich weiß das deshalb so genau, weil er mir ein paar Nächte lang Quartier bot, nachdem ich mir meinen Knöchel verletzt hatte. Am Dienstag, nach meinem Besuch in Lynom Hall, machte ich auf dem Weg nach Cederwell Manor erneut bei ihm halt. Er war äußerst ängstlich und murmelte immer wieder das Wort ‹Tod›. Als ich Simeon auf dem Weg einholte, erzählte ich ihm davon, und leider berichtete ich ihm später auch, daß meinem Eindruck nach jemand das Haus vom Unterholz aus beobachtete. Simeon schien mir zwar nicht zu glauben, fürchtete aber insgeheim, daß Ulnoth ihm nachspürte – was auch tatsächlich der Fall war. Während ich im Stall das Holz für Martha Grindcobb holte, ging er selbst hinaus, um nachzusehen. Als ich Ulnoths Leichnam fand, entdeckte ich an einem Dornenzweig ein Stück schwarzes Wolltuch, das aller Wahrscheinlichkeit nach von Simeons zerschlissenem Mönchshabit stammte. Allerdings hatte Simeon nicht damit gerechnet, daß am nächsten Tag der Kesselflicker kommen und mich auf Ulnoths Abwesenheit aufmerksam machen würde.»

Adela Empryngham erschauderte. «Und was ist mit mir? Mit der Gestalt, die ich im Türrahmen sah und die alle anderen für eine Traumgestalt hielten?»

Ich nickte. «Auch das kann ich nicht beweisen, halte es aber durchaus für möglich, daß sich der Mönch in Euer Zimmer geschlichen hat. Er hatte Angst, daß Ihr ihn doch irgendwann einmal wiedererkennen könntet. Er war zusammen mit mir im Männerschlafsaal gewesen und anschließend die Treppe zum überdachten Gang hinaufgestiegen, um Euch ebenso wie Euren Ehemann zum Schweigen zu bringen. Doch Gott hat seine schützende Hand über Euch gehalten. Ihr seid aufgewacht, habt ihn gesehen und laut geschrien. Er lief weg und versteckte sich neben der Hintertür, um Euch später mit allen anderen zur Hilfe zu eilen. Da sich ihm später keine günstige Gelegenheit mehr bot, seid Ihr jetzt in Sicherheit.»

Adela brach in lautes Schluchzen aus, so daß Martha Grindcobb, die noch immer neben ihr saß, sie erneut in die Arme schloß und tröstete. Ich hatte Mitleid mit Mistress Emprygnham, weil ich ihre Gefühle nachempfinden konnte. Schließlich war ich selbst ebenfalls nur knapp einem von Simeons Mordversuchen entkommen. Mittlerweile war ich nämlich davon überzeugt, daß er und nicht Fulk Disney mir im Turm aufgelauert und mich die Treppe hinuntergestoßen hatte. (Seine Geschichte, er habe Fulk vom Turm weglaufen sehen, war frei erfunden.) Doch da seine Absicht darin bestanden hatte, Lady Cederwells Brief mit den Anschuldigungen gegen ihren Gatten und ihren Stiefsohn an sich zu bringen, hielt ich es für klüger, diesen Tatbestand nicht zu erwähnen – er hätte lediglich zu Peinlichkeiten geführt. Simeon wollte diesen Brief unbedingt vernichten, denn ohne greifbare Anhaltspunkte hätte er schlecht eine kirchenrechtliche Anklage gegen Sir Hugh und seinen Sohn erheben können – die Hauptanklägerin war verstorben, und es gab niemanden, der an ihrer Stelle ausgesagt hätte. Er wollte verhindern, daß Jeanette Cederwells Tod genauer untersucht wurde, aus Angst, die Wahrheit könnte doch noch irgendwann ans Licht kommen.

Seufzend erhob sich Sir Hugh von seinem Stuhl.

«Nun, Chapman», sagte er freundlich, «wir sind Euch zu großem Dank verpflichtet.» Lächelnd wandte er sich an Ursula Lynom. «Meine Liebe, unser Betragen war lächerlich. In Zukunft müssen wir einander noch stärker vertrauen. Aber jetzt muß ich erst einmal eine Nacht über die Angelegenheit schlafen, um dann zu entscheiden, wie wir am besten vorgehen und was wir den Männern des Sheriffs erzählen, wenn sie nach Cederwell Manor kommen. Was ist deine Meinung dazu, Maurice?»

Sein Sohn war offenbar auf diese Frage vorbereitet. «Wir haben für alle vier Todesfälle eine hinreichende Erklärung, Vater», antwortete er prompt. «Schuld war jedesmal das schlechte Wetter. Lassen wir die Sache auf sich beruhen.» Er ließ seinen Blick von einem zum anderen schweifen. «Mit einer Ausnahme gehören alle Anwesenden zu unserem oder zu Mistress Lynoms Haushalt. Und ich nehme an», fügte er trocken hinzu, «daß beide ohnehin bald zu einem verschmelzen werden.» Dann richtete er seinen Blick auf mich. «Chapman, Ihr seid der einzige Außenstehende hier. Seid Ihr bereit, die Sache für Euch zu behalten, wenn wir Euch gebührend dafür entschädigen?»

Ich stand auf.

«Ich werde schweigen», nickte ich, «aber nicht für Geld. Wenn ich käuflich wäre, wie könntet Ihr mir dann vertrauen? Nein, ich werde niemandem davon erzählen, weil der Mörder seine verdiente Strafe bekommen hat. Er muß in der Gewißheit vor seinen Schöpfer treten, daß ihn nichts anderes erwartet als die ewige Verdammnis im Höllenfeuer.»

Sir Hugh klopfte mir anerkennend auf die Schulter. «Ihr seid ein braver Mann», sagte er in jenem Tonfall, den Menschen annehmen, wenn die Handlung anderer mit ihren eigenen Wünschen in Einklang steht. Aber ich sah tatsächlich keinen Nutzen darin, einen bereits so schwer getroffenen Haushalt noch mit weiteren Sorgen zu belasten. Mistress Lynom Umzug würde für sie alle Herausforderung genug sein.

Und so nahm ich denn am nächsten Morgen meinen Abschied in der Überzeugung, Gottes Auftrag erfüllt und keiner unschuldigen Seele Leid zugefügt zu haben. Ein warmer Westwind brachte Schnee und Eis zum Schmelzen, und die guten Wünsche der Bewohner von Cederwell Manor begleiteten mich auf meinem Weg. Beschwingt lenkte ich meinen Schritt nach Osten in Richtung Bristol.

Margaret Walker, meine Schwiegermutter, war gerade mit Spinnen beschäftigt, als ich drei Tage später in ihre Hütte trat.

«Du bist also wieder da», bemerkte sie, ohne sich umzudrehen.

«Ja, ich bin wieder da», erwiderte ich, stellte mit einem Seufzer der Erleichterung Bündel und Knüppel auf den Boden und sah mich nach meiner Tochter um.

Elizabeth hatte gerade mit einer alten Puppe aus ungebleichten Wollresten auf dem Boden gespielt. Als sie meine Stimme vernahm, richtete sie sich auf und kam mir mit unsicheren Schritten entgegen, die kleinen Ärmchen erwartungsvoll ausgestreckt. Sie wurde nicht enttäuscht, denn ich schwang sie hoch in die Luft, und sie quietschte vergnügt. Dann schlang sie ihre Arme fest um meinen Hals und schmiegte ihre weiche Wange an mein Kinn.

Endlich ließ Margaret Walker sich doch herab, mich mit einem kurzen Nicken zu begrüßen. «Die Rückkehr des verlorenen Sohnes», murmelte sie.

Ich setzte meine Tochter ab, nahm eine Handvoll Münzen aus meinem Beutel und legte sie auf den Tisch. «Es war eine einträgliche Reise», versuchte ich sie zu versöhnen.

Sie schnaubte, schien aber doch ein wenig besänftigt zu sein.

«Wo hast du bei diesem schrecklichen Wetter Zuflucht gefunden?» erkundigte sie sich.

«In einem Herrenhaus namens Cederwell Manor», antwortete ich und fügte dummerweise hinzu: «In der Nähe der Flußmündung, ein paar Meilen nördlich von Woodspring.»

Ihr Interesse war sofort geweckt. «Wollte Bruder Simeon nicht als nächstes zum Kloster Woodspring? Hast du ihn zufällig noch einmal gesehen?»

«Ja ... wir sind uns tatsächlich begegnet», räumte ich widerwillig ein.

«Ein wunderbarer Prediger! Wir bräuchten mehr Menschen wie ihn auf dieser Welt. Von Moral will doch heute niemand mehr etwas wissen. Da muß endlich mal jemand den Mut aufbringen und die Mißstände am Königshof beim Namen nennen. Schließlich hat dort das Übel seinen Ursprung.»

Ich antwortete nicht, und zum Glück drang Margaret auch nicht weiter in mich. Statt dessen stellte sie mir etwas zu essen auf den Tisch und schöpfte einen Becher Ale aus dem großen Faß. Elizabeth kletterte auf meinen Schoß, um mir Gesellschaft zu leisten, und bei jedem schmackhaften Bissen öffnete und schloß sich ihr weicher Mund wie der Schnabel eines Vögelchens.

Plötzlich überkam mich eine ungewohnte Woge der Zufriedenheit. Ich war zu Hause, in Gesellschaft zweier Menschen, die mich liebten. Jeder Blick aus den strahlenden Augen meines Kindes zeigte mir, daß es mich für das vollkommenste Geschöpf auf Erden hielt. Im Ofen loderte ein anheimelndes Feuer, und die Tür bot ein sicheres Bollwerk gegen den Winter und seine Kälte. Das Böse und Schlechte waren von diesem lauschigen Plätzchen ebenso weit entfernt wie der Mond und die Sterne von der Erde.

«Ich glaube, ich werde erst einmal eine ganze Weile hierbleiben», versicherte ich Margaret Walker, doch sie lächelte nur.

«Vielleicht einen Monat oder auch zwei», sagte sie. «Aber sobald wieder ein wärmeres Lüftchen weht, die Tage länger werden und der Frühling naht, sieht die Sache schon ganz anders aus. Das Fernweh wird dich am Kragen packen und so lange schütteln, bis du ihm hinaus auf die Landstraße folgst, genau wie immer.» Sie nahm den Fuß vom Trittbrett ihres Spinnrads, schwenkte auf ihrem Schemel herum und sah mich mit ernster Miene an. «Ich habe es dir schon einmal gesagt: Du solltest wieder heiraten. Ich bin sehr viel älter als du und werde mich nicht ewig um Elizabeth kümmern können. Außerdem braucht ein Mann mehr als ein Kind. Er braucht einen Sohn, einen Stammhalter. Denk einmal darüber nach.»

Bis dahin hatte ich ihren Worten keine Beachtung geschenkt und auch nicht vorgehabt, in Kürze wieder zu ehelichen. Ich war jung und selbstsüchtig und nur darauf bedacht, meine Freiheit zu genießen. Von den Fesseln der Ehe, die ich mir gegen meinen Willen hatte anlegen lassen, war ich gnädigerweise wieder befreit, und bislang hatte ich keinen vernünftigen Grund gesehen, mich erneut an eine Frau zu binden. Später, in ein paar Jahren vielleicht, war ja immer noch Zeit dafür. In meiner gedankenlosen Art hatte ich allerdings nicht darüber nachgedacht, was mit Elizabeth geschähe, falls Margaret plötzlich etwas zustöße – an die Verantwortung, die auf mich fiele, und die völlige Einschränkung meiner Freiheit.

In den folgenden Monaten gingen mir diese Gedanken immer wieder durch den Kopf. Sobald meine Schwiegermutter hustete oder einmal über Schüttelfrost klagte, machte ich mir große Sorgen. Hin und wieder dachte ich auch an Audrey Lambspringe, ein sanftes, warmherziges Mädchen, das gewiß nicht abgeneigt wäre, wenn ich nach Cederwell zurückkehren und um ihre Hand anhalten würde. Aber ich empfand für sie nicht mehr als damals für Lillis, und ich hatte den festen Entschluß gefaßt, daß beim nächsten Mal mehr als bloße Zuneigung im Spiel sein sollte.

Außerdem wollte ich unter keinen Umständen mehr nach Cederwell zurückkehren. Der Ort würde für mich immer mit dem teuflischen Fluch behaftet bleiben, mit dem Raymond Shepherd ihn belegt hatte. Ich wußte nicht, was nach meinem Abschied dort geschehen war. Ich stellte keine Nachforschungen an und war froh über meine Unwissenheit. Mittlerweile stand der Frühling vor der Tür, und mit jedem Tag wuchs mein Wunsch, mein Bündel zu schnüren und über die Landstraßen zu ziehen. Ich merkte, wie Margaret Walker mich mit ängstlichen Blicken verfolgte.

Ich sah ein, daß ich wieder heiraten mußte, und zwar schon bald.

GLOSSAR

Broadmeads: Große Weidefläche vor den Stadtmauern Bristols, heute der Name der dortigen Fußgängerzone in der Innenstadt.

Cäcilia: Um 230 in Rom den Märtyrertod gestorbene Heilige. Cäcilia wird als Schutzpatronin der Musik verehrt und daher häufig mit einer Harfe dargestellt. Ihr Festtag ist der 22. November.

Damon und Phintias: Für ihre treue Freundschaft berühmte Philosophen aus der pythagoreischen Schule. Als Damon von dem Herrscher Dionysios zum Tode verurteilt wurde, verbürgte sich Phintias für ihn als Geisel. Gerade als Phintias an seiner Statt sterben sollte, kehrte Damon zurück. Ihre Geschichte wurde in der Literatur mehrfach erzählt, so etwa von Friedrich von Schiller in seiner Ballade *Die Bürgschaft*.

David und Jonathan: Im Alten Testament in den Büchern Samuel (1. Samuel 13 bis 2. Samuel 21) beschriebene Freundschaft zwischen Jonathan, dem Sohn König Sauls, und dem späteren König David. Jonathan versuchte, zwischen David und seinem Vater zu vermitteln, und rettete Davids Leben, als er Sauls wahre Absichten erfuhr. Jonathans Freundschaft mit David ging so weit, daß er ihm zuliebe auf die Königswürde verzichtete (2. Samuel 23, 15–18).

Donar (auch «Thunar» oder «Thor»): Neben Wotan (auch «Odin») der bedeutendste germanische Gott aus dem Göttergeschlecht der Asen, der seine Macht im Donner offenbarte. Der Donnerstag ist nach ihm benannt.

Ethelred der Unberatene (968–1016): Angelsächsischer König von England (978–1016). Seine Heirat mit der Schwester Herzog Richards der Normandie begründete später die von den Normannen erhobenen Ansprüche auf den englischen Thron. Zweimal wurde er von den ins Land einfallenden Dänen zur Flucht gezwungen, und mit seinem Tod fiel der englische Thron an den Dänen Knut II. Ethelreds Beiname «der Unberatene» ist eine Anspielung auf seine von Mißerfolgen überschattete Regentschaft.

Erasmus: Der Überlieferung nach aus Asien stammender Heiliger und Bischof von Antiochia, der sich sieben Jahre lang in den Bergen Libanons versteckte und vertrauten Umgang mit den Tieren hatte. Nach seiner Entdeckung wurde er verurteilt und starb den Märtyrertod. Er wird gelegentlich mit Raben dargestellt, die dem hungernden Gefangenen zu essen brachten.

Eulalia: Aus Barcelona stammende Märtyrerin, die im Jahre 304 für ihren Glauben den Kreuzestod starb. Der Überlieferung nach soll bei ihrem Tod Schnee gefallen sein, der ihren Körper wie ein weißer Schleier einhüllte. Ihr Festtag ist der 12. Februar.

Georg: Vermutlich aus Kleinasien stammender Heiliger (gestorben um 303), christlicher Märtyrer und Schutzpatron Englands, um den sich zahlreiche Legenden ranken. Berühmt ist vor allem sein Kampf mit dem Drachen, durch den er die Tochter des Königs von Lybia befreite und die Stadt zum Christentum bekehrte. 1222 ernannte das Konzil von Oxford den 23. April, den Festtag des Heiligen, zum nationalen Feiertag.

Harold II. (um 1022–1066): Letzter angelsächsischer König, 1066 in der Schlacht bei Hastings von Wilhelm dem Eroberer geschlagen.

Hodekin: Waldgeist der angelsächsischen Sage.

Leokadia: Heilige und Schutzpatronin von Toledo, die um 303 in der spanischen Stadt den Märtyrerinnentod starb. Der Legende nach soll sie vor ihrem Tod das Kreuz Christi in den harten Felsen eingedrückt haben. Ihr Festtag ist der 9. Dezember.

Lollarden-Bibel: Die Lollarden (niederländisch «lollaerts» von «lollen» = «murmeln») waren Anhänger John Wycliffes, die seine Lehre bei heimlichen Treffen als Wanderprediger verbreiteten. Ihre Bewegung kann als Vorläuferin der Reformation gewertet werden. Die Lollarden besaßen bereits eine ins Englische übersetzte Bibel. Von der etablierten Kirche, aber auch von der weltlichen Macht wurden die Lollarden mit aller Härte verfolgt und ausgerottet.

Lucia: Heilige, die der Legende nach in Syrakus auf Sizilien für ihren Glauben starb. Der Name Lucia («die Leuchtende») gab wohl Anlaß dazu, daß sie als Schützerin des Augenlichts verehrt wird. Ihr Fest wird vor allem in Schweden gefeiert, wo sich an sie als «Lichtträgerin» zahlreiche Bräuche knüpfen.

Orestes und Pylades: Berühmtes Freundespaar aus der griechischen Mythologie. Orestes, Sohn des mykenischen Königs Agamemnon und der Klytämnestra, und Pylades, Sohn des Königs Strophios von Phokis, wuchsen gemeinsam auf und blieben lebenslange Gefährten.

Plough Monday: Erster Montag nach Epiphanias, an dem in England der Beginn des Pflügens gefeiert wurde. Höhepunkt war ein Umzug verkleideter Jungen und Männer, die einen Pflug von Tür zu Tür zogen.

Robin Goodfellow (auch «Puck» genannt): In der altenglischen Sage ein böser Geist; in späteren Legenden eher ein schalkhaftes Zauberwesen. Shakespeare machte ihn zu einer der Hauptfiguren im *Sommernachtstraum*.

Thomas von Kempen (um 1379–1471): Deutscher Augustinermönch, der als Autor der *Nachfolge Christi* gilt. Lange Zeit eines der verbreitetsten Bücher überhaupt, fordert es die Nachahmung der Botschaft Jesu auch im persönlichen Leben.

Tobias und der Engel: Eine Geschichte aus den Apokryphen des Alten Testaments: Tobias' Vater Tobit erblindet und wird von Tobias unter Beistand des Engels Raphael geheilt.

Wilhelm der Eroberer (um 1027–1087): Sohn Herzog Roberts der Normandie, der 1066 mit Zustimmung des Papstes mit einem normannischen Heer in Sussex landete, König Harold II. bei Senlac Hill in der Schlacht von Hastings schlug und sich noch im gleichen Jahr in Winchester zum König von England krönen ließ. Mit der normannischen Oberschicht brachte er auch die französische Sprache nach England und stattete seine Vasallen mit englischem Grundbesitz aus.

Laurie R. King

«Wenn jemand die Nachfolge von P. D. James antritt, dann **Laurie R. King.**» *Boston Globe*

Die Gehilfin des Bienenzüchters
Kriminalroman
(rororo 13885)
Der erste Roman einer Serie, in der Laurie R. King das männliche Detektivpaar Sherlock Holmes und Dr. Watson durch eine neue Konstellation ersetzt: dem berühmten Detektiv wird eine Assistentin – Mary Russell – zur Seite gestellt. «Laurie King hat eine wundervoll originelle und unterhaltsame Geschichte geschrieben.» *Booklist*

Tödliches Testament
Kriminalroman
(rororo 13889)
Die zweite Russell-Holmes-Geschichte.

Die Apostelin *Kriminalroman*
(rororo 22182)
Mary Russell und Sherlock Holmes, der wohl eingeschworenste Junggeselle der Weltliteratur, haben geheiratet. Aber statt das Familienidyll zu pflegen, ist das Paar auch in dem dritten Band über den berühmten Detektiv und seine Assistentin wieder mit einem Mordfall beschäftigt.
«*Die Apostelin* ist ein wundervolles Buch. Ich habe diesen Roman geliebt.» *Elisabeth George*

Tödliches Testament
Kriminalroman
(rororo 13889)

rororo Unterhaltung

Das Moor von Baskerville
Kriminalroman
(rororo 22416)

Die Farbe des Todes *Thriller*
(rororo 22204)
Drei kleine Mädchen sind ermordet worden. Kein leichter Fall für Kate Martinelli, die gerade erst in die Mordkommission versetzt wurde und noch mit der Skepsis ihres Kollegen Hawkin zu kämpfen hat.

Die Maske des Narren
Kriminalroman
(rororo 22205)
Kate Martinelli und Al Hawkin übernehmen ihren zweiten gemeinsamen Fall.

Ein Gesamtverzeichnis aller lieferbaren Titel der *Rowohlt Verlage, Wunderlich* und *Wunderlich Taschenbuch* finden Sie in der *Rowohlt Revue*. Vierteljährlich neu. Kostenlos in Ihrer Buchhandlung.
Rowohlt im Internet:
www.rowohlt.de

3666/2

Siegfried Obermeier

Siegfried Obermeier, geboren 1936 in München, war Redakteur der Kunstzeitschrift «artis», arbeitete am neuen «Großen Meyer» mit, schrieb Erzählungen, Essays und Glossen. Er veröffentlichte mehrere Bücher und gab «Das geheime Tagebuch König Ludwigs II. von Bayern» heraus.
Im Rowohlt Taschenbuch Verlag sind folgende Titel lieferbar:

Im Schatten des Feuerbergs *Der Roman Siziliens*
(rororo 13577)
«Dieses Buch soll nicht nur unterhalten und informieren, es soll auch dazu anregen, den heißen, sonnendurchglühten, von Lava verbrannten, von Erdbeben erschütterten und von fremden Herren ausgepreßten Boden dieser wunderbaren Insel zu erforschen.»
Siegfried Obermeier

Im Zeichen der Lilie *Der Roman über Leben und Zeit des dämonischen Ritters Gilles de Rais*
(rororo 13676)

Kreuz und Adler *Das zweite Leben des Judas Ischariot. Roman*
(rororo 12809)

Mein Kaiser – Mein Herr *Ein Roman aus der Zeit Karls des Großen*
(rororo 15978)

Richard Löwenherz. König – Ritter – Abenteurer *Eine Biographie*
(rororo 13115)

rororo Unterhaltung

Torquemada *Roman*
(rororo 13382)
Ein spannender historischer Roman über eine der aufregendsten Epochen unserer Geschichte.

Walther von der Vogelweide
Der Spielmann des Reiches
(rororo 13090)

«Würd' ich mein Herz der Liebe weihn ...»
Wolfgang Amadeus Mozart. Roman seines Lebens
(rororo 13891)

Kleopatra *Im Zeichen der Schlange. Ein historischer Roman*
(rororo 22369)

Ein Gesamtverzeichnis aller lieferbaren Titel der *Rowohlt Verlage, Wunderlich* und *Wunderlich Taschenbuch* finden Sie in der *Rowohlt Revue*. Vierteljährlich neu. Kostenlos in Ihrer Buchhandlung.
Rowohlt im Internet:
www.rowohlt.de

3675/1

Petra Oelker

Petra Oelker
Tod am Zollhaus *Ein historischer Kriminalroman*
(rororo 22116)
In einer Regennacht des Jahres 1765 wird im Hamburger Hafen der Schreiber des Großkaufmanns Claes Herrmann ermordet. Der Täter, da sind sich die Hamburger sicher, ist Jean Becker, der Prinzipal eines Wandertheaters. Schließlich hat die Wache ihn volltrunken neben der Leiche gefunden. Schauspielerin Rosina forscht nach und kommt einer heimtückischen Intrige auf die Spur ...
Mit ihrem ersten Roman eroberte Petra Oelker auf Anhieb die Taschenbuch-Bestsellerlisten.

Der Sommer des Kometen
Ein historischer Kriminalroman
(rororo 22256)
Hamburg im Juni des Jahres 1766: im Stadtteil Altona sterben kurz nacheinander drei wohlhabende Männer unter seltsamen Umständen. Claes Herrmanns Sohn Christian gerät unter Verdacht. Und wieder nimmt sich die Schauspielerin und Laiendetektivin Rosina mit ihrer Truppe der Sache an.

Lorettas letzter Vorhang
Ein historischer Kriminalroman
(rororo 22444)
Hamburg im Oktober 1767: Zum drittenmal geht Rosina gemeinsam mit Großkaufmann Herrmanns auf Mörderjagd.

rororo

«Eigentlich sind wir uns ganz ähnlich» *Wie Mütter und Töchter heute miteinander auskommen*
(rororo sachbuch 60544)
In vielen Gesprächen und Interviews ist Petra Oelker dem gegenwärtigen Stand der Mutter-Tochter-Beziehungen nachgegangen. Sie hat dabei auch registriert, wie sich die Geschichte der beiden deutschen Staaten in der heutigen gesellschaftlichen Realität niederschlägt und welche Rolle die Väter für die Töchter spielen. Herausgekommen ist ein spannendes und exzellent geschriebenes Sachbuch.

Ein Gesamtverzeichnis aller lieferbaren Titel der *Rowohlt Verlage, Wunderlich* und *Wunderlich Taschenbuch* finden Sie in der *Rowohlt Revue*. Vierteljährlich neu. Kostenlos in Ihrer Buchhandlung.
Rowohlt im Internet:
www.rowohlt.de

Christian Jacq

Christian Jacq, geboren 1947 bei Paris, promovierte in Ägyptologie an der Sorbonne. Er veröffentlichte zahlreiche wissenschaftliche Aufsätze und wurde von der *Académie française* ausgezeichnet. Neben Beiträgen zur Fachliteratur schrieb er mehrere erfolgreiche Romane. Mit «Ramses», der großen Romanbiographie über den legendären Pharao Ramses II. und das Goldene Zeitalter Ägyptens, gelang ihm auf Anhieb der Sprung an die Spitze der Bestsellerlisten.

Ramses Band 1:
Der Sohn des Lichts
Deutsch von
Annette Lallemand
448 Seiten. Gebunden
Wunderlich Verlag, als
rororo 22471 und in der
Reihe Großdruck 33154

Ramses Band 2:
Der Tempel der Ewigkeit
Deutsch von
Ingrid Altrichter
416 Seiten. Gebunden
Wunderlich Verlag und als
rororo 22472

Ramses Band 3:
Die Schlacht von Kadesch
Deutsch von
Annette Lallemand
448 Seiten. Gebunden.
Wunderlich Verlag und als
rororo 22473

Ramses Band 4:
Die Herrin von Abu Simbel
Deutsch von
Ingrid Altrichter
448 Seiten. Gebunden
Wunderlich Verlag und als
rororo 22474

Unterhaltung

Ramses Band 5:
Im Schatten der Akazie
Deutsch von
Ingrid Altrichter
448 Seiten. Gebunden
Wunderlich Verlag und als
rororo 22475 (Dezember 99)

Der schwarze Pharao *Roman*
Deutsch von
Dorothee Asendorf
400 Seiten. Gebunden
Wunderlich Verlag

Der lange Weg nach Ägypten
Roman
(rororo 22227)

Die letzten Tage von Philae
Roman
(rororo 22228)

Der Mönch und der Meister
Roman
(rororo 22430)

Der Agypter *Roman*
(Wunderlich Taschenbuch
26027)

Weitere Informationen in der *Rowohlt Revue* – kostenlos in Ihrer Buchhandlung – oder im Internet: www.rowohlt.de

3649/5

P. D. James

Adam Dalgliesh ist Lyriker von Passion, vor allem aber ist er einer der besten Polizisten von Scotland Yard. Und er ist die Erfindung von **P. D. James.** «Im Reich der Krimis regieren die Damen», schrieb die Sunday Times und spielte auf Agatha Christie und Dorothy L. Sayers an, «ihre Königin aber ist P. D. James.» In Wirklichkeit heißt sie Phyllis White, ist 1920 in Oxford geboren, und hat selbst lange Jahre in der Kriminalabteilung des britischen Innenministeriums gearbeitet.

Ein reizender Job für eine Frau
Kriminalroman
(rororo 15298)
Der Sohn eines berühmten Wissenschaftlers in Cambridge hat sich angeblich umgebracht. Aber die ehrfürchtig bewunderte Idylle der Gelehrsamkeit trügt.

Der schwarze Turm
Kriminalroman
(rororo 15371)
Ein Kommissar entkommt mit knapper Not dem Tod und muß im Pflegeheim schon wieder unnatürliche Todesfälle aufdecken.

Eine Seele von Mörder
Kriminalroman
(rororo 14306)
Als in einer vornehmen Nervenklinik die bestgehaßte Frau ermordet wird, scheint der Fall klar – aber die Lösung stellt alle Prognosen über den Schuldigen auf den Kopf.

rororo Unterhaltung

Tod eines Sachverständigen
Kriminalroman
(rororo 14923)
Wie mit einem Seziermesser untersucht P. D. James die Lebensverhältnisse eines verhaßten Kriminologen und zieht den Leser in ein kunstvolles Netz von Spannung und psychologischer Raffinesse.

Ein unverhofftes Geständnis
Kriminalroman
(rororo 15509)
«P. D. James versteht es, detektivischen Scharfsinn mit der präzisen Analyse eines Milieus zu verbinden.»
Abendzeitung, München

Martha Grimes

Die Amerikanerin **Martha Grimes** gilt zu Recht als die legitime Thronerbin Agatha Christies. Mit ihrem Superintendent Jury von Scotland Yard belebte sie eine fast ausgestorbene Gattung neu: die typisch britische «Mystery Novel», das brillante Rätselspiel um die Frage «Wer war's?».
Martha Grimes lebt, wenn sie nicht gerade in England unterwegs ist, in Maryland/USA.

Inspektor Jury küßt die Muse
Roman
(rororo 12176 und in der Reihe Großdruck 33129)

Inspektor Jury schläft außer Haus *Roman*
(rororo 15947 und in der Reihe Großdruck 33146)

Inspektor Jury spielt Domino
Roman
(rororo 15948)

Inspektor Jury sucht den Kennington-Smaragd *Roman*
(rororo 12161)

Was am See geschah *Roman*
(rororo 13735)

Inspektor Jury bricht das Eis
Roman
(rororo 12257 und in der Reihe Großdruck 33152)

Inspektor Jury spielt Katz und Maus *Roman*
(rororo 13650 und in der Reihe Großdruck 33135)

Inspektor Jury geht übers Moor
Roman
(rororo 13478)

rororo Unterhaltung

Inspektor Jury lichtet den Nebel
Roman
(rororo 13580)

Inspektor Jury steht im Regen
Roman
(rororo 22160)

Inspektor Jury gerät unter Verdacht *Roman*
(rororo 13900)

Inspektor Jury besucht alte Damen *Roman*
(rororo 12601 und in der Reihe Großdruck 33125)

Mit Schirm und blinkender Pistole *Roman*
(rororo 13206)

«Es ist das reinste Vergnügen, diese Kriminalgeschichten vom klassischen Anfang bis zu ihrem ebenso klassischen Ende zu lesen.».
The New Yorker

Weitere Informationen in der **Rowohlt Revue**, kostenlos in Ihrer Buchhandlung oder im **Internet: www.rowohlt.de**

3233/8